'파주학'에 대한 얕고 넓은 지식

# 파주 인문학 둘레길

**최종환** 지음

'파주학'에 대한 얕고 넓은 지식
# 파주 인문학 둘레길

최종환 지음

한강과 임진강이 만나는 파주는
삼국시대 전략적 요충지였습니다.
지금은 세계 평화를 상징하는
평화도시로 도약하고 있습니다!

파주를 알고, 아끼는 것에서
미래를 향해 발전시켜 나가는
작은 씨앗이 되길 바랍니다!

**최종환** (파주시장)

민선 7기 임기(2018년 7월 1일~2022년 6월 30일) 동안 파주시장을 하면서 '접경도시·안보도시'라는 낡은 옷을 벗기 위해 노력했습니다. 각종 규제와 오명에서 벗어나 '한반도 평화수도, 파주'라는 목표 아래 '공정한 사회, 따뜻한 경제, 도약하는 파주'를 만들려고 달려왔습니다.

2019년 9월 파주는 유례없는 재난인 아프리카돼지열병 발병과 2020년 코로나19의 세계적 대유행에도 불구하고, 미래성장 동력 구축과 삶의 질 향상을 위한 도시기반을 확충해 왔습니다. 한 걸음 한 걸음 쉬지 않고 파주의 미래 가치를 높여 '인구 50만 대도시, 재정 규모 2조 원 시대' 진입을 눈앞에 두고 있습니다.

지역경제와 일자리 창출을 견인할 고부가가치 첨단산업 유치와 더불어 육성해야 할 산업은 천혜의 생태환경과 역사문화예술을 기반으로 하는 관광산업입니다. 파주는 생명의 보고 DMZ를 중심으로 한 한강과 임진강 주변의 자연환경을 비롯해 역사와 문화예술자원이 풍부한 도시입니다. 이는 파주 발전의 성장동력입니다.

파주의 역사와 문화유산에 대한 이해를 높이고, 보존과 공유하려는 노력이 모여 새로운 파주역사의 발자취를 만들어 가고 있습니다. 고유한 '생태·문화·역사' 자산을 발전시켜 문화의 생산과 소비가 함께 이루어지는 파주, 관광이 지역경제의 선순환을 이끄는 '역사문화도시' 파주를 완성하기 위해 민·관·정이 힘을 모아 많은 성과를 거두었습니다.

파주는 율곡 이이, 구봉 송익필, 우계 성혼, 청송 성수침과 그의 동생 성수종, 휴암 백인걸, 송강 정철 등 '파주학(파산학)'의 산실인 '기호학파' 종가입니다.

또 을사사화의 주인공 대윤 윤임과 소윤 윤원형, 동서분당의 시작인 서인의 영수 심의겸, 어성 구암 허준, 인조반정을 주도한 장단부사 이서 등 조선 중기의 역사를 뒤흔든 인물들의 고향입니다. 아울러 실학사상 북학파의 뿌리인『임원경제지』저자 풍석 서유구의 고향입니다.

이밖에 방촌 황희와 윤관 장군 유적지, 보물로 지정된 용미리 마애이불석상과 박중손 묘 장명등, 율곡과 인연이 깊은 화석정과 임진나루, 반정으로 왕이 된 인조 왕릉과 파주삼릉 등이 있습니다.

이러한 풍부한 역사문화 관광자원을 바탕으로 그 뿌리를 찾아 파주의 정체성을 정립하는 '파주학' 연구개발을 시작했습니다. 문화유산에 대한 보존 방향을 수립하고, 파주의 미래성장 동력으로 육성해 왔습니다.

2019년 5월 '제17회 파주출판도시 어린이 책잔치'에 참석, 파주의 미래를 이끌어 갈 아이들에게 꿈을 심어주는 필자

아울러 화석정 디지털 복원, 허준 한방의료 관광 자원화 사업, 리비교 관광 자원화, 임진강 거북선 복원, 임진나루 및 임진진 복원, 덕진산성과 육계토성 발굴 등 역사와 문화와 생태가 결합한 대한민국 대표 역사문화 관광도시로 완성해 나가고 있습니다.

통일동산 관광특구 지정, 아시아 최대의 콘텐츠 복합문화공간인 CJ ENM스튜디오 센터 조성, 임진각 평화곤돌라 개통을 비롯해 한반도 생태평화종합관광센터, 장단콩 웰빙마루, 천혜의 생태자원인 DMZ, 마장호수, 율곡수목원, 감악산 등의 관광기반 시설 조성 등을 통해 관광경쟁력을 높였습니다.

고령화와 인구절벽으로 지방소멸 위기를 겪고 있는 각 마을을 6차산업의 전진기지로 재탄생시키기 위해 노력했습니다. 새로운 정주 여건을 마련해 젊은 사람들이 돌아오는 마을로 되살리는 재생(再生)사업인 '파주형 마을 살리기' 역시 각 지역 고유의 역사·전통·문화·관광자원 등을 이용한 스토리텔링으로 경쟁력을 확보하고 있습니다.

파주의 문화유산과 역사와 마을에 대한 애정으로 쓴 필자의 졸저 '파주에 대한 얇고 넓은 지식' 『파주 인문학 산책』을 내놓은 지 4년이 지났습니다. 그간 수많은 파주의 문화유산을 파편적이고, 단편적인 부분만 언급했던 부분이 못내 아쉬움으로 남아있었습니다.

상전벽해와 같이 역동적인 변화를 겪고 있는 파주의 모습을 제대로 알리고 싶은 욕심에 가볍게 둘러보는 '산책'에서, 시간이 좀 더 걸리고 계획도 촘촘히 세워야 하는 '둘레길'을 걷는 마음으로 틈틈이 원고를 정리했습니다. 그 결과 『파주 인문학 산책』 2편이라 할 수 있는 『파주 인문학 둘레길』을 집필하게 되었습니다. 일곱 개의 인문학 둘레길을 통해 파주를 알고 아끼는 또 하나의 길라잡이가 되길 바랍니다.

2022년 1월
**파주에서 최종환**

2018년 임진각에서 열린 'DMZ 평화콘서트' 행사에 참석, 파주시 미래 번영을 위한 남북평화교류
의지를 밝힌 뒤 시민들과 소통하는 필자

〈차례〉

## 네 번째 둘레길
# 통일의 첫 도시 파주

## 다섯 번째 둘레길
# 현대사의 인물

# 첫 번째 둘레길
# '파주학'의 원년

유구한 역사와 찬란한 문화유산을 풍부하게 간직한 파주시는 예로부터 한강과 임진강을 따라 물류를 이동시키는 교통과 상업, 지리와 문화의 중심지였습니다. 또한, 한강과 임진강은 자연 해자(垓字, 적의 침입을 막기 위해 성 주위를 둘러서 판 못) 역할도 해 옛날부터 군사적으로 아주 중요한 곳이었습니다.

그리고 파주는 율곡 이이, 우계 성혼, 구봉 송익필 등 당대 최고의 성리학자를 배출해 '파산학(坡山學, 파주 지역의 성리학파)'의 산실, '기호학파(畿湖學派, 경기도 중심의 기호지방에서 율곡 이이를 추종하는 학파. 퇴계 이황의 학설을 따르는 영남의 성리학자들은 '영남학파'라고 함)'의 종가이자, 실학의 발상지이기도 합니다.

이처럼 파주가 낳고, 키우고, 간직하고 있는 다양하고 무궁무진한 인문 사회학적 문화유산과 천혜의 자연환경을 종합적으로 연구해 파주시의 정체성을 확립하고, 이를 통해 시민들의 자긍심을 높여 지역발전의 원동력으로 삼기 위해 파주시는 2020년을 '파주학(坡州學)' 정립의 원년으로 선포했습니다.

개성

강화만

양사면

송해면

교동도

하점면

고려산 ▲

내가면

강화군

선원면

석모도

통진읍

양도면

불은면

대곶면

화도면

## 01 '파주학'이 뭐지?

파주는 고려의 수도였던 개성과 조선의 수도였던 한양의 중간에 자리하고 있습니다. 조선시대 대동맥인 의주대로가 지나는 중심지역으로, 한양에서 출발한 사신과 무역상들이 벽제~혜음령~광탄~파평~화석정~임진강~동파리~장단~개성을 거쳐 중국을 오갔습니다.

따라서 파주는 외국 문물과 문화가 유입되는 통로로 매우 개방적이고 다원적인 지역이었으며, 영호남의 향촌적이고 폐쇄적 분위기와는 다른 특성을 이루고 있습니다.

임진강은 뱃길 운송의 중심지로 지금의 고속도로 역할을 했습니다. 나루와 포구가 발달해 낙하리 나루, 오금리 나루, 문산포, 고랑포 등은 물류와 유통의 중심지로 한 시대를 풍미했습니다.

교하지역 반석나루는 쌀과 젓갈이 유명했고, 문산포와 고랑포는 소금과 조기·새우젓으로 유명했으며, 뱃길로 중국산 포목을 거래하던 상점과 우시장이 발달했습니다.

생명의 젖줄인 임진강은 파주 생태계의 보고입니다. 재두루미·저어새·독수리·수리부엉이 등 천연기념물과 수원청개구리·금개구리·맹꽁이·층층둥굴레 등 멸종위기종이 임진강과 한강 그리고 민통선 지역 등 파주시가 보존하고 있는 천혜의 자연환경 속에서 살고 있습니다.

임진강을 중심으로 혜성같이 나타나 조선 중기 사상과 학문을 지배한 학파를 '파산학파'와 '임진학파'로 불렀습니다. 율곡 이이, 청송 성수침, 휴암 백인걸, 우계 성혼 등 '파산학'을 발전시킨 뛰어난 학자들이 모두 파주 출신이고, 율곡 이이를 중심으로 하는 '기호학파'의 산실도 파주입니다.

동양의 의성 구암 허준과 조선의 브리태니커 사전으로 불리는 『임원경제지』저자 풍석 서유구와 그의 아버지 서호수, 할아버지 서명응의 본향도 파주이기 때문에 실학사상이 파주에서 잉태되었다고 해도 지나친 말이 아닙니다.

고인돌을 비롯한 구석기·신석기시대 유적지와 삼국시대의 군사적 요충지인 산성, 고려시대 국립호텔과 행궁이었던 혜음원지 등 파주에 묻혀 있던 찬란한 문화유산이 빛을 발하고 있습니다.

임진왜란 때 선조의 피난길을 도운 것으로 알려진 화석정·임진나루·임진진터 유적과 조선 태종 때 임진나루에서 왜선과 모의 해전을 펼친 최초의 거북선 등 역사에 가려져 있던 문화유산들도 새롭게 등장하고 있습니다.

분단의 비극인 한국전쟁의 상흔이 고스란히 남아있는 판문점과 비무장지대(DMZ), 민간인통제선(민통선) 사람들, 임진각 독개다리와 자유의 다리, 실향민 수용소와 미군 부대 기지촌을 비롯해 민주주의 선구자 장준하 선생, 노태우 제13대 대통령 묘소 등 현대사의 기록들도 파주에 남아있습니다.

'파주학'은 이 모든 것을 현대적 의미로 계승 발전시켜 다양한 영역으로 확장하는 학술적 개념입니다. 파주의 역사·인물·문화·사회·예술 등 인문사회적 문화유산과 지리 등 천혜의 자연환경을 포괄하는 종합적 연구 분야로 '파주학'이 탄생하게 된 것입니다.

# 02 왜 '파주학'인가?

파주는 '파산학'의 산실이자, 기호학파의 종가이며 실학의 발상지입니다. 파주의 학술 전통은 지리적 특성으로 인해 개방적이고 실용적이며, 진취적이고 국제성이라는 특징을 지니고 있습니다. 이는 지역의 한계를 뛰어넘어 '한국학'을 쇄신할 만큼 숨겨져 왔던 보물이라 할 수 있습니다.

하지만 한국전쟁 이후 접경지라는 지리적 여건과 급격한 도시화로 인해 역동적이었던 파주의 역사와 문화는 분단의 그림자에 가려 빛을 보지 못했습니다. 더구나 파주시 인구는 도시 및 택지 개발 등으로 팽창하고 있습니다. 원주민과 이주민 사이에 보이지 않는 괴리감이 존재하며, 파주에 대한 이해가 부족해 지역민으로서 자긍심과 정체성을 확립할 기회가 적었습니다.

따라서 파주가 안보 도시를 뛰어넘어 통일시대 중심도시, 전통과 첨단의 결합도시, 국제 관광 중심도시, 세계적인 생태 중심도시, 문화 출판도시로 발돋움하려면 파주시민이 자부심을 가질만한 학술적 근거를 집대성하는 '파주학' 정립이 무엇보다 필요합니다.

'파주학' 정립은 파주의 인문학 발전에 크게 기여하는 한편, 전통에 기반을 둔 현대의 새로운 도시 이미지 창출로 이어져 파주의 매력과 가치를 담아 지역 브랜드를 창조해 나가는 토대가 될 것입니다.

파주시는 그동안 『파주시지(坡州市誌)』 발행을 비롯해 파주문화원과 지역 역사학자 등이 파주 관련 연구성과를 축적해왔습니다. 그러나 이러한 성과물을 종합, 발전시킬 계기가 부족해 시민사회에서 활용할 다양한 방안을 마련하기 어려웠습니다.

통상적인 지역학의 의미로 '파주학'은 '파주시와 파주시민의 정체성을 세우고, 파주시의 발전을 도모하기 위해 과거에서 현재에 이르는 모든 분야를 통합적으로 연구하는 학문'이라 정의할 수 있습니다.

하지만 '파주학'은 이런 사전적 의미를 뛰어넘어 파주시 공동체를 이루는

서쪽은 낮고, 동쪽이 높은 파주시

700m
600m
500m — 파평산(495m)    비학산(450m)    감악산(675m)    고령산(621m)
400m
300m — 백학산(229m)  월롱산(246m)  박달산(369m)  우암산(329m)  노고산(400m)
200m — 심학산(193m)
100m — 오두산(110m)
보현산(108m)    장명산(102m)    명봉산(245m)

우리나라 지형은 동쪽이 높고, 서쪽이 낮은 동고서저(東高西低)이다. 따라서 파주시 동쪽 산들은 강원도에서 이어지는 산줄기보다 높이가 절반도 안 되지만 비교적 높은 편이다. 반면 바다가 가까워지는 서쪽 산들은 낮은 구릉(언덕)으로 이어져 있다.

시민들이 스스로 지역의 주인이라는 자긍심과 자존감을 느낄 수 있는 구심점이 되어야 합니다. 파주의 지난 역사와 앞으로의 미래를 통합적으로 바라볼 수 있는 도구이자, 지역발전에 대한 영감을 불러일으키는 지혜의 보고가 되어야 할 것입니다.

더 나아가 '파주학' 정립은 중요한 역사적 의미도 지니고 있습니다. 파주시는 한반도의 핵심 고리에 자리하고 있어 한반도와 운명을 함께 해왔습니다.

한반도가 정치적으로 분열하거나, 외세에 의한 전면전이 발발하면 파주는 예외 없이 전쟁터가 되었습니다. 평화로울 때는 비옥한 토양의 생산력과 교통의 이점을 활용한 외부와의 적극적 소통을 발판으로 한반도의 미래를 준비하는 학문과 학술의 꽃을 피웠습니다.

그러므로 파주의 발전은 곧 한반도 평화 번영과 동의어라 할 수 있습니다. 그런 점에서 파주시민이 주체가 돼 파주의 발전을 도모하는 '파주학'은 한반도 평화와 번영의 시대를 이끌어갈 핵심임을 자임해도 부족하지 않습니다.

# ⑩ '파주학' 뿌리내리기

지역학에 대한 열망을 담아 2020년 시정연설에서 '파주학' 원년을 선포했습니다. 2020년 6월 '파주학 연구방향 및 기본계획' 학술용역을 통해 '파주학'의 개념과 범위 정립, 앞으로의 연구 방향, 체계적 연구를 위한 중장기 계획 등을 수립해 '파주학' 본격 추진의 기틀을 마련했습니다.

성균관대 연구진과 지역학 전문가들이 학술용역 최종 보고회를 개최해 다양한 논의를 수렴했습니다. 그 결과 '파주학의 개념과 발전 방향', '파주학의 미래 전망 및 추진 전략', '파주학 추진 10개년 계획' 등을 발표했습니다.

특히 '파주학 추진 10개년 계획'에서는 학술 연찬, 조사발굴, 성과 활용, 연구 지원 등의 분야별 사업이 단기·중기·장기 등의 단계별로 제시됐습니다.

민선 7기 동안 '파주학'을 뿌리내리기 위해 여러 활동을 펼쳐왔습니다.

남북 교통의 중심인 의주대로 관문 임진나루와 서울 북방의 군사적 요새 임진진터 유적을 발굴하고, 임진강 거북선을 복원해 파주를 대표하는 역사·문화·관광자원으로 활용하는 사업은 그동안 알려지지 않았던 파주의 문화유산을 발굴하고 활용하는 좋은 사례가 될 것입니다.

지역 인물 연구 및 홍보를 위해 장단 출신 서유구 선생과 저서 『임원경제지』를 연차별로 재조명하고 있습니다. '임원경제지 학교' 교육프로그램과 '예규지를 논하다' 학술대회를 개최해 파주의 실학사상을 널리 알렸습니다.

파주와 허준의 역사적 관계를 재조명해 경희대학교 산학협력단과 협력, '허준 한방 의료산업 관광 자원화'에 대한 당위성을 대내·외에 선포했습니다.

고려 때 왕이 개성에서 남경(지금의 서울)으로 가는 길에 머물던 행궁이자, 여행자들이 머문 혜음원지에 대한 발굴조사도 마쳤습니다. 발굴 성과에 따라 인근의 풍부한 문화유산과 연계한 프로그램 등을 개발하고 있습니다.

수심이 낮은 곳에 있어 주요 나루인 가야울과 두지나루를 조망할 수 있는 전략적 요충지 육계토성의 문화유산 가치를 높이기 위해 국립문화재연구소와 협력 체계를 구축했습니다. 삼국시대부터 조선시대까지 시대별 산성축조의 과정을 한눈에 볼 수 있는 덕진산성을 비롯해 오두산성·칠중성 등 산재해 있는 유적을 하나로 연계하는 안보문화 콘텐츠를 개발하고 있습니다.

율곡의 정신세계가 담긴 화석정 원형 복원사업, 리비교 재건을 비롯한 관광 자원화, 마을별 특색을 살린 '파주형 마을 살리기' 공동체 사업 등 수많은 역사·문화유산을 재정비하고 활성화하는 사업이 진행되고 있습니다.

금촌 돌기와집 보존과 교하초등학교 등 근현대문화유산 8건이 미래유산으로 지정됐으며, 갈곡리성당·말레이시아교·라스트찬스는 경기도 등록문화재로 등록됐습니다.

중앙도서관을 중심으로 펼치는 '마을 아카이브 프로젝트'는 파주의 역사를 새롭게 쓰고 있습니다. '파주학 아카이브'는 다양한 문화자원과 유산을 발굴해 체계적으로 관리하고 활용하는 데이터베이스이자 시스템입니다. 아카이브로 구축될 '파주학' 자료는 시정정책·학술행사·교육프로그램·도서발간·조사연구·시민강좌 등 전반적인 분야에서 활용 가능합니다.

이를 위해 시민채록단·시민기록네트워크·기록활동가를 양성하고, 공모전 등을 통해 파주에 대한 역사 인식을 공유하고 있습니다. 이러한 기록물 수집 과정에서 시민이 기록의 대상이 아니라, 기록의 주체로 참여하는 길이 활짝 열려 기록사업의 지속성을 확보한 전국적인 모범사례가 되고 있습니다.

'파주학' 추진 10개년 계획을 세운 파주시는 2020년 6월 필자, 성균관대 연구진, 지역학 관련 전문가들이 참여한 가운데 '파주학 학술용역 착수 보고회'를 열었다. 2021년 1월에는 최종 보고회를 열고, 단기·중기·장기 단계별 계획을 세웠다. 파주시는 이를 토대로 수많은 역사·문화 자산을 학문으로 재정립해 시민의 자긍심을 높이고, 지역 경제 활성화를 위한 관광 자원으로 활용할 계획이다.

# (04) 언덕이 많은 전략적 요충지, 파주

『파주 인문학 둘레길』은 파주의 지명과 지역에 대한 이해에서 출발합니다. 필자가 2017년에 쓴 졸저『파주 인문학 산책』에서 설명했듯이, 파주(坡 언덕 파, 州 고을 주)는 '언덕(구릉)이 많은 고을'이라는 뜻을 지니고 있습니다.

여러 문헌과 연구자료에 따르면 파주 이름의 뿌리가 되는 '파평(坡平)'은 고구려 장수왕 때 '파해평사현(坡害平史縣)'과 통일신라 경덕왕 때 '파평현(坡平縣)'이란 이름으로 처음 나타납니다.

처음 파주 지역을 장악한 나라는 백제였습니다. 371년 백제의 전성기를 이끈 근초고왕은 고구려 평양성을 공격해 고국원왕을 전사시켰습니다. 백제는 파주를 '술미홀(지금의 파주읍)'·'천정구(지금의 교하동)'·'난은별(지금의 적성면)'·'야아(지금의 장단면)' 등 네 곳으로 나누어 다스렸습니다. 술미홀은 수성(首城) 또는 장성(長城)의 뜻을 가진 말로 여러 성 가운데 '우두머리 성'을 뜻합니다. 이는 파주가 삼국시대부터 전략적 요충지였음을 말해줍니다.

391년 고구려 광개토대왕은 수군을 거느리고 백제의 요충지인 관미성(지금의 오두산성 추정)을 친 다음 수도 위례성까지 함락시켰습니다. 475년 장수왕은 군사 3만을 이끌고 백제를 공격했습니다. 7일 만에 수도 한성을 빼앗고, 개로왕을 붙잡아 죽였습니다. 파주 지역을 장악한 장수왕은 '파해평사현(지금의 파평면)'·'술이홀현(지금의 파주읍)'·'칠중현(지금의 적성면)'·'천정구현(지금의 교하동)'·'장천성현(지금의 장단면)' 등 5개 현(縣)을 설치했습니다.

757년 통일신라 때 경덕왕은 파해평사현을 '파평현'으로, 술이홀현을 '봉성현'으로, 칠중현을 '중성현'으로, 천정구현을 '교하군'으로, 장천성현을 '장단현'으로 바꿨습니다.

1174년 고려 명종 때는 파주 지역을 '서원현'이라 했습니다.

1469년 조선 세조에 이르러 '파주목(坡州牧)'으로 격이 높아졌습니다. 세조가 계유정난을 일으켰을 때 도움을 주었던 왕비 정희왕후가 파평 윤씨였기

❶ 1930년대 파주목 객사(지금의 파주읍) ❷ 일제 강점기 문산 소재 파주군청 ❸ 1970년대 초 파주군청

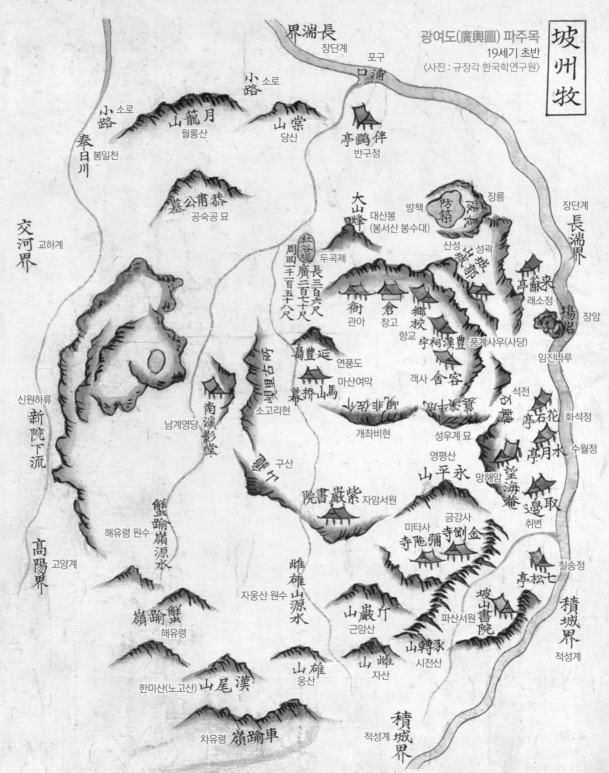

광여도(廣輿圖) 파주목
19세기 초반
〈사진 : 규장각 한국학연구원〉

坡州牧

長湍界
장단계

口浦
포구

月籠山
월롱산

崇山
당산

伴鷗亭
반구정

小路
소로

小路
소로

奉日川
봉일천

恭肅公墓
공숙공묘

大山峰
대산봉
(봉서산 봉수대)

陵長
장릉

防築
방책

산성 성곽

山城幕
산성

長湍界
장단계

交河界
교하계

杜谷堤
두곡제
周回二百五十六尺
廣二百七十尺
長三百六尺

來蘇亭
래소정

場巖
장암

衙 倉
관아 창고

鄉校
향교

守祠漢豐
풍계사우(사당)

임진나루

延豐島
연풍도

舍客
객사

南溪影堂
남계영당

馬山幕
마산여막

新院下流
신원하류

非坐介山
개좌비현

石傳
석전

花石亭
화석정

성우계 묘

月水亭
수월정

소고리현

巫山
구산

紫巖書院
자암서원

永平山
영평산

望海菴
망해암

取邊
취변

蟹踰嶺源水
해유령 원수

금강사

彌陀寺
미타사

金剎寺
금강사

칠송정

高陽界
고양계

雌雄山源水
자웅산 원수

斤巖山
근암산

坡山書院
파산서원

七松亭

積城界
적성계

蟹踰嶺
해유령

雌山
자산

承轉山
시전산

雄山
웅산

漢尾山
한미산(노고산)

車踰嶺
차유령

積城界
적성계

❶ 1950년대 금촌역 인근을 지나는 경의선 화물열차로 미군이 찍었다. 〈사진 : 파평면 김현국〉 ❷ 1989년 파주군청. 1976년 옛 청사를 헐고 2층으로 지었다. 1980년대 한 층을 더 올려 3층이 되었다. 〈사진 : PHOSTO〉 ❸ 지금의 파주시청 (금촌 아동동)

때문에 '목(牧)'으로 승격시킨 것입니다. 이로써 파평의 '파(坡)'자와 고을 '주(州)'자를 따서 '파주(坡州)' 지명이 생겼습니다.

1895년 고종 때 행정 구역을 개편하면서 파주목은 '파주군'이 되었습니다.

일제 강점기인 1914년에는 교하군을, 1945년에는 적성면을, 1972년에는 장단군을 파주군으로 편입시켰습니다. 파주군은 한국전쟁이 끝나고 인구가 늘어남에 따라 1996년 마침내 '파주시'로 승격되었습니다.

고을의 관청이 어디 있느냐에 따라, 행정과 상업의 중심지가 달라집니다. 관청을 중심으로 관리들과 백성들의 출입이 많아짐에 따라 도로망이 발달하게 됩니다. 도로가 발달하면 관청 주변에 물건을 사고파는 경제활동이 활발해지면서 상권도 만들어집니다.

조선 말까지 파주목과 파주군 관아(官衙)는 주내읍(지금의 파주읍)에 있었습니다. 1904년 일제가 식민지 수탈을 하기 위해 경의선 철로를 놓으면서 군청을 문산(당시 임진면 문산리, 지금의 문산 북파주 농협 근처)으로 옮겼습니다.

원래 경의선 노선은 군청이 있던 주내읍을 지나가게 되었습니다. 그러나 기차를 처음 보는 주내읍 사람들이 '철마에 귀신이 들어온다'며 반대했습니다. 따라서 노선을 문산으로 옮겼습니다. 이런 일은 북한 개성에서도 나타나 개성역도 시내에서 걸음걸이로 30분 넘게 떨어진 곳에 세워졌다고 합니다.

문산은 예로부터 김포·강화와 고랑포·연천을 이어주고, 송도와 한양을 연결하던 황포돛배 포구가 있어 농수산물 집결지이자 상업의 중심지였습니다. 여기에 경의선 문산역이 개설되면서 행정 중심지 역할까지 하게 됐습니다.

1950년 한국전쟁이 일어나면서 모두 피난을 떠났습니다. 1951년 7월 정전 협상이 시작되면서 군사작전 지역이었던 문산은 민간인 출입이 제한됐습니다. 이에 따라 파주군청을 비롯한 행정기관들은 당시 아동면 금촌리로 임시 이전을 하게 되었습니다. 그러다 1957년까지 임진면 문산리 주민 입주를 통제하면서 파주군청은 금촌에 완전히 머무르게 되었습니다.

문산에서 이전한 임시 군청은 금촌역 앞에 나뉘어 있다가 현재 시청이 있는 '마무리골(1502년 연산군 때까지 군마 훈련장으로 사용했던 곳)'로 옮겼습니다. 미군의 지원을 받아 내무과와 산업과 청사를 지은 다음 업무가 확대되면서 식산과·건설과·공보실·감사실 등이 자리 잡았습니다.

이처럼 경의선 철로는 파주읍과 문산읍의 미래를 뒤바꿔 놓았고, 한국전쟁은 금촌을 행정의 중심지로 탈바꿈시켰습니다.

## 역사 토막 상식
## 조선시대 '행궁'이었던 파주목 관아

파주목은 왕이 파주 영릉과 장릉, 황해도에 있는 제릉과 후릉을 찾을 때 머물렀던 행궁(行宮, 왕이 본궁 밖으로 나가 머물던 임시 궁궐)이었다. 아울러 한양에서 출발해 중국으로 가는 사신들이 하룻밤을 묵고 출발하던 장소였다.

『조선왕조실록』에는 세조(1460년)부터 숙종·정조·순조·헌종·철종·고종(1872년)이 파주목 관아 행궁에서 모두 16번 머문 것으로 되어있다. 파주 행궁을 찾은 임금들은 관료에게 행정의 어려움을 물어 해결해 주었고, 옥에 갇힌 사람들을 석방해 주기도 했다.

파주향교 / 파주목 관아지 / 동헌(구 읍사무소) / 봉서산 / 관아 중심지 / 객사(현 파주초교)

### 파주목 관아 복원을 추진하는 파주시

조선시대 행정·경제·군사·교통의 요지였던 파주목은 일제 강점기가 시작되면서 437년 동안 이어온 행정기능을 잃었다. 관아 건물들은 일제 강점기와 한국전쟁을 겪으면서 소실됐다.

파주시는 2015년 파주목 관아지 조사를 시작으로 2016년 복원정비계획을 수립했다. 2019년에는 '파주목 관아지 복원 추진위원회'를 구성하고, 객사 위치 및 형태 등을 조사했다.

2020년 3월에는 행궁에 대한 학술조사를 진행했으며, 하반기에는 파주목 관아 전체 건물의 학술연구를 추진했다.

# '파주학'의 주인공

파주에는 지금까지 내려져 오고, 앞으로도 이어가야 할 소중한 우리 문화를 활짝 꽃 피운 인물이 많습니다. 우리 역사의 수레바퀴를 이끌며 한 시대를 뒤흔들고, 험난한 운명을 개척해온 파주 지역 인물들의 파란만장한 삶과 치열한 발자취를 따라가다 보 면 '파주학'이 결코 파주 지역에만 머무는 작은 이야기가 아니라, 살아있는 우리나라

역사 이야기라는 점을 새롭게 발견하게 됩니다.

　파주의 인물에 대해서는 필자의 졸저『파주 인문학 산책(2017년)』에 얕고 넓게 소개된 바 있지만, 이 책에서는『파주 인문학 산책』의 내용을 바탕으로 인물들 사이에 얽힌 새로운 이야기를 풀어가고자 합니다.

　파주 삼현(三賢, 파주 지역의 뛰어난 학자 세 사람을 일컫는 말. 윤관 장군·황희 정승·율곡 이이)에서 시작해 '파주학'의 연구 진전에 따라 새롭게 조명되고 있는 청송 성수침, 우계 성혼, 휴암 백인걸 등 파주 사현(四賢) 및 파주 오현(五賢) 이야기와 실학사상의 뿌리인 풍석 서유구 집안, 인현왕후에 얽힌 이세화·박태보·오두인 등을 비롯한 '파주학' 주인공들을 소개합니다.

# 01 '파산학'의 등장

**삼현수간(三賢手簡)** : 보물 1415호
16세기 성리학 대가들인 구봉 송익필·우계 성혼·율곡 이이가 35년 동안 주고받은 편지를 송익필이 아들 송취대를 시켜 엮은 편지글 모음집이다.
편지에는 이기(理氣)·심성(心性)·사단(四端)·예론(禮論) 등의 심도 깊은 학문 토론과 함께 처세에 관한 내용과 신병에 대한 일상사 등이 수록돼 있다.
〈사진 : 삼성미술관 리움〉

16세기 임진강을 중심으로 학자들이 혜성처럼 출현해 조선 중기 사상과 학문을 지배한 학파를 예로부터 파산학파, 임진학파라 불렀습니다.

'파산학'의 뿌리는 파산학파, 임진학파라 불린 파주 출신 학자 청송 성수침과 휴암 백인걸 등 뛰어난 성리학자들이 파평면에 있는 파산서원에 배향된 데서 비롯됩니다. 그 이후 파주 출신 율곡 이이와 우계 성혼(성수침의 아들) 등이 파산학파의 중심인물로 등장했습니다.

파주시에서 추진하는 '파주학'은 '파산학'의 철학과 사상 같은 학문 외에도 파주의 사람·지리·문화 등 인문사회적 문화유산과 천혜의 자연환경을 포괄하는 종합적 연구 분야입니다.

필자의 전작 『파주 인문학 산책』에서 소개했듯이 『파주 삼현(三賢)』으로는 윤관 장군·황희정승·율곡 이이가 회자(膾炙, 회와 구운 고기라는 뜻으로, 널리 사람들의 입에 오르내림)되고 있습니다. 삼현(三賢)이란 유학에 뛰어난 학자로 문묘(文廟, 공자를 받드는 사당)에 위패(位牌, 이름을 적은 나무패)가 모셔져 있는 유현(儒賢, 유교에 정통하고 행적이 바른 사람) 가운데 세 사람을 뜻합니다.

문묘에 모셔져 있는 우리나라 유현은 모두 18명입니다. 그 가운데 파주 출신으로는 이이와 성혼의 위패가 모셔져 있습니다. 그러나 윤관 장군과 황희정승은 우리나라 18현에 들어가 있지 않습니다. 그 대신 파주 출신은 아니지만, 말년을 파주 광탄면 창만리에서 보낸 남계 박세채도 18현에 모셔져 있습니다. 박세채의 호 '남계'는 광탄면 창만리에 있는 개울 이름입니다.

따라서 파주 삼현으로 일컬어지는 윤관 장군·황희정승·율곡 이이는 엄밀

❶ 파주 삼현 현장체험학습을 하는 파평초등학교 학생들 ❷ 연풍초등학교 학생들이 파주 삼현에 대한 책을 읽고 만든 독후감. 이처럼 파주 삼현은 자라나는 아이들 인성교육에 큰 역할을 하고 있다.

한 의미로 우리나라 18현 중에서 파주 출신 세 분으로 선정한 것이 아니라, 파주 출신으로 한 시대를 풍미(風靡, 바람에 초목이 쓰러진다는 뜻으로, 널리 사회를 휩쓸)한 뛰어난 인물로 세 분이 선정되었다고 볼 수 있습니다.

한편 파주시에서 몇 해 전에 펴낸 『삼현수간』의 '서간문집(편지글 모음)'에는 파주 삼현으로 율곡 이이·우계 성혼과 더불어 구봉 송익필이 포함돼 있습니다. 율곡 이이·우계 성혼·구봉 송익필의 교우 관계에 대해 일본의 임의방이라는 학자는 중국 남송대의 거유인 주희·장식·여조겸의 관계에 비유할 정도로 뛰어난 삼현이라 평가했습니다.

이와는 달리 2021년 펴낸 '파주학 연구방향 및 기본계획' 연구용역 보고서에 의하면 성수침·성혼·백인걸·이이를 파주의 사현(四賢)으로 일컫고 있는 등 파주 출신의 뛰어난 학자를 지칭하는 기준과 주인공이 학자나 책자마다 다릅니다. 따라서 파주 삼현, 사현, 오현 등에 대한 개념을 새롭게 정립할 필요성이 있습니다.

> **역사 토막 상식**
> ## 유교배향(儒教配享)과 우리나라 18현
>
> 유교에서는 공자를 비롯한 중국의 성인 4성(聖, 안자·증자·자사·맹자), 공자의 제자 10철(哲), 송나라 현사 6현(賢)과 우리나라 18현(賢)을 기린다. 우리나라 18현은 최치원·설총·안유·정몽주·정여창·김굉필·이언적·조광조·김인후·이황·이이·성혼·조헌·김장생·송시열·김집·박세채·송준길 등이다.
>
> **문묘(文廟)** : '문선왕(文宣王) 묘(廟 사당 묘)'의 약칭으로 '문선왕'은 공자를 말한다. 당나라 현종이 공자의 덕을 기리기 위해 문선왕으로 높여 부른 데서 비롯되었다.

# 02 고려의 영웅, 윤관 장군

**문숙공 윤관(?~1111년)**
윤관이 확정한 고려 동북방 영토는 조선으로 이어졌다. 고려 과거제 문과는 958년(광종 9) 처음 실행되었다. 무과는 1391년(공양왕 3)에 설치했다.
〈사진 : 문화체육관광부 표준 영정〉

　　파주 삼현 가운데 가장 오래된 인물인 윤관 장군은 파평 윤씨 시조인 윤신달(고려 개국공신)의 5세손으로 지금의 파평면 금파리에서 태어났습니다.
　　윤관은 어려서부터 책 읽기를 좋아하고, 무술에도 뛰어난 재주를 보여 문무를 겸비한 인물로 성장했습니다. 1073년 고려 문종 때 문과로 급제(及第, 합격)해 여러 관직에 올랐습니다. 문과로 급제한 윤관이 무관인 장군으로 불리는 이유는 여진 정벌로 영토 확장에 큰 업적을 남겼기 때문입니다.

　　윤관 장군의 여진 정벌 이야기는 필자의 전작인 졸저『파주 인문학 산책』에 소개되어 있어, 이 책에서는 간략하게 요약합니다.
　　고려 숙종 때 그동안 고려를 부모로 섬기던 여진의 세력이 커지자, 1104년 여진 정벌의 책임자로 발탁된 윤관은 첫 전투에 나섰다가 패하고 말았습니다. 보병으로 이루어진 윤관의 부대는 기마병이 주력인 여진의 기동력을 이길 수 없었습니다. 첫 패배를 경험한 윤관은 기마병인 신기군(神騎軍)·보병인 신보군(神步軍)·승려 중심의 항마군(降魔軍)과 특수병으로 구성된 별무반(別武班)을 창설했습니다.
　　1107년(예종 2) 여진 정벌 원수(元帥)에 임명된 윤관은 부원수 오연총, 용장 척준경 등과 함께 17만 대군을 이끌고 여진 정벌에 나섰습니다. 수군(水軍)까지 동원해 압승을 거둔 윤관은 동북 9성을 쌓았습니다. 이어 고려의 영토로 확정하기 위해 남쪽 백성들을 옮겨 살도록 했습니다.
　　윤관의 9성 축조로 농경지를 잃은 여진은 고려군을 공격하는 한편 "9성을 돌려주면 이전처럼 고려를 임금의 나라로 받들며 신하의 예를 갖추겠다. 영

**❶ 척경입비도(拓境立碑圖)**

윤관이 여진을 정벌하고 두만강 북쪽 7백 리 선춘령에 고려의 국경을 알리는 비를 세우고 있다. 비석에는 '고려지경(고려의 경계)'이 쓰여 있다.
〈사진 : 고려대 박물관 / 제작 : 17세기 추정〉

**❷ 서북피아양계만리일람지도 (두만강 부분)**

압록강과 두만강 북쪽 경계를 그린 군사지도로 1700년대 초반(영조) 제작했다. 두만강 북쪽에 고려의 경계를 알리는 '고려경'과 윤관이 세운 비 그림과 함께 '윤문숙공 정계비'를 써 놓았다.
〈사진 : 서울역사박물관〉

원히 배반하지 않고 조공을 바치겠다"며 애걸했습니다.

여진의 화친 제안에 고려 조정은 화친을 주장하는 주화파(主和派)와 전쟁을 주장하는 주전파(主戰派)로 갈렸습니다. 결국에는 주화파가 힘을 얻어 1109년(예종 4) 군사들이 피땀으로 쌓은 9성을 돌려주기로 했습니다.

최홍사를 비롯한 주화파는 여진 정벌의 영웅인 윤관이 조정에 들어오는 것을 못마땅하게 생각했습니다. 윤관에게 "명분 없는 전쟁으로 국력을 탕진했다"는 누명을 씌우면서 심지어 "처벌하자"는 주장까지 했습니다.

1110년 윤관을 처벌하자는 주장을 물리친 예종은 윤관에게 '문하시중(門下侍中, 종1품 수상직)'을 내렸습니다. 하지만 고향 파주로 낙향해, 책을 읽으며 지내던 고려 영웅 윤관은 1111년 삶을 마치고 광탄면 분수리에 묻혔습니다. 시호는 '문경(文敬)'이었으나, 나중에 '문숙(文肅)'으로 고쳐졌습니다.

파주에는 파평산에서 윤관이 말을 타고 무술훈련을 했다는 '치마대(治馬臺)'와 함께 윤관이 상서(尙書) 벼슬에 있을 때 시를 지으며 휴양을 즐겼던 별장지 '상서대(尙書臺)'가 법원읍 웅담리에 남아 있습니다.

**윤관 초상 (충북 유형문화재 제160호)**

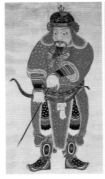

왼쪽이 무관상이고, 오른쪽이 문관상이다. 영정은 함북 북청군 만뢰사에 봉안돼 있었는데, 1902년 베낀 그림이라고 한다. 무속적이고 민화적인 그림으로 부릅뜬 눈은 경외감을 불러일으킬 만큼 강렬한 인상을 준다.

윤관의 후손인 다대포 첨사 윤흥신과 윤흥제 형제는 임진왜란 때 부산진을 함락하고 다대포진으로 몰려든 왜군 1만여 명에 맞서 군사 8백여 명을 거느리고 처절하게 싸우다 순국했다.

## 01) 실전됐다 복구한 윤관 장군 묘

파주시 파평면 금파리에서 태어난 고려의 영웅 윤관 장군 묘소(사적 제323호)는 파주시 광탄면 분수리에 있습니다. 그런데 특이하게도 고려시대 형식이 아니라, 후손들이 새로 만든 묘소로 조선 후기 형식입니다.

윤관 장군이 세상을 뜬 뒤 오랫동안 그의 묘소는 정확한 위치를 알 수 없었습니다. 조선 후기 영조 때 광탄면 분수리에서 윤관 장군의 지석(誌石, 무덤의 주인을 쉽게 찾도록 죽은 사람의 이름·생일·행적 등을 적어 묻은 돌)이 발견돼 후손들이 새로 만든 묘소이기 때문입니다.

윤관 장군 묘소는 왕릉에 버금갈 정도로 웅장합니다. 홍살문(나무에 붉은색을 칠해 묘소 입구에 세운 문)에서 묘소까지는 약 100여m에 이르며 잔디와 적송들이 묘역 경관을 품위 있게 장식하고 있습니다. 윤관 장군은 문인이면서 무인이기도 해, 묘지 앞에는 문인석과 무인석이 나란히 세워져 있습니다. 묘역 아래에는 윤관 장군의 영정을 봉안한 '여충사'가 자리하고 있습니다.

파평면 늘노리에는 고려 개국공신이자, 파평 윤씨 시조 윤신달의 탄생 설화를 담은 '용연(龍淵, 용의 연못)'이 있습니다. 교하동 당하리와 와동리에도 파평 윤씨 묘역이 있습니다. 조선시대 세조의 왕비인 정희왕후 부친 윤번, 중종의 왕비인 문정왕후 부친 윤지임 등 부원군(임금의 장인) 묘 3기와 정승 묘 5기, 판서 묘 8기, 승지 묘 12기, 참판 묘 30기 등이 있습니다.

윤관 장군 묘역을 찾은 필자

❶ 윤관 장군 묘역 : 옛날 석물과 나중에 세운 석물이 함께 세워져 있다. 문인석 뒤에는 돌로 만든 석양(石羊)이, 무인석 뒤에는 석마(石馬)가 놓여 있다. ❷ 윤관 장군의 영정이 모셔져 있는 여충사(麗忠祠) ❸ 윤관이 출정할 때 왕에게 하사받은 교자(橋子) 무덤(왼쪽)과 윤관이 탔던 말 무덤

## 02) 윤관 장군 별장, 상서대

상서대(尙書臺, 파주시 향토유적 제11호)는 윤관 장군 묘역에서 약 19km 떨어진 파주시 법원읍 웅담리에 있습니다. 상서대는 윤관 장군이 상서(尙書) 벼슬을 할 때 휴양하던 별장으로 후손들이 학문을 닦던 곳입니다.

윤관이 쓰던 상서대 건물은 지금은 사라지고 없습니다. 상서대는 '사주문'을 세워 출입할 수 있도록 했으며, 직사각형 담장을 두르고 있습니다.

상서대 : 사주문(四柱門, 세 칸으로 된 솟을대문과 달리, 기둥을 네 개 세워 한 칸으로 만든 대문) 뒤에는 윤관이 심었다는 우람한 느티나무 두 그루가 있다. 이 나무는 임진왜란 때 불탔는데 새싹이 다시 나면서 자랐다고 한다. 현재 보호수로 지정돼 있다.

윤관에게는 아들이 7형제가 있었습니다. 이들이 모두 번성해 여러 분파로 나뉘어 가문을 잇고 있습니다. 파평 윤씨 문중은 그동안 묘소를 찾지 못한 조상 12위를 추원단(追遠壇)에 모셨습니다.

상서대에는 윤관이 여진을 정벌한 뒤 데려온 여진족 추장 딸 웅단(熊丹)의 이야기가 전해오고 있습니다. 윤관이 모함을 입어 불운한 말년을 보내다 세상을 뜨자, 윤관을 사모했던 웅단은 상서대 옆 절벽으로 올라가 삼일 밤낮을 목놓아 울다 연못으로 떨어져 죽었다고 합니다.

웅단이 몸을 던진 바위에는 '낙화암 비'가 세워졌으며, 웅단이 떨어져 죽은 연못은 '웅담(熊潭, 곰소)'이 되었습니다. '웅담리' 지명은 여기서 비롯됐습니다.

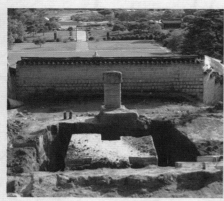

심지원 묘(경기도 기념물 제137호) : 2008년 이장하면서 조선시대 영의정 묘로는 처음 발굴됐다. 3중 회곽묘로 가운데가 심지원, 오른쪽이 첫째, 왼쪽이 둘째 부인 묘다. 묘역에서는 청화백자로 구운 묘지석 3장이 나왔다. 묘 앞의 담 너머가 윤관 묘역이다. 오른쪽은 새로 이장한 심지원 묘이다.

파주 돋보기
## 250여 년 갈등을 화해로 푼 두 집안

다음은 KBS '역사스페셜'에서 방영한 '임금도 막을 수 없었던 묘지소송'이다. 조선 중기 이후 묘지소송이 빠르게 늘어난 시대적 배경을 다뤘다. 산송(山訟)이란 말은 1664년 현종 때 처음 나타났다. 60여 년이 흐른 뒤인 1727년, 영조가 "임금에게 올린 소지(所志, 옳고 그름을 가려달라는 고소장) 가운데 산송이 10에 8, 9나 된다"며 푸념할 정도로 묘지소송은 늘어났다.

1111년 세상을 뜬 고려 윤관의 묘는 나라가 바뀌고, 수백 년이 흐르면서 흔적이 묘연해졌다. 처가살이가 유지됐던 16세기까지 딸과 외손이 제사를 모시며 묘를 관리하는 집안이 많았다. 그러다 외손이 갑자기 이사하거나, 대가 끊기면 묘도 함께 사라졌다.

17세기 들어 성리학이 뿌리내리면서 혼례·장례·제사 등의 예법이 유교식으로 완전히 바뀌었다. 가문은 조상의 묘를 지키기 위해 선산을 조성하고, 집성촌을 만들었다.

지금의 윤관 묘 바로 위에는 효종 때 영의정을 지낸 청송 심씨 심지원의 묘가 있었다. 심지원은 이곳 땅을 하사받아 조상의 묘역을 조성한 다음 1662년에 묻혔다.

그로부터 100년이 갓 지난 1763년(영조 39년), 잃어버린 윤관의 묘를 찾던 윤씨 가문은 『동국여지승람』에 '윤관 묘가 분수원(焚脩院) 북쪽에 있다'는 기록에 따라 묘를 찾던 중 지금의 윤관 묘역에서 옛 묘비 조각을 찾아냈다.

청송 심씨 가문은 이 과정에서 "심지원 묘역이 훼손됐다"며 윤씨 가문을 고소했다. 파평 윤씨 가문은 "심지원 묘가 먼저 쓴 윤관의 묘역을 침범했다"며 점유권을 주장했다. 심씨 가문은 "나라에서 하사받은 묘역으로 윤관의 묘란 증거가 없다"고 맞섰다.

조선의 토지개념은 지금과 달랐다. 토지는 만백성이 더불어 쓰는 공개념에 속했다. 따라서 묘를 쓴 사람은 소유권 대신 점유권을 인정받았다. 일제가 토지를 강탈하기 위해 점유권 대신 소유권만 인정하는 법을 만들면서 오늘까지 이어지고 있다.

파평 윤씨 가문은 세조 비 정희왕후 등 왕비 4명을, 청송 심씨 가문은 세종대왕 비

소헌왕후 등 왕비 3명을 낸 집안이었다. 지방 관아에서는 감히 다룰 수 없어 산송은 양쪽 집안의 후손인 영조가 직접 나서게 되었다. 묘역을 그려오게 해 조사를 벌인 영조는 "두 집안이 지금의 무덤을 보호하고 다투지 말라"고 했다. 양쪽 가문은 혼인으로도 엮였지만, 조상의 묘를 지키려는 집념 앞에는 어명도, 친척관계도 소용없었다.

1765년 화가 난 영조는 밤에 신하들의 만류를 뿌리치고 심문에 나섰다. 청송 심씨 가문에서는 심정최가, 파평 윤씨 가문에서는 윤희복이 대표로 나섰다. 둘 다 70여 세였다. 심문을 끝낸 영조는 두 사람을 귀양보냈다. 윤희복은 귀양 가는 도중에 죽었다.

그 뒤에도 두 집안의 묘지 분쟁은 끊이지 않았다. 1969년 두 집안은 윤관과 심지원 무덤 사이에 곡장(曲墻, 묘소 뒤에 쌓은 낮음 담)을 두르는 것으로 화해했다. 그러나 처음에 3단이던 곡장이 1982년 7단, 1991년 10단으로 높여져 2m에 이르렀다. 윤씨 측은 "제사를 모실 때 심씨 묘가 보여, 심씨 조상에게 제사 지내는 것 같아 담을 높였다"고 했다. 심씨 측은 "묘소의 조망권이 사라지고, 분묘에 그늘이 진다"며 하소연했다.

결국에는 2005년 윤씨 가문에서 묘터를 120여m 떨어진 곳에 제공하고, 심씨 가문에서 조상들 묘 19기를 옮기기로 하면서 250여 년을 이어온 산송은 끝을 맺었다. 윤씨 가문은 2008년 윤관 묘역에 '파평 윤씨·청송 심씨 화해 기념비'를 세웠다.

윤관
일화

## 사돈을 맺은 윤관과 오연총

여진을 정벌한 도원수 윤관과 부원수 오연총은 자녀를 결혼시킨 사돈 사이였다. 어느 봄날 잘 빚어진 술을 본 윤관은 오연총 생각이 났다. 윤관은 하인에게 술 동이를 지게하고 집을 나섰다. 개울가에 이르니 간밤에 내린 비로 건널 수 없었다. 안타까운 생각에 개울 너머를 바라보니 오연총이 술통을 옆에 끼고 있는 것이 아닌가.

윤관은 "개울을 건너기 어려우니 서로 그 자리에 앉아서 마시자"고 했다. 둘은 산사나무(査 사) 등걸에 걸터앉았다. 윤관이 머리를 숙이며(頓 조아릴 돈, 首 머리 수) "한잔하시오" 하면 개울 건너 오연총이 자기가 가지고 온 술을 잔에 따라 마시고 난 다음 윤관에게 "한잔하시오" 하고 잔을 권했다. 둘은 술 동이가 비도록 풍류를 즐겼다.

이후 자녀를 결혼시킬 때 "우리도 사돈(査頓, 등걸 나무에서 서로 머리를 조아린다) 할까?" 했던 데서 '사돈'이라는 말이 나왔다고 한다.

## 윤관의 목숨을 구해준 잉어 떼

윤관이 여진족 포위망을 뚫고 강가에 이르렀다. 강물이 깊어 망설이고 있을 때 잉어 떼가 다리를 놓아줘 강을 건널 수 있었다. 뒤쫓아온 여진족이 강가에 이르자 잉어 떼는 어느 틈에 흩어져 버렸다. 파평 윤씨는 잉어가 선조에게 도움을 준 은혜에 보답하는 뜻으로 잉어를 먹지 않는다고 한다.

# 03 직업이 정승이었던 황희

**방촌 황희**(1363년~1452년)
황희는 세종이 추진한 수많은 정책이 뿌리내리도록, 신하들의 갈등을 조정하면서 국정을 이끌었다. 그 결과 조선은 전성기를 맞이했으며, 황희는 오늘날까지 관료들의 모범이 되고 있다.
〈사진 : 국립중앙박물관〉

5판서 3정승을 두루 지내 '직업이 정승'으로 불릴 정도인 황희(黃喜) 정승은 성품이 어질고, 침착하며 청백리로도 이름이 높았습니다.

황희는 고려 말 혼란기인 1363년(공민왕 12) 개성 방촌에서 태어났습니다. 황희의 호인 '방촌(厖 클 방, 村 마을 촌)'은 그가 태어난 개성 방촌에서 따온 것입니다. 지금의 파주시 탄현면 도로 이름 '방촌로(지방도 359호선)'는 황희의 호 방촌에서 유래되었습니다.

황희는 고려 말에 과거 급제를 했으나, 고려가 망하면서 개성 두문동에 은둔했습니다. 두문불출(杜門不出) 고사성어는 바로 여기에서 유래했습니다.

그러나 조선을 건국한 태조 이성계가 유능한 그를 그대로 놔둘 리 없었습니다. 황희는 이성계의 끈질긴 간청을 물리치지 못해 벼슬길에 나섰습니다.

정종에 이어 세 번째 왕이 된 태종은 장남인 세자 양녕대군이 임금이 될 자질이 부족하다고 여겨 폐위시켰습니다. 이어 셋째 아들인 충녕대군(뒷날 세종대왕)을 세자로 삼았습니다. 황희는 "장자(長子, 맏아들) 우선의 원칙을 어기면 나중에 큰 폐단이 생긴다"며 반대했습니다.

이 일로 태종의 미움을 산 황희는 파주 교하 지역으로 유배를 떠나야 했습니다. 그러다 다시 전라도 남원으로 유배지가 바뀌어 그곳에서 5년 더 귀양을 살았습니다. 황희는 유배 생활을 하던 남원에서 정자를 지었는데 『춘향전』에 나오는 유명한 '광한루'입니다.

임금으로 즉위한 세종대왕은 유배 중인 황희의 재능을 아깝게 여겨 조정으로 불러들였습니다. 세종대왕은 황희가 자신이 세자가 되는 것을 반대했지

**방촌황희문화제**
파주시는 2016년부터 황희 정승의 업적을 기리고, 청백리 얼을 이어가기 위해 문산읍 사목리에 있는 황희 유적지에서 문화제를 열고 있다.

만, 그의 사람 됨됨이가 바르다는 것을 알고 벼슬을 내린 것입니다.

황희는 조선을 건국한 태조부터 문종까지 임금을 다섯 분이나 모셨습니다. 세종대왕 아래서는 18년 동안 영의정을 지냈습니다. 모두 28년 동안 관직에 있으면서 영의정을 포함해 정승을 3번이나 했습니다. 판서는 이조판서 2번, 호조판서·공조판서·예조판서 각 1번 등 5번이나 지냈습니다.

황희의 셋째 아들 황수신도 세조 때인 1467년 영의정에 올라 황희의 집안은 조선 왕조에서 처음으로 2대에 걸쳐 영의정을 배출했습니다.

피비린내 나는 '왕자의 난'을 두 번이나 일으키며 왕위에 오른 태종 이방원은 왕권을 강화하기 위해 의정부(議政府)를 만들어 3정승제(영의정·좌의정·우의정)를 두었습니다. 이 가운데 영의정은 '단 한 사람 아래이고, 모든 사람 위'라는 뜻의 '일인지하 만인지상(一人之下 萬人之上)'으로 불렸습니다.

좌의정이던 황희가 "관직에서 물러나겠다"고 하자, 세종대왕은 "경(卿, 2품 이상 신하를 임금이 높여 부른 말)은 세상을 다스려 이끌 만한 재주와 학문을 지니고 있다. 일을 처리하는 계책은 일만 가지 사무를 종합하기에 넉넉하고, 덕망은 관료들의 모범이 되기에 충분하다"는 글을 내려 허락하지 않았습니다.

황희의 소통 능력을 잘 보여 주는 사례가 있습니다. 과중한 업무로 질병에 시달렸던 세종은 내불당(內佛堂, 왕실 불당)을 경복궁 안에 지으려고 했습니다.

**역사 토막상식**
## 조선시대와 지금의 관직 비교

● 정1품 (현 국무총리급) : 영의정·좌의정·우의정·부원군(임금의 장인)·대군(왕자) 등
● 종1품 (현 부총리급) : 좌찬성·우찬성 등
● 정2품 (현 장관급) : 6조 판서·한성부 판윤(현 서울시장)·대제학·좌참찬·우참찬 등
● 종2품 (현 차관급) : 6조 참판·대사헌·각 도 관찰사(현 도지사)·절도사 등
● 정3품 (현 차관보급) : 6조 참의·승지(임금의 비서, 도승지·좌승지·우승지·좌부승지·우부승지·동부승지)·목사(지방 큰 고을 관리) 등

조선의 건국 이념인 성리학을 목숨보다 더 소중하게 받들던 유생들은 "숭유억불(崇儒抑佛, 유학을 숭상하고 불교를 억누름)의 나라 조선에서 궁 안에 불당을 세우는 것은 나라의 근본을 허문다"고 생각했습니다.

대간(臺諫, 왕의 잘못을 간하는 사간원과 사헌부 관리)이 벌떼처럼 나서 반대했고, 황희도 말렸습니다. 그러나 세종은 고집을 꺾지 않았습니다. 성균관 유생들은 "이단인 불교가 성하면 도덕이 타락한다"며 동맹휴학을 했습니다.

황희를 부른 세종은 "집현전 선비들이 나를 버리고 갔으니, 어찌해야 하겠소?"라며 눈물을 흘렸습니다. 세종의 마음을 헤아린 황희는 자식과 손자뻘인 학사들의 집을 일일이 찾아다니며 설득했습니다. 정치가 파탄 나면 그 피해는 백성들이 입기 때문에 체면은 뒷전이었습니다. 이처럼 임금의 '불통'은 덮어주고, 신하들과는 '소통'하는 황희의 노력으로 정국은 안정됐습니다.

87살에 은퇴한 황희는 지금의 문산읍 사목리에 '반구정(伴 벗 반, 鷗 갈매기 구, 亭 정자 정)'을 짓고 갈매기를 벗 삼아 남은 생을 보냈습니다.

1452년 90살(문종 2년)로 삶을 마친 황희의 장례식날, 문종은 지금의 탄현면 금승리 묘지까지 행차해 눈물을 흘렸습니다. 문종은 궁으로 돌아가는 길에 '황희의 학식과 덕망을 널리 알리라'는 뜻으로 '글월 문(文)'자가 들어가는 마을 이름 두 개를 지어주었습니다. 하나는 황희의 묘지가 있는 금승리 근처 탄현면 '문지리(文智里)'이고, 다른 하나는 교하 '문발동(文發洞)'입니다.

> **역사 토막 상식**
> ## 두문불출, 고려와 운명을 같이한 충신들
>
> 이성계는 고려 공양왕을 폐위시키고, 조선을 건국했다. 그러자 고려 충신 72명은 "두 임금을 섬길 수 없다"며 경기도 개풍군 두문동으로 들어갔다. 정치적 명분이 필요했던 이성계는 이들에게 함께할 것을 설득했지만 아무도 나오지 않았다. 이성계는 이들을 나오게 하려는 속셈으로 두문동에 불을 질렀다. 그러나 한 명도 나오지 않고 모두 불에 타 죽었다는 이야기가 전해온다.
>
> 원래 '두문불출(杜 닫을 두, 門 문 문, 不 아니 불, 出 나갈 출)'은 집에만 있고 바깥출입을 않는 것을 뜻했으나, 이때부터 집에 은거하면서 관직이나 세상에 나가지 않는 것을 이르는 고사성어가 되었다.

## 01) 왕릉에 버금가는 황희 정승 묘역

황희 정승 묘(경기도 기념물 제34호)는 파주시 탄현면 금승리에 있습니다. 금승리 마을은 장수 황씨가 대대로 집안을 일구어 온 터전입니다. 금승리 마을을 둘러싸고 있는 산은 대부분 장수 황씨의 선산이라고 합니다.

황희의 장례식 날, 문종은 묘지 근처까지 행차해 눈물을 삼키며 추모했습니다. 이 일로 황희의 묘지 오른쪽에 있는 봉우리는 '어봉(御 임금 어, 峰 봉우리 봉)'이란 이름을 얻었습니다.

황희 정승 묘역은 나라에 공이 큰 만큼 3단으로 조성됐습니다. 왕릉처럼 돌로 계단을 쌓아 봉분과 혼유석이 있는 상계, 장명등과 시자(侍者)처럼 보이는 무인석을 세운 중계, 문인석을 세운 하계로 구분했습니다. 이는 문(文)을 우대해 문인을 중계에, 무인을 하계에 배치한 왕릉과는 다른 모습입니다.

봉분도 다른 사대부 묘와 달리 크게 만들었습니다. 봉분 앞에는 화강암으로 만든 ㄷ자 모양의 3단 호석(護石, 묘를 보호하는 돌)을 쌓아 봉분과 연결했습니다. 이는 다른 묘에서 볼 수 없는 새로운 구조입니다.

묘역 아래에는 황희의 영정을 모신 영정각과 신도비를 보호하는 비각이 있습니다. 신도비는 신숙주가 지은 글을 공조판서를 지내고 문장과 해서(楷書, 바른 정자체)에 뛰어났던 안침이 글을 써 1505년(연산군 11)에 세웠습니다. 오랜 세월 비문이 닳아 글자는 보이지 않습니다. 1945년 후손들이 그 옆에 새로운 신도비를 세우고, 비각을 지어 함께 보호하고 있습니다.

● 혼유석(魂遊石) : 죽은 사람의 혼령이 노니면서 쉬는 곳으로, 제례 음식을 차리는 곳이 아니다.
● 향로석(香爐石) : 향을 피우기 위해 향로를 올려놓는 돌이다.
● 장명등(長明燈) : 사후 세계를 밝히는 등으로 네모난 화창(火窓, 불 피는 구멍)이 앞뒤로만 있다.
● 묘갈(墓碣) : 무덤 동남쪽에 세우는 비석으로 위가 둥근 것은 묘갈, 네모난 것은 묘비라고 한다.

❶ 외삼문 ❷ 내삼문 ● 비각(碑閣, 가운데 건물) : 죽은 사람의 업적을 새긴 신도비(神道碑)를 보호하는 건물. 신도비는 무덤 입구에서 봉분으로 가는 길목에 세웠다. ❸ 영정각(影幀閣) : 영정(초상화)을 모시고, 제향(祭享, 제사 의식)을 지내는 건물. 마주 보는 맞배지붕에 정면 3칸, 측면 2칸 건물로 내삼문 뒤에 있다. ❹ 재실(왼쪽) : 묘역을 관리하고 제사를 준비하는 건물. ● 부조묘(不祧廟, 오른쪽) : 죽은 사람의 위패를 모신 사당. 4대가 넘는 조상 위패는 사당에서 꺼내 묻어야 하지만, 나라에 공이 있는 사람 위패는 왕의 허락을 받거나 유림의 뜻에 따라 사당에 계속 두면서 제사를 지냈다. ● 위패(位牌) : 죽은 사람의 이름과 날짜를 튼튼한 밤나무로 만든 패. 신주(神主)·신위(神位)라고도 한다.

## 황희 정승 묘역 주차장 확장

황희 정승 묘역은 주차장이 좁고, 비포장이어서 관광객 주차와 대형차량 진·출입에 큰 불편을 겪었다. 파주시는 관광 편의를 위해 997㎡로 조성됐던 주차장을 3,277㎡로 확장했다. 2021년 4월 황희 정승 묘역 주차장 확장 현장을 점검하는 필자

### 파주 돋보기
### 아들의 잘못을 깨우친 아버지의 지혜

황수신(黃守身, 1407~1467년)은 젊은 시절 술집에 자주 드나들었다. 아버지 황희가 여러 차례 타일렀으나 듣지 않았다. 어느 날, 아들이 술을 마시고 집에 온다는 말을 들은 황희는 관복을 차려입고 문밖까지 나가 정중하게 절을 하며 맞이했다. 어찌할 바를 모르고 당황하던 황수신이 그 까닭을 여쭈었다.

황희는 "네가 내 말을 듣지 않으니 나를 아버지로 여기지 않는 것이다. 그래서 손님으로 대하는 것이다"라고 했다. 황수신은 크게 뉘우치고 학문에만 전념했다.

황수신은 1423년(세종 5) 사마시(司馬試, 생원·진사를 뽑는 과거)를 치렀는데, 학문이 부진하다고 시험관에게 모욕을 당하자 분하게 여겨 학문에 힘을 쏟았다고 한다.

음서제(蔭敍制, 과거 시험에 의하지 않고, 상류층 자손을 특별히 관리로 채용하던 제도)로 관직에 나가 세종 28년 도승지가 되었다. 1455년(세조 1년) 좌익공신이 되었으며, 남원군(南原君)에 봉해졌다. 1467년 아버지 황희에 이어 영의정이 되었다.

황수신 묘(향토문화유산 제32호)는 황희 정승의 묘역 맞은편 앞산에 있다. 전라북도 장수에 있는 창계서원에 제향 되었다.

# 제천 의례와 제도를 정비한 황수신

2019년 황수신의 묘역 정리 중에 '백자청화묘지(墓誌)'가 나왔다. 묘지는 죽은 사람에 대한 기록을 적어 묻은 것이다.

묘지에는 '황수신이 환구단에서 하늘에 제사를 지내는 의례와 제도를 정비했다'는 글이 있는데, 이는 조선 전기 제천(祭天, 하늘에 지내는 제사) 의례의 중요 내용으로 주목받고 있다.

'환구단(圜丘壇)'은 하늘의 아들 천자(天子)가 하늘에 제사를 지내는 단으로 '원구단(圓丘壇)'이라고도 했다. 강화도 참성단처럼 '천원지방(天圓地方)'이라 하여, 하늘에 제사 지내는 단은 둥글게 쌓고, 땅에 제사 지내는 단은 네모로 쌓았다.

성리학자들은 "하늘에 제사는 중국 천자만 지낼 수 있으므로, 제후국인 조선은 안 된다"며 제천의례를 반대했다. 태조는 환구단을 '원단'으로 이름만 바꿔 지냈으나, 태종 때 폐지됐다.

『조선왕조실록』에는 세종이 고려의 예를 들어 하늘에 제사 지내는 의견을 묻자, 승지 황수신 등이 찬성했다는 기록이 있다. 세조 3년(1457)에는 "왕이 좌참찬 황수신과 예조판서 박중손 등을 불러 제천을 논의했다"는 기록과 함께 황수신 등이 환구단 유래와 형태·제사 방식 등을 자세하게 적어 보고한 기록이 있다. 환구단 제천의례는 세조 10년에 사라졌다. 그러나 왕들은 이름을 '남단(南壇)'으로 바꿔 지냈다.

1897년 대한제국을 선포한 고종은 황금색 지붕의 환구단과 3층의 팔각지붕 황궁우(皇穹宇, 하늘과 땅 신의 위패를 모셔둔 곳)를 짓고, 황제 즉위식을 했다. 대한제국의 수많은 궁궐을 헐어 팔거나, 문화재를 강탈해간 일제는 1913년 환구단을 헐어버리고 그 자리에 조선호텔을 지었다. 지금은 황궁우만 고층 건물 숲속에 쓸쓸히 남아있다.

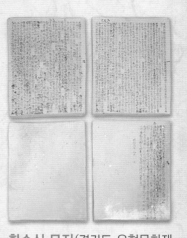

황수신 묘지(경기도 유형문화재 제358호): 모두 4장이며 마지막 장에는 내용이 없다. 조선시대 청화백자묘지 중 두 번째 이른 시기에 만든 것으로 글은 강희맹이 썼다.
청화 안료는 페르시아에서 생산, 중국을 거쳐 들어온 수입품으로 값이 비쌌다. 따라서 그 당시 묘지는 대부분 분청사기나 백자 묘지로 만들었다. 〈사진 : 경기도박물관〉

황수신 묘역 : 황희 정승 묘역에 바라본 모습으로 부인과 함께 묻힌 쌍분이다. 1474년 묘제 석물 규제 이전에 조성된 묘로 문·무인석이 쌍으로 세워져 있다.

❶ 반구정 : 4각 정자로 4면 모두 2칸씩이다. ❷ 앙지대(仰止臺) : 육각 정자로 반구정 바로 위에 있다. 1455년(세조 1) 유림이 지었다. 원래 반구정이 있던 자리였는데, 1915년 반구정을 아래로 옮기면서 다시 지었다. '앙지'는 '우러러 사모한다'는 뜻이다.

## 02) 갈매기를 벗 삼아 여생을 보낸 반구정

반구정(伴鷗亭, 경기도 문화재자료 제12호)은 황희 정승이 87살에 관직에서 물러나 3년 동안 여생을 보낸 곳으로, 문산읍 사목리에 있습니다. 반구정은 임진강 기슭 낙하진과 가까운 곳에 있어 '낙하정(洛河亭)'이라고도 했습니다.

반구정(伴 짝 반, 鷗 갈매기 구, 亭 정자 정)은 '갈매기를 벗 삼은 정자'라는 뜻입니다. 임진강 강가에는 경치가 빼어나게 아름다운 '임진강 8경'을 따라 한벽정·창랑정·몽구정·칠송정 등 많은 정자가 있었지만 지금 남아있는 정자는 반구정과 화석정뿐입니다. 〈이재석 지음『임진강 기행』 참조〉

반구정은 한국전쟁 때 불에 타 여러 차례 보수해 오다가 1998년 다시 지었습니다. 반구정 아래에는 황희 정승 동상과 영정을 모시고 제사를 지내는 영당지, 재실인 경모재 등이 있습니다.

1665년 영의정을 지낸 미수 허목(허준과 같은 양천 허씨이며, 묘지는 파주와 가까운 연천군 민통선 내에 있음)은 '반구정기'에 다음과 같은 글을 남겼습니다.

"반구정은 먼 옛날 태평 재상 익성공(翼成公) 황희 공의 정자이다. 황희가 죽은 지 2백 년이 채 못 돼 헐렸고, 그 터전이 쟁기 밑에 버려진 땅이 된 지도 1백 년이 된다. 이제 황희의 후손 황생(黃生)이 강 언덕에 집을 짓고 살면서 옛 이름 그대로 반구정이라 했다. 이는 정자의 이름을 없애지 않으려 함이니 역시 훌륭한 일이다… 썰물이 물러가고 갯벌이 드러날 때마다 갈매기들이 모여든다. 강가의 잡초 우거진 곳에는 모래밭이 차 있다. 9월이 되면 기러기가 찾아든다…"

# 황희의 '반구정'과 한명회의 '압구정'

　반구정은 서울 강남 압구정과 자주 비교된다. 압구정은 세조 때 한명회가 그의 호를 따 지은 정자이다. 반구정과 압구정 모두 '갈매기와 벗한다'는 뜻을 담고 있다. 하지만 한명회의 압구정 '압(狎)'자는 '업신여기며 가볍게 본다'는 뜻도 있다.

　한명회는 세 차례나 영의정을 지내며 재물과 권세를 탐했다. 그래서인지 한명회가 압구정을 지은 뒤에는 갈매기가 날아오지 않았다고 한다. 사람들은 압구정의 '익숙할 압(狎)'자를 '누를 압(押)'자로 바꿔 '갈매기가 날아오지 못하게 눌러 버린 정자'라는 뜻의 '압구정(押鷗亭)'으로 바꿔 비아냥거렸다고 한다.

　압구정 경치가 뛰어나다는 말을 들은 명나라 사신은 압구정을 구경하고 싶어 했다. 한명회는 궁중에서 쓰던 용과 봉황이 그려진 차일을 가져다 꾸미려 했다. 아무리 임금의 장인이었지만 성종은 불쾌했다. 이에 대간이 한명회를 탄핵했다. 성종은 한명회를 유배 보냈다가 도중에 풀어주었다. 나는 새도 떨어트리던 한명회 권세도 저물어갔다.

　황희의 반구정 '반(伴)'자는 '따르다'는 뜻도 있다. 인간과 자연이 하나 돼 진정한 벗이 되겠다는 마음가짐이 담겨 있다. 오늘날 압구정은 흔적도 없이 사라지고, 표지석과 마을 이름만 남아있다. 반면에 반구정은 많은 사람에게 사랑받고 있으니, 우리에게 주는 역사적 교훈이 크다 할 것이다.

　갈매기를 벗 삼아 자연과 하나 되고자 했던 평화로움의 상징 반구정은 철책선에 둘러싸여 남북 분단의 아픔을 함께하고 있다. 사람들은 황희 정승의 고향 개성을 오고 가지 못하지만, 갈매기들은 철책선 너머 북녘땅을 마음껏 날아다닌다.

양지대에서 바라본 반구정

끼룩끼룩

꼬록꼬록

꾸룩꾸룩

네 말도 옳고,
네 말도 옳고,
네 말도 옳구나!

# "네 말도 옳고, 네 말도 옳고, 당신 말도 옳소!"

황희의 집에서 하녀 둘이 싸우다가 황희에게 하소연했다. 한 하녀가 먼저 억울함을 호소했다. 황희는 "네 말이 옳다"고 했다. 다른 하녀도 지지 않고 자기가 옳다고 주장했다. 가만히 듣던 황희는 "네 말도 옳다"고 했다.

이를 지켜보던 부인이 "두 사람이 서로 다른 이야기를 하는데 둘 다 옳다고 하시면 어떻게 합니까?" 하며 황희가 잘잘못을 따져 주기를 바랐다. 그러나 황희는 "당신 말도 옳다"고 했다. 이렇게 되자 서로 다툴 일이 없어져 버렸다.

## 역지사지, 관용과 배려의 인품

어느 날 황희 정승댁에 하인의 아내가 찾아와서 여쭈었다. "내일이 아버님 제삿날인데, 우리 집 개가 새끼를 낳았습니다. 아무래도 제사를 안 드리는 게 좋겠지요?" "안 드려도 되지." 조금 있다가 하인이 찾아와 여쭈었다. "내일이 아버님 제삿날인데, 우리 집 개가 새끼를 낳았습니다. 그래도 제사는 드려야겠지요?" "그럼, 드려야지."

옆에 있던 황희 정승 부인이 기가 막힌 표정을 지으며 핀잔했다. "중요한 국사를 논하는 나라의 재상이신데, 무슨 판단을 그리 흐릿하게 하십니까?" 그러자 황희는 "대체로 아내는 시댁 제사를 모시기 싫어하기에 지내지 않아도 된다고 한 것이고, 남편은 무슨 일이 있어도 제사를 모시고 싶어 하기에 모셔도 된다고 한 것이오"라고 했다.

이런 황희 일화는 우유부단해 보이지만, 갈등을 해결할 때 양쪽 의견을 충분히 들어 상대의 마음을 이해하고 소통한다는 데 의의가 있다 할 것이다. 황희 정승은 사소한 일에는 관대했지만, 국사를 논할 때는 시시비비를 분명하게 가렸다고 한다.

## 나랏일에는 원칙과 소신, 공명정대로 임해

육진을 개척한 김종서는 '백두산 호랑이'라 불리며 자못 기세가 등등했다. 김종서가 병조판서 시절, 의정부 회의에 참석했는데 약간 삐딱하게 앉아 있었다. 이를 본 영의정 황희가 큰 소리로 말했다. "여봐라, 병판대감 의자 한쪽 다리가 짧나 보다. 빨리 고쳐 드려라." 깜짝 놀란 김종서는 의자에서 황망히 내려와 무릎을 꿇고 사죄했다.

이를 민망하게 본 좌의정 맹사성이 퇴청하면서 말했다. "다른 사람에게는 관대하신 영상께서 김종서에게는 왜 그렇게 엄하십니까?" 황희는 "우리는 늙었소. 장차 김종서가 뒤를 이을 건데 바르게 키워야 하지 않겠소. 종서는 성품이 괄괄해 앞으로 자중하지 않으면 반드시 낭패를 볼 것이오. 자만심을 다스려 모든 일에 경솔하지 말라는 뜻에서 한 것이지, 결코 그가 미워서 그리한 것은 아니오"라고 대답했다.

## 03) 황희의 덕을 추모하는 황희선생 영당지

　황희선생 영당지(影 그림자 영, 堂 집 당, 址 터 지, 경기도 기념물 제29호)는 황희 정승의 업적을 기리기 위해 후손들이 영정을 모시고 제사를 지내는 곳입니다.

　1455년(세조 1) 유림(儒林)이 황희 정승의 덕을 추모하기 위해 반구정이 있는 곳에 영당을 짓고 영정을 모셨습니다. 황희 정승의 호를 따라 '방촌영당'이라고도 합니다. 한국전쟁 때 불에 탄 것을 1962년 다시 세웠습니다.

　영당지는 정면이 3칸, 옆면이 2칸인 초익공양식의 맞배지붕 건물입니다. 영당 안 가운데에는 감실을 두고, 그 안에 영정을 모셨습니다. 건물밖에는 네모난 담장을 둘렀으며, 출입문에는 솟을삼문을 세웠습니다.

● **초익공양식**(初 처음 초, 翼 날개 익, 工 장인 공, 樣 모양 양, 式 법 식) : 새의 날개 모양(翼工, 익공)을 닮은 기둥과 보를 받치는 한옥건축 양식 ● **맞배지붕** : 한옥에서 짓는 가장 간단한 지붕으로 사람 인(人)자 모양으로 생겼다. ● **감실**(龕 감실 감, 室 방 실) : 신위나 영정 또는 불상을 모셔둔 곳 ● **솟을삼문**(三門) : 세 개의 문 가운데 중간 문이 큰 문으로 담장보다 높게 세웠다.

영당지에서 열린 황희 탄신 제656주기 제향식(2019년 3월)에 참석, 황희 정승을 기리고 추모한 필자

# 04 '기호학파'의 뿌리, 율곡 이이

**율곡 이이**(1536년 ~ 1584년)
율곡이 입은 옷은 유학자 예복으로 '심의(深 깊을 심, 衣 옷 의)'라고 한다. 모자는 '복건(幅巾)'이라고 한다.
옷 위는 사계절을 상징하는 네 폭으로, 아래는 1년을 상징하는 12폭으로 만들었다. 둥근 소매는 예(禮)를, 곧은 깃과 선은 바른 정치와 의리를 나타낸다.
〈사진 : 파주문화원〉

율곡 이이(李珥)는 1536년(중종 31) 아버지 이원수와 어머니 신사임당 사이에 3남 3녀 중 3남으로 강원도 강릉(신사임당의 친정)에서 태어났지만, 고향은 선영이 있는 파주 율곡리입니다. 신사임당이 율곡을 낳기 전날 저녁에 꿈을 꿨는데 '흑룡이 큰 바다에서 날아와 안방에 똬리를 틀고 앉았다'고 해 율곡의 아명을 '현룡(見 뵈올 현, 龍 용 룡)'이라 했습니다.

율곡은 3살 때부터 글을 읽었다고 합니다. 외할머니가 석류를 가져와 "이것이 무엇이냐"고 묻자, 율곡은 옛사람이 쓴 시를 인용해 "은행껍질은 푸른 옥구슬을 머금었고, 석류 껍질은 부서진 붉은 진주를 싸고 있네"라고 대답해 사람들을 놀라게 했습니다.

6살 때 한양 수진방(지금의 종로구청 부지)으로 이사했으며, 8살 때 아버지를 따라 조상 대대로 살던 파주로 이사 왔습니다. 이이의 호 '율곡(栗 밤나무 율, 谷 골짜기 곡)'은 지금의 파평면 율곡리에서 따왔습니다.

8살 때 임진강 변에 있는 '화석정'에 올라 시를 지었는데, 이를 화석정 '8세부시(八歲賦試, 8세 때 지은 시)'라고 합니다. 부(賦 부세 부)자는 '한시를 짓는다, 읊는다'라는 뜻입니다. 8세부시를 한글로 옮기면 아래와 같습니다.

숲속 정자에 어느새 가을이 깊으니 (林亭秋旣晚)
시인의 생각은 한이 없어라 (騷客意無窮)
먼 강물은 하늘에 닿아 푸르고 (遠水連天碧)
서리 맞은 단풍은 햇빛 받아 붉구나 (霜楓向日紅)
산은 외로운 둥근 달을 토해 내고 (山吐孤輪月)

강은 멀리서 불어오는 바람을 머금는다 (江含萬里風)
변방 기러기는 어디로 가는가 (塞鴻何處去)
처량한 울음소리 저녁 구름 속에 그치네 (聲斷暮雲中)

율곡이 16살 되던 해 봄에 어머니 신사임당은 48살로 일찍 세상을 등졌습니다. 시묘살이(부모가 돌아가시면 3년간(만 2년) 무덤 옆에 움막을 짓고 사는 일)를 한 율곡은 어머니를 잃은 슬픔을 잊고자, 19살에 금강산에 들어가 1년간 승려를 하다가 환속(還俗, 속세인 세상으로 다시 나옴)했습니다. 『선조수정실록』에 실린 율곡의 졸기(卒記, 죽은 사람을 평가해 기록한 글)에 의하면 당시 금강산 승려들 사이에서 율곡은 생불(生佛, 살아있는 부처)로 불렸다고 합니다.

율곡은 금강산에 들어갈 즈음 파주 지역에 살고 있던 유학자로 한 살 많은 우계 성혼, 두 살 많은 구봉 송익필과 교우를 맺었습니다.

율곡이 금강산에서 내려와 성균관에 문묘할 때, 성균관 유생들은 율곡의 승려 생활이 숭유억불의 유교 정신을 저버린 것이라며 크게 반발했습니다.

이때 성균관 유생들의 불만을 달래고, 율곡을 도와준 사람이 명종의 왕비인 인순왕후 외척 심통원이었습니다. 훗날 율곡이 붕당(朋 벗 붕, 黨 무리 당, 정치적으로 뜻을 같이하는 동인과 서인 사이 논쟁)으로 나라가 어지러울 때 동인에게 공격을 당하게 된 계기가 바로 서인이었던 심통원과의 관계 때문이었습니다.

율곡은 23살에 '천도책(天道策)'을 지어 과거에 장원급제(수석합격)했습니다. 아홉 번 과거 도전으로 아홉 번 모두 장원급제해 '구도장원공(九度壯元公)'이란 별칭을 얻었습니다. 요즘으로 보면 고시 9관왕으로 모두 수석 합격한 공부의 신, 시험의 달인입니다.

율곡은 조선을 대표하는 최고의 성리학자일 뿐 아니라, 사상가이며 철학자이자, 경세가이며 교육자였습니다. 조선 성리학은 율곡을 중심으로 하는 '기호학파'와 퇴계 이황을 중심으로 하는 '영남학파'가 양대산맥을 이뤘습니다.

율곡의 사상은 백인걸·성수침·성혼·송익필 등 파주 출신 학자들과 함께 '파산학파(坡山學派, 파주 파산서원 중심의 학파)' 형성에 큰 영향을 끼쳤습니다. 고향 파주에도 관심이 높았던 율곡은 1560년 조선시대 향촌 자치규약인 '파주향약'을 직접 만들었습니다.

율곡은 32살 되던 해에 16살의 선조 임금을 만나, 18년간 벼슬과 낙향을

❶ 율곡수목원 : 파평면 율곡리에 조성된 수목원으로 유아숲체험과 산림치유프로그램(치유숲·가족숲·엄마활력숲·실버숲) 등 다양한 서비스를 제공하고 있다.

## 파주시, 율곡수목원 '구도장원길' 조성

파주시는 2021년 율곡 생애와 사상을 5개 주제로 나눠 2,700m에 이르는 산책로를 준공했다.

**1.나도밤나무 길** : 율곡이 어릴 때 호랑이에게 화를 당할 뻔했는데 '나도밤나무' 도움으로 목숨을 구했다는 이야기로 조성됐다.

**2.자경문 길** : 율곡이 젊었을 때 지은 '자경문(自警文, 스스로 경계하는 글)'을 통해 삶에 대한 깨우침의 이야기를 담아냈다.

**3.격몽요결 길** : 율곡이 처음 글을 배우는 아동을 위해 지은 '격몽요결(擊蒙要訣, 몽매함을 깨우치는 비결)' 내용으로 구성했다.

**4.십만양병 길** : 율곡이 관직에 있으면서 실천한 '유비무환(有備無患, 미리 준비하면 근심할 일이 없음)'의 정신을 담았다.

**5.삼현수간 길** : 파주가 낳은 세 명의 현인 율곡 이이·우계 성혼·구봉 송익필이 주고받은 편지를 주제로 이들의 우정을 꾸몄다.

**6.전망대** : '장원종'을 설치해 청소년과 시민이 구비 도는 임진강 물결을 바라보며 소원성취를 비는 특별한 장소로 조성했다.

❷ 구도장원길 조성 현장에 점검을 나선 필자

❸ 율곡수목원 방문자센터 : 수목원 이용정보와 편의 제공을 위한 센터로 카페와 농산물판매장 등을 함께 운영하고 있다.

거듭했습니다. 율곡이 수시로 벼슬을 버리고 고향인 파주와 처가가 있던 해주 석담으로 낙향한 것은 선조가 율곡의 건의를 옳게 받아들이면서도 실천은 하지 않아 율곡이 실망했기 때문이었습니다.

율곡은 39살 되던 해인 1574년에 우부승지가 된 뒤, 선조에게 장문의 개혁상소문인 '만언봉사(萬言封事)'를 올렸습니다. 만언봉사는 '만언에 이르는 상소'라는 뜻인데, 실제는 1만 2천 자가 넘습니다. '봉사'란 옛날 중국에서 신하가 임금에게 상소를 올릴 때 내용이 누설되지 않도록 검은 천으로 봉해 올린 데서 생겨난 말입니다. 그러나 선조는 만언봉사 내용이 흡족하다고 칭찬하면서도 정작 율곡의 상소문은 받아들이지 않고, 폐정도 고치지 않았습니다.

율곡이 벼슬을 한 시기는 조선이 세워지고 2백여 년이 흐른 시점이었습니다. 오랜 평화와 연산군 때부터 이어진 네 차례의 '사화(士禍, 선비들이 반대파에게 몰려 죽임을 당한 사건)로 나라의 힘이 약해진 시기였습니다.

이러한 상황을 꿰뚫은 율곡은 '경연(經筵, 왕에게 유교 경서와 역사를 가르치던 자리)에서 '경장(更張, 해묵은 제도 개혁)'을 줄기차게 주장했습니다. "나라의 근본인 백성이 튼튼해야 나라가 편안한데 썩은 기둥 하나 갈지 않고 있다. 백성은 흩어지고 군사는 쇠약하며, 창고에 양곡마저 없는데 외적이 침범하면 어떻게 대응할 것인가?"라며 개혁을 망설이는 선조를 신랄하게 비판했습니다.

이 시기 율곡은 동인과 서인의 갈등이 깊어지는 것을 막으려고 둘 사이를 조정했습니다. 그러나 선조는 조선 최초로 부모가 왕과 왕비가 아닌 서자 출신으로 왕위에 올라 정통성이 취약했습니다. 따라서 선조는 왕권을 강화하려고 동서분당을 적절히 이용했습니다.

율곡은 42살이 된 1577년 대사간을 사직하면서 파주로 낙향했습니다. 처가가 있는 해주 석담을 오가며, 초학자들의 교육지침서인 『격몽요결(擊蒙要訣, 몽매함을 깨우치는 비결)』을 지었습니다. 훗날 정조는 강릉에 보관돼 있던 율곡의 『격몽요결』 친필본을 보고, 친히 어제서문(御製序文, 임금이 지은 머리글)을 지어 서문을 목판에 새기게 한 다음 해주 소현서원에 걸게 했습니다.

## 인생을 망치는 여덟 가지 나쁜 습관

율곡이 학동을 위해 지은 보물 제602호 『격몽요결』에 실려있다.

첫째 : 놀 생각만 하는 습관
둘째 : 하루를 허비하는 습관
셋째 : 자기와 같은 생각을 하는 사람만 좋아하는 습관
넷째 : 헛된 말과 글로 사람들의 칭찬을 받으려는 습관
다섯째 : 풍류를 즐긴다며 인생을 허비하는 습관
여섯째 : 돈만 가지고 경쟁하는 습관
일곱째 : 남 잘되는 것을 부러워하며 자신의 처지를 비관하는 습관
여덟째 : 절제하지 못하고 재물과 여색을 탐하는 습관

1582년 선조는 주로 대간 직에 두던 율곡을 나라의 인재 등용을 책임지는 이조판서에 임명했습니다. 다음 해에는 국방을 담당하는 병조판서에 임명했습니다. 율곡은 선조에게 "나라의 안과 밖이 텅 비고, 군대와 식량이 부족해 혹시 큰 적이 침범하면 반드시 패하게 된다"며 '시무육조(時務六條, 시급하게 처리해야 할 여섯 가지 일)'를 올렸습니다.

첫째 : 어질고 능력 있는 선비를 관리로 등용하는 것이요
둘째 : 군사력을 기르고, 백성의 삶을 양성하는 것이요
셋째 : 나라의 살림살이를 풍족하게 하는 것이요
넷째 : 외적의 침입에 대비해 국경의 경계를 강화하는 것이요
다섯째 : 전쟁에 대비할 말(馬)을 준비하는 것이요
여섯째 : 백성을 가르쳐서 사람의 도리를 깨닫게 하는 것입니다.

당시에는 전쟁에 쓸 말을 바치면 군역(軍役, 국방의 의무)을 면제해 주었습니다. 기병으로 이루어진 여진족을 물리치려면 많은 말이 필요했기 때문입니다. 율곡은 이를 먼저 시행하고 나중에 보고했습니다. 또 몸을 사리지 않고 업무를 보다 몸이 아파 임금이 불렀는데도 병조에만 들르고 퇴청했습니다.

이를 빌미로 '언론삼사(言論三司, 사헌부·사간원·홍문관)'가 탄핵(彈 탄알 탄, 劾 캐물을 핵, 관리의 죄를 물어 몰아냄. 현대에는 대통령과 고위 공무원·법관 등을 국회에서 해임하는 의미로 사용)에 나섰습니다. 죄명은 '왕의 허락 없이 병권을 좌지우지했다'와 '신하가 임금을 업신여겼다'였습니다. 이때 성혼은 율곡의 억울함을 호소하는 장문의 상소문을 선조에게 올려 율곡을 도왔습니다. 선조도 "그런 일은 전에도 있었다"며 언론삼사가 탄핵에 나설 때마다 물리쳤습니다.

그러자 언론삼사는 "율곡이 붕당에 관여했다"고 나섰습니다. 율곡은 파주로 물러나 여러 차례 사직상소를 올렸습니다. 그때마다 선조는 말렸지만, 몸이 아팠던 율곡은 끝내 관직에서 물러났습니다. 율곡이 병조판서를 맡아 국방개혁을 한 기간은 아쉽게도 고작 1년 남짓이었습니다.

율곡은 관직에서 물러난 지 석 달 만에 49살의 아까운 나이로 생을 마쳤습니다. 율곡의 묘지는 파주시 법원읍 동문리 자운산 선영에 있습니다. 우리나라 18현 문묘와 법원읍 자운서원에 배향되었으며, 청백리로도 뽑혔습니다.

광해군 시절 북인들이 편찬한 『선조실록』에는 율곡의 졸기(卒記)가 실려있지 않다. 그러나 서인이 집권한 뒤 편찬한 『선조수정실록』에는 율곡의 졸기가 다음과 같이 기록돼 있다. (줄임)

"율곡이 죽자 임금은 너무 놀라 슬피 통곡했다. 백성들은 '우리 복이 없기도 하다'며 눈물을 흘렸다. 발인하는 날에는 횃불이 수십 리에 끊이지 않았다. 이이는 서울에 집이 없었으며 집안에는 남은 곡식이 없었다. 친우들이 수의와 부의금을 거둬 장례를 치른 뒤, 조그마한 집을 사서 가족에게 주었으나 살아갈 방도가 없었다 …"

| 정치 개혁 | ● 당파(정치적 뜻을 같이하는 모임)를 뛰어넘어 인재를 뽑아야 함<br>● 중앙은 외척의 권력 집중을 막고, 지방은 수령의 실력을 높여야 함<br>● 붕당(朋黨)을 막기 위해 사림(士林)이 모은 의견을 존중해야 함<br>　– 붕당 : 양반들이 학맥과 정치적 입장에 따라 모여 만든 정치 집단<br>　– 사림 : 성리학을 바탕으로 정치를 주도한 양반 지배층 |
|---|---|
| 제도 개혁 | ● 왕실이 소유하고 있는 재산과 왕실이 쓰는 경비를 줄여야 함<br>● 지방의 군과 현을 합쳐 필요 없는 관직과 공직자 수를 줄여야 함<br>● 관찰사(도지사) 임기를 보장해 지방을 잘 다스리도록 기회를 줘야 함<br>● 경제 해결을 위해 '경제사(經濟司)'를 신설, 전담 부서로 둬야 함 |
| 신분 개혁 | ● 신분을 가리지 말고 평민을 포함, 폭넓게 인재를 길러내야 함<br>● 문벌(門閥)이나 출신보다는 능력 있는 사람에게 벼슬을 내려야 함<br>　– 문벌 : 대대로 내려오는 집안의 사회적 신분이나 지위<br>● 서얼(庶孽)을 없애고, 천민이나 노비도 능력이 되면 벼슬을 줘야 함<br>　– 서얼 : 서는 양인(良人) 첩의 자손, 얼은 천인(賤人) 첩의 자손 |
| 국방 개혁 | ● 현직이 아니면 품계를 거둬들여 그 비용을 국방비로 써야 함<br>● 양반에게도 평민과 똑같이 군역(국방 의무)을 지도록 해야 함<br>● 병력을 늘리고, 전쟁에서 쓸 말을 충분히 확보해야 함<br>● 군포(軍布)에 대한 족징(族徵)과 인징(隣徵)을 없애야 함<br>　– 군포 : 병역을 면제해 주는 대신, 국방비로 쓰기 위해 받아들이던 베<br>　– 족징 : 병역 의무자가 도망쳤을 때, 친척에게 대신 병역을 지게 함<br>　– 인징 : 도망자·사망자·실종자가 내지 않은 각종 세금을 이웃에게 물림<br>● 전쟁에서 공을 세우거나, 군량미를 내면 서얼에게도 벼슬을 줘야 함 |
| 민생 개혁 | ● 하급관원에게도 녹봉(祿俸)을 줘 백성을 괴롭히지 않도록 해야 함<br>　– 녹봉 : 관리에게 봉급으로 준 쌀·보리·명주·베·돈 등<br>● 백성을 못살게 하는 방납(防納)을 철저하게 관리해야 함<br>　– 방납 : 고을별로 국가에 바치던 공물을 대신 내주고, 이자를 높게 받던 일<br>● 사창제(社倉制)를 실행해 굶주리는 백성이 없도록 해야 함<br>　– 사창제 : 민간에서 곡식을 저장해두고, 가난한 백성에게 빌려주던 제도 |

　율곡이 주장했던 개혁은 왕권 지키기에 급급했던 선조의 무능과 양반들의 반발로 물거품이 되었다. 변화하는 국내외 정세에 맞춰 스스로 개혁하지 않은 대가는 참혹했다. 율곡 사후 8년 뒤인 1952년 조선은 일본의 침략(임진왜란)으로 사람이 사람을 잡아먹는 사태까지 이르렀다.

## 『삼현수간』에 나타난 율곡의 건강

『삼현수간』을 보면 병약했던 율곡이 자신의 건강문제를 구봉 송익필과 우계 성혼에게 자주 내비쳤음을 알 수 있다. 율곡은 죽기 한 달 전, 구봉에게 다음과 같은 편지를 써서 보냈다. "저 역시 세상의 온갖 맛있는 음식이 모두 답답하기만 합니다. 이것은 배움과 관련된 일도 아니니 늙었다는 증거입니다. '임운천화(任運遷化, 운명에 맡기고 자연의 변화에 따름)'해야지 어찌하겠습니까?"

십수 년이 지난 다음 구봉은 율곡이 보낸 이 편지 끝에 자신의 글로 이런 말을 덧붙였다. "이 서찰은 율곡이 처음 발병했을 때 보낸 것이다. 죽는다는 것을 미리 알았고, 한 달 뒤에 율곡은 먼 길을 놀러 갔다. 이 편지를 볼 때마다 늘 마음이 아프다."

율곡의 병약함은 우계 성혼이 구봉에게 보낸 편지에도 나온다. "율곡은 크게 어진 사람이라 한 번 누워 열흘 동안 있더니만, 순식간에 세상을 떠났습니다."

파주에서 학문과 사상을 교류했던 율곡 이이(1536년생), 우계 성혼(1535년생), 구봉 송익필(1534년생) 세 사람의 성현 가운데 가장 젊은 율곡이 먼저 세상을 떠난 것이다.

### 율곡일화 "나도 밤나무요, 나도 밤나무!"

밤나무가 많은 율곡리(밤나무골) 지명과 관련해 재미난 이야기가 내려오고 있다.

율곡이 어렸을 때였다. 어느 날 길을 가던 스님이 마당에서 놀고 있는 율곡을 보고 말했다. "관상이 좋기는 한데, 호랑이에게 잡아먹힐 사주를 타고났군." 깜짝 놀란 율곡의 아버지가 스님에게 "아이를 살릴 방법이 없습니까?"하고 물었다. 스님은 다음과 같은 말을 남기고 사라졌다. "뒷산에 밤나무 1,000그루를 심으시오. 내가 3년 뒤에 올 건데 그때까지 한 그루도 모자라거나, 남아서는 안 됩니다."

율곡의 아버지는 뒷산에 밤나무 1,000그루를 심고 애지중지 가꿨다. 3년이 지나 약속한 날에 스님이 찾아와 밤나무를 하나씩 세었는데 한 그루가 모자랐다. 스님은 "한 그루가 모자라니 아들을 데려가야겠소" 하더니 무서운 호랑이로 변했다.

그때 어디선가 "나도 밤나무요, 나도 밤나무!"라고 외치는 소리가 들렸다. 이렇게 해서 밤나무 1,000그루가 되자 호랑이는 꽁무니를 빼고 도망쳤다고 한다. 밤나무와 비슷하게 생긴 나무로는 '나도밤나무'와 '너도밤나무'가 있다. 이밖에도 서로 비슷하게 생겼지만, 종이 다른 '나도'와 '너도'가 붙은 식물이 많이 있다.

잉?

너도밤나무!

나도밤나무!

화석정 : 율곡이 8살 때 화석정에 올라 지은 시 '8세부시(八歲賦詩)'가 걸려있다. 정자 왼쪽에는 시를 새긴 비가 있다. 앞면은 3칸이며, 옆면은 2칸이다. 지붕 옆은 여덟 팔(八)자 모양의 팔작지붕이다. 560년 된 우람한 느티나무가 화석정의 애환을 말해 주는 듯하다. 〈사진 : 경기관광포털사이트 / ggtour.or.kr〉

## 01) 율곡의 자취가 깃든 화석정

파주시 파평면 율곡리 임진강 절벽에는 율곡 이이가 학문을 닦으며 나라 걱정을 했던 '화석정(花石亭, 경기도 유형문화재 제61호)'이 있습니다.

화석정은 고려말 유학자였던 길재를 받들기 위해 세종 25년(1443) 율곡의 5대조 할아버지 이명신이 처음 지었습니다. 이어 성종 9년(1478) 증조할아버지 이의석이 낡은 것을 고치고, 이숙함이 '화석정'이라 이름 지었습니다. 율곡의 학문에 반한 명나라 사신 황홍헌이 찾아와 시를 읊고 자연을 즐겼다는 이야기가 전해옵니다.

● 화석(花石) : 당나라 재상 이덕유의 별서(別墅, 농토에 지은 정자) '평천장'이 기화이초(奇花異草, 기이한 꽃과 이색적인 풀)와 진송괴석(珍松怪石, 진귀한 소나무와 괴상한 돌)이 넘쳐 멋진 풍경을 자랑했다는데, 기화이초의 '화'와 진송괴석의 '석'을 따서 지었다.

화석정은 임진왜란 때 불탔습니다. 80여 년이 지난 현종 14년(1673) 율곡의 증손자 이후지가 다시 지었으나, 한국전쟁 때 불탔습니다. 지금의 화석정은 1966년 파주 유림(儒林, 유학을 믿는 사람들)이 성금을 모아 복원했습니다.

# 논란 많은 화석정, 제모습 찾는다!

1966년 복원한 화석정은 고증을 제대로 하지 않아 원래 모습과 많이 달라졌다. 1973년 박정희 전 대통령은 화석정을 꾸미면서 직접 쓴 현판을 걸어 놓게 했다.

그 뒤 파주에서는 정자와 현판을 옛 모습대로 복원해야 한다는 여론이 끊임없이 이어졌다. 화석정에는 유성룡·박세채·황흥헌 등이 쓴 글 17편이 걸려있었다고 한다.

이에 파주시는 2021년 2월 '화석정 원형고증 및 복원설계 학술용역'을 마쳤다. 그 결과 정자에 '판장문(板牆門, 널빤지로 만든 문)'이 설치된 것을 확인했다. 크기는 지금의 화석정보다 작고, 주민의 증언에 따라 온돌이 설치됐던 것으로 추정했다.

❶ 1926년 동아일보에 실린 화석정 ❷ 1937년 일제가 발간한 『조선고적보』에 실린 화석정 ❸ 과거 기록을 바탕으로 파주시에서 3차원 투시도법을 활용해 복원한 화석정

필자는 "화석정 디지털기념관을 건립해 3차원 영상으로 복원한 화석정을 관람객에게 제공하겠다. 실물 복원은 현재 화석정의 문화재적 가치를 고려한 보존방안과 더불어 더 세밀한 고증과 발굴조사의 필요성 등을 종합, 중장기적으로 추진해 나갈 계획"이라고 밝혔다.

### 최강급 이지스 구축함 '율곡 이이함'

'세종대왕함'에 이어 2010년 취역했습니다. 율곡이 병조판서로 있으면서 추진한 국방개혁 뜻을 이어받고자 '율곡 이이함'으로 이름 지었습니다. 임진왜란 때 나라를 구한 유성룡의 '서애 유성룡함'과 함께 우리 바다를 지키고 있습니다.

율곡이 백성을 사랑하는 마음과 시대의 흐름을 놓치지 않고 추진한 개혁 정신은 오늘날에도 본받고 실천해야 할 가치입니다.

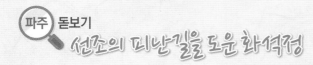

## 선조의 피난길을 도운 화석정

파주에는 임진왜란 때 화석정이 불탄 이야기가 내려온다. 율곡의 '선견지명(先見之明, 미리 앞을 내다봄)'과 '유비무환(有備無患, 미리 준비해 걱정을 없앰)'을 기리는 내용이다.

율곡은 생전에 제자들을 시켜 화석정 기둥과 서까래에 불이 잘 붙도록 들기름을 칠해 놓았다. 율곡이 세상을 뜨고 8년 뒤인 1592년 임진왜란이 일어났다.

피난을 떠난 선조가 임진나루에 도착한 때는 음력 4월 29일 그믐 저녁이라 칠흑같이 어두웠다. 폭우까지 쏟아져 한 치 앞이 안 보였다. 이때 율곡의 제자들이 화석정에 불을 질렀다. 불빛이 강을 환하게 비춰 선조 일행은 무사히 건널 수 있었다.

그러나 그때 화석정을 불태우지 않았다는 의견도 있다. 다음은 서애 유성룡이 임진강을 건너던 상황을 『징비록』에 쓴 글인데, 당시 화석정이 아니라 나루를 관리하던 관청을 불태웠다고 나온다.

" … 밭에서 일하던 농부가 통곡하며 말했다. '나라님이 우리를 버리고 가시니, 우린 누굴 믿고 산다는 말입니까?' 임진강에 이르도록 비는 멎지 않았다 … 배를 타고 강을 건너니 날이 저물어 길을 찾기 힘들었다. 임진강 남쪽 기슭에는 옛날 승청(丞廳, 나루터를 관리하던 관아)이 있었다. 적들이 그 나무로 뗏목을 만들어 강을 건널까 두려워 나무에 불을 질렀다. 그러자 불빛이 강 북쪽까지 비춰 길을 찾을 수 있었다.

오후 8시경 동파역에 닿았다. 파주목사 허진과 장단부사 구효연이 음식 준비에 한창이었다. 온종일 먹지 못한 호위병들이 이를 보자 부엌에 들어가 닥치는 대로 먹어치웠다. 나중에 임금께 드릴 음식마저 모자랄 지경이 되자 허진과 구효연은 도망쳤다."

『징비록』: 유성룡 지음, 김홍식 옮김, 서해문집(2003)

여행 전문가 박종인 씨는 신문 칼럼에서 화석정과 임진나루가 약 6백m 떨어져 있어 화석정을 불태웠어도 불빛이 미치지 못했을 거란 주장을 했다. 또한, 영조 때 채제공이 지은 『번암집』에는 '임금을 모시던 문신 이광정의 노비 애남이 임진나루 갈대숲에 불을 질렀다'는 기록이 있다며 화석정 소각설에 의문을 제기했다.

진동면 동파리

임진강

율곡습지공원

**임진나루** : 피난 길에 오른 선조 일행이 강을 건넌 곳이다. 평안도 정예병 3천 명을 포함한 1만3천여 병력이 임진강 방어에 나섰으나 병법에 무능한 문관들의 지휘로 무너지고 말았다.

문산읍 임진리

37번 국도

화석정

파평면 율곡리

**자운서원** : 서원, 가족 묘역, 율곡과 어머니 신사임당의 유물이 전시된 '율곡기념관'으로 나뉘어 있다.
❶ 서원 입구 솟을삼문인 외삼문(자운문, 紫雲門) 뒤에는 동재와 서재, 강인당이 있다. ❷ 배향공간인 문성사(文成祠, 사진 뒤 팔짝 지붕) 앞 내삼문 왼쪽에는 우암 송시열이 지은 묘정비(廟庭碑, 서원의 내력을 기록해 세운 비)가 있다. ❸ 묘역 입구에는 이항복이 비문을 지은 신도비가 세워져 있다.

## 02) 율곡의 학문과 덕행을 기리는 자운서원

자운서원(紫雲書院, 경기도 기념물 제45호)은 법원읍 동문리 자운산 자락 아래에 있습니다. 자운서원은 1615년(광해군 7) 율곡 이이의 학문과 덕행을 추모하기 위해 지역 유림이 뜻을 모아 세웠습니다. 1650년(효종 1) 파산서원과 함께 효종의 친필로 '자운(紫雲)'이란 사액을 받았습니다. 그 뒤 김장생과 박세채를 함께 배향했으며, 파주 지역교육의 큰 몫을 담당해왔습니다.

1868년(고종 5) 흥선대원군의 서원 철폐령으로 철폐돼 위패는 무덤 앞에 묻고, 서원 터에 제단을 만들어 제사를 지냈으나 한국전쟁 때 파괴됐습니다.

1969년 지방 유림의 기금과 국가 보조비로 복원한 다음 1970년대 성역화 작업을 했습니다. 2001년 유생들이 공부하던 강인당(講仁堂, 맞배지붕)과 기숙사 역할을 하던 동재(東齋)와 서재(西齋), 외삼문 등을 중건했습니다.

**소현서원** : 율곡이 후학을 가르치기 위해 세운 서원으로 황해남도 벽성군 석담리 '석담구곡 명승지' 안에 있다. 앞에 있는 비는 사원의 내력을 기록한 묘정비로 1830년에 세웠다.
사원에는 강당인 '은병정사'와 사당 건물, 율곡의 누이가 율곡을 위해 거문고를 탔다는 '요금정' 등이 있다. 남북분단으로 기억에서 사라져 가는 문화유산이 되었다. 〈사진 : 미디어한국학〉

### 파주 '자운서운'과 해주 '소현서원'간 남북문화교류 적극 추진

필자는 2019년 신년기자회견에서 통일을 위한 징검다리를 놓는 심정으로 남북문화교류에 대한 포부를 다음과 같이 밝혔다.

"파주에는 율곡의 학문과 덕행을 기리기 위해 1615년 세운 자운 서원이 있고, 율곡의 처가가 있던 북한 황해남도 벽성군 석담리에 는 율곡이 지은 소현서원이 있다. 이 서원은 율곡이 낙향해 후진 을 양성하고 학문을 연구하던 서원이다. 북한은 소현서원을 국보 문화유물 제79호로 지정하고 있어 남북이 학술교류를 할 수 있 는 좋은 여건이다. 남북평화교류의 관문인 파주시의 선도적 역할 이 그 어느 때보다 중요하다. 파주~개성, 파주~해주를 잇는 관광 자원을 연계해 생태문화관광벨트를 조성하겠다."

### 남북문화교류에 앞장선 파주시 공무원

파주시는 2021년 3월 자운서원에서 '파주시 공무원 남북교류연구동아리 제2기 발대식'을 열었다. 이 윤희 파주지역문화연구소장을 초청해 '파주 이이 유적을 통해 본 파주~해주 간 율곡학술교류 방안 모색'이라는 주제로 특별강연을 연 다음 화석정을 돌아보며 남북문화교류 의지를 다졌다.

파주시는 남북에서 모두 추앙받는 율곡의 정신을 기리기 위해 문화교류를 추진하고 있으며, 남북 주민 의 가로막힌 벽을 허물 다양한 사업도 함께 추진하고 있다. 이를 위해 2019년에는 통일부로부터 북한 주민 접촉 승인을 받은 바 있다.

## 03) 시서화(詩書畵)에 뛰어난 예술가, 신사임당

사임당은 아버지 평산 신씨 신명화의 다섯 딸 중 둘째 딸로 태어났습니다. 사임당은 호이며, 본명은 신인선이라고 하나 정확한 기록은 없다고 합니다. 신명화는 강원도 강릉에서 처신이 바르고 강직한 삶을 살아 율곡은 외할아 버지 신명화를 존경했다고 합니다.

신명화는 47살에 사망했으며, 어머니는 신사임당이 세상을 떠난 뒤 18년 간 강릉에서 홀로 살다가 90살에 사망했습니다. 사임당은 강릉에 홀로 남은 어머니를 생각하며 애틋한 사모곡을 한시로 지었습니다.

> 백발의 어머니 임영(강릉)에 계신 데 (慈親鶴髮在臨瀛)
> 이 몸은 장안(서울) 향해 홀로 떠나네 (信向長安獨居情)
> 머리 돌려 북촌을 바라보니 (回首北村時一望)

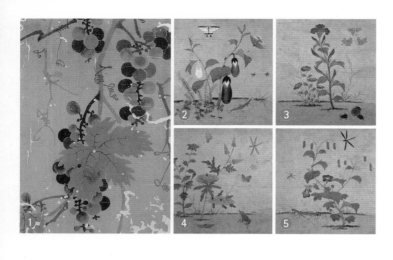

사임당은 일곱 살 때부터 안견의 그림을 모방한 산수도를 그렸다고 한다. 특히 포도를 많이 그렸는데, 초충도(草 풀 초, 蟲 벌레 충, 圖 그림 도)가 대표적이다. 율곡은 세상에 사임당을 비길 사람이 없다고 했다.

❶ 포도 ❷ 가지와 방아깨비 ❸ 맨드라미와 쇠똥벌레 ❹ 어숭이(접시꽃)와 개구리 ❺ 산차조기와 사마귀

옛사람들은 자연을 스승으로 삼아, 아무리 작은 생명이라도 그 이치를 탐구해 삶 앞에 겸손하려고 애썼다. 〈그림 : 국립중앙박물관〉

어둑한 푸른 산에 흰 구름 내려앉았네 (白雲飛下暮山淸)
밤마다 달을 향해 기도하네 (夜夜祈向月)
생전에 한번 뵈올 수 있을까 (顧得見生前)

사임당은 친정인 강릉 오죽헌에서 율곡을 낳았는데, 율곡이 태어날 당시에는 오죽헌이라는 당호가 없었다고 합니다. 오죽헌은 사임당의 어머니가 사망한 뒤 재산을 물려받은 율곡의 이종사촌이 지었다고 합니다.

사임당은 아버지에게 배운 유교 경전에 통달해 글을 잘 지었고, 바느질과 자수에도 빼어난 솜씨를 지니고 있었으며, 성품이 부드럽고 따뜻했다고 합니다. 사임당은 율곡에게 『사서오경』을 가르쳤습니다. 유교 경전을 어머니가 가르치는 것은 조선시대에 흔치 않은 일입니다.

사임당은 율곡에게 단순한 어머니가 아니라 우상이었습니다. 사임당이 사망하자 시묘살이를 한 뒤, 승려 생활을 했습니다. 숭유억불 사회에서 이단아 취급을 받는 비난을 감수할 정도로 어머니를 잃은 슬픔이 컸기 때문입니다.

사임당이 48살 때, 남편 이원수는 51살의 늦은 나이로 수운판관에 임명돼 율곡을 데리고 평안도로 출장을 가게 되었습니다. 그사이 사임당은 남편과 자식의 임종도 받지 못한 채 세상을 떠났습니다. 남편 이원수와 율곡이 배를 타고 서울 서강에 도착했을 때 가지고 온 놋그릇이 모두 뻘겋게 변해서 사람들이 괴이 여겼는데, 잠시 뒤 사임당의 부고를 듣게 되었다고 합니다.

사임당은 남편과 아들이 출장 갈 때 편지를 써서 서강의 수점(水店, 강가의 객사)에 보냈습니다. 아마 남편과 아들과의 마지막 이별을 알고 있었던 듯합니다. 율곡은 어머니 행장(行狀, 사람이 죽은 뒤에 행적을 기록한 글)에서 '어머니가 이 대목에서 반드시 눈물을 흘리며 썼을 것'이라고 기록했습니다.

## 파주 돋보기
## 역장으로 조성된 율곡의 가족묘

자운서원 밖, 자운산에는 율곡의 집안 묘 13기가 있다. 맨 위에 율곡 부인의 묘가 있고, 그 아래에 율곡·율곡의 형 부부·부친 이원수와 신사임당의 합장묘가 차례로 있다. 옆에는 율곡의 매형과 사돈 묘도 있다.

자식의 묘가 부모의 묘소보다 위에 있는 이른바 역장(逆 거스릴 역, 葬 장사 지낼 장), 도장(倒 거꾸로 될 도, 葬 장사 지낼 장)의 형태이다. 이에 대해서는 다음과 같은 견해가 있다.

한국고전번역원 장주식 씨가 펴낸 『삼현수간』에는 "아들 벼슬이 부모보다 높으면 묘를 위에 쓸 수 있다. 성혼의 묘도 아버지 성수침 묘보다 위에 썼다"는 의견을 밝혔다.

반면 파주 사학자 이윤희 선생이 발간한 『파주 이야기』에는 "아들 묘가 부모 묘 위에 있는 역장은 정확한 답을 얻을 수 있는 자료가 없다"는 입장이다.

또한, 이 당시는 풍수에서 역장을 금한 유교 질서가 확립되기 전이어서 무덤을 아래에서 위로 올라가며 쓰던 일이 잦았다는 해석도 있다. 역장을 금한 것은 유교 질서가 완성된 17세기 이후라고 한다. 선산에 가족묘를 쓰게 되면서 성리학적 효에 따라 후손의 묘를 선조 묘 위에 쓰는 것을 불경하게 여겨 역장이 사라진 것이라는 견해이다.

율곡의 부인 곡산 노씨 무덤에 대해서도 장주식 씨는 "율곡이 죽고 8년 뒤에 임진왜란이 일어났다. 율곡 부인은 왜군의 겁탈을 피하려 몸종과 함께 목숨을 끊었다. 나중에 가족들이 시신을 수습할 때 누가 누구인지 몰라 남편과 합장하지 못하고, 조그만 무덤을 율곡의 묘 위에 쓴 것"이라고 했다.

반면 이윤희 선생은 "부인 곡산 노씨가 율곡 선생의 묘소에서 왜적에게 살해당한 것으로 보이지만, 몸종이 함께 목숨을 끊어 합장해 후미에 묻었다는 이야기는 정확한 기록이 없어 단언할 수 없다"는 의견이다.

조선 유교가 여성에게 강조한 덕목은 어려서는 아버지에게, 시집가서는 남편에게, 늙어서는 자식에게 순종하는 '삼종지도(三從之道)'였다. 그러나 신사임당이 살던 때는 삼종지도 관습이 뿌리내리기 전이어서 여성의 활동이 비교적 자유스러웠다고 한다. 신사임당도 당시 전통에 따라 결혼 뒤에 20여 년을 친정에서 살았다.

해방 후 신사임당을 현모양처의 상징처럼 여겼지만, 슬기로운 어머니·좋은 아내를 뜻하는 '현모양처(賢母良妻)'는 1875년 일본이 천황제 국민국가를 유지하기 위해 만들어 낸 여성관이라고 한다. 여성은 자식을 충성스러운 신민(臣民)으로 길러내고, 남성이 집안 걱정 없이 나라에 목숨 바쳐 충성할 수 있도록 뒷바라지하는 존재였다. 조선 중기 이후 여성에게 강요했던 '열녀·효부'는 일제 강점기 때 사라지고, 일본식 '현모양처'가 여성의 삶을 옥죄어 온 것이다.

# 05 '기호학파' 양성의 스승, 우계 성혼

**우계 성혼** (1535년~1598년)

인물 왼쪽을 주로 그린 조선시대 초상화와 달리, 앞을 또렷하게 바라보고 있어 강직했던 성혼의 품성을 잘 나타낸 초상화이다. 〈사진 : 우계기념관〉

조선시대 초상화는 인물의 마음에서 우러나오는 정신을 표현하는데 가치를 뒀다. 아울러 부모에게 물려받은 몸을 소중하게 여겨 한오라기 수염까지 자세하게 그렸다.

우계 성혼(成渾)은 1535년(중종 30) 서울 순화동에서 태어났습니다. '파산학파'의 중심인물인 아버지 성수침을 따라 고향인 파평면 눌로리로 이사 왔습니다.

성혼의 호 우계는 파평면 '소 개울' 마을을 한자로 만든 '우계(牛 소 우, 溪 시내 계)'에서 따왔습니다. 휴암 백인걸에게 성리학을 배워 대학자로 성장했습니다.

한영우 서울대 명예교수가 쓴 『우계 성혼 평전』은 '벼슬과 부귀를 멀리한 참 선비 우계 성혼'이라는 부제를 부쳤습니다. "이이를 알려면, 성혼을 알아야 하고, 성혼을 알려면 이이를 알아야 한다"고 했습니다.

성혼은 생원과 진사 초시(1차 시험)에 합격하고도, 복시(2차 시험)는 보지 않았습니다. 조정에서 여러 차례 벼슬을 내렸으나, 대부분 사양하고 나가지 않으며 평생을 학문과 교육에 힘썼습니다.

파주삼현 중에서 가장 많은 후학을 길러낸 인물이 고향에서 학동들을 가르쳤던 성혼입니다. 가히 '기호학파' 양성의 스승이라 해도 지나친 말이 아닙니다.

우계 성혼은 율곡 이이(1936년)보다 한 살 위이고, 구봉 송익필(1934년)보다 한 살 아래입니다. 성혼은 율곡이 19살 무렵 어머니 신사임당을 여의고, 금강산에 승려로 들어가기 직전에 송익필과 함께 교유를 시작했습니다. 이때부터 세 명의 위대한 학자(삼현)는 평생의 벗이 되었습니다.

성혼의 아버지 청송 성수침이 세상을 떠나자, 율곡이 성수침의 행장을 쓸 정도로 각별한 사이였습니다. 또한, 송강 정철과도 교유하면서 성혼·이이·정철·심의겸·송익필 등은 '파주 5인방'으로 불리기도 했습니다.

❶ 우계 성혼 '시서첩(詩書帖)'
❷ 우계기념관 : 파주읍 향양리에 세워진 성혼선생 서실. 벼슬길에 나서는 것보다 실천을 중요하게 생각했던 성혼은 파산서원 서쪽에 '우계서실'을 설립하고, 약 24년 동안 학문탐구·학술교류·문인 양성에 온 힘을 쏟았다.

성혼은 성리학 이론보다는 몸과 마음을 갈고 닦아 배운 대로 실천하는 것을 더 중요하게 여겼습니다. 유학 이론에 밝아 같은 고을에 살던 율곡과 성리학 토론을 벌여 '이기일발설(理氣一發說)'의 독자적인 학문을 세웠습니다.

학풍이 열려있어 성리학자들이 이단으로 여기던 '양명학'도 받아들여 발전의 기틀을 다졌습니다. 이이는 성혼의 학문을 우수하게 평가해 임금과의 경연에 참여시킬 정도로 높이 평가했습니다.

성혼은 율곡이 선조에게 올린 '만언봉사'를 보고 '참으로 곧은 말로 극진하게 간한 경국제세(經國濟世)의 글'이라고 격찬했습니다. 하지만 율곡의 진언을 따르지 않는 선조를 보고는 안타까움을 느껴 율곡에게 '차라리 벼슬을 버리는 것이 선비의 도리'라고 충고했습니다.

성혼은 이이와 도의지교(道義之交)를 맺고, 아홉 차례에 걸친 성리학 논쟁을 하면서 누구보다 이이의 학문을 잘 이해했습니다. 이이가 사망하자, 애통한 마음을 담아 자신의 스승이라고 지칭하며 다음과 같이 추모했습니다.

"율곡은 참으로 나의 스승이다. 군주를 사랑하고 국가를 걱정하는 충성과 세상을 경륜하고 백성을 구제하려는 뜻은 옛사람에게서 찾아보아도 그와 짝할 만한 사람이 적다. 진실로 산하의 뛰어난 기운을 받아 태어났고 삼대의 훌륭한 인물인데, 이 세상에서 큰일을 하지 못하고 뜻만 품고서 별세했으니 참으로 천도는 믿기 어렵다."

성혼은 송익필이 동인에게 멸문지화를 당해 도피할 때 돈을 모아 속량을 시키고자 노력할 정도로 친교가 깊었습니다. 평소 송익필에 대해서는 '포부가 크고 성격이 소탈해 세세한 것에 소홀하고, 직도만 강조해 형식을 무시하거나 소홀히 하며, 남을 압도하려는 의사나 호승지벽(好勝之癖, 승리하고자 하는 버릇)이 강하다'며 불만을 나타냈다고 합니다.

반대로 송익필은 성혼이 임금의 부름에도 벼슬길에 나가지 않자, 성혼에게 불만을 토로하며 관직에 올라 뜻을 펼칠 것을 권유했습니다.

이에 대해 한영우 서울대 명예교수는 '성혼은 평생을 병마와 싸우면서 종이로 옷을 지어 입는 가난에 시달리면서도 선조 임금이 내린 벼슬을 수십 차례나 거부하고, 파주 우계의 오두막집에서 후학을 가르쳤다'며 안타까워했습니다. 성혼이 말년에 벼슬을 버리고 파주로 돌아왔을 때는 집이 불타 폐허가 되었으며, 절에 가서 끼니를 얻어먹을 정도로 가난에 시달렸다고 합니다.

그러나 성혼을 더 크게 괴롭힌 것은 이러한 육체적 고통보다도 동서 붕당에 따른 동인의 비판과 모함이었습니다. 성혼은 율곡이 병조판서로 있을 때 군마를 모으는 과정에서 일으킨 실수로 동인의 탄핵을 받자, 율곡을 돕는 상소문을 썼습니다. 기축옥사(정여립 모반 사건)가 일어났을 때는 동인들을 돕지 않았다는 오해를 받고 동인에게서 집중적인 화살을 받았습니다.

성혼은 이조판서로 있던 율곡의 권유로 이조참의(정3품)를 하다가 이조참판(종2품)에 올랐습니다. 율곡이 세상을 뜨면서 사직했으나, 선조는 허락하지 않았습니다. 하지만 성혼은 미련 없이 물러나 파주로 돌아왔습니다.

1592년 임진왜란 때 피난을 떠난 선조는 파주를 지나다 "성혼의 집이 어디냐"고 물었습니다. 옆에 있던 병조좌랑이 "저기 보이는 집이 우계의 집"이라며 거짓말을 했습니다. 선조가 "어째서 나와 보지 않느냐?"고 묻자, 병조좌랑은 "이런 때에 성혼이 어찌 임금을 뵐 리 있겠습니까" 하고 모함했습니다.

젊어서 큰 병을 앓아 몸이 자주 아팠던 성혼은 임금의 피난을 모르고 있었

성혼 묘 : 경기도 기념물로 파주시 파주읍 향양리에 있다.
석물은 동자석으로 알려졌다. 묘비는 1649년(인조 27)에 세웠다.
〈사진 : 한국학중앙연구원〉

습니다. 성혼은 백병신(百病身, 백 가지 병을 달고 사는 몸)이라 불릴 만큼 온갖 병에 시달려 바싹 마른 몸에 기운이 없는 모습이었다고 합니다. 더구나 성혼의 집은 그곳에서 20여 리나 떨어져 있었습니다.

선조가 임진강을 건넌 뒤에야 피난 소식을 들은 성혼은 임진강으로 달려 갔지만, 나룻배가 없어 건널 수 없었습니다. 이 일로 성혼은 선조에게 미움을 받는 처지가 되었습니다. 성혼을 시기하고 질투했던 신하들도 성혼을 사사건 건 공격하는 구실로 삼았습니다.

성혼은 분조(分朝, 임시 조정)를 차린 광해군을 돕다가 의주로 선조를 찾아 갔습니다. 그곳에서 '편의시무(便宜時務) 9조'를 올렸으며, 서울을 다시 찾은 뒤에는 '편의시무 14조'를 올렸습니다. 아울러 '혁폐도감'을 설치해 개혁을 과 감하게 추진할 것을 건의했으나 받아들여지지 않았습니다.

성혼도 율곡처럼 낡은 제도를 새롭게 바꾸려는 뜻이 강했습니다. "아무리 훌륭한 법이라도 오래되면 나쁜 점이 생기기 마련이며, 이는 백성의 살림을 어렵게 하고, 나라를 해롭게 하므로 반드시 개혁해야 한다"고 건의했습니다.

이 무렵 조선을 따돌리고 일본과 강화 협상을 벌이던 명나라는 군사를 철 수시키면서 일본과 강화를 맺을 것을 강요했습니다. 전쟁터가 되었던 조선은 굶주림과 역병으로 시체가 산을 이뤘으며, 시신에는 붙어 있는 살점이 없을 정도로 참혹했습니다. 그런데도 전쟁은 끝날 기미가 보이지 않았습니다.

백성들의 고통에 마음이 아팠던 성혼은 "명나라 요청에 따르자"고 했다가 선조의 노여움을 샀습니다. 성혼은 그 길로 임금에게 사직(辭職, 벼슬에서 물러 남)을 아뢰고, 고향 파주로 돌아왔습니다.

성혼은 파주 우계로 찾아오는 학생들을 위해 '우계서실'을 세워 후학을 가 르쳤습니다. 학생들이 몸가짐을 단정히 하고 정신을 모아 독서에 정진하도 록 '서실의(書室義)' 22조 항을 지었습니다. 성혼은 임진왜란으로 고향을 떠난 기간을 빼고는 우계서실에서 24년간 90여 명의 후학을 양성했습니다.

폐 질환으로 평생을 고생한 성혼은 1598년(선조31) 임진왜란이 끝나기 몇 달 전에 64살을 일기로 세상을 떴습니다. 이이와 함께 문묘에 배향되었고, 파 평면 파산서원에 모셔졌습니다. 파산서원은 성혼과 그의 아버지 성수침, 숙 부 성수종과 함께 파주 출신 성리학자 백인걸의 위패를 모신 곳입니다.

다음은 사관이 『선조수정실록』에 남긴 성혼에 대한 평가이다. (줄임)

"성혼은 인격과 품성, 학식이 뛰어났다. 일찍 너그러운 도량과 재능을 이루었다. 이이와 함께 사단칠정(四端七情)과 이기(理氣)에 대한 설을 주고받았는데, 앞선 유학자들이 밝히지 못했던 것이 많았다. 이이는 '사물에 대한 의견의 우월을 논하자면 내가 약간 나을 것이나, 행실이 성실하고 확고한 것은 내가 따르지 못한다'고 하였다…"

## 사단칠정론과 성리학의 분화

중국 남송 시절 주희가 만든 '성리학(주자학)'은 고려 말 들어와 조선의 정통사상으로 자리 잡았다. 유학자들은 사람의 본성인 '사단'과 감정인 '칠정'의 관계를 철학적으로 설명했는데, 이를 '사단칠정론(四端七情論)'이라 한다.

**맹자가 주장한 사단(四端)** : 사람의 이성적·도덕적 4가지 본성
- **측은지심(惻隱之心)** : 인(仁) 어려운 사람을 애처롭게 여기는 마음
- **수오지심(羞惡之心)** : 의(義) 의롭지 못함을 부끄러워하고, 착하지 못함을 미워하는 마음
- **사양지심(辭讓之心)** : 예(禮) 겸손하여 남에게 사양할 줄 아는 마음
- **시비지심(是非之心)** : 지(智) 옳고 그름을 판단할 줄 아는 마음

**칠정(七情)** : 몸과 마음이 함께 변하는 7가지 감정
- **희(喜 기쁨)** ● **노(怒 노여움)** ● **애(哀 슬픔)** ● **구(懼 두려움)** ● **애(愛 사랑)** ● **오(惡 싫어함)**
- **욕(欲 바램)**. 후대에는 중용에서 말하는 ● **희** ● **노** ● **애** ● **락(樂 즐거움)**을 가리켰다.

이황은 사단과 칠정을 다른 것으로 봤다. 사단은 이(理)에서 나오는 마음이고, 칠정은 기(氣)에서 나오는 마음이라 했다. 이를 '이기이원론(理氣二元論)'이라 한다. 반면 기대승은 사단과 칠정은 함께 생겨난다는 '이기공발설(理氣共發說)'을 주장했다. 두 사람은 편지를 주고 받으며 10여 년간 논쟁을 이어갔다. 율곡은 기대승의 주장을 뒷받침하면서 '이기이원론적 일원론(一元論)'을 주장했다. 논쟁이 깊어지면서 이황의 '영남학파'와 율곡의 '기호학파'가 생겨났다.

- **이기론(理氣論)** : 자연의 존재 법칙을 연구하는 우주론의 하나로 성리학에서 다뤘다.
- **주리론(主理論)** : 이(理)가 기(氣)를 주재하고 통제하는 실체임을 강조한 사상
- **주기론(主氣論)** : 우주 근원을 신비적인 이(理)보다는 물질적인 기(氣)에서 구하는 사상

사람의 본성을 탐구하던 '사단칠정' 논쟁은 당쟁이 심해지면서 서로를 이단으로 따돌리거나, 정치 보복을 하는 나쁜 일에 쓰이기도 했다.

# 성현의 가르침을 배운 대로 실천한 우계 성혼

『삼현수간』에는 성혼이 평생 후학들에게 모범을 보인 '지행일치(知行一致, 지식과 행동이 똑같음)'와 '언행일치(言行一致, 말과 행동이 똑같음)'에 대한 삶의 자세를 엿볼 수 있는 내용이 실려있다.

율곡은 평생의 벗인 우계 성혼, 구봉 송익필과 함께 집을 짓고 살면서 학문을 나누고 싶어 했다. 하루는 같이 살 집을 짓기 위해 세 사람이 웅담리에 가서 집터를 둘러보고 왔다. 우계는 구봉에게 보낸 편지에서 이를 '헛된 일'이라며 못마땅하게 생각했다.

"오직 몇 칸의 초가집을 마련해 살면서 책꽂이 하나에 책을 가득 꽂아 놓고, 그 가운데서 실컷 탐독해 한 가지 도리를 대강이나마 엿보는 것을 지극히 간절하고, 지극히 소중한 일로 여깁니다. 어찌 헛일에 분주하여 땅을 사고, 집을 짓느라 남은 인생을 허비하는 것이 합당한 일이겠습니까?" 결국, 율곡의 꿈은 이뤄지지 않았다.

## 우계 성혼선생 춘향제 봉행

필자는 2019년 4월 파주읍 향양리 우계 사당에서 열린 '제7회 우계 성혼선생 춘향제'에 참석했다.

초헌관을 한 필자는 "파주는 한 살 터울로 태어난 우계 성혼·율곡 이이·구봉 송익필을 배출한 고장이다. 이 세분은 학문적으로 모두 뛰어난 인물이다. 정치적 입장은 서로 달랐지만, 우정은 평생 변함없이 돈독했다. 앞으로 훌륭한 우계 정신을 계승해 세상에 펼치고 싶다"며 봉행에 참여한 소감을 밝혔다.

●초헌관 : 나라에서 제사를 지낼 때 임명되는 제관으로, 술잔을 올리는 순서에 따라 초헌관(初獻官)·아헌관(亞獻官)·종헌관(終獻官)으로 나뉜다. 초헌관은 제사에서 대표 격인 사람이 맡는다.

성혼은 53살이 되던 해(1588년)에 광탄면 용미리 '마애이불입상(보물 제93호)'을 보고 시를 지었다. 마애이불입상을 '석장군'으로 묘사하면서, 무심히 구름과 서 있는 불상을 부러워하며 한탄하는 심정을 다음과 같이 노래했다.

푸른 절벽이 석장군으로 변하니
(蒼崖化出石將軍)

만고의 것 사라지고 너만 홀로 남았구나
(萬古銷沈獨有君)

부러워라 너는 티끌세상 일에 관심이 없어
(却羨無心塵世事)

산머리 해 질 녘 한가로운 구름과 짝하고 있구나
(山頭斜日伴閑雲)

# 01) '파산학'의 숨은 선구자, 청송 성수침

**청송 성수침**(1493년~1564년)
본관은 창녕이다. 아우 성수종과 함께 조광조 문하에서 수학했다. 중종 14년에 현량과에 천거되었으나, 곧 기묘사화가 일어나 조광조가 처형되자 두문불출했다.
사진은 '성수침필적(成守琛筆蹟, 보물 제1623호)'으로 서예사적 가치가 높은 성수침의 행서 필적을 모아 엮은 서첩이다.

〈사진 : 한국학중앙연구원〉

우계 성혼의 아버지 청송(聽 들을 청, 松 소나무 송) 성수침은 평생 벼슬을 하지 않고, 시골에서 학문에만 전념하면서 후학을 길렀습니다.

성수침은 벼슬도 없이 일생을 마쳤음에도 '명종실록'에는 성수침의 졸기(卒記)가 실릴 정도로 관리와 학자들에게 존경을 받은 인물입니다.

원래 졸기는 당상관(정3품 상계 이상의 벼슬로, 임금과 같이 당상에 앉을 수 있는 고위 관리) 이상이 사망했을 때 실록에 실어준다고 하는데, 성수침의 졸기가 '명종실록'에 실린 것은 매우 이례적입니다.

성수침은 중종 때 조광조의 문인으로 공부를 시작했습니다. 그러나 '기묘사화'가 일어나 조광조가 처형되고, 많은 유학자들이 유배되자 벼슬을 포기하고, 서울 경복궁 뒤에 '청송당'이라는 현판을 걸고 살았습니다. 청송당은 현재 청와대 뒤 청운중학교 자리라고 합니다. 말년에는 고향 파주 우계에 은둔하면서 학문에만 전념했습니다.

파주로 낙향한 성수침은 스스로 호를 '파산청은(坡山淸隱, 파주의 깨끗한 은둔자)'이라 했습니다. 우계에 은둔하면서는 '우계한민(牛溪閒民, 우계에 있는 한가한 백성)'으로 했습니다. 그렇지만 사림(士林, 학식은 있으나 벼슬을 하지 않은 선비 무리)과 주변 사람들은 그를 '청송 선생'이라 불렀습니다.

1552년(명종 7) 예산현감·토산현감·적성현감 등에 임명되었으나 모두 사양하고 나가지 않았습니다.

성수침이 중병을 앓자, 아들 성혼은 자신의 허벅지 살을 베어낸 피를 약에 타서 복용케 할 정도로 지극정성 간호했습니다. 성수침은 72살을 일기로 생을 마감하고, 파주읍 향양리에 있는 문중 묘역에 잠들었습니다.

그런데 특이하게도 율곡 집안과 마찬가지로 아들 성혼의 묘가 아버지 성수침 묘보다 위에 있는 역장(逆葬) 형식입니다. 파평면 파산서원 앞 도로 이름인 '청송로'는 성수침의 호를 따서 지었습니다.

## 02) '파산학'의 본산, 파산서원

성수침·성수종·성혼·백인걸의 위패를 봉안하고 유생을 가르치던 곳이다. 임진왜란 때 불에 타 1611년(광해군 3) 복구했으나, 한국전쟁 때 다시 불에 탔다. 1966년 사당 건물을 복원했다.

파산서원(坡山書院, 경기도 문화재자료 제10호)은 파주에 맨 처음 세워진 서원으로 파평면 눌노리에 있습니다. 1568년(선조 1) 백인걸·이이 등의 관료와 파주의 유생들이 성혼의 아버지 성수침을 제향하고, 학문을 연구하기 위해 설립했습니다. 파산서원은 파주에서 학문을 닦은 성수침·백인걸·이이·성혼·송익필 등의 학풍을 일컫는 '파산학'의 본산입니다.

그러나 성수침의 아들 성혼이 동인들의 미움을 받았기 때문에 서원을 세운 지 78년 만인 1650년(효종 1)에야 파주 유생들의 청원으로 사액(賜 줄 사, 額 현판 액, 임금이 서원 이름을 지어 주고, 운영할 수 있는 땅과 책과 노비 등을 하사함)을 받게 되었습니다. 흥선대원군의 서슬 퍼런 서원 철폐령에도 유지된 전국 47개 서원 가운데 하나입니다.

**용주서원**(파주시 향토유적 제1호) : 월롱면 덕은리에 있다. 파주시 서원 가운데 가장 아름다운 서원으로 알려졌다. 1598년(선조 31) 파주 유림이 뜻을 모아 우계 성혼의 스승인 휴암 백인걸의 학문과 덕행을 추모하기 위해 세웠다. 그 뒤 임금에게 사액을 청했으나 뜻을 이루지 못하다가, 흥선대원군의 서원 철폐령 때 철폐되었다. 1924년 파주 유생들이 뜻을 모아 서원을 복원하고, 김행·조감·신제현·백유함을 추가로 배향했다.

**신곡서원지** : 1683년(숙종 9) 파주 유생들이 글씨와 문장에 뛰어났던 윤선거를 추모하려고, 옛 교하현 금성리(금촌동)에 세웠다. 1695년 숙종이 사액을 내렸으나, 흥선대원군의 서원 철폐령 때 폐지된 뒤 터만 남아 '신곡서원지(新谷書院址)'라 부른다. 현재 신곡서원 터에는 새금초등학교가 들어섰다. 새금초등학교에는 신곡서원을 세울 때 심었다는 커다란 느티나무 한 그루만 쓸쓸하게 남아있다.

# ⑥ 조선의 제갈공명, 구봉 송익필

구봉 송익필(宋翼弼)은 1534년(중종 29) 교하 심학산(옛 이름 심악산, 深岳山) 자락에서 태어난 것으로 알려졌습니다. 송익필의 호 '구봉(龜峯, 거북 봉우리)'은 심학산의 옛 이름 '구봉산'에서 따왔습니다. 심학산 남쪽 산남리에는 송익필이 살았다고 해 유허비(遺墟碑, 자취가 있는 곳에 세운 비)가 세워져 있습니다.

성리학의 중심인물이며 예학(禮學)의 거두(巨頭, 영향력이 큰 사람)로 불리는 송익필은 천부적으로 머리가 뛰어나 어려서부터 스스로 책을 보며 학문을 익혔다고 합니다. 7살에 '산가모옥월참차(山家茅屋月參差, 산속 초가집에 달빛이 어른거리네)'라는 한시를 지어 사람들을 놀라게 했다고 합니다.

송익필(교하 신남리)은 같은 고을에 살던 율곡 이이(파평면 율곡리), 우계 성혼(파평면 눌로리), 송강 정철(고양 덕양) 등과 교류하며 학문을 닦았습니다.

학문이 남달랐던 송익필은 초시에 합격했지만, 벼슬길에 나서지 못했습니다. 송익필의 할머니가 천첩(賤妾, 종이나 기생으로 첩이 된 사람)의 딸이었기 때문에 벼슬길이 막혀버린 것입니다. 불운한 천재 송익필은 대신 후학을 기르는 데 힘썼습니다.

**심학산(尋鶴山)** : 신령스러운 거북이가 한강에 들어가려는 모습이라 해서 '구봉산(龜峰山)'으로도 불렸다. 조선 숙종 때 궁에서 날아간 학 두 마리를 이곳에서 찾아, 학을 찾은 산 '심학'으로 했다고 한다. 한강을 바라보며 삼림욕을 즐길 수 있고, 둘레길도 잘돼 있어 시민에게 사랑받고 있다.

임진왜란 때 금산전투에서 전사한 의병장 조헌과 우리나라 18현 중의 한 사람인 김장생도 송익필에게 가르침을 받았습니다.

율곡은 평소 서얼에 대한 벼슬길의 허용을 주장했는데, 송익필에 대한 연민의 정도 작용한 것으로 보입니다.

송익필의 버팀목이 돼주었던 율곡이 세상을 뜨고(1584년) 난 2년 뒤에 송익필 일가는 정쟁에 휘말렸습니다. 송익필과 형제 친척들은 성과 이름을 바꿔가며 뿔뿔이 흩어져 도망 다녔습니다.

1589년 '기축옥사(정여립 모반 사건)'가 벌어지면서 송익필은 신분이 회복되었지만, 이로 인해 기축옥사를 뒤에서 꾸민 인물로 알려졌습니다. 이어 다시 정쟁에 휘말린 송익필은 평북 희천으로 유배되었다가 풀려났습니다.

송익필은 충남 당진 '숨은 골'을 은신처로 삼아 후학을 가르치며 학문에 힘썼습니다. 말년에 이르러 율곡 이이·우계 성혼과 함께 35년 동안 주고받은 편지를 모아 아들에게 책으로 묶으라고 했습니다. 책 이름은 『현승편(玄繩編, 검은 끈으로 묶은 책)』으로 했습니다. 이 『현승편』을 후대 문인들이 '세 사람의 현자가 쓴 편지'라는 뜻의 『삼현수간(三賢手簡)』으로 바꿨습니다.

송익필은 『현승편』 서문에서 책을 편찬한 뜻을 다음과 같이 밝혔습니다.

"나는 우계와 율곡, 두 사람과 가장 친하게 지냈다. 지금 둘 다 세상을 떠나고 나만 살아 있다. 나도 며칠이나 더 살다가 벗들을 따라갈까. 아들 취대가 지난 전쟁(임진왜란)으로 흩어지거나 없어지고 남은 두 친구의 편지와 내가 답장한 글, 그리고 잡다한 기록을 약간 모아서 나에게 보여 주었다. 한데 모아서 책으로 만들고 죽기 전에 보고 느끼는 자료로 삼기로 했다. 또 우리 집안에 전하고자 한다."

송익필은 학문·식견·문장·재략 등에 모두 뛰어났을 뿐 아니라, 풍채가 준수하고 위엄있어 조선시대 제갈량이라는 평가를 받았습니다. 미천한 신분인 종의 자식으로 태어나 유학자로 이름을 날린 고청(孤靑) 서기(徐起, 1523~1591년)는 "제갈공명을 알고자 한다면, 구봉 선생을 보면 될 것이다. 제갈량이 송익필과 비슷했을 것이다"라며 송익필을 탁월한 지략가로 평가했습니다.

다른 한편에서는 서인 당파의 막후 실력자로 평가받은 비범한 인물이었습니다. 이한우 씨가 쓴 『문제적 인물 송익필로 읽는 당쟁의 역사』 책에서는 송익필을 '조선의 숨은 왕'으로 묘사하며 조정의 배후 조종자로 평가했습니다.

시대의 벽에 가로막힌 송익필은 파란만장한 삶을 살다가 1599년(선조 32) 66살의 나이로 삶을 마쳤습니다. 묘는 충남 당진시 원당동에 있습니다.

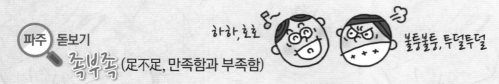

**파주 돋보기**

**족부족** (足不足, 만족함과 부족함)

구봉은 어떤 일에도 만족하면 행복하지만, 만금을 갖고도 만족하지 못하면 불행하다는 '칠언시(七言詩, 한 구절을 한자 7자로 쓴 시)'를 써 삶에 대한 지혜를 남겼다. 모두 40구절에 이르는 긴 시인데 주요 내용은 다음과 같다.

군자는 어찌하여 늘 스스로 만족하며, 소인은 어찌하여 늘 만족하지 아니한가.
부족하나 만족을 알면 늘 남음이 있고, 만족한데도 부족하다 하면 늘 부족하네.
때 맞춰 순리로 살면 무엇을 근심하리, 하늘을 원망해도 슬픔은 끝이 없네.
내 안에 있는 것을 구하면 부족함이 없지만, 내 밖에 있는 것을 구하면 부족하네.
한 바가지 물로도 즐거움이 남는데, 만금의 진수성찬으로도 근심은 끝이 없네.
지극한 즐거움은 분수를 앎에 있나니, 세상의 근심은 분수를 알지 못함에 있네.
부족함과 만족함은 내게 달렸으니, 만족하고 부족한 것을 어찌 밖에서 구하리.

**구봉 일화**

## "사실대로 잘 썼는데, 무엇이 문제냐?"

구봉의 모친이 사망하자, 주위에서 노비 출신 어머니 명정을 어떻게 쓰면 좋을지 걱정했다. 그런데 구봉은 "명정 써줄 사람이 따로 있으니 기다리라"고 했다. 얼마 뒤 율곡이 와서 명정에 '사비막덕지구(私婢幕德之柩, 노비 막덕의 묘)'라고 썼다. 이를 본 구봉의 제자들은 "율곡이 무례한 명정을 썼다"며 구봉에게 불만을 토로했다. 구봉은 "사실대로 잘 썼는데 무슨 문제냐?"고 대수롭지 않게 넘겼다고 한다.

율곡의 아우는 평소 구봉을 못마땅하게 여겼다. 율곡이 마침 집에 마침 없을 때 구봉이 율곡의 집을 방문했다. 구봉이 "형님 어디 가셨나?"고 묻자, 동생은 "장에 갔다"고 대답했다. 구봉은 동생을 쳐다보더니 "쌀값이 얼마 하우?" 묻고는 돌아갔다.

집에 온 율곡에게 동생은 "구봉이 무섭게 생겼다"고 했다. 율곡은 동생에게 "구봉이 뭐라더냐"고 물었다. 동생은 "쌀값을 묻더라"고 대답했다. 이에 율곡은 동생에게 "구봉이 너를 식충이라 여겨 쌀값을 물어본 것이다"라며 꾸짖었다고 한다.

## 광채 나는 눈빛, 거침없는 언변, 당당한 풍채

구봉은 눈빛이 번개 치는 듯했으며, 생김새는 씩씩하고 굳셌다. 율곡은 다가오는 환란이 걱정돼 구봉을 선조에게 여러 차례 천거했다. 마침내 선조를 만난 구봉은 물 흐르는 듯 거침없는 언변을 쏟아냈다. 선조는 구봉의 학식과 경륜에 감탄했다.

그런데 구봉이 눈을 감고 말하는 것이 아닌가. 이를 이상하게 여긴 선조는 "왜 눈을 감고 말하느냐?"고 물었다. 구봉은 "눈을 뜨면 놀라실까 봐 그런다"고 아뢰었다. 눈빛이 궁금했던 선조는 "어명이니 눈을 뜨라"고 했다. 구봉이 눈 할 수 없이 눈을 뜨자, 선조는 그만 기절하고 말았다. 선조는 "눈도 제대로 쳐다볼 수 없는 신하를 조정에 둘 수 없다"며 구봉을 쓰지 않았다고 한다.

## 이순신에게 거북선과 승전의 비법을 암시한 구봉

이순신은 나이가 11살 많았던 송익필을 스승으로 모셨다. 이순신을 처음 본 구봉은 앞으로 나라를 구할 인재라고 생각했다. 이순신이 23살 때 친구들과 돌로 진법 연습을 하는 것을 본 구봉은 "집에 다녀가라"고 했다. 이순신이 찾아오자, 구봉은 방에 누워 아무 말도 하지 않았다. 이순신은 방에 걸려있는 '구선도(龜船圖)'만 보고 돌아갔다.

전라좌수사가 된 이순신은 구봉의 집에서 본 구선도를 잊지 않고 거북선을 만들었다. 그러나 여덟 개 구멍 가운데 한 개의 쓰임새를 몰라 구봉을 찾아가 물었다. 구봉은 "그 구멍은 사청목(巳聽目)이다"라고 했다. 뱀은 눈으로 소리를 듣기 때문에 바깥말을 들으려면 구멍 한 개를 놔둬야 한다는 뜻이었다.

이순신이 병법 공부를 하고 있을 때 구봉은 시 두 수를 지어 이순신에게 "잘 기억해두라"고 했다. 하나는 "어두운 밤에 달은 밝고 기러기 높이 나니 선우(單于 흉노 왕, 여기서는 오랑캐를 뜻함)는 깊은 밤에 도망을 치는구나"였고, 또 하나는 "독(毒)을 품은 용이 숨어있는 곳의 물은 아주 푸르다"라는 시였다. 이러한 송익필의 가르침에 따라 이순신은 한산해전과 명량해전에서 대승을 거뒀다고 한다.

이순신이 송익필을 만났다는 기록은 없다. 송익필은 비범한 재주를 지녔지만, 그 뜻을 펼쳐보지 못한 사람이다. 따라서 이를 아쉬워한 사람들이 송익필의 호 '구봉(龜峯)'의 '거북 구(龜)'자를 이순신이 만든 거북선과 연결해 지어낸 이야기가 아닌가 한다.

# 07 '파산학파'의 모태, 휴암 백인걸

**휴암 백인걸**(1497년 ~ 1579년)

흉배(胸背)는 세종 때 처음 논의했으나, 영의정 황희가 검소한 기풍에 위배된다며 반대했다. 단종 때 시행돼 가슴과 등에 붙였다. 관직에 따라 부착하는 동물과 크기가 여러 차례 바뀌었다. 1871년(고종 8)부터 문신 당상관(정3품 상계 이상)은 학 두 마리, 당하관(정3품 하계 이하)은 한 마리, 무신 당상관은 호랑이 두 마리, 당하관은 호랑이 한 마리로 정했다.

휴암 백인걸(白仁傑)은 1497년(연산군 3)에 태어났습니다. 월롱면 덕은리에 있는 '용주서원'은 백인걸의 옛 집터로 알려져 있습니다. 백인걸의 호 '휴암(休 쉴 휴, 庵 암자 암)'은 덕은리와 위전리 도로 이름인 '휴암로'의 유래가 되었습니다.

백인걸은 성혼의 아버지 성수침과 함께 중종 때 개혁가이자, 사림의 영수였던 조광조를 스승으로 모시고 학문을 닦았습니다. 성혼과 율곡에게 학문을 가르쳤으며 '파산서원'의 건립을 이끌었습니다.

백인걸은 스승인 조광조가 '기묘사화'로 사형을 받자 세상을 한탄하며 금강산에 들어가 은거했습니다. 늙은 어머니를 봉양하기 위해 뒤늦게 과거를 준비한 백인걸은 41살에 문과 급제를 했습니다. 그러나 조광조의 제자라는 이유로 벼슬살이는 쉽지 않았습니다.

평생을 청렴과 성실로 보낸 백인걸은 남평현감으로 있을 때 학당(學堂)을 세워 교육에 힘쓴 공로를 인정받았습니다. 양주목사로 있을 때는 공물(貢物, 궁중에 상납하던 특산물)을 직접 관리하고 납품했기 때문에 아랫사람들이 속임수를 쓸 수 없었습니다. 백인걸의 어진 정치에 감동한 백성들은 그의 이임 소식을 듣고, 선정비를 세워 아쉬움을 달랬습니다.

백인걸은 같은 파주 교하 출신으로 명종의 어머니였던 문정왕후(파평 윤씨)의 수렴청정과 문정왕후의 동생 소윤 윤원형이 일으킨 '을사사화'를 반대하다 옥에 갇힌 다음 유배 갈 정도로 강직했습니다. 유배에서 풀려난 뒤에는 고향 파주로 돌아와 오랫동안 학문 연구에 힘을 쏟았습니다. 조광조의 문인이었던 성수침과 교유하면서 성수침의 아들 성혼과 이이를 가르쳐, 파주 지역을 성리학의 요람으로 키웠습니다.

한편, 선조는 백인걸의 강직함과 청렴함을 높이 평가했습니다. 직접 관직과 식량을 내리며 편지를 보내 불렀습니다. 백인걸은 임금의 잘못을 지적하는 대사간, 관료들의 비리를 탄핵하는 대사헌, 병조와 공조참판 등을 지냈습니다.

이즈음 조정에서는 동서분당의 조짐이 보였습니다. 백인걸은 율곡과 함께 분당의 잘못을 지적하며 타파할 것을 주장했습니다. 그러나 백인걸은 이이와 함께 서인 편을 든다는 공격을 받았습니다. 백인걸은 "오랜 법과 제도는 악습으로 이어져 백성의 삶을 힘들게 하므로 개혁해야 한다"고 했습니다. 더불어 "국경의 상황이 심상치 않으니 국방력을 강화해야 한다"고 주장했습니다.

75살에 벼슬에서 물러난 백인걸은 파주로 돌아와 교육에 힘썼습니다. 율곡은 "힘써 학문을 강론하고, 다른 일을 말하지 아니함은 이 어른뿐이다"며 감탄했습니다. 성혼은 30여 년 동안 백인걸을 아버지처럼 섬겼습니다.

허례와 허식을 비판하며 싫어했던 백인걸은 가난한 삶을 살았습니다. 이를 안 경기감사는 "백인걸이 가난해 스스로 살 수가 없으니 먹을 것을 내려 달라"고 상소를 올렸습니다. 선조는 기꺼이 식량을 하사했으며, 백인걸이 위독하다는 소식을 듣고는 의원과 약을 보내 위로했습니다.

1579년 83살로 삶을 마친 백인걸은 파주의 파산서원과 남평의 봉산서원에 배향되었습니다. 저서는 『휴암집』이 있으며, 청백리로 뽑혔습니다. 시호(諡號)는 충숙(忠肅)이었으나, 뒤에 문경(文敬)으로 고쳐졌습니다. 시호는 죽은 왕과 나라에 공을 세운 인물을 칭송하기 위해 나라에서 내린 칭호입니다.

백인걸 묘 : 경기도 기념물 제58호로 양주시 광적면에 있다. 묘는 단을 쌓아 조성했고, 앞에는 장명등이 있다. 동자상·망주석·문인석이 각 1쌍씩 놓여 있다. 신도비는 송시열 짓고, 송준길이 썼다.

사관은 『선조수정실록』에서 백인걸의 강직한 성품을 다음과 같이 평가했다. (줄임)

"백인걸은 을사사화 때 만 번 죽을 것을 무릅쓰고 곧은 말로 항거했다. 그의 정직한 소리가 진동하자, 간사한 무리는 무섭고 두려워 나서지 못했다. 여러 해 동안 곤궁했으나 뜻을 꺾지 않았다. 의로운 마음은 시대와 뜻이 맞지 않았지만, 머리가 희도록 변치 않았다. 일에 따라 선을 권하고, 악을 물리치기를 주저하지 않았다. 나이 팔십이 넘어서도 밤낮으로 학문을 연구했다. 가난하고 검소했으며 입고 먹는 것은 거칠었다. 임금이 그를 중히 여겨 총애하고 염려했다 …"

🔍 파주 돋보기
# 파주 출신 대윤과 소윤의 권력다툼 '을사사화'

중종의 둘째 왕비 장경왕후(파평 윤씨)는 인종을 낳자마자 죽었다. 사람들은 인종의 외삼촌 윤임을 '대윤(大尹)'이라 했다. 이어 중종의 셋째 왕비 문정왕후(파평 윤씨)는 명종을 낳았다. 명종의 외삼촌 윤원형은 '소윤(小尹)'이라 불렸다. 윤임과 윤원형은 같은 문중인 파평 윤씨 정정공파 출신이자, 같은 교하 출신이었다. 대윤 윤임과 소윤 윤원형은 중종 다음의 왕위를 놓고 치열하게 대립했다.

중종에 이어 인종이 즉위하면서 대윤은 소윤을 탄압했다. 그러나 1545년 어진 성품의 인종이 여덟 달 만에 세상을 떠나고, 12살의 명종이 왕위에 오르면서 전세는 역전됐다. 소윤은 왕 대신 '수렴청정'을 한 문정왕후의 힘을 이용해 대윤을 탄압했다.

이때 드라마 단골 소재로 유명한 정난정이 등장한다. 윤원형의 첩이었던 정난정은 문정왕후 측근이 돼 궁궐을 수시도 드나들며 소윤을 대변했다. 뒷날 정난정은 윤원형의 본부인을 독살하고, 부인 자리를 차지했다.

문정왕후는 밀지(密旨, 왕이 몰래 내리던 명령)를 내려 윤임 등 대윤 세력을 죽이거나 귀양보냈다. 이 사건을 '을사사화'라고 한다. 윤임·윤원형과 동향인 파주 월롱 출신 백인걸은 문정왕후가 밀지를 내려 사건을 꾸민 것을 문제 삼고 나섰다. 백인걸은 결국 파직을 당하고, 옥에 갇힌 뒤 귀양을 가야 했다.

1565년(명종 20) 문정왕후가 죽으면서 권력과 사치를 누리던 윤원형은 양사(사간원·사헌부)의 탄핵을 받고 관직을 삭탈 당했다. 이어 이들을 "사형에 처하라"는 양사의 끈질긴 탄핵에 윤원형은 정난정과 함께 경기도 강음현에서 약을 먹고 자결했다고 한다.

피보다 권력이 진하다는 것을 증명이라도 하듯, 피비린내 나는 권력투쟁을 벌였던 윤임과 윤원형은 현재 파주시 교하동 와동리와 당하리 문중 묘역에 함께 묻혀 있다.

● 수렴청정(垂簾聽政): '발을 치고 함께 정치를 듣는다'는 뜻으로, 어린 왕이 즉위하면 왕실의 어른인 왕대비(王大妃, 왕의 어머니) 또는 대왕대비(大王大妃, 왕의 할머니)가 왕 대신 정치를 하던 제도

**역사 토막 상식**
# 훈구파와 사림파의 대립에서 비롯된 조선 4대 사화

**사화**(士禍) : 훈구파와 사림파가 정치적 의견과 경제적 이해관계를 둘러싸고 벌인 다툼에서 사림세력이 화를 입어 '사화(士 선비 사, 禍 재난 화)'라고 한다.

**무오사화**(1498년, 연산군 4) : 사림파가 부패한 훈구파를 비판하면서 시작됐다. 훈구파 유자광 등은 김종직이 쓴 '조의제문(弔義帝文, 항우가 초나라 왕 의제를 살해한 것을 조문함)'이 단종을 몰아낸 세조를 비방한 것이라며 김종직과 조의제문을 사초에 실은 김일손을 모함했다. 연산군은 죽은 김종직을 부관참시하고, 사림파를 숙청했다.

**갑자사화**(1504년, 연산군 10) : 성종은 왕비 윤씨(연산군 어머니)가 질투가 심하다고 폐위시킨 뒤 죽였다. 왕권 강화를 위해 훈구파와 사림파 제거에 나선 연산군은 폐위 사건 당시 동조한 신하들을 찾아내 죽이거나 귀양보냈다. 권력을 독점한 연산군은 폭정을 일삼았다. 신하들은 반정을 일으켜 연산군을 폐위시키고 중종을 왕에 앉혔다.

**기묘사화**(1519년, 중종 14) : 개혁파였던 신진 사림 조광조 등은 중종반정 때 공이 없음에도 공신이 된 자들의 위훈을 박탈했다. 그러자 훈구파였던 남곤과 심정 등은 "사림파가 붕당을 지어 왕권을 위협하고, 국정을 어지럽힌다"며 모함했다. 중종은 조광조에게 사약을 내려 죽였으며, 일부 사림파도 죽이거나 귀양보냈다.

**을사사화**(1542년, 명종 즉위년) : 파주 출신이자, 파평 윤씨 문중인 대윤과 소윤의 권력 다툼에서 비롯됐다. 을사사화는 소윤인 윤원형이 권신인 이기와 결탁해 대윤 윤임 세력을 죽음으로 몰고 갔다. 당시 척신 윤원형을 비판하던 사림파는 큰 화를 당했다.

**훈구파**(勳舊派) : 세조의 무력집권을 도와 공신이 된 정치세력이다. 명종 때 외척이었던 대윤과 소윤의 척신(戚臣, 왕의 친척인 신하) 세력이 권력을 장악하면서 사라졌다.

**사림파**(士林派) : 인간의 도리와 진리를 밝히고 실천하는 것을 목표로 하는 '도학정치'를 내세우며 맹자의 핵심 사상인 인(仁)과 의(義)로 하는 '왕도정치'를 꿈꾸었다. 도리에 맞지 않는 불의와 비리는 용납하지 않았으며, 실천이 없는 공허한 이론도 모두 배척했다. 여러 사화를 겪으며 몰락을 거듭하다 선조 때에 이르러 정치를 주도했다.

**사림**(士林) : 고려 말 성리학을 배경으로 하는 지식계층이 등장하면서 사대부(士大夫) 등과 함께 쓰였다. 고려 말 정몽주·길재에서 시작됐다. 고려가 망하면서 지방에 은둔하며 학문과 교육에 힘썼다. 조선 성종 때 김종직·김굉필 등이 정계에 진출하면서 정치를 시작했다. 양반은 물론 지방의 향촌 사회에서도 지배세력이 되었다.

# 공직자 본보기인 '청백리' 고장 파주

　　조선시대 청백리는 모두 218명으로 알려져 있다. 파주는 경기도(60여 명 추정)에서 가장 많은 12명의 청백리(묘소 기준)를 배출했다. 이 책에 소개된 황희·율곡·성현·최경창·이세화 외에도 백인걸처럼 파주에서 살았지만 다른 곳에 묻힌 사람을 포함하면 더 많은 청백리가 나온 자랑스러운 고장이다.

　　조선은 부귀(富貴, 재산이 넉넉하고 지위가 높음)를 무조건 나쁘다고 하지 않았다. 공자도 "나라에 도가 있을 때 가난하게 사는 것은 부끄러움이요, 나라에 도가 없는데도 부귀하게 사는 일은 부끄러운 것"이라고 했다.

　　따라서 자신의 노력으로 올바르게 모은 재산은 비난의 대상이 아니었다. 오히려 뇌물의 유혹에 빠지지 않고, 깨끗하게 정책을 추진할 수 있는 바탕으로 인정받았다.

중종은 청백리를 뽑는 행사장에 '탁문(濁門)·청문(淸門)·예문(例門)'을 세워 놓은 다음 더러운 관리는 탁문으로, 깨끗한 관리는 청문으로, 이도 저도 아닌 관리는 예문으로 지나가도록 했다.

모두 눈치 보면서 예문으로 지나갔는데, 조사수만 청문으로 지나갔다. 그의 청렴성을 안 관료들은 고개를 끄덕였다.

　　고려와 조선은 백성을 위한 어진 정치를 펼치기 위해 '염근리(廉 청렴할 렴(염), 謹 삼갈 근, 吏 벼슬아치 리(이))'와 '청백리(淸 맑을 청, 白 흰 백)' 제도를 실행했다. 염근리는 현직 신하에게 내리는 상이었으며, 청백리는 주로 청렴했던 신하가 죽는 뒤에 내린 상이었다. 청백리는 맑은 물처럼 깨끗하고, 흰색처럼 때 묻지 않은 벼슬아치를 뜻한다.

　　우리나라는 고려 인종 14년(1136)부터 청백리를 뽑았다. 고려시대 대표 청백리는 "황금 보기를 돌같이 하라"는 아버지 최원직의 가르침을 따라 높은 관직에 있었으면서도 평생을 청렴하게 산 최영 장군이다.

　　조선시대 청백리는 청렴뿐 아니라, 일하는 능력과 성실성이 우수해 동료들의 모범이 되어야만 오를 수 있었다. 청백리 선정은 의정부와 이조(인사 담당)가 2품 이상의 관료들에게 2명씩 추천받고, 육조판서가 심사해 왕의 결재로 확정될 만큼 까다로웠다.

　　청백리로 선발되면 본인에게는 가문을 빛내는 큰 명예였으며, 자손에게 벼슬이 내려지기도 했다. 반대로 부패한 관료는 '탐관오리(貪官汚吏)'라고 해 언론삼사의 탄핵을 받아 처벌되었다. 처벌을 받으면 이름이 탐관오리 명단에 올라 벼슬길이 막혔고, 자손들은 과거를 볼 수 없었으며, 두고두고 가문의 부끄러움으로 남았다.

# 08 탕평론에 앞장선 남계 박세채

**남계 박세채**(1631년~1695년)
성리학 이론에 밝아『동유사우록(東儒師友錄)』을 집필, 성리학자와 유학자들의 계보를 신라시대까지 끌어 올렸다. 예법(禮法)에도 밝아 임진왜란과 병자호란을 거치면서 무너진 예법을 바로 세우려고『남계예설(南溪禮說)』등 많은 예학서를 남겼다.

박세채는 1631년(인조 9) 서울 현석마을에서 출생했습니다. 박세채의 호가 된 남계(南溪)는 지금의 광탄면 창만리 마을 앞을 흐르는 개울 이름으로, 말년을 광탄면 창만리에서 보낸 것으로 보입니다.

박세채가 태어난 해는 임진왜란(1592년)에 이어 병자호란(1636년)이 일어나기 바로 앞이어서 나라와 사회가 모두 어지러운 시절이었습니다.

박세채는 1649년(인조 27) 진사가 되어 성균관(고려시대 국자감, 관료를 양성하는 유교식 교육기관)에 들어갔습니다. 1650년(효종 1) 성균관 유생들은 율곡과 성혼을 문묘에 종사(從 모실 종, 祀 제사 사)할 것을 효종에게 청했습니다. 이에 영남의 유생 유직이 유생들을 모아 반대 상소를 올렸습니다.

율곡이 지은『격몽요결』로 학문을 시작한 박세채는 율곡을 매우 존경했습니다. 박세채는 유직의 상소를 날카롭게 비판했습니다. 그러나 북벌과 함께 경제를 일으켜 세우려던 효종은 박세채를 꾸짖었습니다. 박세채는 성균관에서 나와 경학(經學, 유학의 사서오경을 연구하는 학문)에만 전념할 뜻을 세웠습니다.

1659년 효종이 승하(昇 오를 승, 遐 멀 하, 왕의 죽음을 높인 말)하고, 현종이 즉위(卽位, 임금의 자리에 오름)하면서 1차 '예송논쟁(禮訟論爭)'이 벌어졌습니다. 인조의 둘째 왕비이자 효종(첫째 왕비 인렬왕후가 낳음)의 어머니인 자의대비가 상복을 1년(기년 朞年, 만 1년) 입어야 하는지, 3년(만 2년) 입어야 하는지를 놓고 서인(西人)과 남인(南人)은 치열한 논쟁을 벌였습니다.

예법에는 어머니보다 큰아들이 먼저 죽으면 어머니는 3년 상복을, 둘째부

박세채가 지은 책으로 왼쪽부터
『남계집』,『범학전편』,『남계예설』
『시무만언봉사』박세채가 숙종에게
수신치국을 위한 올바른 자세와 방안
을 제시한 내용으로 구성되었으며, 모
두 12조로 되어있다.
〈사진 : 한국민족문화대백과〉

터는 1년 상복을 입는 것으로 되어있었습니다. 문제는 효종이 인조의 큰아들
(소현세자)이 아닌 둘째 아들(봉림대군)이라는 것에서 비롯되었습니다.

송시열을 비롯한 서인들은 "왕도 사대부와 같은 예를 적용해야 한다"며 1
년 상복을 주장했습니다. 허목을 비롯한 남인들은 "효종이 비록 둘째 아들이
지만 왕위를 계승했으니, 첫째 아들처럼 3년 상복을 입어야 한다"고 주장했
습니다. 결국에는 권력을 쥐고 있던 송시열의 주장대로 상복을 1년만 입기로
했습니다. 이때 박세채는 1년인 '기년설'을 지지했습니다.

1674년 숙종이 즉위하고 남인이 집권했습니다. 기년설을 주장한 박세채는
관직을 삭탈(削 깎을 삭, 奪 빼앗을 탈, 벼슬과 품계를 빼앗김) 당하고, 6년간 유배 생
활을 했습니다. 1680년(숙종 6) '경신환국'으로 서인이 다시 집권하면서 이조
판서와 우의정·좌의정 등을 지냈습니다.

1684년(숙종 10)에는 윤선거의 '묘갈명(무덤 앞 비석에 새기는 글)'을 놓고, 노론
의 영수 송시열과 소론의 영수 윤증이 논쟁을 벌였습니다. 박세체는 '붕당의
화가 나라의 존립에 영향을 미친다'고 생각했습니다. '황극탕평론(皇極蕩平論,
왕이 나라를 다스리며 어느 쪽에 치우침 없이 공평하게 함)'을 발표하면서 깊게 골이
파인 당쟁을 막으려고 애를 썼으나 실패했습니다. 결국에는 윤증을 감싸주면
서 소론계 학자들과 학문을 나누게 되었습니다. 박세채가 주장한 탕평론은
영조가 왕위에 오르면서 빛을 보게 되었습니다.

효종 때는 충청도와 전라도에서 중단되었던 대동법의 재실시를 주장했습
니다. 1694년(숙종 20)에는 이이·성혼의 문묘 종사 문제를 확정지었습니다.

박세채는 1695년(숙종 21) 65살로 생을 마쳤습니다. 묘는 황해도에 있는 것
으로 알려졌습니다. 시호는 문순(文純)으로 영조 때 18현 문묘에 배향되었으
며, 파주 자운서원에도 제향되었습니다. 박세채는 정치적 혼란기에 벼슬을
해 갈고닦은 학문을 마음껏 펼쳐보지 못한 재상이라 할 수 있습니다.

# 조세 형평성을 위해 앞장선 율곡과 박세채

조선은 국가와 왕실 운영에 필요한 물자와 특산물을 각 지방에 나눠줘 거둬들였다. 이를 '공납(貢納)'이라 했다. 16세기 들어 공납을 둘러싸고 온갖 비리가 발생했다. 그중 하나가 '방납(防納)'이었다. 백성들은 고을에서 생산되지 않는 특산물이 배정되거나, 흉년 등으로 수확량이 적으면 국가에서 할당한 물품을 사서 바쳐야 했다. 자연스럽게 백성들 대신 특산물을 사서 내주고 이자를 받는 방납 업자들이 생겨났다.

처음에는 백성들도 편리했지만, 수령에게 뇌물을 준 방납 업자들이 가격을 몇 배로 부풀려 받기 시작했다. 지방 관리들도 백성들이 가져온 공물(貢物)의 품질이 나쁘다며 퇴짜놓고, 방납 업자 물건을 강제로 사게 했다. 이로 인해 나라 곳간은 곳간대로 비고, 백성들의 원성은 하늘을 찌를 듯했다.

율곡은 수령과 방납 업자들의 비리를 막고, 백성들의 고통을 덜어주기 위해 1569년 (선조 2) 모든 공납을 쌀로 대신 내게 하는 '대공수미법(貸貢收米法)'을 선조에게 건의 했다. 그러나 이 법의 시행으로 손해 보는 세력들이 반발해 실현되지 못했다.

율곡이 주장했던 대공수미법과 결이 같은 '대동법(大同法)'은 1608년(광해 1) 경기도 에서 첫 실시됐다. 대동법은 공물을 호구(가구) 수가 아닌 소유 토지 면적에 따라 쌀로 대신 내게 한 제도였다. 부자도 가난한 사람도 똑같이 내던 불공평한 세금을 토지 소 유량만큼 내게 해 형평성을 이뤘다. 하지만 공납을 내지 않던 특혜가 사라진 양반 대 지주들의 반발로 충청도와 전라도는 시행 1년 만에 중단됐다.

효종 때 백성들의 고통을 헤아렸던 박세채는 충청도와 전라도의 대동법 재시행을 적극적으로 주장해 관철했으며, 대동법의 전국 확산에 큰 역할을 했다.

동병상련(同病相憐) : 같은 병을 앓거나 어려움을 겪는 사람끼리 서로 동정하고 도움을 준다는 뜻

동병상련이잖아!

대동법으로 백성들은 한숨을 돌렸습니다. 그러나 조선 후기로 가면서 세도정치로 인한 '삼정(전세·군포·환곡)의 문란'이 확대돼 백성들은 더 큰 고통을 겪었습니다.

● 세도정치(勢道政治) : 권력을 잡은 신하가 왕을 허수아비로 만들고, 제 맘대로 하던 정치
● 전세(田稅) : 논밭에 부과되는 세금
● 군포(軍布) : 병역을 면제해 주는 대신 받아들이던 베
● 환곡(還穀) : 가난한 백성에게 봄에 곡식을 빌려주고, 가을에 이자를 보태 거두던 제도

# ⑨ 『악학궤범』의 저자, 용재 성현

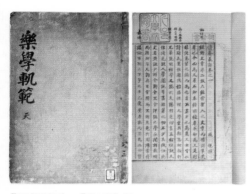

『악학궤범』·『용재총화』: 유교 국가 조선은 예악일치(禮樂一致, 예와 음악이 같아야 함)를 펼쳤다. 따라서 음악의 위상은 지금보다 훨씬 컸다. 성현은 양반들이 차별하던 관상감·사역원·전의감·혜민서 등의 중요성을 역설해 그곳 관료들이 문무관 대우를 받도록 했다. 〈사진 : 한국민족문화대백과〉

용재 성현(成俔)은 1439년(세종 21) 문산 내포리에서 태어났습니다. 23살에 과거에 합격한 다음 형조참판, 강원도·평안도·경상도 관찰사, 예조판서, 대사헌, 공조판서 등을 두루 지냈습니다.

향토 학자 정헌호 선생의 글에 의하면 성현은 항상 새벽닭이 울 때 일어나 방안에 정자세로 앉은 다음 좌우에 책을 진열해 놓고, 손에서 책을 떼지 않았다고 합니다.

여행하기를 좋아했던 성현은 사신으로 명나라를 네 차례나 다녀오면서 폭넓은 견문(見聞, 보고 듣고 깨달아 얻은 지식)을 쌓을 수 있었습니다. 평안도 관찰사로 있을 때는 명나라 사신 접대연에서 시와 문장을 서로 주고받았는데, 사신들은 성현의 문학적 재능에 탄복했다고 합니다.

성현은 조선 중기 음악을 집대성한 『악학궤범(樂學軌範)』과 그의 호를 딴 『용재총화(慵齋叢話)』 등 여러 책을 남겼습니다. 성현이 벼슬을 한 예조판서는 조선시대 예악(禮樂, 예법과 음악)·제사·연향(宴享, 국빈을 대접하는 잔치)·외교·학교·과거 등을 다루는 자리였습니다. 성현은 '장악원(掌樂院, 궁중 음악과 무용을 담당하는 관청)'에서도 일한 경험이 있어 음악에 매우 밝았습니다.

음악 가사와 악보를 함께 담은 『악학궤범』은 음악 이론과 악기, 연주 순서와 방법, 음악에 따르는 춤과 소품까지 글과 그림으로 정리한 책입니다. '궤범(軌 길 궤, 範 법 범)'은 어떤 일을 판단하거나 행동하는 규범을 말합니다.

학생들이 학교에서 배우는 유명한 백제 가요 '정읍사'와 고려 가요 '동동(1년 12달을 차례대로 맞춰가며 읊는 노래)'도 『악학궤범』에 실려있습니다. 조선 중기 음악의 기준이 된 『악학궤범』은 고려시대와 조선시대 음악 연구에 큰 도움이 되는 책으로 널리 알려져 있습니다.

『용재총화』는 옛날부터 성현이 살았던 조선 성종 때까지의 역사·제도·문화·지리·학문·종교·문학·음악·서화·풍속 등을 다채롭게 다루고 있어, 우리 옛 문화를 이해하고 연구하는 데 큰 도움을 주고 있습니다. 특히 이 책은 민간에서 전해오는 재미난 이야기도 모아 놓아 '구비문학(口碑文學, 말로 이어지며 정착된 문학)' 연구에도 큰 역할을 하고 있습니다.

『용재총화』에 들어있는 유명한 이야기로는 최영 장군의 묘소에 풀이 나지 않는 이유와 성종 때 풍기문란으로 잡혀가 사형을 당한 어우동 이야기 등을 들 수 있습니다. 이처럼 『용재총화』에는 유명인과 관련된 이야기, 오늘날 유머라 할 수 있는 해학과 풍자, 다양한 계층의 사람들 이야기가 등장합니다.

성현은 유학자였지만 폭넓은 생각과 열린 마음을 지니고 있었기 때문에 유학에만 머물지 않고 『용재총화』와 같은 책을 쓸 수 있었습니다.

성현은 1504년(연산군 10) 66살의 나이로 세상을 떠나면서 "비석을 세우지 말라"는 유언을 남겼다고 합니다. 살아 있을 때 "연산군 어머니 윤씨를 중전에서 폐하라"는 상소를 올린 일이 있어 미리 걱정했던 것 같습니다.

아니나 다를까, 갑자사화를 일으켜 많은 선비를 죽인 연산군은 성현의 묘를 파내 부관참시했습니다. 연산군을 몰아낸 중종반정 뒤에 신원(伸冤, 원통한 일을 풀어줌)이 되었으며, 청백리에 이름을 올렸습니다. 시호는 문대(文戴, 학문을 높이 올림)이며, 묘소는 성현이 태어난 문산읍 내포리에 있습니다.

성현 묘(경기도 문화재자료 제130호) : 부인과 쌍분으로 조성됐다. 문인석과 무인석을 좌우 2기씩 세웠는데, 무인석은 2006년 도난당했다.

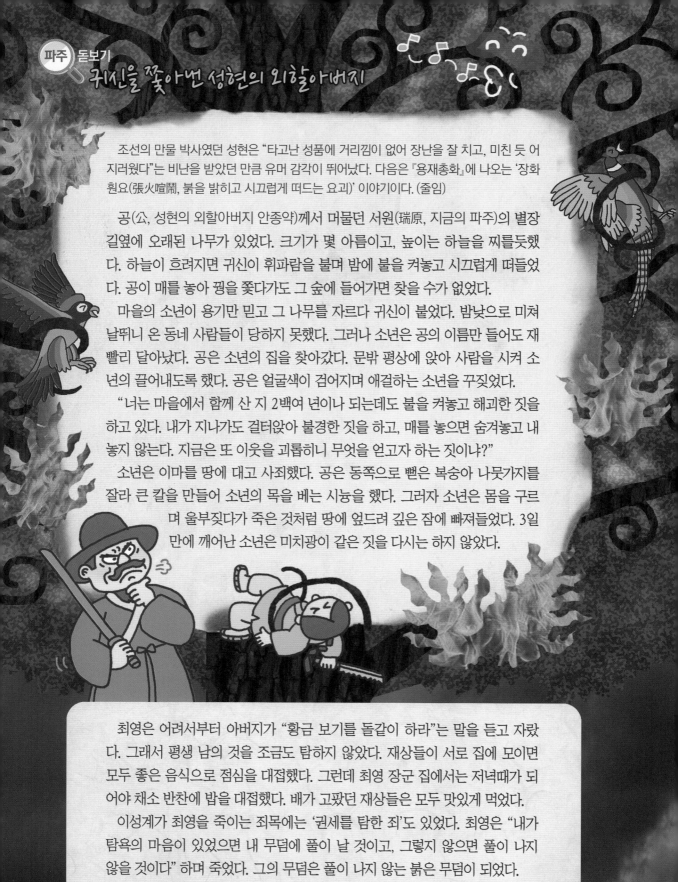

## 귀신을 쫓아낸 성현의 외할아버지

조선의 만물 박사였던 성현은 "타고난 성품에 거리낌이 없어 장난을 잘 치고, 미친 듯 어지러웠다"는 비난을 받았던 만큼 유머 감각이 뛰어났다. 다음은 『용재총화』에 나오는 '장화훤요(張火喧鬧, 붉을 밝히고 시끄럽게 떠드는 요괴)' 이야기이다. (줄임)

공(公, 성현의 외할아버지 안종약)께서 머물던 서원(瑞原, 지금의 파주)의 별장 길옆에 오래된 나무가 있었다. 크기가 몇 아름이고, 높이는 하늘을 찌를듯했다. 하늘이 흐려지면 귀신이 휘파람을 불며 밤에 불을 켜놓고 시끄럽게 떠들었다. 공이 매를 놓아 꿩을 쫓다가도 그 숲에 들어가면 찾을 수가 없었다.

마을의 소년이 용기만 믿고 그 나무를 자르다 귀신이 붙었다. 밤낮으로 미쳐 날뛰니 온 동네 사람들이 당하지 못했다. 그러나 소년은 공의 이름만 들어도 재빨리 달아났다. 공은 소년의 집을 찾아갔다. 문밖 평상에 앉아 사람을 시켜 소년의 끌어내도록 했다. 공은 얼굴색이 검어지며 애걸하는 소년을 꾸짖었다.

"너는 마을에서 함께 산 지 2백여 년이나 되는데도 불을 켜놓고 해괴한 짓을 하고 있다. 내가 지나가도 걸터앉아 불경한 짓을 하고, 매를 놓으면 숨겨놓고 내놓지 않는다. 지금은 또 이웃을 괴롭히니 무엇을 얻고자 하는 짓이냐?"

소년은 이마를 땅에 대고 사죄했다. 공은 동쪽으로 뻗은 복숭아 나뭇가지를 잘라 큰 칼을 만들어 소년의 목을 베는 시늉을 했다. 그러자 소년은 몸을 구르며 울부짖다가 죽은 것처럼 땅에 엎드려 깊은 잠에 빠져들었다. 3일 만에 깨어난 소년은 미치광이 같은 짓을 다시는 하지 않았다.

최영은 어려서부터 아버지가 "황금 보기를 돌같이 하라"는 말을 듣고 자랐다. 그래서 평생 남의 것을 조금도 탐하지 않았다. 재상들이 서로 집에 모이면 모두 좋은 음식으로 점심을 대접했다. 그런데 최영 장군 집에서는 저녁때가 되어야 채소 반찬에 밥을 대접했다. 배가 고팠던 재상들은 모두 맛있게 먹었다. 이성계가 최영을 죽이는 죄목에는 '권세를 탐한 죄'도 있었다. 최영은 "내가 탐욕의 마음이 있었으면 내 무덤에 풀이 날 것이고, 그렇지 않으면 풀이 나지 않을 것이다" 하며 죽었다. 그의 무덤은 풀이 나지 않는 붉은 무덤이 되었다.

# ⑩ 『경국대전』을 편찬한 교하 노씨 노사신

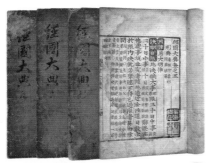

『경국대전』: 조선 최초의 『경제육전』과 같이 '이전·호전·예전·병전·형전·공전'의 순서로 되어있다. 26년 동안 수정과 보완을 거쳐 만든 법전으로 조선은 이로써 법으로 다스리는 나라를 완성했다.
〈사진 : 서울역사박물관〉

『삼국사절요』: 1476년(성종 7) 노사신 등이 편찬한 편년체 역사서로 단군조선에서 삼국의 멸망까지를 다뤘다.
〈사진 : 한국민족문화대백과〉

노사신(盧思愼)은 본관이 교하이며 1427년(세종 9) 태어났습니다. 노사신은 할머니와 어머니가 왕의 사돈이었지만 권세 있는 집안의 자식처럼 행동하지 않았습니다. 겉치레와 재산을 늘리는 일에도 관심이 없었습니다.

노사신은 27살이던 1453년(단종 1) 문과에 급제, 집현전을 시작으로 세조·예종·성종·연산군을 섬기며 영의정까지 지냈습니다.

세조는 학문이 뛰어났던 노사신을 곁에 두고 아꼈습니다. 노사신은 세조가 언제 부를지 몰라 궁궐에서 잠을 자는 날이 많았습니다. 때론 휴가를 갔다가도 세조의 부름을 받고 들어와 하루도 집 안에서 쉬는 날이 없을 정도였다고 합니다.

노사신의 학문을 높이 샀던 성종도 어려운 서적은 노사신에게 풀도록 했습니다. 당시 관료 중에서 노사신보다 나은 사람이 없다는 평을 받을 정도로 법과 제도를 고치는데 뛰어났습니다.

세조의 지시로 불경을 한글로 풀어썼던 노사신은 『경국대전』 편찬의 책임자가 되었습니다. 특히 군사와 호조의 업무에 밝아 호조판서로 있으면서 '호전(戶典)'의 편찬을 맡았습니다. '호전'은 호구(戶口, 집과 사람의 수)·토지제도·조세(租稅, 세금) 등 나라의 살림살이를 정하는 중요한 부분이었습니다. 고대부터 고려 말까지 역사를 지은 『동국통감』과 『동국여지승람』 지리서 등의 편찬에도 참여했습니다.

노사신은 연산군 때 영의정을 지냈습니다. 연산군은 노사신 외가의 증손자뻘이었으니, 노사신은 연산군이 좋은 임금이 되도록 정성을 다했습니다. 신하들에게 함부로 했던 연산군도 노사신의 말에는 귀를 기울였습니다.

노사신은 나라가 발전하려면 국정을 이끌어 갈 왕의 권력이 신하들의 권력보다 위에 있어야 한다고 생각했습니다. 이는 왕의 권력을 견제할 수 있도록 여러 제도를 만들어 놓은 사대부들과는 다른 생각이었습니다.

노사신은 젊은 신하들과 잦은 충돌을 일으키는 스무 살의 연산군과 이런 왕을 누르려고 나서는 언론삼사 사이를 조정해야 했습니다. 그러나 노사신은 왕의 지나친 권력 행사를 문제 삼고 나서는 언론삼사의 정당한 업무마저 신하들에게 주어진 권한 밖의 일이라고 비판했습니다.

이에 언론삼사는 노사신의 파직을 요청하는 상소를 여러 번 올렸습니다. 심지어 언관(言官, 임금의 잘못을 문제 삼는 관리)인 조순은 "노사신의 고기를 씹어 먹고 싶다"고 할 정도였습니다.

노사신은 조선 최초의 사화인 무오사화(1498년, 연산군 4)를 키우려는 훈구파 유자광에 맞서 "나라에 바른말을 하는 선비들은 반드시 있어야 한다"며 반대했습니다. 특히 자신의 고기를 씹어 먹고 싶다고 비판했던 조순을 처벌하자는 유자광의 주장에도 반대했습니다. 이런 노사신의 노력으로 사림파는 다른 사화에 비해 피해를 많이 입지 않았습니다.

무오사화가 한창일 때 72살의 나이로 세상을 떠난 노사신은 많은 업적을 남겼지만, 연산군 때 영의정을 했다는 이유로 사림이 정권을 잡은 뒤에는 좋은 평가를 받지 못했습니다.

**노사신 묘** : 파주읍 백석리 교하 노씨 묘소에 있다. 묘 앞의 작은 석물은 문인석보다 작고 앞에 있어 무인석이 아니라, 동자승처럼 보인다.

# 나라 살림살이를 법으로 만든 노사신

　'함께 지키자'고 약속하는 것이 법이다. 법(法)은 물 '수(水)'자와 갈 '거(去)'자가 합쳐진 말이다. '법은 물처럼 막힘없이 흘러가야 된다'는 뜻이다. 물은 막아놓으면 썩기 마련이다. 따라서 시대 상황이 바뀌면 알맞게 고치거나, 새로운 법을 만들어야 한다.

　법으로 나라를 다스린 조선은 초기에 만들어진 『경제육전』을 『속육전』 등으로 보완해가면서 국가를 운영했다. 시대가 흐르면서 한계를 느낀 세조는 『경국대전(經國大典, 나라를 다스리는데 필요한 큰 법전)』의 편찬을 지시했다.

　『경국대전』은 1459년(세조 4) 노사신 등이 집필한 호전(戶典)을 시작으로, 형전(刑典, 형벌에 관한 법)·이전(吏典, 제도와 규칙에 관한 법)·예전(禮典, 예법에 관한 법)·병전(兵典, 군사에 관한 법)·공전(工典, 산림·공업·건축 등에 관한 법)을 완성한 다음, 여러 번 수정과 보완을 거친 뒤에 1485년(성종 16) 반포했다.

| 조선을 이끈 양대산맥 훈구파(勳舊派)와 사림파(士林派) | | |
|---|---|---|
| 구분 | 훈구파(관학파 官學派) | 사림파(사학파 私學派) |
| 기원 | 고려 말 급진 혁명파 | 고려 말 온건 개혁파 |
| 중심 인물 | 정도전·조준·권근 등 | 정몽주·이색·길재 등 |
| 출신 배경 | 세조 집권 공신·권력세습 건국과 체제정비 | 성리학(영남학파·기호학파) 향촌 건설과 교육 |
| 대표 인물 | 신숙주·서거정 등 | 김종직·조광조 등 |
| 역사관 | 단군 중시(자주적 역사관) | 기자 중시(존화·사대주의) |
| 사상 정책 | 불교·도교·민간신앙 관대 | 성리학 외 사상 배척 |
| 정치 성향 | 중앙집권·부국강병 제도와 문물 정비 | 향촌자치·도학정치 성종 때 정계 진출 |
| 학풍 | 사장(詞章 시·문장) 중시 (경제적·현실적) 군사·과학기술 발달 | 경학(經學 유교 경전) 중시 (관념적·이기론) 군사·과학기술 침체 |
| 기반 | 대지주 층 | 향촌 중소지주 층 |
| 인재 양성 | 성균관·집현전(관학) | 서원(사학)·향교(관학) |
| 활동 시기 | 15세기 민족문화 주도 | 16세기 이후 사상계 주도 |

정치도 모르면서
성리학만 외골수로
앞세우는 자들

백성의 고혈을
빨아 탐욕을 채우는
부패한 자들

　어느 시대이건 집권자가 공익을 위해 정치하느냐, 사익을 위해 정치하느냐에 따라 정파의 운명도 달라졌다. 조선 초기 다양성과 융통성으로 부국강병을 이끌었던 훈구파는 부패로 무너졌다.

　조선 중기부터 권력을 잡은 사림파는 왕권보다는 신권을 앞세우며 부패 정치를 개혁하기 위해 나섰다. 하지만 성리학 외의 학문을 배척하는 등 현실을 외면한 도덕 정치가 그들의 발목을 잡았다.

# ⑪ 파주에서 안식을 얻은 최경창과 홍랑

**고죽 최경창**(1539년 ~ 1583년)
전라도 영암에서 태어난 최경창은 거문고와 피리를 잘 다뤘으며, 활도 무신(武臣)보다 더 잘 쐈다고 한다.
1555년 17살 때 을묘왜란을 만나 통소를 구슬피 불어 왜구들을 물리쳤다는 일화가 전한다.
죽은 뒤에 이조판서로 추증됐으며, 숙종 때 청백리로 이름을 올렸다.

고죽 최경창(崔慶昌)은 1568년(선조 1) 과거에 합격, 벼슬길에 올랐습니다. 최경창은 조선 중기 '팔문장가(八文章家, 문장이 탁월한 최경창과 율곡·송익필을 비롯한 8명)'였으며 '삼당시인(三唐詩人, 당나라 풍의 세 시인)'으로 이름이 높았습니다.

송나라 시풍이 관념적이고 이지적인 데 반해 당나라 시풍은 낭만적인 경향이 있습니다. 율곡은 그의 시를 '청신준일(淸新俊逸, 새롭게 산뜻하고 뛰어남)' 하다고 평가했습니다.

최경창은 함경도 태생으로 인품과 학식을 갖춘 기생 홍랑과 이루지 못할 사랑을 나눠 후세 사람들의 심금을 울렸습니다. 이처럼 사대부와 기생의 신분은 물론 지역을 뛰어넘은 두 사람의 낭만적인 사랑은 당나라 시풍과 비슷하다 할 수 있습니다.

최경창은 34살 되던 해 '북평사(북병영 정6품)'로 부임하면서 함경도 경성의 관기였던 홍랑과 인연을 맺었습니다. 당대의 문장가와 시인의 만남은 6개월 남짓이었습니다. 서울로 가는 최경창을 따라나섰던 홍랑은 함관령에 이르러 이별의 슬픔을 달래는 시를 지었습니다. 교과서에도 실려있는 '묏버들' 입니다.

묏버들 갈해 것거 보내노라 님의 손대 (산 버들 골라 꺾어 임의 손에 보내오니)
자시는 창 밧긔 심거 두고 보쇼셔 (주무시는 방 창밖에 심어 두고 보소서)
밤비예 새 닙 곳 나거든 날린가도 너기쇼셔 (밤비에 새잎 나거든 나인가 여기소서)

1576년 최경창이 병으로 몇 달이나 누워 있다는 소식을 들은 홍랑은 7일 밤낮을 달려와 간호했습니다. 나라의 재산이었던 관기는 소속 지역을 벗어날

홍랑가비(洪娘歌碑) : 홍랑의 무덤 앞에 있다. 최경창 묘는 교하동 다율리 선산에 있고, 홍랑의 묘는 최경창 묘소 아래에 있다. 홍랑의 묘비 뒷면에는 "홍랑이 죽자, 문중이 합의해 고죽 최경창 선생 묘 앞에 후장했으니, 홍랑의 인품을 가히 알지니라"라고 적혀 있다.

최경창의 묘는 원래 월롱면 영태리 해주 최씨 선산에 있었으나, 1969년 캠프 에드워드 미군 부대에 수용되면서 지금의 다율리로 이장했다.

수 없었습니다. 이를 안 사헌부에서 "식견 있는 문관이 몸을 삼가지 않고, 북방의 관비를 데리고 산다"며 탄핵했습니다. 최경창은 파직되었고, 홍랑은 경성으로 가야 했습니다. 최경창은 홍랑에게 한시 두 수를 지어주었습니다.

옥 같은 뺨에 두 줄기 눈물로 봉성을 나서니 / 새벽 휘파람새도 이별을 알고 슬피 울어주네 / 비단 적삼에 좋은 말을 타고 강산 넘어 떠나는 길 / 저 멀리 아득한 풀빛만이 외로운 길 전송하네

말없이 마주 보며 난초를 주노라 / 이제 하늘 끝으로 가면 언제나 오려나 / 함관령에서 옛 노래를 부르지 말아라 / 지금까지도 구름 비에 청산이 어둡나니

1582년 최경창은 함경도 종성부사에 임명됐습니다. 종성에 가려면 경성을 지나야 했습니다. 최경창은 홍랑과 재회했습니다. 최경창의 상관인 북병사는 "최경창이 군정을 소홀히 하며, 창기에만 빠져 있다"고 장계를 올렸습니다. 선조는 최경창을 면직시킨 다음 "서울로 돌아오라"고 했습니다.

1583년(선조 16) 종성을 떠난 최경창은 홍랑이 있는 경성 객관(客館, 나라에서 운영하던 숙박시설)에 도착했다가 갑자기 쓰러져 45살의 나이로 세상을 떠났습니다. 최경창의 갑작스러운 죽음에 홍랑은 객관으로 달려갔습니다.

『선조실록』에는 당시 경연관(經筵官)이었던 율곡이 "최경창이 방어사의 종사관으로 서울에 올라오던 도중에 죽었으니 일로(一路)에서 호송(護送)하게 하소서" 청하니 선조가 이를 허락했다는 기사가 실려있습니다.

홍랑은 최경창의 영구와 함께 파주로 왔습니다. 조선 중기 학자 남학명이 지은 『회은집』에 따르면 홍랑은 얼굴을 상하게 하고 시묘살이를 했으며, 3년상을 마치고도 무덤을 떠나지 않았다고 합니다. 임진왜란이 일어나자 고죽의 유품을 챙겨 피난을 떠난 홍랑은 전쟁이 끝난 다음 해주 최씨 문중에 전했습니다. 그 뒤 홍랑은 최경창의 무덤 앞에서 스스로 목숨을 끊었다고 합니다.

# 12 동양의 의성, 구암 허준

**구암 허준** (1539년(?) ~ 1615년)
우리나라 향약(鄕藥)은 고려 고종과 조선 세종을 이어 성종 때까지 꾸준하게 발전해 왔다. 이후 명나라 의서와 값비싼 약재가 수입되면서 가난한 백성들은 치료를 받을 수 없게 되었다.
이런 때 허준은 우리 실정에 맞는 향약을 새롭게 정리하고, 우리 땅에서 나는 약초로 백성들이 손쉽게 치료받을 수 있는 길을 열어 놓았다.

파주 장단지역에서 태어난 것으로 추정되는 동양의 의성, 구암 허준(許浚)의 공식문서상 출생연도는 1539년(중종 34년)입니다. 그러나 족보상 출생연도는 7~8년 늦은 것으로 기록돼 있습니다.

허준의 출생지에 관한 정확한 자료는 부족한데, 지금까지 학계에서는 파주 출생, 경상도 출생, 서울 출생 등으로 나뉘어 있었습니다.

먼저 가장 유력한 견해는 파주출생설입니다.『조선 사람 허준』의 저자 신동원 선생은 허준의 출생지이자, 성장지로 개성 부근 파주를 지목했습니다. 아울러 파주 장단에서 허준 묘소를 발견한 재미 서지학자 이양재 선생의 주장을 지지하고 있습니다.

이양재 선생은 허준의 직계조상은 물론, 허준과 후손들도 파주 장단지역에 묻혔으므로 허준의 출생지를 파주라고 주장했습니다. 대체로 선산과 생활터전은 일치하기 때문에 허준의 고향을 파주 개성지역으로 보는 것은 타당하고 일반적인 상식입니다.

허준이 묻힌 장단지역에는 허준의 외5촌 당숙인 김안국과 김정국을 제향하는 임강서원이 있었습니다. 이들은 의학에도 밝아 김안국은『언해창진방』을, 김정국은『촌가구급방』을 지어 허준의 의술 공부에 영향을 미쳤을 것으로 보입니다.

경상도 출생설은 허준이 산청 사람인 스승 유의태에게 의술을 배웠고, 허준 할아버지가 경상우수사였으며, 할머니가 진주 출신 유씨인 점을 들고 있습니다. 그러나 유의태는 가공인물이며, 부모의 연고가 아닌 조부모의 연고를 근거로 한 점은 설득력이 없어 학계에서는 인정하지 않고 있습니다.

서울 출생설은 강서구 가양동 부근 공암을 허준의 고향으로 추정하는 설입니다. 가양동의 옛 지명이 양평·공암·파릉인데, 허준은 공신 책봉 때 양평군이라는 읍호를 받았고, 허준의 아들 겸도 파릉군으로 읍호를 받았다는 것입니다. 그러나 공신 읍호는 대체로 고향이 아니라, 본관에 따라 내려집니다. 허준이 양천 허씨였으므로 양평군 읍호를 받은 것일 뿐이어서 서울 출생설은 신빙성이 낮습니다.

　허준은 1574년(선조 7) 29살 때 내의원(內醫院, 궁중 의약을 맡은 관청) 취재(取才, 재주를 시험해 하급 관리를 뽑는 제도)에 합격했습니다.
　신분제 나라였던 조선은 본부인이 낳은 아들을 적자(嫡子)라 하고, 첩이 낳은 아들을 서자(庶子)라 하면서 차별했습니다. 따라서 서자 출신으로 알려진 허준은 양반들이 천한 직업으로 여기는 잡과(雜科, 통역·의학·천문지리·법률 등) 시험을 치른 것입니다.

### 고향 파주에서 발견된 허준 묘 (경기도 기념물 128호)

광복 전까지 장단에는 양천 허씨 집성촌이 있었다고 한다. 1991년 『양천 허씨 족보』에서 허준의 묘가 장단에 있는 '하포리 엄동 손좌쌍분(下浦里 嚴洞 巽坐雙墳)'이라는 기록을 찾아낸 재미 고문서 연구가 이양재 선생 등은 군부대 협조를 얻어 이 일대를 조사했다.

임진강 건너 민통선 안에 있던 이 지역 무덤들은 도굴돼 봉분이 파헤쳐져 있었다. 일행은 그중 한 무덤에서 두 쪽이 난 허준의 묘비를 찾았다. 묘비에는 '양평○(군) ○(호)성공신 ○(허)준'의 글자가 새겨져 있었다.(○은 마모된 글자)

묘역에는 문인석 등의 석물이 흩어져 있었고, 부인 안동김씨와 함께 매장된 쌍분(雙墳, 두 개의 봉분)이 조성돼 있었다. 허준의 조상과 후손들의 묘도 주변에서 발견됐다. 이로써 소설 『동의보감』 드라마 등에서 잘못된 정보로 산청 설을 주장한 것을 바로 잡게 되었다.

의술이 뛰어났던 허준은 '의관(醫官, 의사 관료)'이 된 다음 해에 '어의(御醫, 임금의 병을 치료하는 의관)'가 되었습니다. 허준은 왕자에게 발병한 두창(痘 역질 두, 瘡 부스럼 창, 마마)을 다른 의원들이 수수방관하고 있을 때, 과감하게 나서 고쳤습니다. 이에 대한 공으로 선조는 허준에게 당상관(정3품 상계) 품계를 내렸습니다.

그러자 대간(臺諫, 사간원·사헌부)이 나서 반대했습니다. 대간은 "허준이 한 일은 임금과 중전의 병을 고친 것이 아니라, 한 등급 아래인 왕자의 병을 고친 것이기 때문에 당하관에서 당상관으로 올리는 것은 가당치 않다"며 들고일어났습니다. 이어 "의관에게 당상관 벼슬을 내리는 일은 있을 수 없으므로 취소하라"고 여러 차례 반대했습니다.

그러나 선조는 "불과 열흘 사이에 위급해져 살아날 가망이 없었는데, 다행히도 다시 살아난 것은 허준의 공이다"며 듣지 않았습니다. 이와 관련, 허준이 지은 『언해두창집요』의 발문에는 다음과 같은 기록이 있습니다.

"지난해 왕자(의안군)가 두창에 걸려 증세가 좋지 않았습니다. 의관들이 세속 금기(두창신을 자극하지 않도록, 약물을 사용하지 않는 무속)에 얽매여 약을 쓰려 하지 않고, 팔짱을 낀 채 그저 그치기만을 기다렸습니다. 임금께서는 왕자가 비명에 간 것을 가슴아파하시고, 약을 쓰지 않은 것을 후회했습니다.

경인년(1590년) 겨울에 왕자(광해군 또는 신성군 추정)가 또 이 병에 걸렸습니다. 임금께서는 지난 일을 떠올리시고, 신에게 특명을 내려 약을 써 치료하라고 했습니다 … 그 증상이 매우 위험하였으나, 모두들 약을 써서 허물을 얻을까 봐 가만히 있어 병세는 더욱 위험해졌습니다 …

신이 성지를 받들어 영약 여러 개를 찾아 세 번 약을 쓰니 세 번 효과가 있었습니다. 금세 악증이 없어지고 정신이 되돌아와 여러 날 지나지 않아 완전히 회복되었습니다."

1592년 임진왜란이 일어나면서 허준은 의주로 피난을 떠난 선조를 끝까지 따라가 임금의 건강을 돌보았습니다. 이에 대해 『선조수정실록』은 허준이 선조의 확고한 신임을 얻게 된 상황을 자세하게 적었습니다.

"임금이 경성을 떠날 때 나라가 망할 것이라는 요사스런 말이 퍼져 명망 있는 신하들은 모두 자신을 온전하게 할 계책을 품었다. 수찬 임몽정은 하루 먼저 도망갔고, 정언 정사신은 도성 서남쪽에 이르러 도망갔으며, 지평 남근은 연서에 이르러 도망갔다.

나머지 벼슬아치들도 제멋대로 도망가 따르는 자가 없었다.

평양에 이르러 대사성 임국로는 어미의 병을 핑계로, 이조좌랑 허성은 군사를 모집한다는 핑계로, 판서 한준과 승지 민준, 참판 윤우신은 잇따라 흩어지고, 노직은 영변에서 뒤에 떨어졌다가 도망쳤다. 세자를 따르거나 왕자를 따르는 사람도 거의 없었다.

경성에서 의주까지 따른 문관과 무관이 겨우 17인이었으며, 환관 수십 인과 어의 허준, 액정원 4~5인, 사복원 3인이 처음부터 끝까지 곁을 떠나지 않았다. 임금이 내관에 이르기를 '사대부가 도리어 너희들만도 못하구나' 했다."

허준은 임진왜란 중인 1596년 광해군의 병을 고친 공으로 자헌대부(정2품 하계)에 올랐습니다. 이때도 대간이 나서 취소를 요청했으나, 선조는 "공로가 있다"며 끝내 듣지 않았습니다.

선조는 허준에게 궁궐에 있던 의학서적을 내주면서 "우리나라 실정에 맞는 새로운 의서(醫書)를 만들라"고 지시했습니다. 의서 편찬에 착수한 허준은 14년의 노력 끝에 1610년(광해군 2) 드디어 『동의보감』 25권을 완성했습니다. 여러 의서도 쉬운 한글로 풀어써 백성들 치료에 큰 보탬이 되도록 했습니다.

1600년 수의(首醫, 어의 중 가장 높은 벼슬)가 된 허준은 임진왜란 때 선조를 의주까지 따라가 치료한 공으로 1604년 '호성공신' 3등에 올랐으며, 의관으로는 처음으로 정1품 '양평부원군'에 올랐으나, 대간의 반대로 종1품 '양평군'에 봉함을 받았습니다.

다음 해 허준은 선산(파주 장단과 개성 주변)을 찾아가 조상에게 인사하겠다며 휴가를 떠났습니다. 사간원은 "허준이 품계가 높은 의관 신분인데도 임금의 병은 생각하지 않고, 감히 사사로운 일로 태연하게 뜻대로 행하고야 말았다"며 불경죄로 파직, 국문할 것을 요청했습니다. 선조는 "공신에 봉해진 뒤에 소분(掃墳, 경사로운 일이 있을 때 조상의 산소를 찾아가 돌보고 제사 지내는 일)하는 것은 정리에 당연한 일이다. 이미 떠났으니 문제 삼지말라"고 했습니다.

1606년에는 왕실의 병을 다스린 공로로 보국숭록대부(정1품 하계)에 올랐으나, 당상관인 문관이 받는 품계라는 이유로 다시 대간의 반대를 불러 없던 일이 되었습니다.

1608년 마침내 선조가 사망했습니다. 그때는 왕이 숨지면 어의가 치료를 잘못한 책임을 지고, 자리에서 물러나야 했습니다. 죽음에 이르게 된 과정에 따라서는 처벌을 받거나 귀양을 가기도 했습니다.

대간은 "허준이 치료를 잘못해서 왕이 사망했으므로 벌을 줘야 한다"며 매일 같이 탄핵에 나섰습니다. 선조 다음으로 임금에 오른 광해군은 허준이 자신의 생명을 구해준 인간적인 도리 때문에 계속 감싸주었습니다. 그러나 대간의 거듭되는 탄핵을 견디지 못하고 허준의 벼슬을 거둬들였습니다.

그런데도 먼 곳으로 귀양을 보내라는 요구가 그치지 않자, 광해군은 대신들의 요구보다 가까운 의주로 위리안치(圍籬安置, 가시나무로 울타리를 친 집에 가두는 형벌) 유배형을 내리도록 했습니다. 이때 허준의 나이는 69살이었습니다.

광해군은 그해가 가기 전에 "허준은 호성공신일 뿐 아니라, 나를 위해 수고가 많았던 사람이다. 근래에 내가 마침 병이 많으나, 내의원에 경험이 많은 훌륭한 의원이 적다"며 허준에게 내린 벌을 사면해주었습니다.

허준은 1615년(광해 7) 세상을 떠났습니다. 광해군은 허준이 살아 있을 때 받지 못했던 정1품 하계 '보국숭록대부' 벼슬을 다시 내려주었습니다.

〈사진 : 한국민족문화대백과〉

**『동의보감(東醫寶鑑)』**
모두 25권으로 내경편(내과)·외형편(외과)·잡병편·탕액편(각종 약물)·침구편(침술)으로 되어 있다. 『동의보감』은 중국에서 30여 차례 출간될 만큼 대단한 인기를 누렸으며, 일본에서도 두 차례 출간됐다. 2009년에는 세계기록유산 목록에 등재됐다. 유네스코는 "왕조시대에 백성들의 건강을 위해 의료 서적을 편찬한 사업은 공공의료 이상의 것을 담아낸 것"이라며 높이 평가했다.

"솜을 작고 둥글게 뭉쳐서 입에 채우되, 숨이 막히지 않게 한다. 그리고 감초 달인 물이나 단 것을 적셔준다. - 불행히 난리를 만나 아기의 울음이 맞지 않으면 적에게 들킬까 염려되어 길옆에 버리기도 했다. 아, 슬프구나! 이 방법을 써서 많은 사람을 살렸으니, 이것을 모르면 안 된다." 『동의보감』'잡병편'

# 유네스코 세계기록유산에 등재된 '동의보감'

『동의보감』은 국가에서 수행한 '공공의료사업'이었다. 임진왜란 때 백성들은 왜군의 학살과 굶주림에 이어 전염병까지 나돌아 큰 고통을 겪었다. 시체가 산과 들을 덮었으며, 약탈과 불에 타 흔적조차 남아 있지 않은 마을이 수없이 많았다.

나라의 존립을 걱정한 선조는 허준에게 '양생(養生, 병이 생기기 전에 몸의 건강을 보살핌)'에 초점을 둔 의서 편찬을 주문했다. 당시 명나라 의서는 음양오행론에 기반한 것으로 우리 실정과 맞지 않았으며 이해하기도 어려웠다.

『동의보감』편찬 동기를 밝히는 서문에는 "시골과 후미진 곳에는 의약이 없어 요절하는 자가 많다. 향약 이름을 붙여 백성이 쉽게 알 수 있도록 하라"는 선조의 어명과 함께 "우리 선조대왕께서 몸을 다스리는 법으로 뭇 생명을 구제하려는 어진 마음에 뜻을 둬 백성의 고통을 애통하게 생각하셨다"라는 구절이 나온다.

또 "요즘 중국 방서를 보니 모두 자잘한 것을 가려 모은 것으로 참고하기에 부족함이 있다. 너는 마땅히 온갖 처방을 덜고 모아 하나의 책으로 만들라"고 하는 선조의 지시가 나온다.

이에 따라『동의보감』은 세 가지 원칙을 두고 편찬됐다. 첫째, 치료보다는 예방을 우선으로 했다. 둘째, 필요한 요점만 간단히 썼다. 셋째, 우리 땅에서 쉽게 구할 수 있으며 효과도 좋은 약초를 한글로 써넣었다. 의학을 배우지 않았어도 아프면 스스로 치료할 수 있는 길을 열어놓은 것이다.

『동의보감』은 중국과 일본의 의료 발전에도 큰 영향을 미쳤다. 중국으로 가는 사신단은 '우황청심환'을 가져가 경비에 보탰다. 가짜 약이 많았던 중국에서는 조선에서 만든 우황청심환을 최고로 쳤다. 따라서 부르는 게 값이었다고 한다.

정조 : 고금의 의서를 통틀어 우리나라 쓰임새에 알맞기로는 이 책에 견줄 것이 없도다.

바오베이!
(보배로다)

이치방 이이!
(가장 좋다)

중국 : 병을 자세하게 설명하면서 원리를 밝혀놓고 치료법을 적었으니, 의서의 대작이다 해. 천하의 보배는 마땅히 천하가 함께 가져야 한다 해.

일본 : 지금까지 떠돌던 이야기를 손에 잡히도록 설명했으므니다. 의학의 가르침과 잘못된 것을 바로잡는 데 큰 도움이 되고 있으므니다.

## 파주시 '허준 한방 의료산업 관광 자원화' 추진

파주시는 허준 선생의 본향으로『동의보감』의 역사성을 살려 차별화된 사업을 추진하고 있다. '허준 한방 의료산업 관광 자원화' 사업은 세계적으로 유명한 '웰니스관광'을 자원화해 지역경제와 국민의 건강을 향상하는 상생 사업이다. 웰니스관광은 휴양·미용·건강관리·치유 등을 위해 떠나는 관광으로 부가가치가 높은 사업이다.

허준의 묘가 있는 진동면 하포리 일원에 허준 약초 탕제실·허준 내의원·한방 진료실 등과 항노화 체험교육관·약초 스파 등 휴양시설을 조성하고, 맞춤식 한방약초 조제실과 가공 판매장 등을 만들어 인근에서 재배한 청정 약초를 공급할 예정이다.

파주시는 2020년 7월 사업성 검토에 이어, 2021년 10월 '허준 한방 의료산업 관광 자원화 클러스터 구축 연구용역' 최종 보고회를 개최했다.

## 역사 토막 상식

| 조선시대 신분제 | |
|---|---|
| 호칭 | ●상감(上監): 임금 ●대감(大監): 정1품~정2품 ●영감(令監): 종2품~정3품 |
| 당상관(堂上官) | ●문관: 정3품 상계 통정대부 이상 ●무관: 정3품 상계 절충장군 이상<br>(조회 때 당상에 있는 의자에 앉을 수 있음) |
| 당하관(堂下官) | ●문관: 정3품 하계 통훈대부 이하 ●무관: 정3품 하계 어모장군 이하~종6품<br>(조회 때 당상에 있는 의자에 앉을 수 없음) |
| 참상관(參上官) | ●종6품 이상(조회에 참여할 수 있음) |
| 참하관(參下官) | ●정7품~종9품(조회에 참여할 수 없음) |

**백성**(百姓, 백 가지 성의 무리): 조선 초까지 특정 신분계층이었으나, 이후 일반 평민을 일컬었다.

**양천제**(良賤制, 법적 신분제): 다수 양인(良人, 양반·농민 등)과 소수 천인(賤人)으로 나눴다. 양인은 조세·군역·공납의 의무를 졌다. 천인은 모두 면제되었다.

**반상제**(班常制, 사회적 신분제): 지배층(양반)과 지배받는 층(상민·천민)으로 나눴다.

**양반**(兩班, 문·무관): 벼슬을 물러나면 양반이 아니었으나, 반상제가 뿌리내리며 신분으로 변했다.

**서얼**(庶孽) ●서자: 양반과 양민 여성이 낳은 아들 ●얼자: 양반과 천민 여성이 낳은 아들

**중인**(中人): 17세기 중엽부터 직업이 세습되면서 중간 계급이 되었다.(통역·법률·천문·지리·의사 등의 기술직과 향리·서리·하급 군인 등) 양반에게는 천대받았지만, 상민(양인) 위에 군림했다.

**상민**(常民, 농민·어민·수공업자·상인): 생산은 하지 않고, 유통만 하는 상인은 천대받았다.

**천민**(賤民): 승려·노비·광대·기생·악사·무당·상여꾼·갖바치·백정 등

**노비**(奴 사내종, 婢 계집종): 공노비는 국가 소유였고, 사노비는 개인 소유였다.
●**솔거노비**(率居奴婢): 주인집에서 함께 삼 ●**외거노비**(外居奴婢): 주인과 따로 살면서 몸값만 냄

**백정**(白丁): 고려 때는 자작농(땅을 가진 농민)을 일컬었다. 가축 도살과 유기(柳器, 버드나무 그릇)와 가죽신(갖바치) 등을 만들며 생활했다. 상민에게도 천대받아 그들끼리 따로 살았다.

# (13) 인현왕후 폐출 반대, 이세화·박태보·오두인

파주목 지도(광여도 / 19세기 초)

충숙공 이세화(李世華)·충정공 오두인(吳斗寅)·문열공 박태보(朴泰輔)는 1689년(숙종 15) 일어난 '기사환국' 때 인현왕후 폐위를 반대하다 숙종에게 화를 입었습니다. 환국(換 바꿀 환, 局 판 국)은 왕이 집권세력을 하루아침에 바꾸는 정치적 사건을 말합니다.

이때 이세화는 평안도 정주로 귀양을 갔다 풀려났습니다. 오두인은 의주로 귀양 가는 길에 파주에서 죽었습니다. 박태보는 진도로 유배를 떠나다 숙종이 내린 가혹한 고문 후유증으로 사육신이 묻혀 있는 노량진에서 죽었습니다.

숙종은 1701년 이세화가 죽자 당시 파주목 관아가 있던 곳에 '풍계사우(豊 풍성할 풍, 溪 시내 계, 祠 사당 사, 宇 집 우)'를 세우고, 이세화·오두인·박태보의 제향(祭 제사 제, 누릴 향, 나라에서 지내는 제사)을 올리게 했습니다. 다음 해에는 사액을 내려 이들의 충성심을 기렸습니다.

그러나 풍계사는 1868년(고종 5) 대원군의 서원 철폐령 때 헐어버린 뒤, 지금까지 빈터로 남아 있어 역사적 의미가 날로 사라져 가고 있습니다.

## 01) 살아서는 염근리, 죽어서는 청백리가 된 이세화

쌍백당(雙栢堂) 이세화(1630~1701)는 효종 11년(1676) 문과에 급제했습니다. 평안도·전라도 등 여러 도의 관찰사를 역임한 뒤에 향리인 부평으로 돌아갔습니다. 1689년 기사환국 뒤 인현왕후 폐위 소식을 듣고는 오두인·박태보와 함께 서인 세력 86명의 연명으로 반대하는 상소를 올렸습니다.

늦은 밤 상소를 받고 분노한 숙종은 밤새도록 친국(親鞫, 임금이 죄인을 직접 신문함)을 했습니다. 이세화는 "아비가 어미를 소박할 경우 아들 된 사람은 단지 어미가 보존되기를 바랄 뿐입니다. 신(臣)이 임금을 섬겼으니, 마땅히 나라

**이세화 묘**(경기도 지방문화재 기념물 제60호)
파주시 문산읍 선유리에 있다. 시호는 충숙(忠肅)
이며, 저서로는『쌍백당집』을 남겼다.

를 위해 한 번 죽기를 원합니다"고 했
습니다. 장형(杖刑, 죄인의 볼기를 곤장으
로 치던 벌)을 맞은 이세화는 다음 날
평안도 정주에 유배됐다가 풀려나 파
산(坡山, 파주) 선영으로 돌아왔습니다.

1694년 갑술환국을 일으킨 숙종은 이세화에게 호조판서를 내렸으나 나가
지 않습니다. 그 뒤 복위도감제조(復位都監提調, 폐위된 인현왕후 복위를 맡아보는
임시 관청)로 임명되자, 벼슬길에 나서 이조 등 육조판서를 두루 지냈습니다.

## 02) 유배 도중 파주에서 삶을 마친 오두인

양곡(陽谷) 오두인(1624년~1689년)은 1649년(인조 27) 별시(別試, 나라에 경사
가 있을 때 보던 임시 과거) 문과에 장원으로 급제했습니다. 1689년 형조판서를 지
내면서 기사환국으로 서인이 실각하자, 지의금부사(知義禁府事, 의금부 정2품)에
세 번이나 임명됐는데도 나가지 않아 벼슬과 품계를 빼앗겼습니다.

친국에 나선 숙종은 "오두인이 하교(下敎, 임금이 신하에게 내린 명령)를 모두
허망한 것으로 돌리니, 내가 이들 무리를 죽이지 않으면 어떻게 신인(神人)의
분노를 풀 수가 있겠는가?"라며 장형을 내렸습니다.

오두인은 "신(臣)이 국가의 은혜를 받아 재상에 이르렀는데, 임금의 잘못된 일
을 보고 침묵할 수 없었습니다. 엄한 유지(有旨, 승지를 통해 내린 왕명)는 신하로
서 감히 들을 수 없는 내용이라서 상소를 올린 것입니다"라고 했습니다.

나이가 들어 형벌을 견디지 못한 오두인은 의주로 유배 가던 도중 65살로
파주에서 삶을 마쳤습니다. 저서는『양곡집』이며, 시호는 충정(忠貞)입니다.

## 03) 숙종의 가혹한 고문에도 뜻을 굽히지 않은 박태보

정재(定齋) 박태보(1654년~1689년)는 1677년(숙종 3) 알성(謁 뵐 알, 聖 성인 성,
임금이 성균관 문묘에 참배한 뒤 보던 과거) 문과에 장원으로 급제했습니다. 학문이
뛰어났던 박태보는 성품도 강직해 비리나 잘못된 일을 보면 참지 못했습니다.

파주목사를 지낼 때 성혼과 이이의 위패를 문묘에서 **빼버린** 조정의 정책을 따르지 않고 모시다가, 문제가 되자 스스로 파주목사에서 물러났습니다.

『숙종실록』1689년 4월 25~26일 기사에는 숙종이 친국하던 상황이 자세하게 실려있다. (줄임)

전 파주목사 박태보는 상소 초본을 고친 뒤 다시 썼다. 전 관찰사 이세화는 오두인에게 "우리가 비록 벼슬은 그만뒀지만, 마땅히 뜻을 관철해야 합니다"라고 말했다.

상소에는 "인심과 하늘의 뜻은 억지로 어길 수 없나이다. (여자들끼리) 서로 알력이 생기니 뒤로 미칠 화(禍)가 이루 말할 수 없으리다"라며, 인현왕후를 폐하려는 숙종의 처사를 비판했다. 당시 29살이었던 숙종은 "그냥 나를 폐위시키라"며 불같이 화를 냈다. 신하들이 "역적의 옥사가 아니므로 친국할 수 없다"고 말렸지만 듣지 않았다.

박태보는 "자신이 상소를 썼고, 왕을 기만한 적도 없기에 죄를 인정할 수 없다"며 "임금이 왕비를 내쫓는 것이 잘못이다"고 계속 주장했다. 박태보의 조리 있는 답변에 말문이 막힌 숙종은 가혹한 고문으로 박태보를 굴복시키려 했다.

숙종은 "오늘 네가 살 것 같으냐? 부인(婦人)을 위해 임금을 배반하면 역적이 아니고 무엇인가?"라며 박태보에게 장형은 물론 압슬형(壓 누를 압, 膝 무릎 슬, 刑 형벌 형, 사금파리 더미 위에 무릎을 꿇게 하고 무거운 돌을 얹음)을 가했다.

그래도 박태보는 뜻을 굽히지 않았다. 숙종은 낙형(烙 지질 낙, 刑 형벌 형, 불에 달군 인두로 발바닥을 지짐)을 내려 온몸을 지지게 했다. 살이 문드러져 피가 온몸에 흘러내렸다. 영의정 권대운이 "국법에 낙형은 발바닥만 지지게 되어 있다"고 하자, 숙종은 "그럼 발바닥을 지지라"고 했다. 이어 장을 더 때리니 정강이뼈가 튀어나왔다. 그런데도 박태보는 "전하께서 어찌하여 이런 망국적인 일을 하십니까!"라고 질책했다.

다음날 권대운이 "목숨만은 살려달라"는 상소를 올렸다. 숙종은 박태보에게 진도 유배형을 내렸다. 박태보는 노량진 사육신 묘 앞에 이르러 35살의 나이로 삶을 마쳤다. 저서로는 『정재집(定齋集)』이 있으며, 시호는 문열(文烈)이다.

1674년 현종이 승하하고, 제19대 숙종이 열세 살 나이로 왕위에 올랐다. 숙종은 현종 때 예송 논쟁으로 떨어진 왕실의 권위를 높이고, 신하들의 충성심을 끌어내기 위해 세 차례 환국을 단행했다.

● **경신환국(庚申換局)** : 1680년(숙종 6) 현종 말년에 벌어진 마지막 예송 논쟁(모두 3차례)에서 승리해 집권했던 남인 정권을 몰아내고, 서인을 집권당으로 만들었다.

● **기사환국(己巳換局)** : 1689년(숙종15) 장희빈이 낳은 왕자의 세자 책봉 문제를 빌미로 서인이 지지하던 인현왕후를 폐위시키고, 남인을 다시 불러들였다.

● **갑술환국(甲戌換局)** : 1694년(숙종 20) 장희빈을 몰아내고, 인현왕후를 복위시키는 과정에서 남인을 제거하고, 서인(노론)을 집권당으로 만들었다.

# 14 실학의 뿌리 『임원경제지』를 펴낸 서유구

**풍석 서유구**(1764년~1845년)
조선 후기 실학자이자, 저술가로 대표작은 『임원경제지(林園經濟志)』이다. 이밖에 기초농업 기술과 농지 경영을 다룬 『행포지』, 농업 경영과 유통 경제에 초점을 둔 『금화경독기』, 농업 정책에 관한 『경계책』 등을 저술했다.

조선 후기 문신이자, 학자인 풍석(楓石) 서유구(徐有榘)는 임진강 너머 파주 장단이 고향입니다. 할아버지 서명응은 대제학, 아버지 서호수는 이조판서를 지냈습니다. 서유구는 1790년(정조 14) 과거에 급제한 뒤 순창군수·전라감사·이조판서·대제학 등의 벼슬을 지냈습니다.

할아버지와 아버지의 농업 관련 학문을 이어받은 서유구는 백성들의 삶에 큰 영향을 미치는 농학(農學)에서 큰 업적을 남겼습니다.

서유구가 순창군수로 있을 때 정조는 농사 관련 책을 찾아서 올리라고 했습니다. 서유구는 "도마다 농학자를 한 사람씩 둬 농업기술을 조사하고 연구하게 한 다음, 조정에서 농서로 정리해 편찬하자"는 방안을 제시했지만 실현되지 않았습니다.

1806년(순조 6) 경기관찰사로 있던 작은아버지 서형수가 우의정 김달순의 옥사에 연루돼 유배를 떠났습니다. 이에 서유구는 관직을 그만두고 고향 장단으로 내려왔습니다.

서유구는 다른 사대부들과 달리 먹고사는 현실 문제를 다룬 실용학문을 가장 중요하게 여겼습니다. 경학(철학)이나 경세학(사회과학) 뿐 아니라, 천문·수학·농학 등 당시 '잡학'으로 취급받던 학문에도 밝았습니다. 서유구는 18년 동안 직접 농사를 지으면서 틈틈이 농업 관련 자료를 모으고, 임진강에서 물고기를 잡으며 얻은 경험 등을 기록했습니다.

1823년 서형수가 사망하면서 죄인의 굴레에서 벗어나자, 서유구는 다시 관직에 나설 수 있었습니다. 그동안 농사를 지으면서 느꼈던 생생한 농법과 끊임없이 연구하고 기록했던 일들을 관료 조직을 통해 시험해보고, 적용해

『임원경제지』: 임원(林 수풀 림(임), 園 동산 원)에서 생계를 꾸려가는 일을 농업·화훼·목축·건축·의학·지리·풍수·상업·요리·관혼상제·예술 등 16개 부문으로 나눠 무려 250여 만자로 기록한 방대한 분량이다. 다양한 농사법부터 민중의 생활상을 세밀하게 기록했으며, 중국과 일본 서적들까지 풍부하게 참고했다. 여러 그림과 설명을 곁들인 조선시대 생활백과사전으로 전국의 시장 날짜까지 수록하고 있다.

볼 기회를 만난 것입니다. 이런 결실들이 모여 1825년 첫 농업전문서인 『행포지』를 완료했습니다.

1834년 전라감사 때는 흉년을 당한 농민들의 굶주림을 해결하기 위해 여러 농서를 참고, 구황 작물 고구마 보급에 도움이 되도록 『종저보』를 써서 보급했습니다. 일본으로 가는 통신사에게 부탁해 고구마 종자를 가져오도록 한 다음 각 고을에 나눠줘 재배를 장려했습니다.

호조판서로 있을 때는 골에 작물을 재배하는 '견종법(물을 대기 어려운 논을 밭으로 바꿔 밭벼·조·맥류 같은 곡식을 재배하는 방식)'을 활성화했습니다. 농정에 대한 경론 및 상소문을 써서 영농법의 개혁을 여러 차례 역설했습니다.

1839년 76살에 벼슬에서 물러난 서유구는 아들 서우보의 도움을 받아 그동안 모으고 다듬은 방대한 분량의 『임원경제지(林園經濟志)』를 완성했습니다. 조선과 중국의 각종 문헌 892권을 참조해 30년 이상의 시간을 들여 만든 대작이 결실을 보게 된 것입니다.

서유구는 1845년 82살로 삶을 마쳤습니다. 『임원경제지』를 19년째 번역하고 있는 '임원경제연구소' 정명현 소장은 서유구 묘가 민간인 접근이 불가능한 판문점 동쪽에서 1~2km쯤 떨어진 진서면에 있다고 밝혔습니다.

조선 말 문신 이유원은 『임하필기』에서 서유구의 마지막 모습을 다음과 같이 기록했다.

"풍석태사(서유구)는 병이 위독해지자, 시중드는 사람에게 거문고를 타게 하고 곡이 끝나자 죽었다. 이는 지인(至人, 경지에 이른 사람)이 형체를 잊어버리고 혼백만 빠져나간다는 것과 같은 것이다. 내가 공의 가장(家狀, 조상에 대한 기록)을 열람하면서 이 사실을 접할 때마다 망연히 탄식하지 않은 적이 없었다. 부귀영화를 누리거나 가난하게 살거나 세상을 떠날 때는 똑같다. 공은 평소 축적한 재산을 죽기 전에 다 나누어 주고, 거문고를 들으면서 평온하게 잠들었다. 조금도 슬퍼하는 기색이 없었으니 보통 사람은 본받아 행할 수 있는 것이 아니다."

『임원경제지』에 실린 거름기구 요맥거(澆麥車)

"오줌 거름을 주는 기구로 서유구가 만든 것이다. 보리나 밀을 재배할 때 한 마지기에 오줌 2번을 뿌리면 수확량이 20두, 1번 뿌리면 15~16두, 계분 섞은 것은 7~8두, 재를 섞은 것은 4~5두라고 자신의 실험을 소개하며 오줌의 중요성을 강조했다.

하지만 오줌을 저장하는 방법과 뿌리는 양과 뿌릴 때 골고루 뿌리기가 어려워 농민들이 거름을 제대로 주지 못하는 현실을 안타까워하며 만들었다. 책에는 기구 치수와 사용하는 방법 등이 자세하게 적혀있다." 〈사진·글 : 이춘진 국가기록원 학예연구사〉

## 파주 돋보기

# 파주 장단 출신 달성 서씨 3대가 일군 실학사상

파주 장단 출신 달성 서씨 3대는 조선시대 자연과학과 생활학을 대표하는 책을 편찬한 실학사상의 선구자였다. 서유구가 지은 『임원경제지』, 아버지 서호수가 지은 『열하기유』와 『해동농서』, 할아버지 서명응이 지은 『보만재총서』 등의 실학 이론은 그동안 경세치용·이용후생·실사구시로 구분하던 조선 실학 이론사에서 소외돼 있었다.

파주 장단지역 서씨 집안 실학은 개성 지역의 화담 서경덕으로부터 이어지는 상수학(象數學)과 관련이 있다. 상수학이란 천지자연의 운행과 규칙을 상(象, 도면)과 수(數, 숫자)로 나타내는 것으로 자연철학과 자연과학을 대상으로 하고 있다.

서씨 집안은 사람과 물류의 이동이 빈번했던 파주 지역의 지리적 배경을 바탕으로 자주 중국 사행에 참여, 서적 구입을 비롯한 문물 도입에 앞장섰다. 청나라 건륭제 팔순을 맞아 부사로 북경에 간 서호수는 마태오리치 무덤을 방문해 천문과 수학을 비롯한 서양 과학기술에 관심을 기울였다. 귀국한 뒤에는 『열하기유』를 저술했다.

"서명응이 박제가 저서 『북학의』에 쓴 서문에는 '성곽과 주택, 수레와 기물은 어느 것 하나 자연의 수법이 없는 경우가 없다. 이 수법을 제대로 갖추면 견고하고 완전해 오래 갈 것이요, 그렇지 않으면 아침에 만든 것이 저녁이면 벌써 못쓰게 되니 백성과 나라에 폐해가 적지 않다'고 기술돼 있다." 〈'파주학 연구 방향 및 기본방향 연구용역' 중에서〉

## "세상에 보탬 되지 않는 자 중에는 글 쓰는 선비가 으뜸이다"

"서유구는 고향 파주 장단을 시작으로 여러 차례 이사하며 가난하게 살았다. 농사 짓고, 땔감을 줍고, 7척이나 되는 몸뚱어리가 조그만 거처조차 빌리지 못하며 살았다. 못이 박인 아들의 손을 보고서 어머니 한산 이씨는 '도시에 살면서 호미도 못 알아보며 배에 곡식 채우고 몸에 비단 두르는 이들은 천지를 훔치는 도적놈이다!'고 말했다."

〈임원경제연구소 소장 정명현 등이 번역한 『임원경제지』 '씨앗을 뿌리는 사람' 중에서〉

"사대부는 조상 중 1명이라도 벼슬한 이가 있으면 눈으로는 고기 어(魚)와 노나라 노(魯)자도 구별 못 하면서 손으로는 쟁기나 보습을 잡지 않는다. 처자식이 굶주려 아우

성쳐도 돌아보지 않고, 손 모으고 무릎 꿇고 앉아 성리(性理)를 이야기한다." "왕은 앉아서 도를 논한다는데 뭘 논하는지 모르겠고, 사대부는 일어나 행한다고 하는데 뭘 행하는지 모르겠다. 조선이 가난한 나라가 된 것은 참으로 어쩔 수 없는 일이다."
〈임원경제연구소 소장 정명현 등이 번역한『임원경제지』'예규지' 서문 중에서〉

"한숨 나오지 않는 것이 없다. 벽돌 굽는 제도는 들어본 적이 없고, 배는 겨우 다닌다. 수레는 아예 막막하다. 이래서 온 나라 사람이 지지리도 힘들게 이고, 지고 다닌다. 우리 것이 이처럼 졸렬해 오랑캐 일본에서 상품을 수입하게 될 줄 누가 생각했겠는가."
〈임원경제연구소 소장 정명현 등이 번역한『임원경제지』'섬용지' 서문 중에서〉

어느 시대건 백성에게 밥은 곧 하늘이었다. 부패에 찌든 세도정치 모순을 깨겠다며 '공자 왈, 맹자 왈'을 되뇌는 이상주의 경세론은 백성들에게 '종이로 만든 밥이요, 먹물로 끓인 국'에 불과했다. 서유구는 백성들이 먹을 수 있는 밥과 국을 만들었다.

## '조선 최대 실용백과사전 임원경제지' 학술대회 개최

파주시가 주최하고, 임원경제연구소(소장 정명현)가 주관한 2020년 9월 학술대회는 파주 장단면 출신의 서유구 선생『임원경제지』를 널리 알리기 위해 기획됐다.
2021년 7월에는 '임원경제지『예규지』를 논하다' 학술대회를 개최했다. 5권으로 된『예규지』는 경제 및 장사 이론, 전국 8도 생산물과 특산물, 전국 주요 시장, 주요 생산지와 시장 거리표 등이 담겨 있다. 필자는 "조선판 백과사전『예규지』에 담긴 의미를 되새겨 보고, 파주 출신 역사 인물들과 관련된 '파주학(坡州學)' 연구를 통해 새로운 문화 콘텐츠를 개발, 활성화하겠다"고 말했다.

## 정명헌 소장의 '파주 선비! 서유구의 어드벤처' 개최

파주시는 2020년 7월 코로나19로 중단된 '파주수요포럼'을 개최했다. 정명헌 소장은『임원경제지』의 역사적 가치와 번역하게 된 계기를 소개하면서 "지식인이 먼저 각성하고, 관습과 기술을 개혁해 가정을 풍요롭게 하는 것이 국가 부강의 원천"임을 강조했다.
필자는 "벼슬할 때는 세상을 구제하고, 백성에게 베푸는 일에 힘써야 한다는 말을 새기며 시민을 위한 정책을 발굴하고 실행해 가겠다. 풍석 선생이 실천한 애민정신을 본받아 시민들의 삶을 풍요롭게 하는 데 최선을 다할 것"이라고 말했다.
아울러 파주시민과 함께 가는 '제2회 임원경제지학교'를 2021년 4월 무료로 개최했다. 위 행사들은 코로나19로 비대면 개최됐으며, 파주시청 홈페이지와 유튜브 등에서 볼 수 있다.

地下大將軍 天下大將軍

## 세 번째 둘레길
# 파주의 문화유산

파주의 더 나은 미래를 위해서는 무엇보다 파주의 과거와 현재를 살펴보는 것이 중요합니다. 과거는 과거로 끝나는 것이 아니라, 우리의 미래를 결정하기 때문입니다.

오랜 역사를 지닌 파주에는 우리 조상들이 이 땅에 살면서 흔적을 남긴 구석기시대 주먹도끼를 시작으로 신석기를 대표하는 빗살무늬 토기, 고조선을 대표하는 고인돌, 요충지 임진강을 끼고 삼국이 쌓은 산성, 고려시대 불교 유적, 조선시대 왕릉을 비롯해 국립 교육기관 향교, 사립 교육기관 서원, 주어진 삶을 치열하게 살다간 인물들의 묘지가 그 시대를 생생하게 증언하고 있습니다.

우리 조상들은 나라가 흔들리는 수많은 위기를 겪으면서도 좌절하지 않고 오늘날까지 독창적인 문화를 이어왔습니다. 이러한 끈질긴 저력의 밑바탕에는 '나'보다 '우리'를 더 아끼며 희생하는 문화가 있었기 때문이라고 생각합니다. 급격한 산업화와 도시화로 점점 개인화돼 가는 오늘날, 이러한 공동체 정신은 미래 세대에게 물려줘야 할 소중한 자산이 되고 있습니다.

파주의 파란만장한
역사 속으로 '파벤져스'가 떴다!
필자, 홍보전문가 서경덕 교수,
명로진 작가, 개그맨 윤형빈 씨가
파주 인문학 산책을 하고 있다.

군사분계선

이잔미성

육계토성
구석기 유적지(가월리·주월리)
칠중성
아미성
적성향교
적성면

고려벽화 묘

장단향교
진서면

감악산 비

진동면
진동면
허준 묘
파산서원
파평면

상서대

DMZ

덕진산성
군내면

마애사면석불
금파리성
구석기 유적지
(금파리)

초평도

민통선

법원읍

화완옹주 묘
화석정

신석기 유적지(당동리)

자운서원
율곡 묘

장단면

문산읍

임진강

봉서산성
파주향교

황희 정승 묘
박중손 묘 장명등

파주읍
고인돌 유적지(덕은리)

탄현면

용주서원

반구정
황희 정승 영당지

월롱산성
월롱면

윤관 장군 묘

오두산성

소령원
수길원
광탄면

한강

장릉
장명산성
교하향교

명봉산성

용미리 석불입상

고인돌 유적지
(다율리·당하리)

신곡서원지

조리읍
파주삼릉

혜음원지

교하동

운정동

●**장릉** : 인조·인열왕후 능 ●**파주삼릉** : **공릉**(예종 비 장순왕후 능), **순릉**(성종 비 공혜왕후 능),
**영릉**(영조 맏아들 효장세자 능) ●**화완옹주 묘** : 영조의 아홉째 딸 화완옹주와 남편 정치달의 묘
●**소령원** : 영조 어머니 숙빈 최씨 무덤 ●**수길원** : 영조 후궁 정빈 이씨(효장세자 어머니) 무덤
●**혜음원지** : 고려 예종(1122년) 때 세운 국립숙박 시설 및 행궁 터 ●**오두산성** : 백제 관미성 추정
●**상서대** : 윤관 장군 별장 ●**반구정** : 황희 정승 정자(亭子) ●**화석정** : 율곡이 8살 때 시를 지은 정자
●**고분**(古墳) : 옛날 지배층의 무덤 ●**총**(塚) : 왕과 왕비에 버금가는 무덤이지만, 주인을 모르는 무덤
(예 : 신라 금관총·천마총) ●**능**(陵) : 왕과 왕후의 무덤 ●**원**(園) : 세자·세자빈·후궁인 왕의 어머니
(빈 : 정1품) 무덤 ●**묘**(墓) : 나머지 왕족(대군·군·공주·옹주·후궁)과 일반 사람 무덤

# 01 세계문화유산에 등재된 조선시대 왕릉

조선시대 왕족의 무덤은 능(陵)과 원(園)으로 나뉩니다. '능'은 임금과 왕비의 무덤이며 '원'은 왕세자와 왕세자 비, 임금의 친어머니 무덤을 말합니다.

조선 왕릉은 모두 44기인데 파주에는 장릉(長陵)·공릉(恭陵)·순릉(順陵)·영릉(永陵) 4기가 있습니다. 이 가운데 광해군을 반정으로 몰아내고 정권을 잡은 제16대 임금 인조가 묻힌 장릉만 순수왕릉입니다.

공릉은 제8대 임금 예종의 원비 장순왕후 한씨 능이며, 순릉은 제9대 임금 성종의 왕비 공혜왕후 한씨 능입니다. 두 왕비는 당시 '나는 새도 떨어트린다'는 세도가 한명회의 딸들입니다.

영릉은 제21대 임금 영조의 맏아들 효장세자와 부인이 묻힌 무덤입니다. 효장세자의 양자인 정조가 즉위하면서 진종(眞宗)으로 추존(追尊, 왕위에 오르지 못하고 죽은 왕족에게 나중에 임금의 칭호를 줌)해 왕릉이 되었습니다.

조선 왕릉 44기 가운데 40기가 유네스코 세계문화유산에 올라있습니다. 세계문화유산에서 제외된 4기는 북한에 있는 태조 왕비 신의왕후의 제릉, 정종과 정안왕후의 후릉, 폐위된 연산군과 광해군의 묘입니다.

능은 『경국대전』에 따라 한양 사대문 밖 100리(약 40km, 하루 거리) 안에 조성했습니다. 100리밖에 있는 능은 강원도 영월에 있는 단종의 장릉(莊陵), 경기도 여주에 함께 있는 세종의 영릉(英陵)과 효종의 영릉(寧陵) 3기입니다.

세종대왕 능은 원래 광주(廣州, 지금의 서울시 서초구 내곡동)에 있었습니다. 조카 단종과 여러 왕자를 죽이고, 피비린내 나는 권력을 잡은 세조 때부터 "터가 안 좋아 불길하니 옮기자"고 하다가 1469년(예종 1) 여주로 옮겼습니다.

조선시대 원은 모두 13기인데 파주에는 소령원과 수길원 2기가 있습니다. 소령원은 제19대 숙종의 후궁이자, 제21대 영조의 어머니 숙빈 최씨 무덤입니다. 수길원은 영조의 후궁이자, 효장세자의 어머니 정빈 이씨 무덤입니다.

| 재위 | 능 이름 | 능 주인 | 장소 |
|---|---|---|---|
| 1대 | 건원릉(健元陵) | 태조 | 경기 구리시 |
| | 제릉(齊陵) | 태조 원비 신의왕후 | 황해북도 개풍군 |
| | 정릉(貞陵) | 태조 계비 신덕왕후 | 서울 성북구 |
| 2대 | 후릉(厚陵) | 정종·정안왕후 | 황해북도 개풍군 |
| 3대 | 헌릉(獻陵) | 태종·원경왕후 | 서울 서초구 |
| 4대 | 영릉(英陵) | 세종·소헌왕후 | 경기 여주시 |
| 5대 | 현릉(顯陵) | 문종·현덕왕후 | 경기 구리시 |
| 6대 | 장릉(莊陵) | 단종 | 강원도 영월군 |
| | 사릉(思陵) | 단종비 정순왕후 | 경기 남양주시 |
| 7대 | 광릉(光陵) | 세조·정희왕후 | 경기 남양주시 |
| 추존 | 경릉(敬陵) | 덕종(세조 맏아들 의경세자)·소혜왕후 | 경기 고양시 |
| 8대 | 창릉(昌陵) | 예종·계비 안순왕후 | 경기 고양시 |
| | 공릉(恭陵) | 예종 원비 장순왕후 | 경기 파주시 조리읍 |
| 9대 | 선릉(宣陵) | 성종·계비 정현왕후 | 서울 강남구 |
| | 순릉(順陵) | 성종 원비 공혜왕후 | 경기 파주시 조리읍 |
| 10대 | 연산군 묘 | 연산군·거창군 부인 | 서울 도봉구 |
| 11대 | 정릉(靖陵) | 중종 | 서울 강남구 |
| | 온릉(溫陵) | 중종 원비 단경왕후 | 경기 양주시 |
| | 희릉(禧陵) | 중종 1계비 장경왕후 | 경기 고양시 |
| | 태릉(泰陵) | 중종 2계비 문정왕후 | 서울 노원구 |
| 12대 | 효릉(孝陵) | 인종·인성왕후 | 경기 고양시 |
| 13대 | 강릉(康陵) | 명종·인순왕후 | 서울 노원구 |
| 14대 | 목릉(穆陵) | 선조·원비 의인왕후·계비 인목왕후 | 경기 구리시 |
| 15대 | 광해군 묘 | 광해군·문성군 부인 | 경기 남양주 |
| 추존 | 장릉(章陵) | 원종(인조 아버지 정원군)·인헌왕후 | 경기 김포시 |
| 16대 | 장릉(長陵) | 인조·원비 인렬왕후 | 경기 파주시 탄현면 |
| | 휘릉(徽陵) | 인조 계비 장렬왕후 | 경기 구리시 |
| 17대 | 영릉(寧陵) | 효종·인선왕후 | 경기 여주시 |
| 18대 | 숭릉(崇陵) | 현종·명성왕후 | 경기 구리시 |

| 19대 | 명릉(明陵) | 숙종·1계비 인현왕후·2계비 인원왕후 | |
|------|-----------|------------------------------------|------------|
|      | 익릉(翼陵) | 숙종 원비 인경왕후 | 경기 고양시 |
| 20대 | 의릉(懿陵) | 경종·계비 선의왕후 | 서울 서초구 |
|      | 혜릉(惠陵) | 경종 원비 단의왕후 | 경기 구리시 |
| 21대 | 원릉(元陵) | 영조·계비 정순왕후 | 경기 구리시 |
|      | 홍릉(弘陵) | 영조 원비 정성왕후 | 경기 고양시 |
| 추존 | 영릉(永陵) | 진종(영조 맏아들 효장세자)·효순왕후 | 경기 파주시 조리읍 |
| 추존 | 융릉(隆陵) | 장조(정조 아버지 사도세자)·헌경왕후 | 경기 화성시 |
| 22대 | 건릉(健陵) | 정조·효의왕후 | 경기 화성시 |
| 23대 | 인릉(仁陵) | 순조·순원왕후 | 서울 서초구 |
| 추존 | 수릉(綏陵) | 문조(순조 맏아들 효명세자)·신정왕후 | 경기 구리시 |
| 24대 | 경릉(景陵) | 헌종·원비 효현왕후·계비 효정왕후 | 경기 구리시 |
| 25대 | 예릉(睿陵) | 철종·철인왕후 | 경기 고양시 |
| 26대 | 홍릉(洪陵) | 고종·명성왕후 | 경기 남양주 |
| 27대 | 유릉(裕陵) | 순종·순명왕후·계비 순정왕후 | 경기 남양주 |

**홍릉** : 대한제국 제1대 황제 고종과 명성황후 무덤이다. 1897년 황제에 오른 고종은 황제릉의 위엄을 갖추기 위해 1900년 터를 정한 다음 1904년까지 정자각 대신 침전과 비각·안향청·내재실·어재실·예재실·각감청·상선 처소·나인 처소 등을 조성했다. 전통적인 기법으로 조각한 문·무석인과 다른 왕릉에 없는 기린·코끼리·사자·낙타 등의 석물을 침전 앞 양쪽에 세웠다. 〈사진 : 문화재청〉

일제는 1895년(고종 32) 낭인을 동원해 명성왕후를 경복궁 옥호루에서 시해한 뒤 시신을 불태우는 만행을 저질렀다. 고종황제는 1910년 경술국치 이후 일제에 의해 '이태왕(李太王)'으로 강등되는 굴욕을 겪었다. 일제는 고종에게 망국의 책임을 몽땅 뒤집어 씌웠다. 어려서는 아버지에게, 자라서는 처에게 휘둘린 어리석은 임금으로 만들었다. 고종은 1919년 덕수궁(경운궁) 함녕전에서 67살로 세상을 떴다. 고종이 일제에 독살당했다는 소문이 돌아 장례식을 이틀 앞두고 3·1만세 항쟁이 일어났다.

# 01) 파주에서 시작해, 파주에 묻힌 인조의 장릉

　　파주시 탄현면 갈현리에 있는 장릉(長陵)은 조선 제16대 인조와 왕비 인열왕후 한씨 부부를 봉분 하나에 묻은 합장릉입니다. 단릉은 한 명의 왕이나 왕비를 묻은 능이고, 쌍릉은 왕과 왕비 봉분 두개를 나란히 배치한 능입니다.

　　원래 인조는 선조(14대)와 인빈 김씨 사이에서 태어난 다섯째 서자 정원군의 맏아들(능양군)이어서 임금이 될 수 없었습니다.

**진입공간** : 능역의 시작을 알리는 공간으로, 사람이 사는 속세를 나타낸다.
❶ **홍살문(紅箭門)** : 신성한 장소임을 알리는 문이다. 꼭대기에 삼지창 모양의 살을 박고, 삼태극을 장식했다.
　　악귀를 쫓아내기 위해 붉은색을 칠했다.

**제향공간** : 산 사람과 죽은 혼령이 만나는 공간으로, 제사를 준비하고 지내는 장소이다.
❷ **배위(拜位·판위 版位)** : 왕이나 제관이 능의 혼령에게 참배하러 왔음을 알리면서 절을 하는 곳이다.
❸ **신도(神道·향로 香路) / 신계** : 죽은 왕의 혼(향과 축문)이 걸어가는 길과 계단이다.
❹ **어도(御道·어로 御路) / 어계** : 제례를 모시러 온 임금이 걸어가는 길과 계단이다. 신도보다 낮고 좁게 만들었다.
❺ **변로(邊路)** : 제관이 걸어가는 길로, 어도보다 낮고 좁게 만들었다. 인조의 장릉 등 몇몇 능에만 있다.
❻ **참도(參道)** : 신도와 어도를 함께 일컫는 말이다.
❼ **정자각(丁字閣)** : 제사를 지내는 건물로 '丁(정)'자 모양이다. 오른쪽으로 들어가 제를 지내고, 왼쪽으로 나왔다.
❽ **수복방(守僕房)** : 제관이 제사를 준비하는 건물이다.　❾ **수라간(水剌間)** : 제례음식을 차리는 건물이다.

**전이공간** : 제향공간에서 능침공간으로 넘어가는 장소이다. 혼이 능침으로 가는 신도만 있다.
❿ **비각(碑閣)** : 왕의 시호와 업적을 기록한 신도비(神道碑)를 모시는 건물이다.
⓫ **산신석(山神石)** : 왕릉이 있는 산의 신령에게 제사를 지내는 곳이다.
⓬ **예감(瘞坎)** : 제사를 지낸 뒤 축문 등을 산불을 막기 위해 흙으로 묻은 구덩이다.

**능침(성역)공간** : 왕의 넋이 사는 공간으로 상계·중계·하계 3단으로 조성했다.
산 사람의 접근을 엄격하게 제한했다.

**진입공간**
금천문·재실
↓

1623년 광해군(15대) 때 서인 세력 김류와 이귀는 반역죄에 걸려 죽은 능창군의 형 능양군과 손을 잡고, 파주 장단부사 이서와 무신이었던 이괄을 끌어들여 반정(反正, 임금을 폐하고 새 임금을 세우는 일, 쿠데타)을 일으켰습니다.

장단부사 이서는 덕진산성(지금의 군내면 정자리에 있는 산성)에서 훈련한 7백여 군사를 이끌고 참여했습니다. 반정에 성공한 서인 세력은 광해군과 북인 정권을 몰아내고 능양군을 왕(인조)으로 세웠습니다.

이처럼 인조는 이서와 덕진산성 군사들의 도움으로 왕이 되었으며, 27년간의 재위 끝에 장릉에 묻혔을 만큼 파주와 깊은 인연을 맺고 있습니다.

장릉은 원래 문산읍 운천리에 있었습니다. 1635년 인조의 왕비 인열왕후가 세상을 뜨면서 운천리에 있던 묘 7백여 기를 옮기게 하고, 인조가 묻힐 능역도 함께 만들었습니다. 14년 뒤인 1649년 인조가 55살로 승하하면서 장릉은 쌍릉(왕과 왕비를 봉분 두 개에 따로 묻은 능)으로 조성됐습니다.

당시 운천리 장릉에서는 불이 자주 났습니다. 뱀과 전갈이 무리를 이루며 석물 틈에 집을 짓는 일도 계속해서 나타났습니다. 그러자 영조는 1731년(영조 7) 지금의 탄현면 갈현리에 있던 교하향교를 금촌으로 옮기게 하고, 그 자리에 합장릉(왕과 왕비를 봉분 하나에 묻은 능)으로 장릉을 다시 조성했습니다.

장릉은 40대 이상 된 파주 시민들이 초등학교 때 걸어서 소풍(체험학습)을 다녔던 장소로 아련한 추억이 담긴 곳입니다. 문화재청에서는 장릉을 보존하기 위해 한동안 관리만 하다가 2016년부터 시민에게 공개하고 있습니다.

❶금천교(禁川橋) : 죽은 왕의 혼령이 머무는 신성한 능역과 사람이 사는 속세(俗世)를 구분하는 돌다리이다. 금천과 금천교(궁궐마다 이름이 다름)는 궁궐 정문 뒤에도 있다. 사사로운 마음을 버리고 경건한 마음으로 왕궁에 들어가는 다리이다. ❷재실(齋室) : 능역 입구에 있다. 왕릉을 관리하고 보호하는 능참봉(陵參奉, 종9품)이 살았다. 이곳에서 제례음식을 만들어 수라간으로 날랐다.

상계
중계
하계
능침공간
〈사진 : 문화재청〉

봉분
곡장
곡장
난간석
병풍석
병풍석
석양
석호
망주석
혼유석
장명등
석마
무인석
문인석

**상계(上階)** ❶ **봉분(封墳)** : 『국조오례의』에는 지름 약 18m, 높이 약 4m로 조성하게 되어 있다.

❷ **곡장(曲墻)** : 봉분을 둘러싼 담장으로 묘를 보호하는 역할을 한다. 기와 수막새에는 봉황이, 암막새에는 용이 새겨져 있다. 해와 달을 상징하는 동그란 일월석(日月石)이 곳곳에 박혀 있다.

❸ **병풍석** : 기존의 구름 문양과 십이지신상 대신 조형미가 우수한 모란꽃과 연꽃 문양을 새겼다.

❹ **난간석** : 12방위를 상징하는 12칸으로 되어 있다. 능을 보호하기 위해 세웠다.

❺ **석호(石虎)** : 돌로 만든 호랑이다. 왕릉을 지키는 역할을 한다.

❻ **석양(石羊)** : 돌로 만든 양이다. 사악한 것을 피하는 역할을 한다. 석호와 석양은 봉분 바깥쪽을 향해 왼쪽과 오른쪽에 각각 두 마리씩 모두 8마리가 놓여 있다.

❼ **망주석(望柱石)** : 신성한 곳임을 알리는 표지석이다. 음양의 조화나 풍수 기능으로 세웠다.

❽ **혼유석(魂遊石)** : 죽은 왕의 혼령이 노니면서 쉬는 곳이다. 제사 음식을 올려놓는 곳이 아니다.

**중계(中階)** ❾ **장명등(長明燈)** : 어두운 사후 세계를 밝히는 등이다. 불을 피우는 구멍이 네 곳으로 뚫려 있다.

❿ **문인석(文人石)** : 왕을 보좌하는 문신이다. 문신을 상징하는 '홀(笏)'을 손에 쥐고 있다.

**하계(下階)** ⓫ **무인석(武人石)** : 왕을 호위하는 무인이다. 칼집에서 뽑은 칼을 세워서 두 손으로 잡고 있다.

⓬ **석마(石馬)** : 문인과 무인이 타는 말이다. 문인석과 무인석 바로 옆이나 뒤에 세웠다.

**파주 장릉 제향** : 2019년 6월 제향에 참석한 필자가 "조상들의 숨결과 흔적이 곳곳에 배어 있는 파주의 소중한 문화유산을 아끼고 가꿔 후손에게 물려 주자"는 인사말을 하고 있다.

# 반정으로 임금이 된 뒤, 세 번이나 피난 간 인조

우리 역사에 큰 교훈을 남긴 인조는 모두 세 차례나 한양(서울)을 버리고 몽진했다.

●몽진(蒙 어두울 몽, 塵 티끌 진) : 머리에 먼지를 뒤집어쓴다는 뜻으로 임금이 피난 가는 것을 말함

첫 번째 몽진은 1624년(인조 2) '이괄의 난' 때였다.

내가 왜 반정을 했나
나도 모르겠다니깐~

이괄의 난은 인조가 왕이 된 지 불과 10달 만에 일어났다. 무인(武人)이었던 이괄은 함경도 병마절도사로 부임하기 바로 전에 반정군과 같은 편이 되어 그들을 지휘했다.

이괄은 가장 큰 공을 세웠음에도 반정에 머뭇거리던 문신들에 밀려 2등 공신이 되자 불만을 품고 있었다. 인조는 이괄을 부원수 겸 평안도 병마절도사로 임명했다. 이괄은 영변에서 1만2천여 병사를 거느리고 여진족이 세운 후금의 침략에 대비했다.

서인 공신 김류와 이귀는 이괄이 반란을 일으킬까 두려웠다. 때마침 "이괄의 아들이 역모를 모의했다"는 고변이 들어오자 "이괄을 잡아들여 국문하자"고 했다. 이괄은 인조의 명으로 아들을 잡으러 온 금부도사를 죽인 뒤 군사를 일으켜 한양으로 내달렸다.

이괄은 마지막 방어선인 파주 임진에서 관군을 기습 공격으로 무너뜨렸다. 놀란 인조는 허겁지겁 공주로 몽진했다. 19일 만에 한양을 점령한 이괄은 선조의 10번째 아들 흥안군을 왕으로 세웠다. 조선에서 반란으로 한양이 점령된 것은 이때뿐이었다.

이괄을 뒤쫓아온 관군은 길마재(무악재)에서 반군과 맞섰다. 전투에서 패한 이괄은 경기도 이천으로 도주했으나 부하에게 목이 잘렸다. 흥안군도 반역죄로 처단됐다. 인조는 난이 다스려진 뒤에야 공주에서 한양으로 돌아왔다.

두 번째 몽진은 1627년(인조 5) '정묘호란(정묘년에 오랑캐가 일으킨 난)' 때였다.

1616년 후금을 세운 누르하치는 1627년 3만 군사를 보내 조선을 침략했다. 정묘호란을 일으킨 후금의 명분은 인조반정으로 쫓겨난 "광해군의 원수를 갚겠다"였다.

명과 후금 사이에 낀 광해군은 중립외교를 펼쳐 위기에서 벗어나려고 했다. 그러나 반정으로 정권을 잡은 인조와 서인 세력은 후금을 배척했다. 따라서 명과 싸우던 후금

반정을 했으면
전쟁을 막았어야지!

냅둬유.
도망치는 것도
능력인께~

흥, 왕이 바뀌면 뭘해?
전쟁 나면 백성들 버리고
제일 먼저 도망가는데.

은 조선이 명을 돕지 못하도록 배후를 안정시킬 필요가 있어 조선을 침략한 것이다.

인조는 강화도로 피신했다. 황해도까지 쳐들어온 후금은 조선과 '형제 관계'를 맺고 돌아갔다. 임진왜란 전만 해도 어버이로 군림했던 조선은 동생으로 지위가 떨어졌다.

세 번째 몽진은 1636년(인조 14) '병자호란(병자년에 오랑캐가 일으킨 난)' 때였다.

1636년 4월 누르하치 아들 홍타이지는 국호를 후금에서 대청(大淸)으로 바꾸고 황제에 올랐다. 청은 조선으로 사신을 보내 군신(君臣, 임금과 신하) 관계를 요구했다.

조선 조정은 "오랑캐와 군신 관계를 맺는 것은 부모의 나라인 명을 배반하는 일이니 끝까지 싸우자"는 척화파(斥和派, 화친을 배척하는 무리)와 "화의를 맺어 전쟁을 피하고, 후일을 도모하자"는 주화파(主和派, 화친을 주장하는 무리)로 나뉘어 대립했다.

하지만 척화론을 주장하는 강경파 신하들이 훨씬 많았다. 서인과 인조가 반정을 일으킨 명분 중 하나가 '아버지(명나라)의 나라를 배반하고, 오랑캐(후금)와 화친했다'였으니 당연한 결과였다. 인조는 후금의 사신을 만나기는커녕 국서도 받지 않았으며 감시하도록 했다. 청나라 사신은 만주로 줄행랑을 쳤다. 인조는 전국에 "전쟁 준비를 하라"는 교서(敎書, 왕이 신하와 관청에 내리던 문서)를 내렸다.

화친하면 명분을 잃어 쫓겨날지 모르고…
싸울 힘은 없고, 어쩐다?

의리 없이 명나라를 배반하고 오랑캐가 되잔 말이오? 목에 칼이 들어와도 오랑캐와 화친은 있을 수 없소이다!
**척화파(화친 반대)**

어허! 싸워 이길 능력도 없으면서 어찌 그리 답답한 말만 하시오? 전쟁을 막으려면 화친을 해야 하오! 나라가 망하면 어디서 살 것이오?
**주화파(화친 주장)**

압록강이 얼기를 기다렸던 청 태종은 그해 12월 9일, 12만 대군을 이끌고 쳐들어 왔다. 기병으로 이루어진 청군은 산성을 지키는 조선군을 피해 재빠르게 내려왔다. 강화도로 피난을 떠나려던 인조는 청군 선발대에 막혀 남한산성으로 피난 갔다.

인조는 46일간 청군에 맞서 성을 지켰다. 그러나 임금을 구하기 위해 남한산성으로 오던 근왕병들이 곳곳에서 패했다. 더구나 강화도가 함락돼 왕실 가족이 인질로 잡히고 말았다. 굶주림과 추위에 지친 군사들도 "척화파를 청군에 넘기라"며 시위했다.

궁지에 몰린 인조는 항복을 결정했다. 삼전도(지금의 송파)에서 청 태종에게 굴욕적인 '삼배구고두례(三拜九叩頭禮)' 항복 의식을 치뤘다. 3배9고두례는 3번 큰절을 할 때마다 3번씩 모두 9번 머리를 땅바닥에 조아리는 여진족식 예법이다.

조선에 이익이 되는 '실리'보다 명나라를 떠받들던 '명분'을 선택한 대가는 참혹했다.

수십만 명이 청나라에 포로로 끌려갔다. 인조와 관료들은 "살려달라"고 울부짖는 백성들의 모습을 바라보기만 했다. 소현세자와 봉림대군(효종)도 인질로 끌려갔다. 척화를 주장했던 삼학사(三學士, 홍익한·윤집·오달제)도 심양으로 끌려가 죽임을 당했다.

## 토막 상식
## 역사의 물줄기를 두 번이나 바꾼 파주

1144년 고려 17대 인종(仁宗)은 섣달 그믐날 궁궐에서 귀신 쫓는 행사를 열었다. 이때 김부식의 아들 김돈중은 무신 정중부의 수염을 촛불로 태우면서 비아냥거렸다. 모욕을 당한 정중부는 김돈중을 때렸다. 묘청의 난을 진압했던 일등공신 김부식은 인종을 찾아가 "정중부를 매질하게 해달라"고 했다. 문신들의 눈치를 보던 인종은 어쩔 수가 없어 허락한 다음 정중부를 몰래 피신시켰다.

왕권이 약했던 18대 의종(毅宗)은 장단군(지금의 진서면 판문점 부근)에 보현원(普賢院)을 비롯, 여러 곳에 별궁을 짓고 잔치를 즐겼다. 왕의 행차 때 호위를 맡은 무신들은 문신들이 술을 마시며 즐기는 동안 추우나 더우나 경비를 서야 했다.

1770년 4월 의종은 화평재로 놀이를 떠났다. 왕과 문신들은 밤늦게까지 술을 마시며 즐겼다. 견룡행수(하급 부대 지휘관) 이의방과 이고는 정중부를 찾아가 불만을 터트렸다. 이들은 왕이 보현원에 가는 날, 난을 일으키기로 했다.

8월 보현원 행차에 나선 의종은 가는 도중에 군사들의 사기를 높여주려고 수박희(手拍戲)를 열었다. 수박희는 서로 떨어진 상태에서 힘과 기술을 겨루는 전통 무예였다.

나이가 많았던 대장군(3품) 이소응은 젊은 장교와 겨루다 졌다. 이를 구경하던 5품 문신 한뢰가 이소응의 뺨을 때리며 비웃었다. 화가 난 이의방과 이고가 칼을 뽑으려고 하자, 정중부는 눈짓으로 말렸다. 사태가 심상치 않았음을 눈치챈 의종은 무신들에게 술을 따라주며 그들의 불만을 달랬다.

이런 무례한 자가 있나?

그대 수염이 무척 아름답소!

고려와 조선은 무신의 반란을 막기 위해 문신에게 군의 지휘를 맡겼다. 고려는 무과를 치르는 대신 무예가 뛰어난 사람을 뽑아 썼다. 1109년(예종 4)부터 1133년(인종 11)까지 무과를 실시했지만, 문관들이 반발해 없어졌다. 무신은 정3품 상장군이 가장 높았다. 대우가 낮아 불만이 많았던 무신들은 정변을 일으켜 권력을 잡았다.

그러나 보현원에 도착한 이의방과 이고는 왕을 호위하던 순검군을 움직여 한뢰를 비롯한 문신과 환관을 닥치는 대로 죽였다. 감악산으로 도망친 김돈중은 종자의 밀고로 붙잡혀 죽임을 당했다. 무신들은 의종을 내치고, 명종(明宗)을 세워 권력을 장악했다.

이후 무신정권은 피비린내 나는 권력 투쟁을 벌였다. 1170년 이의방, 1174년 정중부, 1179년 경대승, 1183년 이의민, 1196년 최충헌, 1219년 최우, 1249년 최항, 1257년 최의, 1258년 김준, 1268년 임연, 1270년 임유무로 이어지다 1271년 끝이 났다.

## 02) 파주삼릉

파주삼릉(坡州三陵)은 파주시 조리읍 봉일천리 통일로 옆에 자리하고 있는 세 개의 능(공릉·순릉·영릉)을 합쳐 부르는 이름이다. 삼릉에는 예로부터 장곡리와 봉일천 공릉장을 오가던 마을 길이 있었으나, 지금은 왕릉을 보호하기 위해 막아놓았다.

### 가) 한명회 셋째 딸 장순왕후가 묻힌 공릉

공릉(恭陵)은 조선 제8대 임금 예종의 왕비 장순왕후 한씨 능입니다. 장순왕후는 한명회의 셋째 딸로 1460년(세조 6) 16살에 세자와 결혼했습니다. 다음 해인 17살에 인성대군을 낳았지만, 아이를 낳고 생긴 병으로 왕비가 되기 전에 세상을 떠났습니다. 인성대군도 세 살의 어린 나이로 죽었습니다. 제9대 성종 때 왕후로 추존돼 원에서 능으로 격상되었습니다.

조리읍 봉일천을 지나 교하 송촌리 학당포에서 한강으로 흘러드는 '공릉천'은 공릉에서 그 이름이 유래되었습니다. 공릉천은 일제 강점기 때 '구부러진 하천'이라는 뜻의 '곡릉천(曲陵川)'으로 이름이 왜곡됐습니다. 파주시는 이를 바로잡기 위해 중앙하천관리위원회에 심의를 요청, 2009년 원래의 이름인 공릉천을 되찾았습니다.

공릉 : 장순왕후가 세자빈 신분으로 죽어 병풍석과 난간석은 만들지 않았다. 장명등과 문인석만 있고, 망주석과 무인석도 없다. 봉분은 조선 전기 형식에 따라 크게 만들었다.

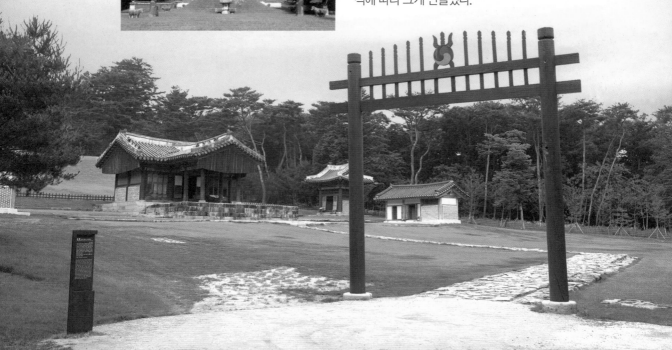

## 나) 한명회 넷째 딸 공혜왕후가 묻힌 순릉

순릉(順陵)은 제9대 성종의 왕비 공혜왕후 한씨 능입니다. 공혜왕후는 한명
회의 넷째 딸로 공릉에 묻혀있는 장순왕후 동생입니다. 성종이 예종의 양자
로 들어갔기 때문에 자매였던 장순왕후와 공혜왕후는 고부(姑婦, 시어머니와 며
느리) 사이가 되었습니다.

1467년(세조 13) 11살에 세자빈이 된 공혜왕후는 성종의 즉위와 함께 왕비
가 되었습니다. 그러나 자식을 낳지 못하고, 18살에 짧은 생을 마쳤습니다. 순
릉은 공혜왕후가 왕비 신분으로 세상을 떠났기 때문에 파주삼릉 가운데 유
일하게 왕릉 형식으로 조성됐습니다.

순릉 : 능침에는 병풍석을 생략하고 난간
석만 둘렀다. 참배로도 어도와 신도로
구분하지 않고 하나로 만들었다.
〈사진 : 문화재청〉

## 연산군 어머니 폐비 윤씨에게 사약을 내려 죽인 성종

성종은 세조의 맏아들 의경세자(덕종으로 추존)의 둘째로 태어났다. 의경세자가 왕이 되지 못하고 20살에 죽으면서 제8대 왕은 세조의 둘째 아들 예종이 되었다. 예종도 21살에 일찍 죽자, 조카인 성종이 예종의 양자가 되어 13살에 왕위를 이어받았다.

어린 나이에 왕위에 올라 할머니 정희왕후(파평 윤씨)가 수렴청정했다. 성종은 25년간 재위했지만 어려서 왕이 돼 승하했을 때는 38살에 불과했다. 성종의 능은 서울 강남구에 있는 선릉이다.

성종의 첫째 부인은 한명회의 딸 공혜왕후였으나 일찍 죽었다. 성종은 둘째 부인 윤씨를 맞아 연산군을 낳았다. 그러나 제헌왕후 윤씨는 성종의 얼굴을 할퀸 죄목으로 폐비가 된 다음 사약을 받고 죽었다. 이 일은 성종을 이어 왕이 된 연산군이 어머니를 폐비로 만드는데 함께 한 세력을 제거하는 '갑자사화'의 불씨가 되었다.

## 왕후였던 두 딸을 파주에 묻은 세도가 한명회

한명회는 세조·예종·성종까지 3대에 걸쳐 조선을 쥐락펴락했다. 1453년 '계유정난(계유년에 수양대군이 단종의 신하들을 제거하고, 정권을 잡은 사건)'을 일으켜 단종을 쫓아내고, 수양대군을 제7대 임금 세조로 만든 공신이다.

한명회는 3번의 영의정과 4번의 1등 공신이 되었다. 이러한 권세의 힘으로 두 딸을 예종과 성종에게 시집보낼 수 있었다. 하지만 딸들의 죽음 앞에서는 속수무책이었다. 예종의 왕비 장순왕후가 17살에, 성종의 왕비 공혜왕후가 18살에 세상을 뜬 것이다.

한명회는 한강에 '압구정'을 지어 노후를 즐기다가 1487년 72살로 삶을 마쳤다. 그러나 성종 때 연산군 어머니 폐출을 찬성했다는 이유로 1504년 갑자사화를 일으킨 연산군에게 부관참시를 당했다. 연산군을 몰아내고 왕이 된 중종이 신원해줬다.

파주삼릉 옆 조리읍 봉일천에는 '팔학골'이라는 마을이 있다. 한명회가 공릉·순릉에 묻힌 두 딸을 가엾게 여겨 이곳에 암자를 짓고, 파라승(깨달음의 경지에 다다른 보살)에게 영혼을 달래도록 했다. 이로 인해 마을 이름이 '파라골'로 불리다 '팔학골'이 되었다는 이야기가 내려오고 있다.

누가 임금이 되든 두 다리 쭉 뻗고 살게 해주면 좋은데… 장이야!

죄 없는 사람을 많이 죽인 공으로 공신이 된 벌을 받은 거야.

그 많은 공신 먹여 살리느라 허리가 휜다. 허리가… 엥? 한 수 물려줘!

## 다) 영조의 맏아들 효장세자와 세자빈이 묻힌 영릉

영릉(永陵)은 조선 제21대 임금 영조의 맏아들인 효장세자와 세자빈 조씨의 쌍릉입니다. 효장세자는 1724년 영조의 즉위와 더불어 왕세자로 책봉되었으나, 4년 뒤 10살의 어린 나이로 세상을 떠나고 말았습니다. 15살에 홀로된 세자빈 조씨는 37살에 세상을 떠나 남편 곁에 묻혔습니다.

영조는 첫째 아들인 효장세자가 죽자, 둘째 아들(사도세자)을 세자로 삼았습니다. 1762년 사도세자를 뒤주에 가둬 죽인 영조는 사도세자의 아들(정조)을 효장세자 아들로 입적시켜 왕위를 잇게 했습니다.

효장세자는 정조가 즉위한 뒤에 진종(眞宗)으로, 세자빈 조씨는 효순왕후로 추존되었으며 무덤도 능으로 격상되었습니다. 효장세자를 낳은 어머니이자, 영조의 후궁 정빈 이씨는 광탄면 영장리에 있는 수길원에 묻혀있습니다.

궁에서 허드렛일을 하는 나인이 왕의 총애를 받아 자식을 낳으면, 벼락 승진하게 된다. 종2품 '숙의'에서 종1품 '귀인'까지 오를 수도 있다. 아들이 세자에 책봉되면 정1품 '빈'까지 올라간다. 숙종의 후궁인 장희빈도 아들 경종을 낳아 빈이 되었고, 숙종의 또 다른 후궁인 숙빈 최씨도 아들 영조를 낳아 빈이 되었다.

**조선시대 후궁 품계** ●정1품 : 빈(嬪) ●종1품 : 귀인(貴人) ●정2품 : 소의(昭儀) ●종2품 : 숙의(淑儀) ●정3품 : 소용(昭容) ●종3품 : 숙용(淑容) ●정4품 : 소원(昭媛) ●종4품 : 숙원(淑媛)

**영릉** : 세자와 세자빈 신분으로 죽어
난간석·병풍석·무인석이 없다.

〈사진 : 문화재청〉

## 03) 영조 친어머니 숙빈 최씨가 묻힌 소령원

소령원(昭寧園)은 조선 제19대 숙종의 후궁이자, 제21대 영조의 친어머니 숙빈(淑嬪, 정1품) 최씨 무덤입니다. 숙빈 최씨는 7살에 궁으로 들어간 무수리(궁에서 청소 등 허드렛일을 하던 여자 종)였습니다.

숙종의 눈에 들어 후궁인 숙원(종4품)이 되었으며, 24살에 숙의(종2품)로 올라 영조(숙종의 둘째 아들 연잉군)를 낳았습니다. 숙빈 최씨는 장희빈이 폐위되고 사약을 받는 데 결정적 역할을 했습니다. 1718년 49살로 삶을 마친 숙빈 최씨는 지금의 광탄면 영장리 소령원에 묻혔습니다.

왕이 된 영조는 어머니 무덤을 '소령묘'에서 '소령원'으로 높였습니다. 사당 이름도 '육상묘'에서 '육상궁'으로 높였습니다. 사당은 서울 궁정동 청와대 옆 칠궁(七宮) 안에 모셔져 있습니다.

영조는 어머니를 위해 광탄면 보광로에 있는 보광사를 기복사(祈福寺, 소령원의 복을 기원하는 절)로 삼았습니다. 지금도 보광사 대웅보전 뒤에는 어실각(御室閣, 임금을 위한 집과 건물)이 있어 숙빈 최씨의 복을 기원하고 있습니다.

영조는 소령원에 행차할 때 고양시에서 광탄면으로 이어지는 '뒷박고개'를 넘어왔습니다. 고개를 넘던 영조가 "고개가 높으니 더 파서 낮추라"고 해 뒷박고개 이름이 '더파기고개'로 바뀌었다고 합니다.

소령원 : 영조가 직접 쓴 비석 2기가 세워져 있다. 병풍석과 난간석은 세우지 않았다. 조선시대 13기 원 가운데 제관이 제사를 준비하는 '수복방'은 소령원에만 남아있다. 일제 강점기 때 수라간과 수복방이 사라지고, 터만 남아있는 원들이 대부분이다. 〈사진 : 문화재청〉

향토 사학자들 연구에 따르면 영조는 세제(世弟, 다음 왕이 되기로 결정된 왕의 동생) 시절, 정치 소용돌이에 휘말려 생명의 위협을 느꼈다고 한다. 영조는 어머니 숙빈 최씨의 시묘살이를 이유로 소령원에 피해 있었다. 자객에게 몇 차례 습격을 받았는데, 마을 개들이 일제히 짖어 위험을 알렸다. 숨어 지내던 장사가 나타나 자객들을 물리쳤다. 영조는 이 마을 사람들에게 매우 고마운 마음을 가졌다고 한다.

## 04) 효장세자 어머니 정빈 이씨가 묻힌 수길원

수길원(綏吉園)은 영조의 첫 번째 후궁 정빈(靖嬪) 이씨 무덤입니다. 1694년에 태어난 정빈 이씨는 8살에 입궁한 다음 연잉군(영조)의 첩이 되었습니다.

1719년 26살에 영조의 맏아들 효장세자(진종)를 낳았고, 다음 해에는 화순옹주를 낳았습니다. 1721년(경종 1) 28살로 눈을 감아 지금의 광탄면 영장리에 있는 수길원에 묻혔습니다.

정빈 이씨는 영조의 친어머니인 소령원 숙빈 최씨와는 시어머니와 며느리 사이입니다. 사당은 서울 궁정동 청와대 옆 칠궁(七宮) 안에 모셔져 있습니다.

수길원 : 정빈 이씨는 영조가 왕세제이던 시절, 세자궁에 속하는 소훈(昭訓, 종5품)에 책봉됐다. 영조가 왕이 되는 것을 보지 못하고 세상을 떠났다. 1724년 영조가 즉위하면서 정빈에 봉해졌다. 정자각·수복방·수라간은 불에 탔다.
조선시대 세조 등 여러 왕은 능을 검소하게 만들 것을 유언해 예법보다 간략하게 조성한 능들도 있다.
〈사진 : 문화재청〉

### 역사 토막 상식
### 혼(魂)을 모시는 사당, 백(魄)을 모시는 무덤

우리 조상들은 사람이 혼백(魂魄)으로 이루어졌다고 생각했다. 넋·얼·기(氣)라고도 하는 '혼'은 정신을 말하고, '백'은 몸을 말한다. 살았을 때는 혼과 백이 함께 하지만, 죽으면 혼은 하늘로 날아서 돌아가고, 백은 땅으로 돌아가 흩어진다고 여겼다. 따라서 사람이 죽으면 사당을 만들어 '혼(魂)'을 모셨고, 무덤을 만들어 죽은 몸과 함께 '백(魄)'을 모셨다.

'혼'은 살아있는 사람과 죽은 사람 모두에게 썼으나 '백'은 주로 죽은 사람에게만 썼다. 그래서 정신이 멍하면 "혼이 나갔다" "넋(얼)이 빠졌다" "기가 빠졌다"고 한다. 갑자기 놀랐을 때는 "혼비백산(魂飛魄散, 혼이 날아가고, 백이 흩어짐)했다"고 한다. "혼날래?" "혼났다"라는 말도 이 혼(魂)에서 비롯됐다.

# 어머니와 부인, 아들과 딸을 파주에 묻은 영조

조선 제21대 왕 영조(英祖)는 파주와 애틋한 인연이 있다. 영조의 친어머니 숙빈 최씨는 '소령원'에, 첫 번째 후궁 정빈 이씨는 '수길원'에 묻혔다.

영조는 정비 정성왕후와 계비 정순왕후 사이에서 자녀를 보지 못했다. 네 명의 후궁에게서 두 명의 왕자와 열두 명의 옹주를 낳았다.

그 가운데 첫 번째 후궁 정빈 이씨가 낳은 맏아들 효장세자와 며느리는 '영릉'에 누워 있다.

두 번째 후궁 영빈 이씨가 낳은 셋째 딸 화평옹주와 사위 박명원은 파주읍 군부대 안에 있다. 아홉째 딸 화완옹주와 사위 정치달은 문산읍 사목리 황희 정승 유적지 진입로 옆에 묻혀있다.

**연잉군** (보물 제491호) : 1714년 21살의 영조 모습으로 한국전쟁 때 오른쪽 1/3이 불탔다.

**영조** (보물 제932호) : 이 어진(御眞, 임금의 초상화)은 1744년에 그린 원본을 보고, 1900년에 다시 베낀 그림이다. 원본은 한국전쟁 때 불탔다. 〈사진 : 국립고궁박물관〉

## 사도세자를 뒤주에 가둬 죽인 영조

영조의 후궁 영빈 이씨가 낳은 사도세자(장조)는 영조의 둘째 아들로 정빈 이씨가 낳은 효장세자(진종)의 동생이다. 효장세자가 10살 때 죽으면서 세자에 올랐다. 사도세자는 『한중록』을 쓴 혜경궁 홍씨와 결혼해 정조를 낳았다.

영조는 사도세자가 14살이 되자 대리청정을 시켰다. 대리청정은 왕이 병들거나 나이가 들어 국사를 보기 힘들 때 세자에게 대신 정치를 하게 하는 행위이다. 그러나 대리청정을 하면서 사도세자와 아버지 영조는 정치적으로 갈등을 빚었다. 아들이 완벽하기를 바랐던 영조의 지나친 엄격함에 사도세자는 견디기 어려운 압박감을 느끼고 기행을 일삼았다.

왕이 되기 전까지 험난한 과정을 겪었던 영조는 어머니의 천한 신분, 경종을 독살했다는 혐의, 심지어는 숙종의 아들이 아니라는 유언비어까지 퍼져 왕권이 흔들렸다.

이런 환경 탓인지 영조는 감정 기복이 심했다. 이는 사도세자와 갈등을 빚는 원인이 되었다. 영조는 탕평책으로 왕권을 강화해 나갔다. 더불어 균역법 등의 시행으로 민심을 안정시키며 많은 업적을 남겼다.

급기야 영조와 사도세자 장인 홍봉한은 사도세자를 역모로 몰아 뒤주에 가둬 죽이는 참극을 빚었다. "아버지를 용서해 달라"는 세손(정조)의 울부짖음도 소용없었다.

역사에 가정법은 없어 부질없는 질문이지만, 만약 사도세자가 아버지 영조와 갈등을 빚어 뒤주에 갇혀 죽지 않았거나, 정조가 큰아버지인 효장세자의 양자로 입적되지 않았다면 효장세자는 임금으로 추존될 수 있었을까?

어쨌든 영조의 맏아들인 효장세자는 10살의 어린 나이로 생을 마감한 뒤, 아버지 영조와 동생 사도세자가 겪은 비극적 사건으로 인해 훗날 임금으로 추존될 수 있었다.

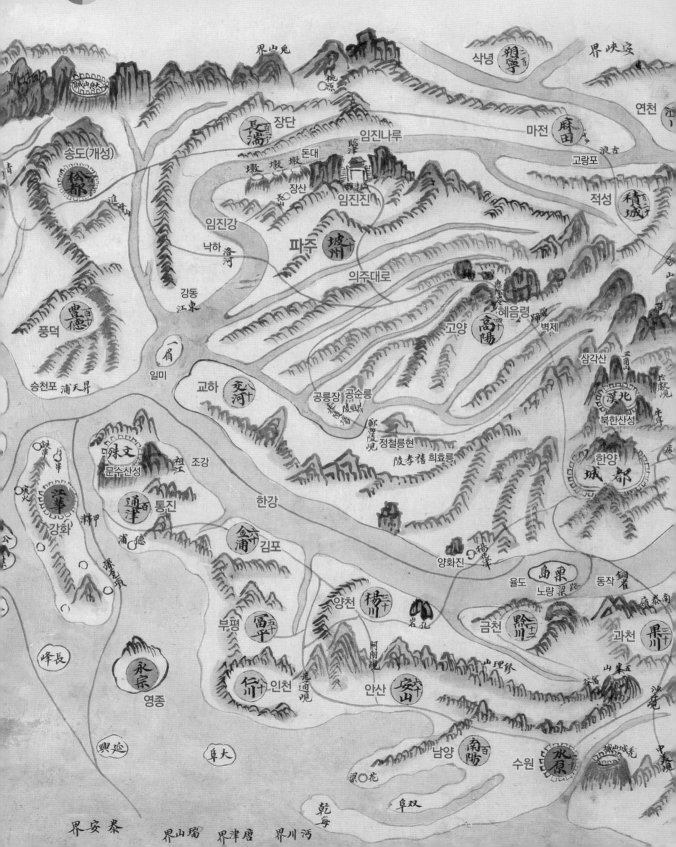

임진나루는 조선의 한양과 고려의 개성을 잇는 중요한 교통로였습니다. 한국민족문화대백과사전을 보면 임진나루를 토박이말로 '더덜나루' 또는 '다달나루'라고 했는데, 한자로 쓰면서 '임진나루'가 되었다고 합니다.

임진의 '임(臨 임할 임)'은 '더덜' 즉 '다닫다'라는 뜻이며 '진(津 나루 진)'은 '나루'를 말합니다. 이는 강의 가장 하류에 있는 '다다른 나루'라는 뜻입니다. 임진강은 '이진매' 즉 '더덜매(언덕 밑으로 흐르는 강)'라 불렀다고 합니다.

임진 진서문 풍경 : 조선 후기 김홍도 아들 김양기가 그렸다. 나룻배가 사람과 말을 나르고 있다.

임진나루는 1413년 우리 역사에서 맨 처음 등장하는 거북선이 왜선으로 꾸민 배와 싸우는 훈련을 태종이 지켜본 곳입니다. 임진왜란 때는 의주로 피난을 떠난 선조 일행이 밤에 비를 맞으며 건넌 곳입니다.

임진진은 1755년 영조가 임진강을 건너는 나루였던 '임진도(臨 임할 임, 津 나루 진, 渡 건널 도)'를 군사가 머무르며 지키는 나루인 '임진진(臨 임할 임, 津 나루 진, 鎭 진압할 진)'으로 바꾸고, 중앙 5군영의 하나인 총융청에 소속시켰습니다.

절벽을 가로지르는 성벽 가운데에는 방어시설인 '진서문(鎭西門, 임진 서쪽에 있는 문)'을 세우고, 그 위에는 적이나 주위의 동정을 살피기 위한 다락집 '임벽루(臨 임할 임, 壁 벽 벽, 樓 다락 루)'를 지었습니다. 그림에는 임진진 왼쪽으로 돈대(墩臺, 성안 높은 곳의 평지에 만든 포대)들이 그려져 있습니다.

향토연구가 김현국 선생에 따르면 임벽루는 일제 강점기 초반 민간에 팔아버렸고, 진서문은 한국전쟁 때인 1951년 7~8월 즈음 파괴됐다고 합니다.

의주대로는 사신들이 중국을 오갔던 길이라서 '사행로' 또는 '연행로'라고 했습니다. 조선은 명나라에 사신으로 가는 것을 조천(朝天, 천자를 보러 감), 청나라에 가는 것을 연행(燕行, 연경으로 감, 연경은 옛 연나라 서울로 지금의 북경)이라 했습니다. 서북과 관서를 잇는 길이어서 '서북로'와 '관서로'라고도 했습니다.

◀ 키전도(畿甸圖) : 동국여도(東國輿圖)에 포함된 지도로 '기전'은 경기도를 뜻한다. 고장을 나타내는 동그라미 안에 한양에서 그곳까지의 거리를 써 놓았다. 〈사진 : 서울대 규장각 / 19세기 초반 제작 추정〉

❶ 1946년 초가집들로 이루어진 임진나루 마을 모습이다. 나루 건너 임진강이 보인다. ❷ 1948년 9월 진서문을 나온 미군 M8 장갑차와 군용 트럭들이 강을 건널 준비를 하고 있다. 문루는 사라지고 없다. ❸ 1950년 10월 임진강을 건넌 미군 제1기병 정찰대가 진서문을 지나 임진나루 마을로 들어서고 있다. 깃대에는 태극기가 걸려 있고, 아이를 업은 아낙네들과 아이들이 미군을 물끄러미 바라보고 있다. ❹ 1951년 8월 3일 임진나루에서 미군이 강을 건널 부교를 설치하고 있다. 〈사진 : 향토연구가 김현국 선생〉

## 임진진 진서문 터 발굴과 복원을 추진하는 파주시

파주시는 2021년 4월 '임진나루와 임진진 터 유적 종합정비 계획'을 세웠다. 진서문 복원과 함께 문화재 지정 등을 추진하고 있다. 아울러 지역경제 활성화를 위해 주변 관광지와 연계한 사업도 추진, 파주시 대표 문화유산으로 키워나갈 계획이다.

❶ 2019년 파주시가 추진한 진서문 터 발굴 현장. 진서문은 길이 7.4m, 너비 4.5m로 조선시대 성문 가운데 큰 편인 것으로 밝혀졌다.

❷ 발굴 관계자들과 현장을 점검하고 있는 필자. 임진나루는 한국의 전통 나루 중 드물게 역사와 자연환경이 잘 보존된 곳이다. 파주시는 그동안 네 차례에 걸친 시굴 및 정밀 발굴조사를 통해 역사 속에 묻혀있던 진서문과 임진나루 복원을 추진하고 있다.

임진진·임진나루 복원도

별장(別將) 관아

전시관

진서문

군부대 철책선을 따라 조성된
임진강 생태탐방로

임진나루

역
사 『조선왕조실록』에 기록된 역사의 현장 '임진'

토막 상식

● 태조 3년(1394) : 임금이 임진(臨津)의 수미포(壽美浦)에 나가 판삼사사 정도전에게 명하여 오군진도(五軍陣圖)를 연습하게 하고는 "내일 친히 관람할 것이다"고 했다.(군사에 밝았던 태조 이성계가 직접 전·후·좌·우·중군 진도를 점검하겠다는 명령이다.)

● 선조 25년(1592) : 저녁에 임진나루에 닿아 배에 올랐다. 임금이 신하들을 보고 엎드려 통곡하니 모두 눈물을 흘리면서 감히 쳐다보지 못했다. 밤은 칠흑같이 어두운데 불을 밝힌 등 하나 없었다. (백성을 버리고 피난을 떠난 왕과 신하들의 비참한 모습이다.)

● 광해군 10년(1618) : "서울을 지키려면 반드시 임진과 파주 등을 방어해야 할 텐데 이처럼 헛되이 날짜를 보내니 걱정된다." (명과 여진족이 세운 후금 사이에서 중립외교로 살길을 찾던 광해군이 대책 없이 후금을 배척하던 신하들에게 한 말이다.)

● 인조 2년(1624) : 임진을 지키는 군사가 무너지자, 적이 강을 건넜다. (이괄의 난 때 임진에서 반정군을 막지 못한 상황을 기록했다. 이때 인조는 공주로 피난 갔다.)

## 03 임진에서 최초로 전투 훈련을 한 거북선

　파주는 우리 역사에서 무적의 돌격선이었던 거북선이 맨 처음 등장한 역사적인 고장입니다. 거북선에 대한 첫 기록은『조선왕조실록』태종 13년(1413) 2월 5일 기사에 있습니다. "임금이 임진도(臨津渡, 지금의 임진나루)를 지나다가 거북선(龜船)과 왜선(倭船)이 서로 싸우는 상황을 구경했다."

　파주 임진나루에서 거북선이 왜적으로 가장한 배와 전투 훈련을 했다는 기록입니다. 이순신 장군이 1592년 임진왜란이 일어나기 바로 전에 만든 거북선보다 무려 180년이나 앞선 기록입니다. 이때 임진나루에는 수군 진과 함께 생김새는 알 수 없지만, 거북선도 분명히 있었음을 밝혀 주는 내용입니다.

파주시가 전문가 고증을 거쳐
3D로 복원한 임진강 거북선

임진나루

**파주시, 임진강 거북선과 수군 훈련장 복원 추진**
파주시는 거북선과 훈련장 복원이 끝나면 태종이 관람했던 모의 해전을 정기적으로 펼쳐
파주시 대표 관광사업으로 육성할 계획이다. 거북선은 DMZ 관광 유람선으로도 활용된다.

거북선은 좌대언 탁신이 올린 상소에서 두 번째로 나타납니다. "거북선 전법은 많은 적과 충돌해도 적이 해칠 수 없으니, 승리하는데 좋은 계책이라 하겠습니다. 다시 튼튼하고 교묘하게 만들도록 하소서."(1415년 7월 6일)

이후 거북선 기록은 180년 동안 감쪽같이 사라졌습니다. 그러다 이순신 장군이 1592년에 쓴 『난중일기』에 신화처럼 등장합니다. "거북선에 달 돛배 29필을 받았다."(1592년 2월 8일) "식후에 배를 타고 거북선에서 대포 쏘는 것을 시험하였다.(3월 27일) "거북선에서 지자포와 현자포를 쏘아보았다."(4월 12일) 이날은 임진왜란이 일어나기 불과 이틀 전이었습니다.

파주시는 이러한 역사적 사실을 근거로 임진나루에서 최초로 훈련했던 거북선을 임진진·임진나루와 함께 복원할 계획을 추진하고 있습니다.

임진강 생태탐방로

그림에서 보듯 지붕을 덮개로 씌운 기본 틀은 같지만, 생김새가 다른 거북선들이 만들어졌다.
❶ 이순신 종가 거북선 ❷ 1747년 112대 삼도수군통제사를 지낸 이언상(이순신 5대 후손) 거북선
❸ 1795년 정조의 지시로 간행된 『이충무공전서』 전라좌수영 거북선 ❹ 통제영 거북선

## 경기도 정책공모에 선정된 '조선 최초 임진강 거북선 프로젝트'

❶ 파주시는 2019년 '조선 최초 임진강 거북선 프로젝트'로 경기도 정책공모에 선정됐다. 파주시 공무원들이 이재명 경기도지사의 축하를 받으며 기뻐하고 있다.

❷ 파주시는 2021년 4월 '임진나루와 임진진터 유적 종합정비 최종 보고회' 등을 개최했다. 12월에는 '조선 최초 임진강 거북선 실물복원' 실시설계 용역을 추진하고, 이와 관련한 학술 및 연구 발표회를 개최했다. 조선 최초 임진강 거북선을 재현하기 위해 전통선박, 조선공학, 역사 전문가의 연구와 자문 등을 통해 기초설계 및 학술연구를 거쳐 실시설계 용역을 마무리하고 있다.

**판옥선(板屋船)** : 조선은 중종 때 삼포왜란, 명종 때 을묘왜변을 겪으면서 1555년 3층 구조의 전선인 판옥선을 만들었다. 1층에는 식량과 무기, 2층에는 노 젓는 격군, 3층 갑판에는 천·지·현·황 화포를 쏘는 포수와 사수·살수가 탔다. 승선 인원은 130~150여 명이었으며, 이 가운데 노 젓는 격군이 2/3였다. 이순신은 판옥선에 덮개를 씌워 돌격용 거북선을 만들었다.

다음은 2차 출정 때 거북선을 참전시킨 이순신이 선조에게 승전을 보고한 장계이다.

"신(臣)이 일찍이 왜적의 난리가 있을 것을 걱정해 거북선을 만들었습니다. 앞에는 용의 머리를 붙여 입으로는 대포를 쏘고, 등에는 쇠못을 꽂았습니다. 안에서는 밖을 볼 수 있어도 밖에서는 안을 볼 수 없습니다. 적선이 수백 척이라도 뚫고 들어가 대포를 쏠 수 있습니다… 먼저 돌격장이 탄 거북배로 하여금, 적의 배 아래로 곧장 다가가 용의 입에서 현자총통과 황자총통을 쏘았습니다. 또 천자총통과 지자총통으로 대장군전을 쏴 적선을 부쉈습니다…" (당포해전 승전 장계 / 1592년 6월 14일)

## 생태환경의 보고 임진강 생태탐방로와 평화누리길

생태탐방로는 화산 폭발로 만들어진 현무암 수직 절벽이 아름다움을 뽐내는 곳으로 사철 생태환경의 보고이다. 군부대 철책선을 따라 조성됐다.

2016년 개방돼 연간 1만여 명 찾는 탐방로로 인기가 높았다. 2019년 아프리카돼지열병에 이어 코로나19로 중단됐다가 2021년 3월부터 방역을 지키는 조건으로 개방하고 있다.

임진강 생태탐방로(9.1km)
평화누리길 8코스(13km)
평화누리길~생태탐방로 연결 (0.7km)

## 파주 중생을 보듬은 용미리 마애이불입상

불교의 나라 고려는 조선과 달리 중앙 권력이 지방 곳곳에 미치지 못했다. 따라서 지방 호족들은 힘을 뽐내기 위해 경쟁적으로 큰 석불을 세웠다. 용미리 마애이불입상은 높이가 17.4m나 돼 웅장한 느낌을 준다. 왼쪽 둥근 갓을 쓴 석불은 연꽃을 손에 쥐고 있으며, 남자 불상으로 알려졌다. 오른쪽 네모 갓을 쓴 석불은 손을 모아 합장하고 있으며, 여자 불상으로 전해 오고 있다.

석불 얼굴과 몸에 있는 동그란 상처들은 한국전쟁 때 총 맞은 자국이라고 한다.

광탄면 용미리에 있는 '용미리 마애이불입상(보물 제93호)'은 커다란 암벽에 몸을 조각하고, 그 위에 목·머리·갓을 따로 만들어 얹은 불상입니다. 파주시 국가 보물 두 가지 가운데 하나입니다. 다른 하나는 탄현면 오금리 박중손 묘소에 있는 '장명등(보물 제1323호)'입니다. (보물 1415호『삼현수간』은 파주시 성현들의 편지글을 모은 보물이지만, 서울 삼성미술관 리움이 소장하고 있다.)

문화재청에서 정한 용미리 마애석불의 공식 명칭은 '파주 용미리마애이불입상'입니다. 마애이불입상? 한자를 보지 않으면 그 뜻을 알기 어렵습니다. 마애이불입상(磨崖二佛立像, 갈 마, 벼랑 애, 두 이, 부처 불, 설 립, 모양 상)의 뜻을 굳이 풀어 보면, 마애(磨崖)는 '벼랑에 새긴다'는 뜻이고, 이불(二佛)은 '두 개의 불상'이란 뜻이요, 입상(立像)은 '서 있는 모양'이란 뜻으로 '벼랑에 새긴 서 있는 모양의 두 개 불상' 정도로 해석할 수 있습니다.

문화재청에서 문화재 이름을 지을 때 적용하는 절차와 기준이 무엇인지는 모르겠지만, 굳이 어려운 한자를 써야 하는지 의구심이 듭니다. 이름만 보면 문화재를 접하는 아이들은 물론 어른들도 선뜻 이해하기 어려워 '문화재에 친근감 있게 다가갈 수 있는 길을 막아버린다'는 느낌을 지울 수 없습니다.

결국, 문화재에 대한 설명이 어려울수록 국민의 관심은 멀어지게 될 것입니다. 이해하기 쉽고, 어렵지 않고, 기억하기 쉬운 친근한 이름을 붙여야만 소중한 우리 문화재에 대한 자부심과 애정도 깊어질 것이란 생각이 듭니다.

고려시대 이 석불을 조각한 위대한 석공들은 후손들에 의해 국가 보물로 지정된 작품이 '마애이불입상'으로 불리는 뜻을 이해할 수 있을까요? 그리고 이런 어려운 이름을 붙여준 것에 대해 고마워할까 궁금합니다.

필자는 문화재 전문가가 아니라서 '용미리에 있는 벼랑에 새긴 서 있는 모양의 두 개 불상'에 대한 특징과 의미를 설명할만한 전문 지식이 없습니다. 그래서 문화재청에서 설명한 글을 아래와 같이 옮겼습니다.

거대한 천연 암벽에 2구의 불상을 우람하게 새겼는데, 머리 위에는 돌갓을 얹어 토속적인 분위기를 느끼게 한다. 자연석을 그대로 이용한 까닭에 신체 비율이 맞지 않아 굉장히 거대한 느낌이 든다. 이런 점에서 불성(佛性)보다는 세속적인 특징이 잘 나타나는 지방화된 불상이다. 왼쪽의 둥근 갓을 쓴 원립불(圓笠佛)은 목이 원통형이고, 두

❶ 마애이불입상을 살펴보는 필자 ❷ 혜음령을 바라보고 있는 석불 뒷모습. 바위에 몸을 새기고, 그 위에 2.4m 크기의 목과 얼굴을 얹어 놓았다. 머리에 갓을 쓴 모습이 마치 탑처럼 보인다.

손은 가슴 앞에서 연꽃을 쥐고 있다. 오른쪽의 4각형 갓을 쓴 방립불(方笠佛)은 합장한 손 모양만 다를 뿐, 신체 조각은 왼쪽 불상과 같다.

둥근 갓을 쓴 불상을 '원립불(圓 둥글 원, 笠 삿갓 립, 佛 부처 불)'이라 하고, 네모 갓을 쓴 불상을 '방립불(方 네모 방, 笠 삿갓 립, 佛 부처 불)'이라 써 놓았습니다. 이 원립불과 방립불이라는 낯선 낱말을 빼면 이해할 수 있는 글입니다.

그런데 '불성(佛性)보다는 세속적인 특징이 잘 나타나는 지방화된 불상이다'라는 뜻 모를 설명에서 한참 갸우뚱하게 됩니다. 한국학중앙연구원에서 발간한 『한국민족문화대백과사전』에서는 '불성(佛性)'을 '부처를 이룰 수 있는 근본 성품'이라고 설명해 놓았습니다. 위 문장을 쉽게 풀이하면 '불교적 아름다움의 완성도보다는 파주 지방 백성들의 소박한 정서를 표현하고 있다'고 할 수 있습니다.

문화재청은 이 불상에 얽혀 내려오는 이야기를 아래와 같이 설명했습니다.

지방민의 구전(口傳, 말로 전해오는 이야기)에 의하면, 둥근 갓의 불상은 남상(男像), 모난 갓의 불상은 여상(女像)이라 한다. 고려 선종(제13대 임금)이 자식이 없어 원신궁주(元信宮主)까지 맞이했지만, 여전히 왕자가 없었다.

이것을 못내 걱정하던 궁주가 어느 날 꿈을 꾸었는데, 두 도승(道僧)이 나타나 "우리는 장지산(長芝山) 남쪽 기슭에 있는 바위틈에 사는 사람들이다. 매우 시장하니 먹을 것을 달라"하고는 사라져 버렸다. 꿈을 깬 궁주가 하도 이상해 왕께 아뢰었다.

왕은 곧 사람을 장지산으로 보내 이를 알아 오게 했는데, 장지산 아래에 큰 바위 둘이 나란히 서 있다고 보고했다. 왕은 즉시 이 바위에다 두 도승을 새기게 한 다음 절을 짓고 불공을 드렸는데, 그 해에 왕자인 한산후(漢山候)가 탄생했다는 것이다.

문화재청은 불상의 문화재적 가치와 의미에 대해 이렇게 설명했습니다.

이 불상들은 고려시대 조각으로 우수한 편은 아니지만, 탄생설화가 있는 점 등을 미루어 볼 때 고려시대 지방화된 불상 양식을 연구하는 귀중한 예로 높이 평가된다.

그런데 마애이불입상을 바위에 새긴 때가 문화재청에서 밝힌 고려시대가 아니라, 조선시대라는 주장이 제기됐습니다. 파주 출신 사학자 이윤희 선생이 쓴 『파주이야기』에는 '마애이불입상은 세조 11년(1466)에 제작된 것이며, 세조와 세조의 비 정희왕후의 모습을 미륵불로 형상화한 것'이라는 학설을 소개하면서 그러한 주장의 근거를 다음과 같이 설명했습니다.

석불입상 아래에서 발견된 비문에 조선 세조와 정희왕후의 극락왕생을 기원하는 내용이 담겨있는 것이 조사되었고, 석불입상 오른쪽 면에 새겨진 비문에는 세조 때의 구체적인 연대가 확인되었기 때문이다.

불상에 새긴 글씨는 1995년 발견됐습니다. 네모 갓을 쓴 부처에는 '성화(成化) 7년(1471, 성종 2) 7월'과 함께 왕실과 한명회 셋째 부인 이씨, 승려 혜심 등의 이름이 새겨져 있습니다. 둥근 갓을 쓴 부처에는 '세조대왕 왕생정토'가 새겨져 있습니다. 세조는 1468년, 정희왕후는 1483에 세상을 떴습니다.

'왕생정토(往 갈 왕, 生 날 생, 淨 깨끗할 정, 土 흙 토)'는 불교에서 죽은 사람이 맑고 깨끗한 세상에서 다시 태어나기를 바라는 마음입니다. 세조에 이어 왕이 된 예종은 1년 만에 세상을 떴습니다. 따라서 이 비문은 예종의 다음 왕인 성종 2년에 새겼기 때문에 불상의 제작 시기를 조선시대로 보는 것입니다.

조선시대로 보는 또 다른 이유는 '불상이 쓴 둥그런 모자가 원나라 귀족들이 쓰던 원정모(圓頂帽)와 같다'는 것입니다. 원정모는 고려 선종이 임금이던 시대에는 없었고, 고려말과 조선 초에 관리와 승려들이 쓴 모자라고 합니다.

만약 이 석불이 조선시대에 만든 것이라면 "국왕을 미륵불로 형상화하고, 그 옆에 왕비를 조각한 점과 불상에 왕명을 새겨 넣은 우리나라 최초의 예가 된다"고 평가했습니다. 또한 억불숭유(불교를 억제하고, 유교를 숭상함)의 시대로 알려진 조선 초기 불교의 이해와 역대 조선 임금 가운데 가장 불교에 심취한 것으로 알려진 세조의 불교 정책에 대한 증거 자료가 될 수 있습니다.

그러나 불상의 제작 시기는 고려시대지만, 비문의 문구를 조선 성종 때 덧붙여 기록했을 가능성도 있어, 제작 연대가 조선시대라는 주장은 공식적으로 받아들여지지 않고 있습니다.

## 불교에서 마음의 위안을 얻은 세조

세조는 조카 단종을 몰아내고 왕위를 빼앗았다. 단종 복위운동이 일어나자, 세조는 영월에 유배시킨 단종을 죽였다. 단종의 장례도 치러주지 않았으며, 왕실 족보인 『선원록』에서 지워버리기까지 했다. 단종을 낳고 이틀 만에 죽은 단종의 어머니 현덕왕후 무덤도 파헤쳐 서인으로 만들어버렸다.

그러자 현덕왕후가 세조의 꿈에 나타나 침을 뱉었다. 세조는 그 자리에 욕창이 생겨 죽을 때까지 고생했다는 이야기가 전해져 온다. 실제로 욕창에 시달린 세조는 사찰을 찾아다니며 불공을 드렸다.

성리학에서 강조하는 충과 효를 저버리면서까지 왕이 된 세조는 이러한 죄책감과 흉흉한 민심을 달래려고 더욱 불교에 빠져들었다고 한다.

불교 경전을 번역하고 간행하는 '간경도감'을 설립했으며, 원각사지십층석탑(서울 종로구 탑골공원)을 건립하고, 석가모니 일대기인 『월인석보』를 한글로 펴내는 등 불교 우대정책을 폈다.

### 마애이불입상 지키기에 나선 파주시

1994년부터 석불 주변에서 20년 넘게 돌을 캐낸 업체가 다시 10년간 석불 주변 300여m까지 돌을 캐겠다고 2013년부터 민원을 신청했다.
파주시는 문화재청 등에서 안전진단을 받아본 결과, 석불이 약한 발파에도 훼손될 수 있어 지속적인 관찰과 보수가 요구된다는 통보를 받았다.
이에 파주시는 2020년 채석허가를 내주는 산림청에 강력하게 불허가 의견을 통보했다. 아울러 파주 시민의 사랑을 받는 석불을 지키고, 더 이상의 자연 훼손을 막기 위해 최선의 노력을 다하고 있다.

# 05 고려 전기 민중과 함께한 마애사면석불

마애사면석불(경기도 유형문화재 156호)은 진동면 동파리 일월봉 정상에 있습니다. 지금은 민통선 안에 있어 민간인들의 출입이 쉽지 않지만, 불상이 만들어진 고려시대에는 백성들의 발길이 끊이지 않았을 것입니다.

**마애사면석불** : 불교에서는 모든 곳에 부처(깨달음을 얻은 사람)가 있다고 한다. 그 가운데 동서남북을 맡아 중생을 구제하는 네 곳의 부처를 자연 화강암에 새긴 석불이다.

마애사면(磨 갈 마, 崖 벼랑 애, 四 넉 사, 面 낯 면) 석불(石佛, 돌에 새긴 부처)은 '바위의 동서남북 4곳에 새긴 부처'라는 뜻입니다. 『파주시지(坡州市誌)』에서는 마애사면석불의 특징과 의미에 대해 다음과 같이 설명하고 있습니다.

이 사방석불은 얼굴과 손 모양이 많이 마모되었지만 각 상(像)의 세부는 분명한 편이다. 불상의 크기는 동면상이 111cm, 서면상이 90cm, 남면상이 99cm, 북면상은 가장 큰 126cm이다. 각 상은 모두 두광(頭光)과 원형신광(原形身光)을 갖추고, 연꽃 모양 위

오랜 세월 비바람에 마모된 마애사면석불 ❶ 동쪽 : 아촉여래 ❷ 서쪽 : 아미타여래 ❸ 남쪽 : 보생여래 ❹ 북쪽 : 불공성취여래(추정) 〈사진 : 경기문화재연구원〉

에 책상다리로 앉아 있다. 손 모양은 전통적인 사방불과 달리 밀교(密敎)의 금강계(金剛界) 사방불의 손 모양을 하고 있다.

동면은 족지인(觸地印)을 한 아촉여래(阿閦如來)이고, 서면은 선정인(禪定印)의 아미타여래(阿彌陀如來), 남면은 오른손을 내려 손가락을 편 보생여래(寶生如來), 북면은 두 손을 안쪽으로 모은 듯해서 불공성취여래(不空成就如來)로 추정된다. 주변에는 절을 하던 배례석(拜禮石)과 계단이 남아 있어 이곳이 당시 신앙처였음을 말해 준다.

불경을 공부하지 않은 사람들은 알기 어려운 낯선 '불교 용어 대잔치'입니다. 지금부터 『파주시지』에 나와 있는 마애사면석불에 대한 암호문(?)을 풀어보겠습니다.

두광(頭 머리 두, 光 빛 광)은 부처의 머리에서 발하는 빛을 말합니다. 원형신광(原 근원 원, 形 모양 형, 身 몸 신, 光 빛 광)은 몸에서 발하는 빛을 뜻합니다.

'책상다리로 앉았다'는 말은 어려운 말로 반가상(半 절반 반, 跏 책상다리 가, 像 모양 상)이라 하는데, 반가상이라 하지 않고 책상다리라고 쉽게 풀어써 반갑기까지 합니다. 불교의 책상다리에는 두 종류가 있습니다. 반가상 또는 반가부좌(半跏趺坐)는 오른발을 왼편 허벅다리에 얹고, 왼발을 오른편 무릎 밑에 넣고 앉는 자세를 말합니다. 이와 반대로 앉는 자세를 결가부좌(結跏趺坐)라고 합니다.

밀교(密敎)는 대일여래의 비밀스러운 가르침이라는 불교 용어입니다.

금강계(金剛界)는 금강정경(金剛頂經, 불교 경전 중 하나)에 따라 대일여래의 지혜를 드러낸 부문으로, 그 지혜가 견고해 모든 번뇌를 깨뜨린다는 뜻입니다.

대일여래(大日如來)는 어질고 너그러움이 해와 같아 그 빛이 온 우주를 밝히는 부처로 우주의 참모습과 진리와 활동을 의인화한 밀교의 부처입니다.

촉지인(觸地印)은 왼손은 주먹을 쥐어 배꼽 부분에 대고, 오른손은 손가락을 펴고 손바닥을 안으로 해 땅으로 드리우는 손가락 모양을 말합니다.

아촉여래(阿閦如來)는 분노를 가라앉히고, 마음의 동요를 진정시키는 역할을 하는 부처를 말합니다.

선정인(禪定印)은 수행할 때 선정(참선)에 들었음을 상징하는 손 모양입니다.

아미타여래(阿彌陀如來)는 서쪽의 이상향인 극락세계(괴로움이 없어 몸과 마음이 편안한 세상)에 머물면서 불법을 가르치는 부처를 말합니다.

불공성취여래(不空成就如來)는 얽매임에서 벗어나 해탈을 이룬 부처로 대일여래 곁에 있으며, 중생을 구제하기 위해 해야 할 것을 모두 성취하는 성소작지(成所作智, 도를 닦아서 얻는 지혜)를 말합니다.

보생여래(寶生如來)도 대일여래 곁에 있는 부처로, 자타(自他, 나와 다른 사람)의 평등을 깨달아 큰 자비심을 일으키는 평등성지(平等性智, 모든 사람이 평등하다고 깨닫는 지혜)를 나타냅니다.

필자의 해독문을 봐도 어려운 불교 용어에 대한 지식 없이는 그 뜻을 헤아리기 어렵기는 마찬가지입니다. 끝으로『파주시지』는 마애사면석불의 가치와 의미를 다음과 같이 설명했습니다.

이 마애사면석불은 우리나라 가장 북쪽에 있는 사방불(四方佛)로 알려져 있으며, 통일신라 사방불의 모습과는 다소 달라, 고려 말 라마계(羅摩系) 도상(圖像)이 유입되기 이전에 조성된 고려 전기 사방불이기 때문에 불교 조각사(彫刻史) 및 사상사 연구의 귀중한 사례로 활용되고 있다.

여기서 말하는 '고려 말 라마계 도상'은 티베트 불교인 라마계의 그림을 뜻합니다. 티베트 라마계 그림에 어떤 특징이 있는지 모르겠지만, 결론은 이 마애사면석불이 통일신라 시대풍도 아니고, 고려 말에 들어온 티베트 라마계 풍도 아니어서 만든 시기가 '고려 전기'라는 것입니다.

# 06 사찰·숙박시설·행궁이었던 혜음원지

　파주시 광탄면 용미리에 있는 '혜음원지'는 고려 예종 17년(1122)에 설립한 국립숙박시설 '혜음원'이 있던 터입니다. 고려시대에 지었던 건물들이 남지 않고, 땅속에서 흔적이 발굴돼 '혜음원'이라 하지 않고 '혜음원지(惠 은혜 혜, 蔭 그늘 음, 院 담 원, 址 터 지)'라 합니다.

　파주시 광탄면 용미리와 고양시 고양동을 잇는 고개를 '혜음령'이라 하는데, 혜음령 지명은 혜음원에서 유래되었습니다.

　혜음원은 이곳에 있던 '혜음사'라는 사찰에서 별채로 운영하던 숙박 시설입니다. 『파주시지(坡州市誌)』는 1144년 김부식이 지은 '혜음사 신창기(惠蔭寺 新創記)'를 근거로 혜음사 창건배경을 다음과 같이 설명했습니다.

　고려 수도인 개성의 동남방 지방에서 수도로 들어오는 길목인 혜음령은 사람과 물산의 왕래가 빈번해 언제나 붐비는 길이었다. 골짜기가 깊고 수목이 울창해 호랑이와 산적들이 때때로 행인들을 해치기 일쑤여서 1년에 수백 명씩 피해자가 속출했다.

　이에 개경과 남경(서울) 사이를 오가는 행인을 보호하고, 편의를 제공하기 위해 1120년(예종 15) 왕이 이소천에게 사찰을 짓게 했다. 이소천이 묘향산의 혜관(惠觀) 스님을 찾아가 부탁하자 스님은 제자인 응제를 책임자로 하고, 집 짓는 기술을 가진 16명의 승려를 보냈다. 1121년 2월에 착공, 1년 만인 1122년 2월에 완공했는데 바로 혜음사이다.

혜음원지에서는 각 건물의 구조와 형태·배수로·연못·우물 등이 확인됐다. ❶ 왕이 숙소로 사용하던 행궁 터 ❷ 돌을 다듬어 정교하게 배치한 배수로 ❸ 깨진 기와 무더기가 여러 곳에 쌓여있다.

**혜음원지** : 9개의 단(段)으로 이루어진 경사지에 모두 27개 건물터가 확인됐다. 아래 사진은 건물 지붕 내림 마루 끝에 올리는 용머리 기와이다.

혜음사는 이 고개를 오가는 행인들을 호랑이와 도적들로부터 보호하기 위해 왕의 명령으로 승려들이 창건했다는 기록입니다. 계속해서 '혜음사 신창기'에 나오는 혜음원의 설치 배경을 살펴보면 아래와 같습니다.

사찰과 창고 등을 다 짓고 나자 "임금께서 남쪽으로 행차하시면 이곳에 머무실 수 있으니 준비해야 한다"며 따로 별원(別院)을 지었는데, 아름답고 화려해 볼 만했다. 예종을 이은 고려 제17대 인종(즉위 1122년)이 절 이름을 '혜음사'라 내렸다.

혜음사를 창건하고 난 뒤에 혹시 모를 왕의 행차에 대비해 별원을 지었다는 기록입니다. 이처럼 혜음사는 고려 왕실의 각별한 관심을 받으며 사찰과 역원(驛院, 역 앞에 세운 숙박시설)의 두 가지 기능을 했습니다.

혜음사와 혜음원은 그동안 정확한 위치가 어디인지, 언제 폐사했는지 알 수 없었습니다. 혜음사는 조선 초의 사찰 철폐기에 폐사된 것으로 알려졌습니다. 혜음원은 조선 중종 25년(1530)에 펴낸 『신증동국여지승람』에 '그대로 있다'고 기록돼 있어 역원은 그때까지 운영된 것으로 알려졌습니다.

기록에는 존재하지만, 실체를 알 수 없었던 혜음원은 수백 년 동안 땅속에 묻혀 있다가 1999년 한 주민의 제보로 발굴하게 되었습니다. 이 주민은 많은 비가 내린 뒤에 혜음원 터 흙이 아래로 흘러내리면서 흙 밖으로 드러난 돌을 보고 알린 것입니다. 『파주시지』에 실린 '혜음원지' 발굴 경위를 옮기면 다음과 같습니다.

1999년 동국대학교 학술 조사단이 혜음원지에서 '惠蔭院(혜음원)'이라 새겨진 암막새 기와를 찾아내면서 처음으로 그 위치가 드러났다. 혜음원지는 2000년 한양대학교의 파주시 문화유적 지표조사 작업 때 대략적인 규모가 파악됐다.
이에 파주시는 단국대학교 매장문화재연구소를 통해 2001년 8월부터 12월까지 1차 발굴조사를 했으며, 2002년 3월부터 6월까지 2차 발굴조사를 했다. 파주시는 두 차례 발굴조사를 통해 혜음원 터와 건물 규모를 파악하는 성과를 거뒀다. 이후 3·4차에 이어 2008년 5차 발굴조사까지 진행했다.

그동안 문화재청에서는 혜음원지가 혜음원지·행궁지·절터로 이루어진 것을 확인했습니다. 동서 약 104m, 남북 약 106m에 걸쳐 9개의 단(段)으로 이루어진 경사지에 27개의 건물지를 비롯해 연못지·배수로 등이 확인됐습니다. 유물은 금동여래상(금과 구리로 합금한 부처상)·기와류·자기류·토기류 등이 출토됐습니다.
혜음원지는 2002년 2차 발굴 결과 경기도 기념물 제181호로 지정되었습니다. 2005년에는 국가 사적 제464호 '파주용미리혜음원지'로 승격되었습니다. 이어 2011년 '파주 혜음원지'로 공식 이름이 바뀌었습니다.

혜음원지는 문헌과 유물을 통해 원(院)의 구조와 운영 실태를 보여 줄 뿐 아니라, 왕실·귀족·평민 등 각 계층의 생활양식을 전해주는 유적으로 고려 전기 건축 및 역사 연구에 귀중한 자료로 평가받고 있습니다.

❶ 금동여래상(높이 6.3cm, 신라 말 고려 초 제작)
❶ 암막새에 새겨진 '혜음원' 글자
❶ 왕실에서 쓰던 품격 높은 청자기 파편들이 발견됐다.

## 한마을 한뜻으로 빈민을 구제한 혜음사

김부식이 쓴 '혜음사 신창기'에는 혜음사 주변 사람들과 고려 왕실이 가난한 사람들의 배고픔을 해결해 도적의 길로 빠지지 않도록 노력한 일도 실려 있다.

"아, 깊은 숲이 깨끗한 집으로 바뀌고, 무섭던 길이 편안해졌으니 그 이익이 크지 아니한가. 곡식을 쌓아 놓고 이자를 받아 죽을 쑤어 길 가던 사람들에게 주었으나 식량이 모자라게 되었다. 이소천이 어떻게든 식량을 마련해 이어가고자 하니, 그의 정성에 감동한 사람들이 나타나 희사(喜捨, 기쁜 마음으로 돈이나 물건을 내놓음) 했다.

임금께서 이를 들으시고 후하게 희사하셨다. 왕비 임씨(任氏)도 듣고 기뻐하며 말씀하시기를 "그곳에서 하던 모든 일은 내가 담당하리라" 하시고, 떨어져 가던 식량을 보태주셨다. 또 부서진 기구들도 마련해 주셔서 필요한 물건을 모두 갖추게 되었다…

그 비용은 모두 위에서 내린 것과 여러 신도가 보시(布施, 자비심으로 남에게 재물을 베풂)한 것이다. 그 이름과 목록은 비석 뒷면에 기록돼 있다."

엄마, 배고파~

요즘 왜 졸개들이 사라지느냐?

우리한테는 죽도 안 주는구나.

혜음사에서 죽을 얻어먹더니 올라올 생각을 안 합니다.

### 왕립호텔 '혜음원지' 타임머신 타고 만나요!

❶파주시는 2017년 국내에서 처음 개발해 활용하고 있는 혜음원지 AR 복원 콘텐츠 활성화 방안을 추진하고 있다. 아울러 9백여 년 전 고려 사람들의 숨결을 느낄 수 있는 혜음원지 스토리텔링 발굴과 혜음원지와 파주시의 풍부한 문화유산을 연계한 프로그램 개발도 함께 추진하고 있다.

❷2021년 후반 '혜음원지 방문자센터' 건립과 진입도로 개설, 혜음원지 조경 및 발굴지 정비공사 등이 마무리돼 혜음원지는 고려시대를 대표하는 중요한 역사관광자원으로 거듭나고 있다.

❸혜음원지 관광시설 공사를 비롯해 '혜음원지 방문자센터' 내부 시설과 전시물 등을 점검하고 있는 필자

## 토막 상식
## 6백 년 만에 주인이 뒤바뀐 고려벽화 묘

진동면 서곡리 고려벽화 묘(파주시 향토유적 제16호)는 고려 말 조선 초 문신 청주 한씨 한상질(?~1400)의 묘로 알려져 왔다. 한상질은 조선 초 명에 사신으로 가 조선 국호를 결정하는 데 큰 역할을 한 인물로 세조 때 한명회의 조부였다. 묘비에는 '문열공 한상질의 묘'라 적혀있고, 한상질의 13대손이 쓴 기록이 남아있다.

그러나 이 묘는 도굴당한 뒤 신고돼 1991년 국립문화재연구소에서 발굴조사를 했다. 발굴 과정에서 무덤 주인의 이름과 행적을 적은 묘지석이 발견됐다. 그런데 묘지석에는 묘의 주인이 한상질이 아니라, 고려 후기 길창부원군 권준(1280~1352)이라 되어있었다.

권준과 한상질은 외증조부와 외증손자 사이였다. 이런 관계로 인해 언제부터인가 외가가 관리하던 권준의 묘가 한상질의 묘로 바뀐 것이 아닌가 추정하고 있다.

청주 한씨와 안동 권씨 집안은 묘 주인을 놓고 소송을 벌였다. 2011년 대법원은 안동 권씨 손을 들어줬다. 무려 6백 년 만에 무덤 주인이 바뀐 순간이었다.

**고려벽화 묘** : 묘의 천장에는 북두칠성과 삼태성(三台星)이 그려져 있고, 네 벽에는 관모인 모자 위에 십이지신상을 그려 넣은 인물상들이 그려져 있다.

우리 조상들은 하늘(대우주)의 별 중에서도 천제를 대변하는 북두칠성을 육신(소우주)이 죽으면 영혼이 돌아가는 고향으로 여겼다. 따라서 별자리를 새긴 고인돌이 많다. 밝은 별은 구멍을 크고 깊게, 흐린 별은 작고 얕게 팠다. 4백여 개의 별자리를 새긴 덮개돌과 윷판을 새긴 고인돌도 있다.

고구려도 무덤 천장에 삼태성과 북두칠성을 비롯해 농사의 신 견우와 길쌈의 신 직녀를 은하수와 함께 그렸다. 해 속에는 삼족오(三足烏)를, 달 속에는 두꺼비와 옥토끼를 그렸다. 고구려를 이어받은 고려도 별자리를 그렸으며, 조선시대에는 북두칠성을 새긴 칠성판(七星板)에 누워 저승으로 떠났다.

우리는 사람이 죽으면 "돌아가셨다"고 한다. 이는 죽은 뒤에 영혼이 '북두칠성이 있는 하늘로 돌아갔다'는 뜻이다.

## '국립고려박물관' 유치 나선 파주시

경기도는 2021년 5월 문화체육관광부에 "수도권 규제로 역차별이 발생하는 만큼 경기도에 '국립고려박물관'을 건립해야 한다"며 제안했다. 이에 파주시는 고려 도읍 개성과 가까운 역사성, 평화·통일의 상징성, 교통 편리성 등을 근거로 '국립고려박물관' 파주시 건립을 경기도에 건의했다.

파주에는 고려 행궁 혜음원지, 윤관 장군 묘, 현종이 창건한 용상사 등의 유적지와 금동여래상·고려청자 등 고려 유물 8백여 점을 곧바로 전시할 수 있는 콘텐츠도 풍부하다. 또 고려왕들이 파주 임진강에 새겨놓은 유래도 전해오고 있어 스토리텔링도 풍부하다. 아울러 개성시 '고려역사박물관'과 문화·학술교류 등을 통한 남북문화교류의 중심이라는 상징성도 크다. 통일동산 관광특구 내에 시유지도 확보돼 있어 효율적인 사업을 추진할 수 있다.

필자는 "고려 수도인 개성과 조선 수도 서울을 잇는 역사·문화·교통 중심지 파주는 '국립고려박물관' 건립 최적지이다. '국립고려박물관' 건립 유치로 파주시를 통일과 미래를 향해 나아가는 마중물이 되도록 해야 한다. 나아가 미래 세대를 위한 남북문화교류의 거점으로 자리매김할 수 있도록 반드시 파주에 건립돼야 한다"며 유치 각오를 밝혔다.

# ⑦ 삼국시대 격전지, 파주의 산성

　역사학계에 따르면 남한에만 약 2천여 개의 산성이 있는데, 그 가운데 60~70% 이상이 삼국시대에 쌓은 산성이라고 합니다. 파주 지역 산성도 대부분 삼국시대에 임진강 연안을 따라 쌓았습니다. 임진강 남쪽 연안에는 탄현면의 오두산성, 월롱면의 월롱산성, 파주읍의 봉서산성, 적성의 칠중성과 육계토성 등이 있습니다. 또 임진강 북안 장단에는 덕진산성이 있습니다.

　다른 지역의 삼국시대 산성은 조선시대에 이르기까지 계속 보강과 증축하면서 사용해 왔지만, 파주 지역 산성들은 조선시대부터 사용하지 않아 대부분 흔적만 남기고 있습니다.

　전문가들의 연구에 따르면 파주 지역은 삼국시대에 치열한 격전장이었습니다. 맨 처음 파주를 차지한 백제는 외부 침략에 대비하기 위해 적성 지역에 육계토성, 난은별성(칠중성), 그리고 교하 일대에 관미성(오두산성으로 추정)을 쌓았습니다. 그러나 고구려의 남하 정책으로 무력 충돌이 일어나고, 관미성이 고구려에 넘어가면서 서울 잠실벌의 위례성까지 함락됐습니다.

　역시 백제 때 쌓은 것으로 추정하는 적성면 칠중성은 남북을 잇는 중요한 전략적 근거지여서 삼국이 가장 치열하게 다툰 곳입니다.

## 01) 백제와 고구려가 패권을 놓고 다툰 오두산성

오두산성(烏頭山城, 사적 제351호)은 탄현면 성동리 자유로 옆에 있습니다. 산 정상 부근에 띠를 두르듯이 둘러싼 백제의 테뫼식 산성(길이 약 620m)입니다.

오두산 남쪽으로는 한강이, 북쪽으로는 임진강이 흐르고 있습니다. 오두 산성은 이 두 강이 만나 서해로 뻗어 나가는 조강(祖江, 할아버지 강) 길목에 자리하고 있습니다. 한강과 임진강과 조강이 만나는 이 지역을 '삼도품(三 석 삼, 濤 큰 물결 도, 큰 물줄기 세 곳을 품은 지역)'이라 합니다.

임진강 쪽으로는 북한 지역이 손에 잡힐 듯하고, 한강 쪽으로는 김포 지역이 한눈에 펼쳐져 보입니다. 산은 높이 118m로 낮지만, 주변에 높은 산이 없고 오르막이 가팔라 적을 감시하고 방어하기에 좋은 산성입니다.

'오두(烏 까마귀 오, 頭 머리 두)산성'을 우리말로 풀면 '까마귀 머리 산성'이 됩니다. 이는 오두산의 생김새가 까마귀 머리처럼 보여 얻게 된 이름이라고 합니다. 오두산성은 '오도성산(烏島城山, 까마귀 섬 산성)'과 '구조산(鳩鳥山, 비둘기 산)'으로도 불렸습니다.

현재 오두산 정상에는 '오두산 통일전망대'가 들어서 있습니다. 1991년 착공한 통일전망대는 1992년 자유로 1단계 구간 개통에 맞춰 문을 열었습니다. 1990년 노태우 대통령의 오두산 개발 지시로 발굴조사가 시작된 점을 돌이켜 보면, 통일전망대 건립과 함께 오두산성 복원을 제대로 할 기회였습니다.

❶ 오두산성 : 봉우리를 중심으로 내성을 쌓았으며, 동남쪽으로 뻗어내린 세 줄기 능선 끝부분을 이어 외성을 쌓았다. 성벽은 위로 올라가면서 돌을 안으로 들여 쌓았고, 내부는 돌로 채웠다.
❷ 오두산 통일전망대 : 망원경으로 북한 사람들과 군인들이 생활하는 모습을 자세하게 볼 수 있다. 뒤에 보이는 높은 산은 개성 송악산 줄기이다.

그러나 1990년 9월부터 다음 해 11월까지 겨우 13개월 동안 졸속으로 발굴을 밀어붙여 산성의 생김새가 확인하기 힘들 정도로 망가졌습니다. 성벽을 이루었던 돌들은 여기저기 흩어져 있고, 기와 조각들이 곳곳에 널려있어 안타까움을 더해 주고 있습니다.

발굴 당시 허물어진 성벽의 흔적이 곳곳에서 확인되었으며, 서쪽 성벽이 그나마 다른 쪽 성벽보다 잘 남아있었습니다. 유물로는 삼국시대에서 고려시대에 걸쳐 사용된 기와 조각과 토기 조각, 그리고 고려시대와 조선시대 자기 조각들과 함께 철촉 등이 발굴되었습니다.

현재 학계에서는 오두산성을 백제가 수도 한성을 지켰던 전략적 요충지 '관미성(關彌城)'으로 추정하고 있습니다. 391년 고구려 광개토대왕(즉위 1년)은 군사를 일곱 길로 나눠 관미성을 공격했습니다.

백제는 28일 동안 온 힘을 다해 싸웠지만, 성을 지키지 못했습니다. 관미성을 잃은 백제는 수도 위례성까지 빼앗겼습니다. 따라서 관미성은 당시 고구려 남하 길과 백제의 방어 전략을 밝혀 주는 중요한 실마리가 되고 있습니다.

파주 향토 사학자 정헌호 선생은 언론에 기고한 '내 고장 역사교실' 칼럼에서 "조선 후기 지리학자 김정호가 쓴 『대동지지』에는 '오두성은 임진강과 한강이 만나는 곳이며, 본래 백제의 관미성이다'라고 밝히고 있다"며 오두산성을 백제의 관미성으로 추정했습니다.

## 우리나라 산성의 종류

1. 테뫼식 산성 : 산 정상을 중심으로 7~8부 능선을 따라 쌓은 성이다. 산에 머리띠를 두른 것처럼 보여 '테뫼식'이라고 한다. 규모가 작은 성으로 '산정식(山頂式)'이라고도 한다. 파주의 산성은 대부분 테뫼식이다.

2. 포곡식(包谷式) 산성 : 성곽 안에 산봉우리와 골짜기(谷 골짜기 곡)들을 포함해 쌓은 성으로 테뫼식보다 규모가 크다. 주요 거점이나 도시를 방어하기 위해 쌓은 성으로 장기전에 사용됐다. 성안에는 우물이 있으며, 평상시에 주민이 살기도 했다.

3. 복합식 산성 : 테뫼식과 포곡식을 합쳐 놓은 형태의 산성으로 규모가 가장 크다.

## 삼국시대 전략적 요충지 관미산성(파주 오두산성 추정)

백제의 전성기를 이끌었던 제13대 근초고왕(재위 346~375년)은 371년 고구려 평양성을 공격했다. 이 싸움에서 고구려 제16대 고국원왕(재위 331~371년)은 전사했다. 복수에 나선 고구려 제19대 광개토대왕은 임금에 오른 지 두 달만인 391년 7월에 4만 명의 군사를 이끌고 남쪽으로 내려와 한강 이북의 백제 땅을 휩쓸었다.

10월에는 고구려 수군을 일곱 길로 나눠 공격을 퍼부었다. 관미성은 사면이 절벽과 바다로 둘러싸인 천연의 요새로 함락이 쉽지 않았다. 고구려군은 백제와 격전을 벌인 끝에 28일 만에 관미성을 함락했다. 북쪽 변경이 무너진 백제는 큰 타격을 받았다. 전쟁에서 패한 백제 아신왕은 복수에 나섰지만, 고구려군에게 연이어 패하고 말았다.

광개토대왕은 396년 직접 수군을 이끌고 내려와 관미성을 거쳐 한강에 이르렀다. 고구려 수군은 물길을 타고 쉽게 나아가 한강 중류 북쪽에 있는 아차성을 점령했다. 결국, 아신왕은 광개토대왕 앞에 나가 무릎을 꿇고 항복했다.

## 오두산 철책 탐방로 조성

파주시는 2019년 5월 육군 9사단과 오두산 철책 탐방로 개방 협약을 맺었다. 필자는 "오두산은 고구려와 백제가 각축을 벌였고, 현재는 남북이 마주 보고 있는 역사적인 장소이다. 통일 전망대 주변 철책선 둘레길을 관광자원으로 활용하기 위해 철책 탐방로 1.7km를 조성했다"고 밝혔다.

## 오두산성 발굴조사에 나선 파주시

파주시는 2019년 12월 군부대와 오두산성 발굴 기초조사 협의를 마쳤다. 문화재청 허가를 받아 2021년 3월 조사를 완료했다. 그 결과 성의 구조가 내성과 외성으로 되었을 가능성이 큰 것으로 확인됐다. 이에 단계별 계획을 세워 오두산성 발굴을 추진할 계획이다.

오두산 철책탐방로 개방 협약 체결

## 02) 자연 절벽을 활용해 쌓은 요새, 월롱산성

월롱산성(月籠山城, 경기도 기념물 제196호)은 월롱면 덕은리, 탄현면 금승리, 금촌 야동동에 걸쳐 있는 월롱(月 달 월, 籠 바구니 롱)산에 백제가 초기에 쌓은 테뫼식 산성(길이 1,315m)입니다. 산 아래에는 고구려 장수왕(475년) 때 설치한 파해평사현 옛 읍 터가 있었다고 합니다.

월롱산(높이 246m)은 비교적 낮은 산이지만, 정상에 오르면 북동쪽으로는 파주 평야와 임진강이 한눈에 들어옵니다. 서쪽으로는 교하의 임진강과 한강이 만나 서해로 흘러드는 것이 보이며, 남쪽으로는 북한산이 멀리 보입니다. 따라서 월롱산성은 임진강과 한강을 건너오는 세력을 함께 관측할 수 있는 전략 요충지로서 손색이 없습니다.

최근 경기도박물관의 정밀 학술조사에서는 월롱산성이 백제 초기의 산성으로 남진하는 고구려를 방어하고, 임진강과 한강 하류의 교역망을 장악하기 위해 쌓은 성으로 밝혀졌습니다. 주성(主城, 주변 성들을 다스리는 큰 성) 역할을 한 것으로 알려진 월롱산성은 파주를 중심 거점으로 삼았던 백제의 군사 전략과 생활상을 연구하는데 중요한 유적지로 평가받고 있습니다.

성벽 북동쪽은 절벽(아래 사진)을, 동남쪽은 산비탈을 활용해 쌓았습니다. 아쉽게도 흔적은 거의 남지 않았지만, 성문·치(雉 성가퀴 치, 성벽을 오르는 적을 3면에서 공격하기 위해 돌출시킨 성벽)·망대 등의 터는 확인되고 있습니다.

현재 월롱산성에는 군사시설·체육공원·이동통신 기지국·규사 채석장 등이 들어서 있어 성의 시설물은 대부분 훼손됐습니다. 체육공원과 헬기장 주변에서는 백제 격자문 토기 조각이 지금도 발견되고 있습니다.

## 고려 현종이 피신했던 월롱산

월롱산 중턱에는 고려 8대 현종이 세운 '용상사(龍床寺)'가 있다. 현종은 거란의 3차 침입 때 민간 옷을 입고 월롱산으로 피했다가 강감찬이 귀주대첩을 이룬 다음 왕궁으로 돌아갔다.

현종은 이때를 잊지 않기 위해 절을 지었는데, 임금이 머물렀다고 해 '용상사'라 했다. 1445년(세종 27) 중건했다. 1592년(선조 25) 임진왜란 때는 이 절의 승병들이 용상골에서 왜군을 무찔렀는데 골짜기에 왜군의 시체가 가득해 '무덤 골'로 불렸다고 한다.

용상사 대웅전은 2015년 화재로 소실돼 2019년 다시 세웠다.

용상사 석불좌상(경기도 유형문화재 제280호 / 높이 61cm) 1445년 중건 때 봉안된 석불로 2015년 용상사 화재 때 얼굴과 목 부분이 훼손됐다.

### 한번은 외교로, 두 번은 힘으로 거란을 물리친 고려

1018년(현종 9) 거란의 소배압은 2차 침략 때 고려가 약속한 현종의 입조(入朝)와 993년 1차 침략 때 서희가 외교로 찾은 강동 6주 반환을 요구하며 3차 침략을 했다.

거란의 2차 침략 때 현종은 전라도 나주까지 피신하면서 큰 어려움을 겪었지만, 개경으로 돌아온 뒤 군사력을 길렀다. 고려군의 거센 반격에 움찔한 거란군은 고려군의 공격을 피해 개경으로 곧장 쳐들어왔다. 자주(慈州)에서 부원수 강민첨의 공격을 받은 거란군은 고려군의 청야전술로 인해 식량을 약탈할 수 없어 보급에 어려움을 겪었다.

소배압은 개경에서 멀지 않은 신은현까지 내려왔지만, 개경을 함락할 수 없음을 깨닫고 군사를 돌렸다. 이들을 뒤쫓던 상원수 강감찬은 귀주에서 거란군을 섬멸했다. 10만 거란군 가운데 살아 돌아간 자는 겨우 2천여 명에 불과했다.

### 월롱산 폐타이어 철거, 철쭉 추가 식재

월롱산 정상에는 군용 폐타이어가 30여 년간 방치돼 있었다. 파주시는 2019년 군부대와 협의를 거쳐 1만3천여 개의 폐타이어를 제거하고, 친환경 야자매트와 화관목 등을 심어 친환경 숲길을 조성했다. 아울러 필자와 파주시 공무원들은 월롱면 주민자치회 등과 철쭉을 추가로 심어 시민의 사랑을 받는 숲길로 조성했다.

## 03) 고구려에서 조선시대까지 사용한 덕진산성

덕진산성(德鎭山城, 사적 제537호)은 파주의 다른 산성과 달리 임진강 북쪽 군내면 정자리에 있습니다. 덕진산성은 맨 처음 고구려가 높이 85m 구릉을 따라 쌓은 성입니다. 높지는 않으나 동쪽으로 임진강에 하나밖에 없는 섬 초평도와 임진나루 일대, 남쪽으로는 수내나루와 문산읍 장산리가 한눈에 들어와 북진을 막아내는 한편, 남진에 필요한 교두보 역할을 했습니다.

경기도 지정 문화재 조사 보고서에 따르면, 덕진산성은 조선시대 지리지『동국여지지』에 처음 기록되었고, 1992년 국립문화재연구소에서 성의 존재를 확인했다고 합니다. 1994년과 2004년에는 육군사관학교의 지표조사를 통해 규모와 내용이 파악됐습니다. 2012년부터 문화재청에서 5차례 발굴조사를 한 결과 내성(길이 약 600m)은 고구려 때 쌓은 성벽으로 확인됐습니다.

전문가들은 덕진산성이 통일신라 때 보수와 개축을 하고, 조선 광해군 때 동북쪽 강기슭까지 외성을 덧붙여 쌓은 것으로 추정했습니다.

그러나 2020년 외성문 터와 외성벽 발굴조사에 나선 파주시 의뢰로 중부고고학연구소가 발굴한 결과, 통일신라 때 쌓은 것으로 추정되는 외성문 터와 외성벽을 처음 확인했습니다. 두 군데 모두 맨 아래층에서는 통일신라시

**덕진산성** : 2013년 2차 발굴 당시 남서쪽 '치2' 모습. 치는 성벽에서 돌출된 곳으로 성벽을 기어오르는 적을 3곳에서 공격하기 위해 만든 방어시설이다. 경기도 기념물 제218호로 지정된 덕진산성은 파주시 노력으로 국가사적 신청서를 제출한 지 6년 만인 2017년 '사적 제537호'로 승격했다.

❶ 1호 집수지(물을 저장하는 곳) 발굴 모습 ❷ 2호 집수지 발굴 모습
덕진산성은 고구려 때부터 조선시대까지 각 시대에 성을 쌓은 형태와 기술의 변화 과정을 알 수 있어 역사적·학술적 가치가 높다.
파주시는 2021년 덕진산성 종합정비 기본계획을 수립, 체계적인 정비 및 복원과 더불어 산성의 활용방안을 마련하고 있다.
❸ 2021년 9월 '덕진산성 종합정비 용역 중간보고회'에서 파주시 공무원들과 덕진산성을 방문, 정비 내용을 꼼꼼하게 점검하고 있는 필자

대 기와 파편이 나왔고, 그 위층에서는 통일신라에서 조선시대까지 유물들이 출토됐으며, 외성벽은 최소 4차례 고쳐 쌓은 것을 확인했습니다. 이에 따라 외성문과 외성벽도 통일신라 때 쌓은 것으로 추정했습니다.

덕진산성은 민통선 이북 지역으로 군부대 허가를 받아야 출입할 수 있었습니다. 몇 년 전만 해도 지뢰 매설로 진입할 수 없었으나, 최근에 출입할 수 있게 되었습니다. 역설적으로 사람의 발길이 닿기 힘들었던 만큼 파주의 삼국시대 산성 가운데 그 원형이 가장 잘 남아있습니다.

덕진산성에서 발굴된 고구려·통일신라·조선시대 기와 파편

🔍 **파주 돋보기**
## 인조반정에 참여한 장단부사 이서

파주에는 '덕진단(德津檀)'에 얽힌 이야기가 내려오고 있다.

조선 광해군 때 인조반정에 참여한 장단부사 이서는 덕진산성에서 반정에 함께할 군졸 7백여 명을 훈련했다. 이서는 군사를 이끌고 반정길에 오르면서 부인에게 다음과 같이 다짐했다. "반정이 성공해 살아서 돌아오면 뱃머리에 빨간 깃발을 꽂고, 실패해 죽어서 돌아오면 하얀 깃발이 꽂혀 있을 것이오."

반정에 성공한 이서는 뱃머리에 빨간 깃발을 꽂고 강을 건너기 시작했다. 그런데 노를 젓던 뱃사공이 더워서 입고 있던 흰 저고리를 뱃머리에 걸어 놓았다. 언덕에서 이서를 애타게 기다리던 부인이 저 멀리에서 오는 뱃머리를 바라보니 아뿔싸! 하얀 깃발이 나부끼는 것이 아닌가. 남편이 죽은 것으로 생각한 이서의 부인은 언덕에서 뛰어내려 죽었다. 이서는 부인이 몸을 던진 언덕에 '덕진'이라는 제각을 짓고 원혼을 위로했다.

## 04) 임진강을 통제하고 방어하는 길목, 육계토성

　육계토성(六溪土城, 경기도 지정 문화재 제217호)은 적성면 주월리 육계동 평지에 백제가 쌓은 토성입니다. 성을 쌓은 방식과 생김새는 백제가 평지에 쌓은 서울의 풍납토성과 비슷합니다. 성터를 반듯하게 다듬은 다음, 그 위에 2~4단의 돌을 올리고 흙을 다져 쌓았습니다. 둘레는 약 1.8km이며, 내성과 외성으로 나뉘어 있습니다. 육계토성 남쪽에는 삼국시대부터 한국전쟁 때까지 격전지였던 칠중성이 있습니다.

　육계토성은 임진강을 건너는 가야울과 두지나루를 감시하는 요충지였습니다. 이곳은 수로와 육로가 만나는 교통의 요지로 여울이 낮아 비가 오지 않을 때면 배를 타지 않고도 강을 건널 수 있는 곳입니다. 따라서 임진강을 오가는 사람을 통제하고, 강을 건너 침략하는 적을 막는 역할을 했습니다.

　육계토성을 쌓은 백제는 초기부터 이곳으로 남하하는 말갈 및 낙랑 세력과 자주 전투를 벌였습니다. 4세기 후반에는 고구려군이 백제 한성을 침략

**육계토성** : 임진강이 활처럼 크게 굽이쳐 흐르는 곳에 자리하고 있다. 삼국시대에는 이 지역 강 이름을 '호로하' 또는 '칠중하'라고 불렀다. 육계토성이 있는 주월리는 구석기 유적이 발견될 만큼 오래전부터 사람들이 모여 살기 좋은 곳이었다. 〈사진 : 경기문화재단〉

❶ 주거지에서 발굴된 부뚜막
❷ 쇠뿔 손잡이 토기(부뚜막에 올려 음식을 찔 때 쓰는 시루)
❸ 큰 입 토기 항아리
❹ 손잡이가 네 개 또는 두 개가 달린 고구려 토기
❺ 실을 뽑을 때 쓰는 가락바퀴
❻ 철제 화살촉·창·도끼 등의 무기와 함께 굽다리접시·항아리 뚜껑·수레바퀴 연결축 등도 출토됐다. 〈사진 : 경기도박물관〉

하는 길목이기도 했습니다. 개성과 서울을 잇는 교통의 요지로 한국전쟁 때는 북한군 전차부대가, 1·4후퇴 때는 중공군 대부대가 건너온 지역입니다.

육계토성은 1996년 7월 하늘에 구멍이 뚫린 듯 퍼붓는 비로 물난리가 일어나 서쪽과 북쪽 성벽 일부가 휩쓸려 내려갔습니다. 성안에서는 깊이 1m 정도 파인 자리에서 엄청난 토기 조각과 철제 유물이 드러났습니다.

발굴 결과 4~5세기 백제 집터와 토기가 출토됐으며, 고구려 토기와 대형 항아리·철모·찰갑(札甲, 철 조각을 끈으로 이어 붙여 만든 갑옷) 등도 출토됐습니다. 따라서 고구려군이 백제의 육계토성을 점령해 군사기지로 사용했을 가능성이 큽니다. 남한의 고구려 유적은 대부분 군사 유물이지만, 육계토성에서는 생활 유적도 출토돼 고구려 사람들의 집터가 발굴될 가능성이 있습니다.

현재 농지로 사용하고 있는 육계토성에는 최근까지 군부대가 주둔하고 있어 군사 시설물이 남아있습니다. 파주시는 2003년 군 주둔지에 병영어촌 체험단지 조성을 추진했으나, 문화재 발굴조사 결과 부적합 지역으로 판정돼 취소했습니다.

## 육계토성 관광자원 개발에 나선 파주시

2021년 5월 육계토성 사업 현황보고를 현장에서 받은 필자는 "육계토성 실측 조사, 문화재 보존·콘텐츠 활용 계획 수립, 학술대회 등을 통해 육계토성의 문화재적 가치를 높여 파주시 다른 산성들과 연계한 안보 관광자원으로 개발해 나가겠다"고 밝혔다.
파주시와 문화재청은 2021년 9월 육계토성 학술조사발굴 협약식을 맺고, 2025년까지 발굴조사에 들어갔다.

칠중성 : 백제 온조왕 때부터 한국전쟁 때까지 치열한 전투가 펼쳐진 현장이다. 오른쪽 사진은 칠중성에서 바라본 임진강이다. 그 아래에 가월리·주월리 구석기 유적지가 있다. 〈가운데 사진 : 문화재청〉

## 05) 역사의 고비마다 등장하는 칠중성

칠중성(七重城, 사적 제437호)은 적성면 구읍리 중성산(높이 147m) 등성이를 따라 쌓은 테뫼식 산성(길이 약 600m)입니다. 북서쪽은 연천의 호로고루성, 북쪽은 임진강과 맞닿아 있는 육계토성과 주월리, 남쪽은 감악산과 파평산을 마주하고 있는 요충지입니다.

백제 '낭비성'으로 알려진 칠중성은 임진강 옛 이름인 '칠중하(七重河)'에서 나왔습니다. 칠중하는 기원전 1년 백제 온조왕(?~28)과 말갈의 전투에서 처음 나타납니다. 『삼국사』에는 "말갈이 습격해 왔다. 왕이 군사를 거느리고 '칠중하'에서 싸웠다. 추장 소모를 생포해 마한에 보내고, 나머지는 모두 생매장했다"는 기록이 있습니다.

학자들의 연구 결과에 따르면 칠중성이 있는 적성 지역 이름은 시대마다 달랐습니다. 백제 때는 '난은별(難隱別, 높은 별)'이라 했고, 고구려가 이 지역을 빼앗은 다음에는 '칠중성현'으로 불렀습니다. 신라는 이곳을 차지한 다음 계속해서 칠중성현으로 부르다가 경덕왕(?~765) 때 '중성(重城)'으로 바꿨습니다. 고려시대에 '적성(積城)'으로 바꿔 부르면서 오늘까지 이어지고 있습니다.

한국전쟁 때 중공군과 영국군이 접전을 벌였던 칠중성은 전쟁이 끝나고 군부대가 들어서면서 더 망가졌습니다. 2000년대 초 발굴이 시작돼 성문터 3곳, 건물터, 우물터 등을 확인했습니다. 유물은 백제·고구려·신라·고려·조선시대 차례로 나왔습니다. 그 가운데 7세기경 신라 유물이 가장 많습니다.

칠중성은 『삼국사』에 기록된 수많은 성 가운데 충북 보은에 있는 '삼년산성'과 함께 위치가 밝혀진 성으로 역사적 가치가 매우 큽니다. 그러나 현재 산성의 규모나 형태가 심각하게 훼손돼 안타까움을 더해 주고 있습니다.

# 신라 대 고구려, 신라 대 당나라의 승부처였던 칠중성

고구려와 백제가 싸우는 틈을 이용해 힘을 키운 신라는 제24대 진흥왕(재위 540~576년) 때 고구려를 물리치고, 한강 유역을 차지했다. 다음은 『삼국사』에 기록된 칠중성 전투이다. (줄임)

●638년(선덕여왕 7) : 고구려군이 임진강을 건너 칠중성을 공격했다. 놀란 백성들이 산골짜기로 흩어졌다. 선덕여왕은 장군 알천에게 방어를 맡겼다. 칠중성에 들어가 병력을 정비한 알천은 속전속결을 원하는 고구려군에 맞서 성을 나가 지구전을 펼쳤다.

전투는 칠중성에 넉넉한 예비 병력과 식량을 준비한 신라군에 유리했다. 반면 고구려군은 신라군을 칠중성에 몰아넣고, 임진강 너머에 있는 보급품과 공성 기구를 날라야 했다. 시간이 갈수록 보급이 불리했던 고구려군은 많은 사상자를 내고 철수했다.

●660년(태종무열왕 6) : 고구려와 말갈 연합군이 칠중성을 포위했다. 칠중성 성주는 태종무열왕이 직접 뽑은 필부(匹夫)였다. 필부는 고구려군에 맞서 20여 일 동안 성을 지켰다. 신라군의 사기가 높다고 판단한 고구려군은 포위를 풀고 철군하려 했다.

이때 고구려와 내통한 비삽이 몰래 사람을 보내 "식량이 떨어져 힘이 다했으니, 다시 공격하면 항복할 것"이라 알렸다. 사기가 오른 고구려군은 바람을 이용해 화공을 펼치며 공격했다. 이를 안 필부는 비삽의 목을 베어 성 밖으로 던졌다. 필부는 피가 흘러 발뒤꿈치를 적실 때까지 활을 쏘며 싸우다 전사했다. 성은 고구려군이 차지했다.

●673년(문무왕 13) : 안승이 이끄는 고구려 부흥군과 신라군은 '호로하(칠중성)'에서 속말말갈 출신 장수 이근행이 이끄는 당나라군과 치열한 전투를 벌였으나 패했다. 살아남은 고구려 부흥군은 문무왕의 권유로 '구서당'에 들어갔다.

●구서당(九誓幢) : 신라왕의 직속부대로 수도인 서라벌을 지키는 아홉 개 부대였다. 구서당의 '서(誓)'는 '맹세'를 뜻하며 '당(幢)'은 부대의 단위였다. 신라는 고구려·백제와의 통합을 위해 구서당을 신라인 3개 부대, 고구려인 3개 부대, 백제인 2개 부대, 말갈인 1개 부대로 편성해 운영했다.

●675년(문무왕 15) : 668년 고구려가 멸망한 다음 설인귀는 신라를 침략하는 전쟁을 총지휘했다. 신라는 고구려·백제 유민과 힘을 합쳐 맞섰다. 당군은 말갈군과 연합해 칠중성을 포위 공격했다. 신라군은 큰 피해를 보았지만 끝내 당군을 격퇴했다.

설인귀는 신라의 천성(泉城, 파주 오두산성 비정)을 공격했으나 패했다. 당군의 보급로를 차단한 신라 3만 정예군은 매소성(지금의 연천군) 공격에 나섰다. 신라군은 이근행이 이끄는 20만 당군을 대파하고 전마 30,380필과 3만 명분의 무기를 빼앗았다.

이듬해 설인귀는 수군을 이끌고 다시 침략했다. 신라 수군은 기벌포(지금의 금강 하구)에서 당군과 맞섰다. 처음에 신라군은 패했으나, 여러 전투 끝에 설인귀가 이끄는 많은 전함을 불사르고, 4천여 명의 군사를 죽였다. 이 승리로 신라는 7년에 걸친 나당전쟁의 승자가 되었으며, 당나라 세력을 이 땅에서 몰아내는 데 성공했다.

## ⑧ 비밀을 간직하고 있는 감악산비

파주시 적성면 객현리 감악산 출렁다리를 건너 범륜사를 지나 감악산 정상에 오르면 신라 때 세운 것으로 추정되는 '감악산비(파주시 향토유적 제8호)'가 있습니다. 감악산(높이 675m)은 예로부터 '바위 사이로 검은빛과 푸른빛이 함께 흘러나온다'고 해 '감악(紺 감색 감, 岳 큰 산 악)' 즉 '감색바위'라 했습니다.

감악산비는 '글자가 없는 비'라는 뜻의 '몰자비(沒 빠질 몰, 字 글자 자, 碑 비석 비)'라 부릅니다. 1982년 동국대학교 감악산비 조사단에서는 두 차례에 걸쳐 이 비를 조사했습니다. 그 결과 비의 생김새가 북한산의 신라 '진흥왕순수비'와 비슷하고, 적성이 진흥왕의 영토 확장 때 신라 세력이 미쳤던 곳이라는 점을 들어 제5의 진흥왕순수비일 가능성을 제기했습니다. 그러나 이를 뒷받침할 수 있는 글자가 없어 확실한 증거는 발견되지 않았다고 합니다.

그런데 감악산 인근 마을에서는 감악산비를 당나라 장수였던 '설인귀비'로 부릅니다. 적성면 일대에서는 설인귀와 얽힌 전설이 많이 내려오고 있습니다. 우리나라 무속신앙에서는 설인귀를 신앙의 대상으로 받들기도 합니다.

중국 강주 용문에서 태어난 설인귀는 농민 출신으로 대장군까지 오른 입지전적 인물입니다. 당나라 고종 때 고구려가 망한 다

감악산비(높이 170cm) : 기단(基壇, 바닥에 쌓은 단)·비신(碑身, 비문을 새긴 비석의 몸체)·개석(蓋石, 비석의 덮개)을 모두 갖추고 있다. '빗돌대왕비'라고도 한다.

**진흥왕 순수비** : 북한산에 세운 비로 비석의 머리 위에 얹은 덮개돌은 없어지고, 발견되지 않았다. 이 비는 진흥왕이 낙동강 서쪽 가야를 병합하고, 한강 하류로 진출한 다음 함경남도까지 확장한 영역을 직접 순수(巡 돌 순, 狩 정벌할 순)하면서 민심을 살피고, 기념하기 위해 세운 비이다. 창녕비·북한산비·마운령비·황초령비 4개가 발견됐다.

음 평양에 설치한 안동도호부 도호가 돼 신라 병합에 나섰다가 패하고 물러난 장수로 여러 벼슬을 거쳐 중국에서 죽은 인물입니다. 중국 수나라와 당나라 사회에서 공포의 대상이었던 고구려와의 전쟁에서 공을 세운 장수였기 때문에 중국에서는 영웅으로 숭배했습니다.

중국에서는 연개소문에게 쩔쩔매며 도망치는 당 태종을 설인귀가 죽였다는 가짜 이야기를 소설과 연극으로 꾸며낼 정도로 설인귀를 신격화했습니다. 이처럼 설인귀는 중국 고대 소설과 연극의 주인공으로 자리 잡았습니다.

하지만 설인귀는 군율을 엄격하게 하지 않아 병사들이 노략질을 일삼고, 많은 사람을 참혹하게 살해하는 잔인한 인물로 알려졌습니다. 이처럼 고구려와 백제를 정벌하는 과정에서 우리 민족을 무참하게 살상한 적군 장수 설인귀가 어떻게 적성에서 태어난 고구려 유민이라는 이야기와 함께 그의 영웅담이 전설처럼 파주에 전해지게 되었을까?

실제로 적성면 삼광중고등학교에서 펴낸 『적성 따라 옛이야기 따라』 책에는 설인귀가 적성에서 태어나 무예를 익히다가, 큰 뜻을 품고 당나라로 건너가 장수가 됐으며, 고구려와의 전쟁 때 금의환향해 영웅으로 대접받았다는 전설을 소개했습니다.

감악산 칼바위는 설인귀가 칼을 꽂았다고 해서 붙여진 이름이고, 설마치 고개는 설인귀가 말을 타고 달렸던 곳이며, 마지리는 설인귀가 말발굽을 휘날릴 정도로 다녔다는 곳이고, 무건리는 설인귀가 무예를 익힌 곳이며, 설마리는 설인귀가 말을 타고 훈련을 해 이름이 유래되었다는 등 설인귀 설화들이 적성 지역에서는 끊임없이 확대 재생산되고 있습니다.

당나라 장수 설인귀가 파주에서만 긍정적인 대상으로 추앙받고 있는 것은 학계에서도 연구 대상이라고 합니다. 조선 초기에 편찬한 『고려사』에는 "세간에서 전하기를 신라 사람들이 당나라 장수 설인귀를 모셔 산신(감악산)으로 삼았다"는 기록이 있습니다. 이는 설인귀가 이미 통일신라 때 적성 지역에서 신앙의 대상으로 토착화된 것을 알려주고 있습니다.

# 나라를 지키는 '호국백' 작위를 받은 감악산

　　서양처럼 자연을 정복의 대상으로 보지 않고, 슬기롭게 공존했던 우리 조상들은 산에도 사람을 지켜주는 신령이 있다고 믿었다. 고려 사람들이 믿고 의지한 산신은 희로애락의 감정을 지닌 인격신이자, 나라를 지키는 수호신이었다. 『고려사』에는 감악산에 대해 다음과 같은 글들이 실려 있다.

　　"적성현에는 감악산이 있는데 신라 이래 소사(小祀, 나라에서 대·중·소로 나눠 지내는 제사 중 세 번째 등급 제사)로 되어있다. 산마루에 사당이 있는데 매년 봄과 가을에 왕이 향과 축문을 보내 제사를 지냈다. 1011년(현종 2) 거란 침략군이 장단악(長湍嶽) 사당까지 이르니, 군기와 군마들이 있는 듯 보여 겁을 먹고 감히 더 침입하지 못했다. 왕은 귀신에게 보답하기 위해 사당의 복구를 지시했다. 세간에서 전하기를 신라 사람들이 당나라 장수 설인귀를 모셔 산신으로 삼았다고 한다."

　　1097년(숙종 1)에는 감악산이 '오덕(五德, 다섯 가지 덕)'을 갖춘 산이라고 평가했다.

　　1301년(충선왕 3) 합리성을 주장하는 성리학이 들어오면서 유학자들은 감악산에서 제사 지내는 고려 사람들의 풍속을 막았다. "귀신을 숭상해 재상부터 관리와 평민까지 감악산에 가서 제사를 지냈는데, 장단을 건너다 물에 빠져 죽는 사람도 있었으므로 어사대(御史臺, 풍속을 바로잡고 신하들을 감찰하던 관청)에서 글을 올려 금지했다."

　　헛된 것을 믿지 않는 유교를 국교로 삼았던 조선도 1393년(태조 2) 전국에 명산을 정하고 봉작(封爵, 제후로 봉하고 관직을 줌)을 내렸다. 감악산은 나라를 지키는 '호국백(護國伯)'의 작위를 받았다. 1531년(중종 26)에는 예조에서 기우제에 가장 영험 있는 산으로 다른 산들과 함께 평가했다. (사진 : 감악산 출렁다리)

파주 감악산에는 임꺽정의 자취가 곳곳에 남아있다. ❶ 정상 부근에는 바위로 이루어진 임꺽정 봉이 있다. ❷ 장군봉 아래에는 임꺽정이 관군을 피해 숨었다는 임꺽정 굴이 있다. 이 굴은 설인귀가 머물렀다고 해 설인귀 굴로도 불린다. ❸ 운계폭포 앞에는 임꺽정 소(沼 늪 소)가 있다.

## 역사 토막 상식
## 부패 정치가 만들어낸 '의적' 임꺽정

백정(白丁)이었던 임꺽정은 1559년(명종14)부터 몰락 농민과 천민들을 모아 지배층의 수탈에 저항했다. 관청과 탐관오리들의 집을 습격, 재산을 빼앗아 빈민에게 나눠줬다. 백성들은 임꺽정을 의적(義賊)이라 불렀다.

그러나 권력을 쥔 부패 세력에게는 국가와 사회 질서를 어지럽히는 도적에 불과했다. 임꺽정은 1562년 1월 부상으로 관군에게 체포돼 죽임을 맞았다. 이익은 『성호사설』에서 홍길동(연산군)·임꺽정(명종)·장길산(숙종)을 조선의 3대 도적으로 꼽았다.

역사를 기록하는 사관은 명종 14년 실록에 다음과 같은 글을 남겼다. (줄임)

"윤원형과 심통원은 외척의 명문거족으로 물욕이 한이 없어 백성의 재산을 빼앗는 데 못하는 짓이 없으니, 큰 도둑이 조정에 도사리고 있는 셈이다. 도적이 일어나는 것은 수령의 가렴주구 탓이며, 수령의 가렴주구는 재상들의 탐욕이 끝이 없기 때문이다.

그런데도 백성들은 하소연할 곳이 없으니, 도적이 되지 않으면 살길이 없는 형편이다. 이 어찌 백성의 본성이겠는가. 조정이 청렴한 사람을 수령으로 임명하면, 칼을 잡은 도적은 송아지를 사서 농촌으로 돌아갈 것이다. 그렇게 하지 않고 군사를 보내 잡기만 하면 또 뒤따라 일어나, 다 잡지 못할 지경에 이를 것이다."

## 파주시 '자연환경대상 공모전' 수상

파주시는 2018년 환경부 후원 '제18회 자연환경대상 공모전'에서 '감악산 생태복원사업'으로 최우수상을 받았다. 2020년에는 '임꺽정봉 산자락 식생을 통한 생태문화 숲 조성사업'으로 우수상을 차지했다. 이 사업으로 설마리 일대는 감악산 힐링 문화와 연계한 환경친화적 쉼터와 생태학습공간으로 탈바꿈했다.

## 감악산 정상 시·군 경계 확정

감악산은 파주시와 양주시·연천군이 마주하고 있다. 파주시는 2020년 감악산 정상 측량 결과에 따라 2021년 1월 양주시와 연천군에 시·군 경계 결정에 따른 협의를 요청했다. 이에 따라 파주시 경내의 감악산비 옆에 설치됐던 연천군 상징 조형물을 연천군 경내로 이전시켰다.

파주시는 2020년 감악산 출렁다리와 운계폭포 등에 레이저를 활용한 '신비의 숲' 야간 조명 시설을 설치, 색다른 볼거리를 제공하고 있다. 아울러 지역 경제 활성화를 위해 감악산 힐링파크 먹거리촌과 감악산 농산물판매장을 개설했다.

# 09 고조선 사람들의 안식처, 고인돌 유적

고조선 사람들이 무덤으로 만든 고인돌은 비파형 동검, 빗살무늬토기와 함께 고조선을 대표하는 유물로 '돌을 고였다'고 해 붙여진 이름입니다.

경기 북부에서 가장 규모가 큰 교하동 다율리·당하리 고인돌(사진 위) 유적지에는 약 100여 기의 고인돌이 있었습니다. 그런데 군부대가 들어오면서 20여 기만 남게 됐습니다. 그 가운데 상태가 가장 좋은 6기가 경기도기념물 제129호로 지정됐습니다. 이곳 유적지에서는 집터와 함께 무덤방에서 간돌검, 돌화살촉, 반달돌칼, 돌끌 등 주로 석기가 발굴됐습니다.

이밖에도 산남리 심학산과 와동리 지산초등학교 산에서도 고인돌과 그 흔적이 발견되고 있습니다. 특히 상지석리(운정1동)와 하지석리는 고인돌에서 나온 이름으로, 지금도 상지석리 마을 이름은 '괸돌'로 불리고 있습니다.

사적 제148호로 지정된 월롱면 덕은리 고인돌(사진 아래) 유적지는 경의선 월롱역 앞 낮은 구릉에 있습니다. 예전에는 옥석리로 불려 옥석리 유적지라고도 합니다. 이곳의 고인돌은 대부분 땅에 묻혀있었습니다. 그 가운데 조그만 탁자형 고인돌 20여 기를 복원해 보존하고 있습니다. 정상에서 약 30m 아래에는 구석기시대 족장 무덤으로 보이는 가장 큰 고인돌(3.3m, 너비 1.9m, 두께 40cm)이 세워져 있습니다.

1963년 덕은리 고인돌에서는 구멍무늬토기, 간돌칼, 돌도끼, 가락바퀴 등

세계에는 약 6만여 기의 고인돌이 있다. 이 가운데 약 4만여 기가 우리나라 서해안과 남해안 및 큰 강을 따라 세워져 있다. 전남에만 250여 곳에 2만여 기가 있으며, 북한에는 1만5천여 기가 있다.

한강을 기준으로 북쪽 지방은 덮개돌을 받침돌로 세운 고인돌이 많고, 남쪽 지방은 받침돌이 짧거나 없는 고인돌이 많다. 다른 나라 고인돌도 우리나라 고인돌과 생김새가 비슷비슷한데, 이는 그 당시에 세계적인 문화 교류가 있었음을 나타내 준다. 고인돌을 유럽에서는 돌멘(dolmen)이라 한다.

❶ 강화도 고인돌 : 탁자처럼 생겨 '탁자식'이라고 한다.

❷ 전북 고창 고인돌 : 탁자식보다 받침돌이 짧은 고인돌로 '기반식' 또는 '바둑판식'이라고도 한다.

❸ 전남 무안 고인돌 : 고임돌 없이 무덤방에 덮개돌만 올려놓은 고인돌로 '개석식'이라고 한다.

❹ 제주 고인돌 : 고임돌 여러 개가 아래를 돌아가면서 덮개돌을 받치고 있어 '위석식'이라고 한다.

❺ 충북 충주 고인돌 : 큰 덮개돌 위에 작은 덮개돌을 올려놓은 생김새로 '탑파식'이라고 한다.

❻ 충남 부여 고인돌 : 고임돌로 덮개돌을 비스듬하게 받치고 있어 '경사식'이라고 한다.

❼ 전남 화순 고인돌(핑매바위) : 세계에서 가장 큰 고인돌(폭 7m, 높이 4m, 무게 280톤)로 덮개돌을 끌려면 2천 명 이상의 사람이 필요하다. 큰 무리를 이루는 정치 세력이 있어야 가능한 일이다.

❽ 중국 요동 개주 고인돌 ❾ 해주 고인돌 : 요동 고인돌은 돌을 말끔하게 다듬어서 세웠다.

❿ 절강성 고인돌(상해 아래) : 동이(東夷)족인 우리와 문화가 다른 중국 내륙에는 고인돌이 없다.

이 발굴됐으며 큰 움집터도 발견됐습니다. 움집에는 바닥에 기둥을 세웠던 구덩이와 2개의 화덕 자리가 발굴됐으며, 벽은 불에 탄 흔적이 있었습니다. 이 주거지에 나온 숯으로 방사성 탄소연대를 측정한 결과, 기원전 7세기를 전후하는 유적으로 밝혀졌습니다.

파주에 있는 고인돌은 탁자식 고인돌입니다. 그중 고인돌 1기에서는 성혈(星穴, 별자리 구멍)이 발견됐습니다. 성혈은 고대인들이 덮개돌에 별자리 구멍을 파서 죽은 사람의 영생불멸을 기원한 것으로 추정하고 있습니다.

파주 고인돌의 덮개돌은 대부분 거북이 등 모양을 하고 있습니다. 이는 고대인들이 오래 사는 동물의 상징인 거북이를 숭상한 것으로 여기고 있습니다. 또한, 거북의 머리를 임진강 쪽에 둔 것은 물을 동경(憧憬, 간절히 그리워함)의 대상으로 삼은 것으로 추정하고 있습니다. 임진강 파주 지역은 청동기 문화를 한강 유역에 퍼트린 역할을 한 것으로 평가받고 있습니다.

# ⑩ 살기 좋았던 파주, 구석기·신석기 유적

　파평면 금파리 임진강 강가에는 구석기 유적지가 있습니다. 1989년에 시작한 발굴 결과 구석기시대 움집터를 비롯해 주먹도끼·찍개·긁개 등과 함께 잘 다듬어진 가로날 도끼 등 500여 점의 석기가 출토됐습니다. 아울러 전기 구석기에 해당하는 야외 주거지 흔적도 발견돼 우리나라 구석기 연구에 획기적인 자료가 되고 있습니다.

　적성면 가월리·주월리 구석기 유적지는 1988년 처음 발견됐습니다. 1993년 일부 지역에 대한 발굴이 이루어졌습니다. 그 결과 기원전 4~5만 년경 우리나라 구석기시대에 이루어진 선사문화 유적지로 밝혀졌습니다.

　이곳에서는 주먹도끼·가로날 도끼·찍개·대형 긁개·홈날석기·몸돌 등 큰 석기들과 함께 작은 석기들도 발견됐습니다. 현재 이 지역은 대부분 숲을 이루고 있으며, 일부는 밭농사를 짓고 있습니다.

❶ 1992년 금파리 유적지 발굴 모습 ❷ 가월리·구월리 구석기 유적지 ❸ 대능리 신석기 유적지

**파주에서 발굴된 구석기시대 '뗀석기'**

| 주먹도끼 | 가로날도끼 | 찍개 | 밀개 | 긁개 | 자르개 | 뚜르개 | 슴베찌르개 (단양 수양개) |

'슴베'는 창이나 화살 끝에 꽂는 뾰족한 부분으로 찍개보다 훨씬 뒤에 만들어졌다.

〈사진 : 경기문화재단 / 국립중앙박물관 / 충북대박물관〉

적성면 주월리 유적 : 옥으로 만든 장신구는 신분을 나타내는 도구로 쓰였다. 이런 장신구와 생활 도구를 만들려면 기술은 물론 많은 시간과 노력이 필요하다. 따라서 이를 다룰 줄 아는 전문가 집단이 있어야 가능한 일이다.

문산읍 당동리 유적 : 돌을 세밀하게 갈아서 만든 유물로 곡식의 낟알을 자르는데 사용한 반달돌칼, 실을 뽑을 때 사용하는 가락바퀴·도끼·창촉·화살촉·토기들이 출토됐다. 〈사진 : 경기문화재연구원〉

　　문산읍 당동리에서는 신석기시대 유적인 집터와 야외 화덕 자리가 발견됐습니다. 당동리 밖 지역에서도 신석기 유적이 발견됐는데, 율포리·교하리·주월리·육계토성·선유리·다율리·봉일천리 유적지 등에서는 빗살무늬토기 조각이 발견됐습니다.

　　법원읍 대능리에서는 2014년, 56번 국지도 조리~법원 간 공사장에서 신석기시대 집터 39기와 빗살무늬토기가 발견됐습니다. 문화재청에서는 대능리에서 발견된 신석기시대 마을 유적 중 가장 큰 규모로 파악하고 있습니다.

　　이처럼 파주 여러 지역에서 발견된 구석기·신석기 유적지는 임진강과 한탄강으로 이어지는 구석기·신석기 문화 전체를 파악하는데 소중한 자료로 활용되고 있으며, 파주시 선사 생활 복원에도 귀중한 자료가 되고 있습니다.

법원읍 대능리 빗살무늬토기 : 높이 14cm로 앙증맞게 생겼다. 바깥에는 불에 그을린 흔적이 있다. 우리나라 신석기시대를 대표하는 빗살무늬토기는 땅을 판 구멍에 세워서 쓰기 편하도록 바닥을 뾰쪽하게 만들었다.
　　사람들은 흙이 불에 구워지면 단단해지는 것을 알게 되면서 토기를 만들어 사용했다. 당시 첨단제품이었던 토기는 오늘날 세탁기·냉장고처럼 사람을 편하고 자유롭게 했다. 냇가의 물을 집에다 날라 썼으며, 들과 산에서 딴 이삭과 식물을 담아다 저장도 했다. 날로 먹거나 불에 구워 먹을 수밖에 없었던 음식도 끓이거나 찌거나 삶는 등 다양하게 조리할 수 있어 식생활에 큰 도움이 되었다.
토기를 발명한 우리 조상들은 동물을 사냥하고, 식량을 채집하기 위해 여기저기 떠돌던 힘든 생활을 끝내고, 사람이 살기 좋은 파주에서 머무르며 살 수 있게 되었다.

# ⑪ 국가 보물, 박중손 묘 장명등

　파주시 탄현면 오금리에는 조선 세조 때 좌찬성(종1품) 벼슬을 한 문신 박중손(朴仲孫, 1412~1466년)의 묘가 있습니다. 이 묘역에는 보물 제1323호로 지정된 '장명등(長 길 장, 明 밝을 명, 燈 등잔 등)'이 세워져 있습니다. 박중손 묘 장명등은 다른 사람들 묘 앞에 세워진 수많은 장명등 가운데 딱 하나만 보물로 지정되었을 만큼 생김새가 두드러지게 다릅니다.

　박중손은 1435년(세종 17) 과거에 합격했습니다. 세종대왕은 농사를 짓는 데 꼭 필요한 조선에 맞는 역법(曆法, 달력)을 만들고자 인재를 두루 구했습니다. 세종대왕은 천문(天文)에 뛰어난 재능을 가졌던 박중손을 서운관(書雲觀)으로 임명했습니다. 서운관은 기상 변화 기록과 역서(달력) 편찬, 절기와 날씨 측정, 시간 등을 다루던 관청이었습니다.

　단종 때는 도승지(정3품, 대통령 비서실장)에 올랐습니다. 1453년(단종 1) 계유정난 때 수양대군을 도와 정난공신 1등에 올랐으며 응천군에 봉해졌습니다.

　2년 뒤 세조가 단종을 몰아내고 왕이 된 다음에는 대사헌(종2품, 지금의 검찰총장)을 거쳐 공조·이조·형조·예조판서(정2품)를 두루 지냈습니다. 세조 12년(1466) 55살로 삶을 마쳤습니다. 시호는 공효공(恭孝公)입니다.

●**계유정난** : 세종의 셋째 아들 수양대군(세조)이 한명회·신숙주 등과 함께 단종을 돕던 원로대신 황보인·김종서 등을 죽이고 권력을 잡은 사건

서　　박중손 묘　　　　부인 남평 문씨 묘　　　동　　　　신도비

무인석　　문인석　　장명등　　　　　　　　　　장명등

**박중손 묘** : 쌍분으로 조성된 부부 묘이다. 장명등은 봉분 앞에 모두 세워져 있다. 화강암으로 만들었으며 4각형이다. 신도비는 박중손의 공적을 새겨넣은 비이다.

# 불교 석등에서 비롯된 장명등

장명등은 왕릉이나 묘 앞에 세운 석물로 불교의 석등(石燈, 돌로 만든 등)에서 시작됐다. 생김새는 석등과 비슷하다. 석등은 절에서 불법을 온 누리에 밝힌다는 뜻으로 세웠다. 장명등은 죽은 다음의 어두운 세계를 밝혀 죽은 사람의 영혼을 위로하고, 후손들이 복을 받고 오래 살도록 비는 뜻으로 세웠다.

고려 태조 왕건 묘부터 세우기 시작한 장명등은 시기별로 크기나 모양과 문양이 달라졌다. 따라서 각 시대의 문화사를 연구하는 소중한 자료로 평가받고 있다.

박중손 장명등 　　　　　부인 장명등

● 보주(寶珠) : 연꽃 봉우리 모양의 구슬
● 옥개석(屋蓋石) : 지붕 모양의 덮개돌
● 화창(火窓) : 불을 켜기 위해 뚫어 놓은 문
● 화사석(火舍石) : 불을 밝히려고 만든 부분
● 대좌석(臺座石) : 석등을 세우는 받침대

박중손 장명등은 중후한 느낌을 준다. ❶앞면과 뒷면 화창은 땅을 상징하는 네모 ❷동쪽 화창은 해를 상징하는 동그라미 ❸서쪽 화창은 달을 상징하는 반달 모양으로 뚫려 있다.

이는 화창이 동서남북 모두 네모로 되어있는 장명등과 다른 독특한 형태로 천문에 밝았던 박중손의 뜻에 따라 만들어진 것으로 추정하고 있다.

부인 묘 장명등은 여성처럼 폭이 좁고 날씬한 모양으로 만들었으며 화창은 모두 네모로 되어있다.

**인조 장릉 장명등** (오른쪽) : 8각으로 만들었으며, 대좌석에는 모란과 연꽃무늬를 새겼다. 조선 초기 장명등은 고려시대 왕릉과 같이 사각형이었으나, 그 뒤에 팔각형·사각형·팔각형의 형태로 되풀이되면서 만들어졌다.

# ⑫ 파주 교육을 담당한 향교

향교(鄕校)는 고려와 조선시대 때 나라에서 지방에 세운 공립학교로 지금의 중·고등학교 교육을 맡았습니다. 고려시대에는 향학(鄕學)이라 했습니다. 양민이면 누구나 입학할 수 있었으며, 주요 교육내용은 시와 문장을 짓는 사장학(詞章學)·유교 경전인 경학(經學)·역사 등이었습니다. 아울러 중국과 조선의 선현에게 봄·가을에 제사도 지냈습니다.

파주에는 모두 4개의 향교가 있습니다. 옛날에는 군현별로 향교를 한 개씩 세웠습니다. 따라서 파주·적성·교하·장단 등 4개 군현에 향교를 세웠는데, 지금의 파주시는 이 네 개 군현을 모두 포함하고 있기 때문입니다. 이는 우리나라 지방자치단체 가운데 가장 많은 수라고 합니다.

향교는 학생들이 공부하는 명륜당(明倫堂, 팔작지붕), 기숙사인 동재(東齋)·서재(西齋), 중국의 공자를 비롯해 증자·맹자·안자·자사의 4대 성인과 우리나라 명현 18인의 위패를 모신 대성전(大成殿, 맞배지붕), 우리나라와 중국의 나머지 선현 위패를 모신 동무(東廡)·서무(西廡)로 이루어졌다. '명륜(明倫)'은『맹자』등문공편에 "학교를 세워 교육함은 인륜을 밝히려는 것이다"라고 한 데서 유래했다.

**파주향교** : 파주읍에 있다. 고려 충렬왕 또는 조선 태조 7년(1398)에 세웠다는 이야기가 있다. 임진왜란과 한국전쟁 때 불에 타 복원과 보수가 이루어졌으며, 1870년(고종 7) 물난리를 만나 지금의 자리에 옮겼다고 한다.

강의하는 명륜당이 앞에 있고, 배향하는 대성전(경기도 문화재자료 제83호)이 뒤에 있는 '전학후묘(前學後廟)' 형식이다. 향교 뜰에는 청렴하고 절개를 굽히지 않는 선비정신의 상징 은행나무가 있다. 은행나무를 심은 이유는 공자가 유학을 가르치던 자리(공자의 고향 중국 산동성 곡부현)에 그를 기념하려고 제자들이 심은 데서 유래했다.

**교하향교**(경기도 문화재자료 제11호) : 조선 태종 7년(1407) 교하현 관아가 있는 탄현면 갈현리에 세웠다. 그러다 1731년(영조 7년) 문산읍 운천리에 있던 인조의 무덤 장릉을 갈현리 향교 자리로 옮기면서 지금의 금촌고등학교 앞으로 옮겼다. 전학후묘 형식인 교하향교는 대문을 솟을삼문으로 짓지 않고, 평대문으로 세운 것이 특징이다.

**적성향교**(파주시 향토유적 제3호) : 적성면 구읍리 칠중성 아래에 있다. 적성향교는 조선 전기에 세워진 것으로 알려져 있으나, 정확한 연대는 알 수 없다고 한다. 한국전쟁 때 불탄 것을 1970년 복원했다. 전학후묘 형식인 적성향교는 다른 향교처럼 강의 공간과 제향 공간을 나누지 않고, 한 울타리 안에 세운 것이 특징이다.

조선시대 적성현 관아가 있었던 구읍리는 인근의 연천군·양주시와 여러 차례 통폐합이 이루어졌던 곳이어서 적성향교 유림 중에는 양주 사람들도 있다고 한다.

**장단향교** : 1127년(고려 인종 5) 장단면 읍내리에 세웠다. 고려 말에 이르면서 쇠퇴했으나, 조선시대에 들어오면서 다시 일어섰다. 장단향교도 다른 향교처럼 한국전쟁 때 불탔다. 민간인 출입이 금지된 민통선 안에 있어 복구하지 못하고 있다.

장단향교에는 파주의 다른 향교에 없는 전사청(典祀廳)이 있었다고 한다. 전사청은 제향을 따로 준비하는 관아이다. 따라서 장단향교는 규모가 큰 향교로 추정하고 있다.

조선은 향교에 땅과 노비 등을 지급했다. 그러나 지원이 넉넉하지 않아 운영이 어려웠다. 영조 대에 유교가 뿌리내리면서 향교의 기능은 상실해갔다. 향교를 떠난 학생들은 서원·서당 등의 사립학교를 찾았다. 1894년(고종 31) 과거제도 폐지와 함께 향교에는 문묘 제사를 지내는 역할만 남았다.

서원은 보유한 토지에 세금이 면제돼 문중이 세운 서원은 재산을 감추는 역할을 했다. 노비에게 부역이 면제되는 등의 특혜도 주어졌다. 지방 유지들은 학생에게 군역이 면제되던 제도를 악용해 향교와 서원에 학생 등록을 해 놓고 군역의 도피처로 삼아 문제가 됐다. 흥선대원군은 1868년(고종 5)부터 부패한 서원을 '망국의 근본'이라 선언한 다음 사액서원 47개만 남겨놓고 철폐했다.

네 번째 둘레길

# 통일의 첫 도시 파주

일제의 패망과 남북 분단, 1950년 6월 25일 한국전쟁이라는 영욕의 현대사를 건너오면서 파주는 분단의 첫 도시가 됐습니다. 한국전쟁 당시 파주는 가장 먼저 전쟁의 소용돌이 속으로 빨려 들어갔습니다.

1953년 정전협정 이후 판문점과 비무장지대를 중심으로 팽팽한 군사적 긴장이 지속하고 있으며, 70여 년간 반목과 대립의 역사가 종식되지 않고 있습니다.

그러나 2018년 4월 판문점 남북정상회담을 계기로 GP 철거, DMZ 평화의 길 조성, 판문점 관광투어 등 남북관계의 획기적 변화로 파주는 '분단의 첫 도시'에서 '통일의 첫 도시'로 나아가고 있습니다.

그렇지만 손에 잡힐 것 같던 통일의 기대도 한반도 주변 정세의 변화에 따라 부침을 거듭하고 있습니다. 남북관계 경색이 장기화하면서 2020년 6월 16일 북한의 개성공단 남북공동연락사무소 건물 폭파라는 극단적이고 충격적인 사건으로 교착상태에 빠지기도 했습니다.

남북관계와 한반도 주변 정세가 아무리 복잡다단하게 변하더라도 더 이상 민족의 공멸을 부를 전쟁은 일어나지 않도록, 통일의 첫 도시 파주가 '한반도 평화수도 파주'의 역할을 다해나가야 합니다.

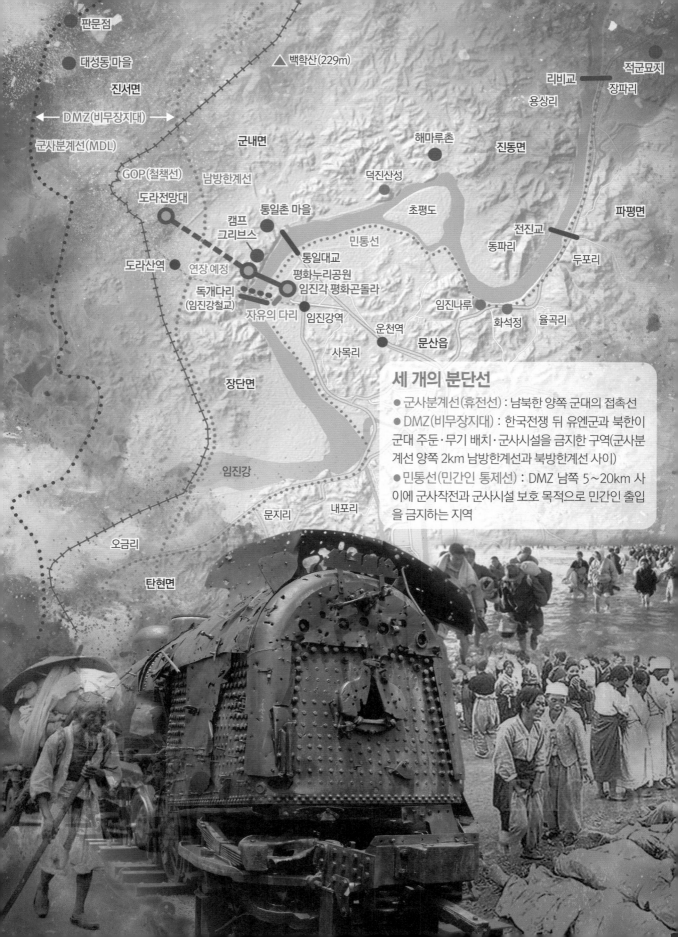

판문점

대성동 마을

진서면

△ 백학산(229m)

리비교

적군묘지

용상리

장파리

DMZ(비무장지대)

군사분계선(MDL)

군내면

진동면

해마루촌

GOP(철책선)

남방한계선

덕진산성

파평면

도라전망대

통일촌 마을

초평도

전진교

캠프
그리브스

민통선

동파리

두포리

도라산역

연장 예정

통일대교

평화누리공원

독개다리
(임진강철교)

임진각 평화곤돌라

임진나루

화석정

율곡리

자유의 다리

임진강역

운천역

문산읍

사목리

장단면

**세 개의 분단선**

● 군사분계선(휴전선) : 남북한 양쪽 군대의 접촉선
● DMZ(비무장지대) : 한국전쟁 뒤 유엔군과 북한이
  군대 주둔·무기 배치·군사시설을 금지한 구역(군사분
  계선 양쪽 2km 남방한계선과 북방한계선 사이)
● 민통선(민간인 통제선) : DMZ 남쪽 5~20km 사
  이에 군사작전과 군사시설 보호 목적으로 민간인 출입
  을 금지하는 지역

임진강

문지리

내포리

오금리

탄현면

# ① 모든 것을 앗아간 한국전쟁과 실향민

**38선** : 1947년 5월 즈음 미군 기자가 길 위에 '38'이라 쓰고 선을 그은 다음 사진을 찍었다. 다시는 오갈 수 없는 길이라는 것을 아는지 모르는지 38선을 향해 오고 있는 소달구지 모습이 평화롭기 그지없다.
〈사진 : 미국 국립문서기록청〉

1950년 6월 25일 새벽 4시, 북한군의 남침으로 우리 민족 최대의 비극인 한국전쟁이 발발했습니다. 38선을 머리에 이고 있던 파주는 가장 먼저 포화 속에 휩쓸렸고, 가장 늦게까지 전쟁의 아픔을 온몸으로 겪었습니다.

국군의 저항을 뚫고 임진강을 건너 파주를 장악한 북한군은 3일 만에 서울을 점령했습니다. 9월 28일 서울을 탈환한 유엔군과 국군은 파주를 수복한 뒤 38선을 넘어 북진을 시작했습니다.

1951년 1·4 후퇴로 파주는 다시 중국군의 점령 아래 들어갔습니다. 3월 15일 서울을 두 번째로 탈환한 국군과 유엔군은 그 여세를 몰아 파주를 다시 수복하고 임진강에 방어선을 펼쳤습니다. 그러나 중국군의 춘계 대공세에 밀려 파주를 내주고 구파발까지 후퇴했습니다. 5월 말 국군과 유엔군은 세 번째로 파주를 탈환했습니다.

7월 10일에는 개성시 고려동에서 휴전협정이 시작됐습니다. 11월 유엔군과 공산군은 "휴전협정이 조인될 때까지 전투를 계속한다"는 협정을 맺었습니다. 이에 따라 한 치의 땅이라도 더 차지하려는 전투가 치열하게 펼쳐졌습니다.

1953년 7월 27일 유엔군과 중국군·북한군은 2차 협상장인 널문리(판문점)에서 전쟁을 완전히 끝내는 '종전협정' 대신 전쟁을 중단하는 '정전협정'을 맺었습니다. 북진통일을 주장하던 이승만 정부는 협정에 참여하지 않았습니다.

정전협정은 분단으로 인한 실향과 가족을 잃은 이산의 고통을 뼈저리게 느끼는 출발점이 되었습니다. 또한, 언제 전쟁이 다시 일어날지 모르는 공포를 이 땅에 심어놓았습니다.

### 해방과 전쟁으로 분단된 장단군

38선으로 갈렸던 장단군은 전쟁이 끝나고 군사분계선이 그어져 다시 남북으로 갈리는 아픔을 겪었다. 1962년 임진강 이북지역인 장단면·군내면·진동면과 진서면 군사분계선 남쪽 지역은 당시 파주군으로 편입됐고, 장남면은 연천군으로 편입됐다.

적과 아군이 세 번이나 격전을 치른 파주는 씻지 못할 전쟁의 상처를 입었습니다. 특히 장단군에서 임진강을 건너 피난 온 사람들은 전쟁이 끝났어도 고향으로 돌아갈 수 없었습니다. 이들은 1·4후퇴 때 스스로 월남한 북한 사람들과는 전혀 다른 실향민입니다.

장단군 실향민들은 자신들을 피난민이 아니라, 소개민(疏開, 전쟁이나 재난 등에 대비해 주민을 분산시킴)이라고 주장합니다. 한국전쟁이 일어나자, 군인들이 "파주에 가서 사흘만 지내면 돌아올 수 있을 것이다"고 해 "살림살이도 챙기지 않은 채 임진강을 허겁지겁 건너왔다"고 합니다.

정전협정을 맺은 다음에는 임진강 건너 고향 땅이 '적을 마주하고 있는 지역'이라는 뜻의 '적접(敵接)지역', 또는 '적을 눈으로 볼 수 있는 지역'이라는 뜻의 '적가시(敵可視) 지역'으로 묶여 돌아갈 수 없었습니다.

장단군 실향민들은 파주에 있는 집단 수용소에서 힘겨운 삶을 이어갔습니다. 금촌 새말과 금릉리, 교하 상지석리와 야당리, 조리읍 장곡리 등에서 새로운 터전을 일구며 삶을 꾸려갔습니다. 군인들이 약속했던 사흘이 몇 년이 되고, 몇 년이 어느덧 70년을 넘었지만, 분단의 상처는 치유되지 않고 있습니다.

38선은 우리 민족의 뜻과 상관없이 미국과 소련의 이익에 따라 그어졌다. 1947년 5월 봇짐을 진 가족이 38선 앞에 서 있다. 소녀는 아기를 안고 있고, 맨발의 꼬마는 마치 "왜 길을 막고 있냐"고 미군에게 따지는 것 같다. 푯말에는 영어(US Zone)와 러시아어가 그들이 군정을 실시하는 영역을 표시하고 있다.

파주 피난민수용소 ❶ 1952년 7월 피난민수용소 임시 움막이다. 미군이 버린 종이상자와 가마니로 만들었다. 1953년 9월 약 1만7천여 명의 피난민들이 파주 곳곳에 설치된 수용소에서 생활했다.
❷ 판문점 부근 피난민수용소이다. 산허리에 가마니로 지붕을 덮은 움막이나 천막을 치고 살았다.
❸ 1950년 10월 금촌에서 유엔군이 민간인들의 신분증을 검사하고 있다. 〈사진 : 미국 국립문서기록청〉

### 역사 토막 상식
## 냉전에 의한 분단과 전쟁의 아픔을 온몸으로 겪은 파주

　　1950년 6월 25일 전쟁이 난 다음 날부터 미군은 북한군의 남진을 막기 위해 문산 일대를 폭격했다. 1951년 1월에는 중국군의 남진을 막기 위해 두포리와 문산리에 대규모 폭격을 했다. 문산역과 장단역, 임진나루와 임진진이 파괴됐다. 1951년 12월부터는 금촌부터 철원까지 초토화 작전을 펼친 다음 임진강 일대에 방어선을 구축했다.

　　미 해병 1사단은 1951년 2월부터 철원에서 문산 선유리 돈유울 사령부로 이동해 군사분계선과 DMZ 공사 등을 담당했다. 5월부터 문산읍·금촌·주내·적성·장단·교하·조리 등에 피난민수용소 천막을 설치하고, 구호와 원조사업에 들어갔다. 주민들은 해병대와 주한유엔원조사령부의 지원을 받아 초·중·고등학교 재건에 참여했다. 문산중학교 학부모들은 미군에서 버린 깡통을 사용해 학교 지붕을 꾸몄다.

　　미군은 파주지역 임진강에 부교도 놓았다. 자유의 다리를 비롯해 홍커부교, 스폰빌교(전진교), 리비교(북진교), 위전교, 틸교 등이 판문점 휴전협상과 군사 목적으로 건설됐다. 1953년 4월 판문점에서는 부상 포로들이 남북을 오갔으며, 8월부터 장단에는 일반 포로와 중립국 포로들을 수용하는 문산리 임시포로수용소가 세워졌다.

　　파주 미군 기지는 1951년 7월, 문산 선유리에 유엔 임시사령부(팰햄기지)가 세워진 것을 시작으로 111개소 미군 기지들이 건설돼 기지촌과 지역경제 버팀목 역할을 했다. 판문점과 공동경비구역은 70년 동안의 희생과 아픔을 간직하고 있는 분단을 치유하고, 평화유산을 후손에게 물려주기 위한 파주의 얼굴이 되었다.

◀1951년 3월 재반격을 시작한 미군은 임진강에서 적의 퇴로를 끊어 섬멸하기 위한 작전을 펼쳤다. 문산 선유리 일대에 대대적인 폭격을 한 다음, 대구에서 발진한 135대의 수송기에 공정연대전투단을 태워 낙하시켰다.
왼쪽이 문산 방향이며, 오른쪽이 적성과 법원리 방향이다. 사진을 가로지르는 개울은 동문천이다. 〈사진 : AP통신사〉

## 전쟁의 상처를 그린 '비목'과 '장마루촌 이발사'

한국전쟁의 가슴 아픈 이야기를 주제로 파주에서 촬영한 대표적인 영화로는 '비목(碑木, 나무 비)'과 '장마루촌의 이발사'가 있다.

향토사학자 김현국 씨는 '파주의 옛날이야기' 글에서 '비목'의 실제 주인공은 파평면 두포리 사람이라고 했다. 비목은 1977년 화석정·임진나루·동파리 등에서 찍은 영화로 배우 이순재와 전양자가 열연했다. 영화에는 1970년대 화석정 주변 풍경과 생활상이 그대로 녹아 있어 사료 가치가 크다.

1959년 촬영한 '장마루촌의 이발사'는 당시 인기 배우였던 파주 출신 최무룡을 비롯해 김지미·조미령 등이 출연, 흥행 7위(15만 명 관람)에 올랐다고 한다. '장마루촌 이발사'는 10년 뒤인 1969년 다시 만들어졌다. 배우로는 신성일·김지미 등이 출연했다.

'장마루촌 이발사'는 박서림 시인이 1958년 'KBS 방송부문'에 응모, 당선된 작품이다. 배경은 충남 서천군 장마루인데, 영화는 파주 장마루에서 촬영했다.

장파리에는 영화 촬영장소였던 '장마루 이발소'와 미군 백인 전용 클럽 '라스트찬스', 흑인 전용 클럽 '블루문', 'DMZ홀' 등이 있었다. 1960~70년대 하루 이동인구 3만여 명이 북적대며 활기찼던 장파리는 1974년 미군이 떠나면서 지역경제도 차츰 시들어갔다. 2016년 '안전마을'로 지정되면서, 전쟁의 아픔을 간직한 문화관광 마을로 다시 태어날 준비를 하고 있다.

### "장파리에 이발소가 없어 불편합니다!"

한편 '장마루촌 이발사'의 마을 장파리에는 현재 이발소가 한 곳도 없다. 인구감소에 따라 손님도 줄고, 이발 기술을 이어갈 사람도 없기 때문이다. 필자가 2019년 연초 파평면 주민들과 가진 '주민과의 대화' 시간에 어르신 한 분이 돌발건의를 했다.

"시장님, 장파리에는 이발소가 한 곳도 없어, 이발을 하려면 멀리 문산으로 나가야 해 불편합니다. 어떻게 이발소를 한 곳이라도 만들어 주시면 좋겠습니다."

필자는 답변이 궁색해 매우 당혹했다. '이발소는 시청에서 만들고, 지원해 주는 시설이 아닌데… 뭐라고 답변해야 할까…' 순간적으로 고심하던 필자는 이렇게 대답했다.

"어르신, '장마루촌 이발사'로 유명한 장파리에 이발소가 없다니, 매우 안타깝습니다. 그런데 요즘에는 도회지에서도 이발소 찾기가 어렵긴 마찬가지입니다. 남자들도 대부분 미장원에 가서 머리를 손질하다 보니, 이발소가 점점 사라지는가 봅니다. 저도 이발소에 대해 뭐라고 딱 부러지게 말씀드리기 어려워 정말 죄송합니다."

# 02 전쟁의 상흔, 독개다리와 자유의 다리

'독개다리(임진강 철교, 701m)'는 서울과 신의주를 잇는 경의선 철교로 서울로 가는 상행선과 신의주로 가는 하행선 두 개의 다리를 말합니다. 남북이 분단되면서 대한민국은 만주와 중국을 거쳐 유럽까지 갈 수 있는 대륙 길을 잃었고, 북한은 남쪽 태평양으로 나가는 바닷길을 잃었습니다.

문산읍 운천리와 장단면 노상리를 이어주는 독개다리 이름은 임진강 북쪽 군내면 '독개리'에서 생겨났습니다. 독개다리는 한국전쟁이 일어나면서 두 개의 교량이 모두 파괴돼 다리 기둥만 남았었습니다.

1953년 7월 정전협정이 맺어지고 공산군에 포로로 잡혀있던 12,733명의 국군과 유엔군을 송환하기 위해 그동안 작전 교량으로 사용하던 하행선 철교를 기차 대신 차량이 다닐 수 있는 다리로 복구했습니다.

**독개다리** : 서울 방향 상행선(오른쪽) 교각에는 지금도 총탄 자국(붉은 화살표)이 선명하게 남아있다. 다시는 아픈 역사가 되풀이되지 않기를 바라는 듯, 흐르는 임진강에 몸을 맡긴 채 묵묵히 서 있다.

독개다리 하행선  상행선  스카이워크

자유의 다리  스카이워크

망배단

스카이워크 '내일의 기적소리' : 경기도관광공사는 2017년 3월 끊어진 상행선 독개다리 남쪽 교각 5개 위에 길이 105m, 폭 5m 스카이워크를 세 구간으로 설치, 운영하고 있다. 〈사진 : 경기관광포털사이트〉
● 과거 구간(기억의 시간) : 경의선 운영 당시 증기기관차 객차 모습을 그대로 꾸몄다. ● 현재 구간(안보의 인식) : 경의선 철도 레일과 침목을 재현, 바닥에 깔린 유리를 통해 임진강 자연과 교각의 총탄 자국 등을 볼 수 있다. ● 미래 구간(통일의 희망) : 1층은 북쪽에 있는 교각과 임진강을 조망할 수 있다. 2층은 탁 트인 전망대로 민통선 전체를 바라보며 임진강 생태환경을 느낄 수 있는 공간이다.

복구된 다리는 남북한 역사의 중요한 순간을 함께 했습니다. 남북 판문점 군사회담과 적십자회담 등을 열 때 모두 이 다리를 건너갔습니다. 차 한 대만 가까스로 다닐 수 있는 폭이어서 다리 양쪽에 빨강과 파랑 신호등을 설치하고 번갈아 가며 통행했습니다. 1998년 통일로와 자유로가 만나는 곳에 8차선의 '통일대교'가 들어서면서 원래의 기찻길로 다시 복원됐습니다.

독개다리는 통일대교가 개통되기 전까지 민통선 북쪽과 판문점을 출입하는 통로였습니다. 통일촌과 대성동 마을 주민은 물론, 민통선 안에서 농사를 짓는 주민의 차량까지 군부대 통제를 받으며 다리를 오갔습니다.

'자유의 다리(경기도 기념물 제162호, 83m)'는 2개월에 걸친 포로 송환 당시 독개다리 남쪽 끝에 철재와 나무로 세운 임시다리였습니다. 독개다리를 차량으로 건넌 포로들은 이 다리 앞에서 내렸습니다. 그런 다음 자유를 찾아 걸어서 건넌 다리라고 해 '자유의 다리'로 불리게 됐습니다. 반면 독개다리 북쪽에서 차를 내려 걸어서 독개다리를 건넜다는 증언도 있습니다.

세월이 흐르면서 다리도 낡아 1995년 복원했습니다. 2000년 1월 1일 새천년을 맞아 평화와 안보의 소중함을 느낄 수 있도록 일반에 공개했습니다.

❶ 한국전쟁 때 파괴된 독개다리의 1952년 모습. 철교 옆으로 임시 다리가 건설되고 있다. 전쟁은 인류가 쌓아온 모든 것을 파괴하고, 귀중한 생명을 빼앗아 간다. ❷ 독개다리 위를 행군하고 있는 미군 ❸ 1969년 독개다리. 철교 대신 나무로 설치한 상판 위를 군용차가 지나가고 있다.

역
사
🎋 토막 상식
## 문산에서 개성까지 철도를 연결한 김대중·노무현 대통령

남북철도 연결사업은 개성공단, 금강산관광과 함께 남북한이 평화공존을 위해 펼친 핵심 경제협력사업이었다. 김대중 대통령은 한국 경제가 군사분계선을 지나 중국, 러시아, 중앙아시아를 거쳐 유럽까지 뻗어 나가는 '철의 실크로드' 구상을 했다.

2000년 평양에서 열린 6·15 남북정상회담에서 김대중 대통령과 김정일 국방위원장은 문산에서 개성까지 경의선 복원을 합의했다. 남한은 9월부터 경의선 철도와 도로 연결공사를 시작했다. 착공을 미루던 북한은 "동해선도 연결하자"고 제안했다.

남북한은 2002년 9월 경의선과 동해선 철도·도로 연결 착공식을 개최했다. 2003년 6월에는 군사분계선에서 남북철도 연결 행사를 열었다. 2007년 5월 17일에는 역사적인 남북철도 시범운행(경의선 : 문산역~개성역, 동해선 : 금강산역~제진역)을 했다.

노무현 대통령은 2007년 평양 정상회담(10·4선언)에서 서해평화협력지대 구축, 개성공단 확대, 북한의 철도와 고속도로 건설 등을 합의했다. 12월 11일부터는 경의선 문산역에서 개성공단이 입주해 있는 봉동역까지 하루 1회, 12량의 화물열차가 정기운행에 들어갔다. 그러나 2008년 금강산 관광을 중단시킨 이명박 정부는 11월 28일 열차 운행을 중단시키고 말았다. 약 1년 동안 운행한 화물열차는 편도 기준 222회였다.

### 남북한 평화의 장, 개성공단 출발점 문산역

2005년 입주가 시작된 개성공단은 한 차례 중단되는 어려움을 극복하고, 남한의 125개사가 입주해 5만 5천여 명의 북한 노동자와 경쟁력 높은 제품을 생산하고 있었다.

그러나 2016년 2월 박근혜 정부는 북한의 핵 실험과 미사일 발사 등을 문제 삼아 개성공단을 폐쇄해 버렸다. 정치·군사문제와 분리해 운영하도록 맺은 약속을 파기한 것이다. 공장 설비를 투자했던 개성공단 입주기업들은 날벼락을 맞았다.

2007년 5월 17일 평화의 꿈을 실은 열차가 남과 북으로 출발했다. 경의선은 1951년 이후 56년 만이었으며, 동해선은 1950년 이후 57년 만이었다.
❶ 평양에서 남북정상회담을 연 김대중·노무현 대통령 ❷ 남북철도 연결구간 시험운행 남한 열차. 수많은 사람이 고가도로 위에서 역사적인 순간을 지켜보고 있다. ❸ 시험운행 북한 열차

문재인 대통령은 모두 세 차례 남북정상회담을 열었다. ●제3차
: 2018년 4월 (판문점) ●제4차 : 5월 (판문점) ●제5차 : 9월 (평양), 이 회담에서 군사·경제·이산가족·문화·비핵화 부분에 대한 남북합의 사항을 '9·19 평양공동선언'으로 발표했다.

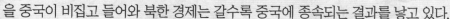

이로써 김대중·노무현 정부가 온갖 비난을 무릅쓰며 추진했던 남북평화교류는 물거품이 되고 말았다. 이 틈을 중국이 비집고 들어와 북한 경제는 갈수록 중국에 종속되는 결과를 낳고 있다.

## 문산~개성 고속도로 건설에 나선 문재인 정부

2017년 5월 '촛불혁명'으로 임기를 시작한 문재인 정부는 남북평화 정착을 위해 북한의 핵 폐기와 함께 '정전협정'을 '평화협정(종전협정)'으로 바꾸는 외교정책을 폈다.

문재인 대통령은 김정은 국무위원장과 2018년 '9·19 판문점 선언'을 통해 경의선과 동해선 철도·도로 연결, 조건 없는 개성공단 재개 등을 합의했으며 이를 뒷받침하기 위해 북미정상회담을 성사시켰다. 그러나 안타깝게도 미국의 북한 경제 제재와 2019년 2월 베트남에서 열린 북미정상회담이 성과 없이 끝나 아직 빛을 보지 못하고 있다.

일본 아베 수상과 함께 당시 트럼프 대통령을 움직여 회담을 방해했던 미국 국가안보보좌관 볼튼은 이라크 전쟁 설계자였다. "북한도 선제공격하자. 남북한 전쟁은 그들의 문제이지, 미국의 문제가 아니다"고 할 만큼 전쟁광이었다.

개성공업지구 : 개성공단이 들어서면서 북한군 전방부대가 최소 10km 후방으로 물러나는 효과를 거두었다. 남북한은 3단계에 걸쳐 개성공단을 확장하기로 했으나, 1단계에서 멈췄다. 그마저도 박근혜 정부는 문을 닫고 말았다.

### 문산역~도라산역 전철화 완료

문산역~임진강역 전철 6km는 2020년 3월 개통했다. 임진강역~도라산역 3.7km는 2021년 11월 27일 개통했다. 도라산역은 앞으로 민통선 평화관광과 남북교류, 유라시아 진출 교두보가 될 것으로 기대하고 있다.

### 문산~개성 고속도로 건설 예정

서울~문산 고속도로는 2020년 개통했다. 문산에서 도라산까지 연결하는 민족의 대동맥 문산~도라산 고속도로는 착공을 준비하고 있다.

171

## 도라산역 '남북국제평화역' 추진

도라산역은 2002년 남북철도를 연결하면서 한국전쟁 때 폭격으로 폐허가 된 장단역 대신 새로 만든 역이다. 이름은 도라산에서 따왔으며 '경의선 철도 남북출입사무소'가 있다. 역 표어는 "남쪽의 마지막 역이 아니라, 북으로 가는 첫 번째 역입니다"로 남북평화교류를 상징하고 있다.

필자는 2018년 12월, 도라산역에서 파주시가 통일 한국을 준비하는 철도교통 중심도시로 거듭날 수 있도록 '파주시 철도망 구축 정책토론회'를 열었다.

이 자리에서 필자는 "파주시는 남북 화해 및 통일시대를 준비하는 거점 지역인 만큼 사통팔달 철도시스템 구축이 절실하다. 대화역까지 운행하는 3호선을 남북연결철도인 경의선과 연결하고, 고속철도를 문산이나 도라산역까지 연장해 향후 우리 경제가 육로로 중국과 중앙아시아를 거쳐 유럽까지 갈 수 있도록 정부의 미래 지향적인 철도정책 수립이 필요하다. 그 첫 단계가 도라산역을 '국제평화역'으로 지정하는 일이다"고 구상을 밝혔다.

필자의 이런 구상에 경기도는 2019년 2월 '남북국제평화역'을 경기 북부에 설치하는 계획을 내놨다. 이대 대해 필자는 "경기도가 제안한 국제평화역 설치는 파주시가 추진해온 통일 대비 철도 기반 확충 및 국제역 조성과 같은 의견이다"라며 적극 환영했다.

## 파주, 새로운 시작 "평화는 경제다!"

필자는 2019년 신년기자회견에서 "파주시 통일경제특구 지정을 위한 종합계획 수립, 북한 옥류관 1호점 임진각 관광지 유치, 대성동 마을 농경지 침수 예방을 위한 남북 공유하천 합동 조사 등을 추진하겠다"고 밝혔다.

2020년에는 "GTX-A 2023년 개통 예정, 지하철 3호선 일산선 연장, 문산역~도라산역 전철화, 서울~문산 고속도로 개통, 제2순환고속도로, 조리·금촌선 등 굵직한 광역교통망 구축이 본격화되면서 많은 기업이 파주에 입주하기를 희망하고 있다. 주한미군이 떠난 부지 등을 활용해 기업 유치 및 지역 개발사업에 박차를 가할 계획이며 '국립 DMZ 기억의 박물관' 유치에 최선을 다하겠다"고 포부를 밝혔다.

2021년에는 남북교류협력사업 기반 조성과 지속 추진, 찾아가는 평화통일교육 등 다양한 사업 추진 계획을 밝혔다.

필자는 "남북관계 경색과 코로나19로 남북 협력사업이 쉽지 않지만, 평화는 그 누구도 거스를 수 없는 시대적 소명이다. 남북관계 회복에 대비해 정부 관계기관과 협업체계를 구축하고, 내부 역량을 강화하겠다"고 다짐했다.

**❶** 필자는 2018년 도라산역에서 열린 '남북철도 현지 공동조사 환송식'과 개성 판문역에서 열린 '경의선·동해선 철도·도로 연결 및 현대화 착공식'에 자치단체장으로는 유일하게 참석, 도라산역이 유라시아 국제역으로 지정될 수 있도록 설파했다. **❷** 2022년 상반기에 역사가 들어설 운천 간이역을 점검하고 있는 필자 **❸** 경의선 전철 개통(2020년 3월)을 앞두고, 시범 운행(문산역~임진강역) 중인 열차 시스템을 점검하고 있는 필자

## 민·관·정 합작품, 운천역 존치 및 역사 건립

운천역은 2004년 지역 주민의 편의를 위해 문산역과 임진강역 사이에 간이역으로 설치됐다. 경의선 전철화 사업을 시작한 철도공사는 운천역이 역무 시설이 없는 무인역이라는 이유로 폐쇄 계획을 세웠다. 국토교통부도 경제성 및 예산 부족을 이유로 운천역 건립에 미온적이었다. 이에 지역 주민들과 파주시, 지역 국회의원이 힘을 모아 '운천역 살리기'에 나섰다.

필자는 김현미 국토부 장관과 철도공사 관계자들을 만나 "교통 불편에 따른 주민의 어려움을 해소하고, 소외된 경기 북부 균형발전을 위해서는 운천역이 꼭 필요하다"며 설득했다. 그 결과 운천역 건립 승인을 얻어냈다. 2021년 7월에는 2022년 상반기 완공을 목표로 운천역사 착공식을 열었다.

파주시는 주민들의 교통복지를 개선하고, 이용에 불편함이 없도록 환승체계를 구축할 예정이다. 지역 여건에 맞은 운천역 주변 개발과 지역 경제 활성화를 추진, 경제성 문제도 해결할 방침이다.

## 파주시·경기도 '경기파주개성공단복합물류단지' 조성협약 체결

파주시와 경기도는 2019년 8월 탄현면 성동리 21만2,663㎡에 개성공단 입주기업의 물류와 상품, 북한산 특산품 판매장 등을 갖추는 복합물류단지 조성협약을 개성공단복합물류단지(주)와 체결했다.

이재명 경기도지사는 "개성공단은 아픈 손가락과 같다. 어렵게 시작했는데 투자자와 일하던 분들이 일터를 잃는 아픔을 겪었다. 남북 경협을 재개하고 확대하는 것이야말로 우리 몫"이라고 했다.

필자는 "2016년 개성공단 중단 이후 파주가 새로운 남북교류협력의 마중물 역할을 하게 돼 기쁘다. 개성공단 물류단지는 고용 창출 등 지역경제 활성화에 큰 도움이 될 것이다"고 체결 소감을 밝혔다.

평화는 평화를 준비하는 사람만이 얻을 수 있다.
임진강 철교를 자유롭게 드나드는 철새처럼 남북한도
평화의 문이 활짝 열리기를 기대해 본다.

# ③ 작전 교량으로 임무를 완수한 리비교

1951년 7월 정전협정이 시작되면서 지금의 휴전선을 따라 치열한 공방전이 벌어졌습니다. 미군은 1951년부터 1953년까지 임진강 북쪽에 병력과 물자를 보급하고, 판문점에서 열리는 휴전회담에 참가하기 위해 11개의 임시 작전 교량을 파주(리비교 등 6개)와 연천에 설치했습니다. 그러나 임시 교량은 장마철이 되면 임진강에 불어난 강물의 힘을 견디지 못하고 떠내려갔습니다.

파평면 장파리 임진강에 설치했던 '리비교(당시 X-ray bridge)'도 1952년 7월 홍수로 떠내려갔습니다. 미 제1군단 사령관은 복구보다는 오래 쓸 수 있는 작전 교량 건설을 결정했습니다. 미8군 공병대는 임진강 홍수를 견딜 수 있는 교량의 건설을 연구했고, 제2건설공병대는 이를 바탕으로 다리 설계를 했습니다. 공사는 '임진강 정복자'로 불린 미84건설공병대대가 맡았습니다.

리비교(길이 328m, 폭 7m, 2차선)는 1952년 10월 공사에 들어가 1953년 7월 4일 미국 독립기념일에 완공됐습니다. 파평면 장파리와 민통선 북쪽 지역인 진동면 용상리를 잇는 유일한 다리였기 때문에 '북진교'로도 불렀습니다.

**리비교** : 한국전쟁 초기, 대전 전투에서 자신을 희생해 부대원을 구한 조지 D. 리비 중사를 기리기 위해 붙여진 이름이다. ❶ 건설 중인 리비교(사진 왼쪽). 오른쪽 부교 위로 군용 차량이 지나가고 있다. ❷ 완공된 리비교 ❸ 오랜 세월 풍파 속에 노후화돼 2016년 안전진단 E등급을 받아 폐쇄된 리비교

**미군이 파주에 설치한 작전 교량**
미군은 교량 이름을 주로 임진강을 오가는 철새 이름을 따서 지었다.

연천 : 핀테일 파커교 (Pintail Parke)

진동면
군내면
임진강
파평면
적성면
장단면
문산읍

❶ 자유의 다리(Freedom Gate)
❷ 홍커부교(Honker, 기러기)
❸ 스픈빌교(Spoonbill, 저어새)
❹ 리비교(Libby, X-Ray)
❺ 위전교(Widgeon, 홍머리오리)
❻ 틸교(Teal, 쇠오리)

## 파주의 가슴 아픈 역사를 간직한 리비교

리비교 아래에 전진교와 통일대교가 들어서면서 리비교는 군사용보다는 민통선 안에서 농사짓는 주민들이 주로 이용해 왔다. 리비교는 2016년 10월, 안전진단 E등급을 받아 폐쇄됐다. 주민들은 전진교를 이용해야 해 불편이 컸다. 파주시는 2017년 12월, 리비교 소유권을 갖고 있던 국방부와 계약을 맺어 파주시로 소유권을 이전했다.

파주시는 한국전쟁 때 미군이 세운 다리 중 유일하게 남아있어 역사적 가치가 큰 리비교를 보수해 DMZ와 연결한 관광 명소로 탈바꿈시킬 계획을 세웠다. 그러나 주민 의견을 받아들여 교량 폭을 8.5m에서 11.9m로 확장하면서 교각에 안전 문제가 발생했다.

파주시는 리비교를 철거하고, 2022년 농번기 전에 임시 개통할 계획으로 새 다리를 건설하고 있다. 철거한 상판과 교각은 미래유산으로 남기기 위해 리비교 앞에 역사광장을 조성, 보존할 계획이다. 아울러 '시민과 함께하는 리비교 기록화 사업'도 추진하고 있다. 교량 건립 때부터 현재까지의 사진 자료집, 배고팠던 시절에 리비교를 삶의 터전으로 삼았던 주민들의 가슴 아픈 이야기, 그동안 열었던 시민간담회 등을 수집하고 발간, 장파리 문화공원에 '리비교 기록관'을 만들어 보존 전시할 계획이다.

리비교는 보수가 불가능할 정도로 낡아 안타깝게도 모두 철거되고 말았다. 상판을 철거할 때 건설 당시 병사들이 페인트로 쓴 조국통일·인내·남북통일·우리의 소원 등 글자가 선명하게 남아있어 보는 사람의 마음을 아프게 했다.

## 파주시 '리비교와 장마루 사람들' 펴내

파주시 중앙도서관은 지역 역사를 기록해 전하는 '풀뿌리 기록사업'을 추진하고 있다. 2020년 펴낸 이 책은 리비교 건너에 미군 부대가 생기면서 장마루로 먹고살기 위해 모여든 사람들의 고단했던 삶을 사진과 함께 생생하게 담아내고 있다. 필자는 "사라질뻔했던 지역 역사를 재조명하고, 보존하는 역사 자료로 활용되길 바란다"고 발간 소감을 밝혔다.

▼ 2020년 다리 상판과 교각이 철거된 리비교. 2022년 상반기 임시 개통을 목표로 새 다리가 건설되고 있다.

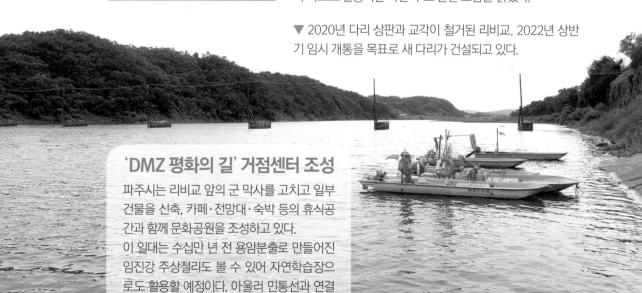

### 'DMZ 평화의 길' 거점센터 조성

파주시는 리비교 앞의 군 막사를 고치고 일부 건물을 신축, 카페·전망대·숙박 등의 휴식공간과 함께 문화공원을 조성하고 있다.

이 일대는 수십만 년 전 용암분출로 만들어진 임진강 주상절리도 볼 수 있어 자연학습장으로도 활용할 예정이다. 아울러 민통선과 연결한 걷기 여행도 개발하고 있다.

❶ 바지를 허벅지까지 걷어 올리고 임진강을 건너는 중국군 병사들 〈사진 : 눈빛출판사〉 ❷ 임진강 전투에 투입된 영국군 센츄리온 전차대 ❸ 참호 속에서 임진강 방어에 나선 영국군 병사들

❶ 파주시는 매년 4월 생존해 있는 영국군을 초청, 영국군 설마리 전투 추모공원에서 추모식을 열고 있다. 필자는 2021년 추모사에서 "영국군의 투혼을 가슴 깊이 간직하고 있다. 그들의 희생을 존경한다"며 감사했다.
❷ 영국군의 넋을 위로하고 공적을 기리기 위해 설마리 고지 아래 암석에 건립한 추모비
❸ 파주시는 2020년 코로나19 방호복이 부족해 어려움을 겪고 있는 글로스터시에 방호복 1,000세트를 지원했다. 글로스터셔 주지사와 시장은 파주시에 감사 글을 보냈다.

## 역사 토막 상식
## 서울을 방어하는데 큰 공을 세운 영국군

1951년 4월 22일 적성면 설마리 고지에 주둔하던 영국군 글로스터셔 연대 제1대대는 5차 공세에 나선 중국군과 전투를 벌였다. 영국군 6백 50여 명은 중국군 2만 5천여 명의 공격에 맞서 3일 동안 격전을 치렀다.

탄약까지 떨어진 영국군은 탈출을 시도했지만 652명 중 59명이 전사하고, 526명이 포로로 잡혀 북한으로 끌려갔다. 그러나 영국군의 저항은 헛되지 않았다.

후퇴할 시간을 번 유엔군은 중국군의 서울 침공 저지를 위한 방어선을 구축하고 서울을 지켜냈다. 한국전쟁 중 영국군의 희생이 가장 컸던 설마리 전투는 고립방어의 대표적인 전투로 기록돼 있다.

설마리 전투 추모공원은 2008년 한국전쟁의 중요한 유적으로 인정받아 국가등록문화재 제407호로 지정됐다. 파주시는 2021년 7월 영국군 설마리 전투 추모공원 기록화 사업(문화재 자료 수집, 구조물 정밀조사, 3D 스캔 도면 작성, 기록화 보고서 발간 등)을 마쳤다.

필자는 "이번 사업은 역사적·문화적 가치가 큰 파주시 근대문화유산을 보존하고 연구하는 학술자료 확보의 선례가 되었다"고 소감을 밝혔다.

영국군 추모공원에 세워진 동상

육계토성　임진강

칠중성　중국군 19병단 63군

64군

영국 글로스터셔 연대 제1대대

국군 12·15연대　설마리 글로스터 고지

감악산

설마령

의정부·서울 ↓

# 문화재 가치가 큰 파주시 근대문화유산들

파주시가 경기도 등록문화재로 신청한 '갈곡리 성당·말레이시아교·라스트찬스'가 2021년 10월 확정 심의를 거쳐 문화재로 등록됐다. 그동안 파주시는 국가지정 및 등록문화재 33건, 경기도 지정문화재 39건, 향토문화유산 34건 등 106건의 문화재를 보유하고 있었는데 3건이 추가되면서 모두 109건의 소중한 문화재를 보유하게 됐다. 필자는 "이번 문화재 등록을 계기로 파주와 함께 한 시대를 겪어온 근현대 문화자원을 적극적으로 발굴하고 관리해 파주시의 문화적 위상을 높이겠다"고 소감을 밝혔다.

## 초기 교회 역사를 간직하고 있는 '갈곡리 성당'

1892년 홍천과 횡성의 천주교 신자들은 박해를 피해 광적면 우고리로 피신 왔다가 1896년 법원읍 갈곡리에 정착했다. 신자들은 옹기그릇을 생산하는 교우촌을 만들었다.

'갈곡리 성당'은 1898년 약현 본당 소속 '칠울 공소(公所, 신도가 적어 본당 주임신부가 순회하는 천주교 공동체)'로 시작했다. 2018년 법원리 본당에서 분리돼 준본당이 됐다. 갈곡리 출신으로 1950년 평양 인민교화소에서 순교한 김치호 신부와 누나 김정숙 수녀의 순교자 순례지로 지정됐다.

## 말레이시아 원조로 건설된 '말레이시아교'

조리읍 등원리에는 '리비교'와 더불어 외국어 이름을 쓰는 '말레이시아교'가 있다. 통일로 등원리에서 금촌동 파주 스타디움을 연결하는 말레이시아교는 1966년 말레이시아 정부의 대외 원조자금으로 건설한 다리이다.

## 가수들의 꿈과 삶이 녹아 있는 '라스트찬스'

파평면 장파리 리비교 앞에 있는 '라스트찬스'는 1953년 지어진 미군클럽이다. 라스트찬스 이름은 외박이나 휴가 나온 미군이 리비교를 건너기 전에 마지막으로 즐길 수 있는 클럽이라는 의미로 지었다고 한다.

조용필, 윤항기, 윤복희, 패티김, 하춘화, 트위스트김도 이 지역 미군클럽에서 활동한 것으로 알려졌다. 수많은 가수 지망생이 꿈을 향해 고달픈 삶을 이어간 곳이기도 하다.

❶ 갈곡리 성당 : 1936년 지은 공소는 한국전쟁 때인 1951년 폭격으로 파괴됐다. 1955년 미 해병대와 한국 해병대 지원으로 지금의 성당을 건립했다.

❷ 말레이시아교 : 1966년 개통식에 초대된 주민들이 다리를 건너고 있다. 당시 양국의 상호 협력과 우호의 상징이었던 말레이시아교는 파주 지역 발전에 큰 힘이 된 근현대문화유산이다.

❸ 라스트찬스 : 1967년 모습이다. 당시 장파리에는 DMZ홀·블루문·럭키바 등 7곳의 미군클럽이 있어 '강아지도 달러를 물고 다닌다'는 말이 나돌 만큼 활기를 띠었다고 한다.

# 04 전쟁과 세계 평화의 상징, 판문점

　판문점은 분단을 상징하듯 두 개의 주소를 갖고 있습니다. 하나는 대한민국 경기도 파주시 진서면 선적리이고, 다른 하나는 조선민주주의인민공화국 개성특별시 판문구역 판문점리입니다. '정전협정'에 따라 유엔군과 조선인민군의 공동경비구역으로 지정됐으며, 남북한의 행정권은 미치지 않습니다.

　중국군의 참전으로 홍역을 치른 유엔군 사령관 맥아더는 만주에 핵폭탄을 터트려 전쟁을 끝내려고 했습니다. 그러나 제3차 세계대전을 우려한 미국 대통령 트루먼은 전쟁터를 남북한으로 제한했습니다. 1951년 4월 트루먼은 강경파 맥아더를 해임하고, 리지웨이를 유엔군 사령관으로 임명했습니다.

　제한된 전쟁으로 전선은 고착됐습니다. 소련에서 제트 전투기를 얻기 위해 참전했던 중국은 미국의 막강한 제공권과 물자보급에 허리가 휘청였습니다. 트루먼도 국내에서 전쟁 반대 여론이 높아지자, 휴전을 원했습니다. 리지웨이가 먼저 휴전회담을 제안했고, 중국군 사령관 팽덕회가 받아들였습니다.

　리지웨이는 덴마크 병원선을 원산항에 정박시켜 협상할 것을 제안했습니다. 그러나 소련의 스탈린은 휴전회담을 승리의 선전장으로 활용하기 위해 38선 이남인 개성에서 열 것을 지시했습니다. 휴전선도 유엔군은 당시 양군

널문리 판문점 (어룡리)
1953년 7월 27일
휴전협정 조인 장소

사천강

현재 판문점 (선적리)
휴전협정 조인 뒤 옮김

휴전선

북한

남한

(사진 : 구글 어스)

❶ 1차 휴전회담장 개성 내봉장 ❷ 회담장에 들어서는 미군. 차에 백기를 달도록 협정을 맺었는데 공산 측은 미군이 항복한 표시라고 거짓 선전했다. ❸ 2차 휴전회담장 널문리(판문점) 군용 천막. 길 앞에 초가집이 나란히 있다. ❹ 미군이 지은 회담장(오른쪽 하얀 건물). 아래 미군 헬기가 있는 쪽이 문산 방향이며 반대편이 개성이다. ❺ 유엔군 대표단을 싣고 온 미군 헬기 조종사와 북한 여성 통역원이 웃고 있다. ❻ 이와 달리 양측은 회담장 밖에서도 한 치의 양보 없이 설전을 벌였다. ❼ 아이를 업은 아낙이 보리를 거두고 있다. 뒤로 회담장이 보인다. ❽ 논갈이하는 농부. 회담장에 헬기가 보인다.

의 전투선에서 확정할 것을 주장했으나, 공산군은 38선을 고집했습니다.

실랑이 끝에 1951년 7월 10일 개성 송악산 기슭의 고급 음식점 내봉장(來鳳莊)에서 첫 회담이 열렸습니다. 10월부터는 지금의 판문점에서 북서쪽으로 약 1km에 있는 파주 널문리에서 열렸습니다. 휴전회담을 미군의 항복으로 악용하는 공산 측의 흉계를 막기 위해 미군의 제안으로 장소가 바뀐 것입니다.

널문리 지명은 임진왜란 때 피난을 떠난 선조와 관련이 있습니다. 선조 일행이 임진강을 어렵게 건너 개성으로 가는데 이번에는 사천강(沙川江)이 앞을 가로막았습니다. 강에는 나룻배가 없어 백성들이 대문을 뜯어 다리를 만들어줬습니다. 그 뒤로 '널빤지로 만든 문'이라는 뜻의 '널문리'로 불렸습니다.

이 널문리를 휴전회담 당사국인 중국이 한자로 판문점(板 널빤지 판, 門 문 문, 店 가게(여관) 점)이라 쓰면서 널문리 대신 '판문점'으로 부르게 됐습니다.

널문리는 논 가운데 길옆으로 초가집 몇 채와 주막이 있던 마을이었습니다. 미군은 이곳에 천막을 치고 건물을 지어 회담 장소로 사용했습니다. 판문점은 휴전회담 동안 이동이 자유로운 '공동경비구역'으로 불렸으며, 이 일대는 전투 금지 지역이어서 농민들이 마음 놓고 농사를 지을 수 있었습니다.

승전국과 패전국이 가려지지 않은 상황에서 벌어진 휴전회담은 난항을 거듭했습니다. 여기에 포로들의 '강제송환이냐, 자유송환이냐'에 대한 대립까

❶ 공산군 측이 1953년 6월, 미군이 지어 사용하던 널문리 정전회담장 맞은편에 정전협정 서명식을 할 회담장을 짓고 있다. ❷ 완공된 정전협정 조인 건물 ❸ 북한은 정전협정 조인장을 평화박물관으로 운영하고 있다. 지붕 옆에는 피카소의 비둘기 그림이 그려져 있다. ❹ 널문리에서 정전협정을 맺은 뒤, 포로교환 업무를 맡은 중립국 인도군 막사가 있던 자리로 옮긴 지금의 판문점

지 겹쳐 회담은 꼬여갔습니다. 그 결과 1953년 7월 27일 '정전협정'을 맺을 때까지 2년여 동안 수많은 젊은이가 전쟁터에서 죽어갔습니다.

　유엔군과 공산군은 전쟁을 완전히 끝내는 '종전협정'을 맺지 못했습니다. 군사령관이 군사적 판단으로 전쟁을 끝내는 것을 '정전(휴전)협정'이라 합니다. 정치인이 정치적 판단으로 전쟁을 끝내는 것을 '종전(평화)협정'이라 합니다. 국제법상 평시의 조약 체결은 의회 비준이 필요합니다. 하지만 전시 조약 체결은 군사령관 서명만으로 비준이 완료된 것으로 봅니다.

　지금의 판문점(직경 약 800m)은 널문리에서 정전협정을 맺은 뒤에 군사분계선으로 옮긴 장소입니다. 이곳에는 한국전쟁 포로 교환업무를 맡은 중립

**❶ 판문점 도끼만행사건** : 1976년 8월 돌아오지 않는 다리 남쪽 미루나무가 유엔군 시야를 가렸다. 미군이 가지치기에 나서자 인민군은 미군 장교 2명을 도끼로 살해했다. 남북한과 미군은 준전시상태에 돌입했다. 미국은 중국을 통해 북한에 경고하고 나무를 잘라냈다. 김일성의 유감 성명으로 사태는 진정됐다.

**❷ 돌아오지 않는 다리** : 원래는 '널문다리'였다. 휴전협정 뒤 포로 송환이 이루어진 다리이다. 한 번 건너면 다시는 돌아올 수 없다고 해서 생긴 이름이다.

**❸ 자유의 집** : 북쪽 판문각에서 바라본 모습이다. 오른쪽에 보이는 건물은 평화의 집이다. 1965년 지은 2층 건물이 낡아 1998년 4층 건물로 새로 지었다.

●**T1** : 중립국 감독위원회 회의실 ●**T2** : 군사정전위원회 본 회의실 ●**T3** : 실무장교 소회의실. 파란색 3개 동 T1·T2·T3는 유엔군이 관리하고, 왼쪽 회색 3개 동과 오른쪽 1개 동은 북한군이 관리한다.

**❹ 판문점 남북정상회담** : 2018년 4월 27일 문재인 대통령과 김정은 국무위원장이 폭 50cm, 높이 15cm의 군사분계선에서 만나 악수하고 있다. 남쪽은 자갈길이며 북쪽은 흙길이다. 북한 지도자가 군사분계선을 넘은 것은 처음이었다.

**❺ 도보다리** : 휴전협정 직후 습지 위에 만든 길이 50m 나무다리이다. 일자형이었는데 남북 정상이 산책하면서 회담할 수 있도록 T자형으로 넓혔다.

●**72시간 다리** : 도끼만행사건 뒤 UN군은 '돌아오지 않는 다리'를 폐쇄했다. 북한이 판문점 통행을 위해 72시간 만에 다리를 세워 붙여진 이름이다.

국 인도군의 막사와 포로 교환장소로 사용되던 건물이 있었습니다.

'공동경비구역(JSA)'은 정전협정에 따라 유엔사령부를 대표하는 미군과 인민군이 함께 경비를 서는 공간입니다. 원래 공동경비구역 안에서는 양측 경비병과 출입자들이 자유롭게 이동하면서 대화도 나눌 수 있었습니다.

1976년 8월 판문점 도끼만행사건이 벌어진 뒤에 회담장을 가로질러 군사분계선을 그은 콘크리트 턱을 설치했습니다. 초소도 각자 구역에 따로 설치했으며, 남북 병사들 사이에 대화도 금했습니다. 2004년 이후 경비는 국군이 서고 있지만, 협정 당사자가 아니어서 지휘통제권은 유엔사령부에 있습니다.

2018년 4월 27일 문재인 대통령과 김정은 국무위원장은 분단 뒤 처음으로 이 콘크리트 턱을 마주하고 악수했습니다. 이어 콘크리트 턱을 넘어온 김정은 위원장은 자유의 집 앞에서 DMZ 안에 있는 대성동초등학교 5학년 남녀 화동(花童, 행사장에서 주빈에게 꽃을 선사하는 아이) 2명에게서 꽃다발을 받고 기념촬영을 했습니다.

평화의 집에서 역사적인 판문점 정상회담을 연 남북 정상은 세계평화의 다리로 유명해진 '도보다리'를 걸으며 대화를 나눴습니다. 도보다리는 한국전쟁 정전 직후 중립국감독위원회 장교들이 판문점을 오갈 때 지나던 습지 위에 설치한 길이 50m의 나무다리였습니다. 원래 이름은 'Foot Bridge'인데 우리 말로 '도보다리'라 불렀습니다.

남북정상회담이 열리기 전까지 도보다리를 걷는 사람은 별로 없었습니다. 판문점 정상회담을 앞두고 우리 정부가 긴급히 보수작업을 한 뒤, 파란색 페인트로 색을 다시 칠했습니다. 판문점에 있는 건물과 시설 중에 파란색 페인트가 칠해진 것은 유엔군사령부 관할이라는 뜻입니다.

1년 뒤인 2019년 6월 30일, 미국 트럼프 대통령과 김정은 위원장이 판문점에서 만났습니다. 트럼프 대통령은 군사분계선을 넘어 북쪽 판문각 계단 아래까지 걸어가 북한 땅을 최초로 밟은 미국 대통령이 됐습니다.

이어 트럼프 대통령은 김정은 위원장과 함께 남쪽으로 내려와 자유의 집에서 문재인 대통령을 만났습니다. 판문점에서 역사상 처음으로 남·북·미 정상이 한자리에 서게 되면서, 전 세계의 이목을 판문점으로 집중시키는 세계사적 장면이 연출됐습니다.

## 67년 만에 되찾은 판문점 주소

파주시는 2020년 12월 23일 판문점을 포함한 DMZ 일원 미등록 토지 135필지(59만 2천㎡)를 파주시 토지로 회복했다.
판문점은 1953년 7월 27일 정전협정 이후 미등록 토지로 남아 있었다. 그동안 정확한 주소가 없어 정부 기관 및 각종 포털사이트에 위치가 제각기 표시돼 혼란을 빚어왔다.
파주시는 2020년 5월부터 '판문점 지적복구 프로젝트'를 가동해 국토교통부·통일부·경기도 등 관계부처와 협의를 마쳐 판문점 주소를 '파주시 진서

파주시에 정식으로 등록돼 참 기뻐요.^^
제 주소는 파주시 진서면 통일로3303번입니다.
근데 누구냐고요? 맞춰보세요!

만세!

면 선적리'로 복구했다. 판문점 자유의 집과 평화의 집에 도로명주소가 부여됐으며, 개별공시지가 결정, 국유재산 권리보전 절차 이행 등 파주시 토지로 체계적인 관리를 할 수 있게 됐다.

DMZ 일원 지적복구는 민·관·정이 하나가 돼 이룩한 성과였다. 그동안 윤후덕·박정 국회의원은 중앙부처에 여러 차례 지적복구를 촉구했고, 파주시의회는 '판문점 남측지역 지적복구 촉구 결의안'을 채택했으며, 파주시 시민단체도 청와대 국민청원을 제기해 시민들의 관심을 이끌었다.

## 불완전한 판문점 영토주권

대한민국 영토인 판문점의 지적복구와 주소는 되찾았지만, 여전히 온전한 영토주권 회복은 이루어지지 않고 있다. 판문점은 유엔사령부(UNC·The United Nations Command)가 관할하는 JSA(공동경비구역)에 자리하고 있어 정전협정에 따라 유엔사령부의 엄격한 출입통제를 받고 있기 때문이다.

정전협정 제9항은 '민사행정 및 구제사업의 집행에 관계되는 인원과 군사정전위원회의 특정한 허가를 받아 들어가는 인원을 제외하고는 어떠한 군인도 DMZ 지대에 들어가는 것을 허가하지 않는다'고 규정하고 있다.

이 조항이 지금까지 발목을 잡아 판문점은 대한민국 영토 중 유일하게 금단 지역이 됐다. 50만 파주시민을 대표하는 현직 파주시장도 판문점에 출입하려면 유엔사령부의 허가를 받아야 하는 씁쓸한 현실이 지속되고 있다. 이에 따라 정전협정 조항과 부속 합의서인 유엔사 규정 개정 등이 필요하다는 여론이 떠오르고 있다.

유엔사령부는 판문점 관할권을 대한민국 정부에 이양하는 것을 반대하고 있다. 유엔사령부는 '판문점 북측은 북한군이, 남측은 유엔사령부가 관할한다'고 되어 있고, 정전협정과 후속 합의서에 따라 '유엔사령부와 북한군 상호 동의가 없는 한 관할권 이양은 할 수 없다'는 입장이다.

## '4.27 판문점선언길' 명예도로 명명식 개최

파주시는 2021년 4월 27일, 4·27 판문점 선언 3주년을 기념해 판문점 인근 민통선 지역 내 국도 1호선 군내삼거리에서 '4·27 판문점선언길 명예도로 명명식'을 개최했다.

'4·27 판문점선언길'은 2018년 판문점에서 열린 역사적인 남북정상회담을 기념하기 위한 길이다. 구간은 문재인 대통령이 남북정상회담을 위해 이동한 통일대교부터 판문점까지 8km이며, 기념 표지석과 도로명 알림판을 설치했다. 이어 대성동마을에서 가져온 흙으로 기념 식수를 했다.

이날 명명식에는 2018년 남북정상회담 때 김정은 위원장에게 환영의 꽃다발을 전달한 화동 2명(당시 대성동초등학교 5학년)이 중학생으로 성장해 교복을 입고 참석, 의미를 더했다.

## ⑩ 남북 무력 충돌을 막기 위해 설정한 DMZ

　　DMZ는 1953년 체결된 정전협정에 따라 설정된 비무장지대입니다. 협정 당시 임진강에서 동해안까지 1,292개의 말뚝을 박고, 말뚝을 이은 약 240km의 선을 군사분계선(MDL)으로 설정했습니다.

　　이어 군사충돌을 막기 위해 군사분계선에서 남북으로 2km씩, 모두 4km의 비무장지대를 설정했습니다. 비무장지대에서는 무기 휴대와 군사적 행위가 금지돼 있으며, 출입을 하려면 군사정전위원회 허가를 받아야 합니다

　　남쪽 비무장지대 경계선을 '남방한계선(SLL)'이라 하고, 북쪽 비무장지대 경계선을 '북방한계선(NLL)'이라 합니다. 남방한계선과 북방한계선에는 양측 군대가 철책을 세워 놓고 서로 감시하고 있습니다.

### 파주 'DMZ 평화의 길' 개방

문재인 대통령은 2019년 3·1절 100주년 기념사에서 "비무장지대를 국민에게 돌려 드린다"고 밝혔다. 이에 따라 정부는 8월 파주 구간 1단계 21km를 개방했다. 2단계 28km는 2020년 11월 개방했다. 1단계 개방 전날 마지막 점검에 나선 김연철 통일부 장관, 이재명 경기도지사, 최종환 파주시장(필자). 배경 표지석은 2007년 평양에서 남북정상회담을 마친 고 노무현 전 대통령이 평화통일을 염원하는 마음을 담아 세운 친필 표지석이다. 북측으로 가는 마지막 관문인 남측 제2통문에 설치했다.

❶'DMZ 생태탐방로 평화걷기행사' ❷'DMZ 평화콘서트' 행사 ❸'DMZ 평화손잡기행사' 등에 참석, 파주시의 남북평화교류 의지를 밝히면서 시민과 소통하는 필자

## 남북 평화교류를 이끄는 기관차 파주시

파주시는 그동안 남북평화의 디딤돌을 놓기 위해 조직 신설과 함께 다양한 사업을 펼쳤다. 2017년 1월에는 시청에 '평화기반국'을 설치했으며, 3월에는 기초지방정부 최초로 '대북지원사업자'로 지정됐다. 2018년 7월에는 '남북평화협력 전담(TF)팀'을 설치했으며, 10월에는 기초지자체 최초로 '평화협력과'를 신설했다. 이밖에도 '남북평화협력 지방정부협의회'에 주도적으로 참여, 관련 기관 간 업무협약 체결과 협업을 통한 남북평화협력사업을 다각적으로 추진하고 있다.

1963년 북한이 비무장지대 안에 진지와 철책을 구축하면서 전방감시초소 (GP)가 곳곳에 세워졌습니다. 이곳에 주둔하는 무장한 군인을 남한은 '민정경찰(DMZ Police)'이라 하고, 북한은 '민경대(民警隊)'라 합니다.

남북 긴장이 고조될 때마다 비무장지대 안에서는 무력 충돌이 일어났습니다. 보복이 보복을 낳는 악순환이 반복돼 많은 군인이 희생된 비극의 현장입니다. 수많은 남파간첩과 무장공비들의 남침 길이 되기도 했으며, 귀순 병사들이 죽음을 무릅쓰고 넘어온 곳이기도 합니다.

파주 비무장지대에는 남한의 대성동 '자유의 마을'이 있으며, 북한의 기정동에는 '평화의 마을'이 있습니다. 자유의 마을은 1953년 8월 이후 '사민의 비무장지대 출입에 관한 협의'를 근거로 만든 특수마을입니다. 이곳 주민에게는 납세와 병역의 의무를 면제하고 있습니다.

비무장지대는 민간인 출입이 금지돼 생태계가 잘 보존되어 있습니다. 반달가슴곰, 여우, 사향노루, 산양, 수달 등의 천연기념물이 살고 있습니다. 하천과 습지도 잘 보존돼 참매, 재두루미, 맹꽁이, 물장군, 애기뿔소똥구리, 흰수마자, 다묵장어, 느리미고사리 등의 멸종위기 동식물이 살고 있습니다.

정부는 유네스코에서 비무장지대를 '생물권보전지역'으로 지정받기 위해 노력하고 있습니다. 더불어 자연 분야의 남북협력과 국제교류를 통한 생물다양성 보존정책도 꾸준하게 펼치고 있습니다.

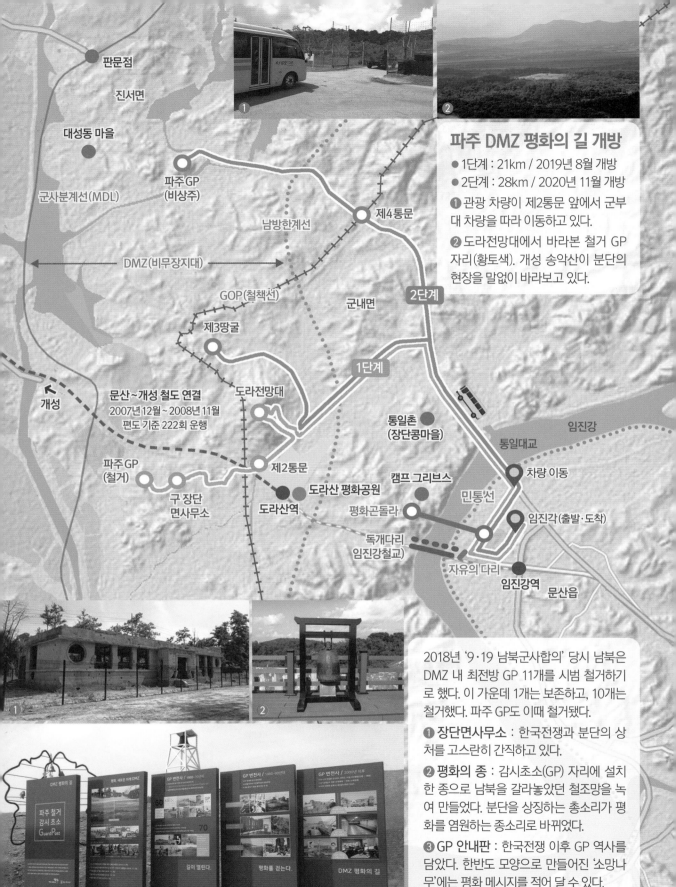

판문점

진서면

대성동 마을

군사분계선(MDL)

남방한계선

파주 GP
(비상주)

제4통문

2단계

DMZ(비무장지대)

GOP (철책선)

군내면

제3땅굴

1단계

도라전망대

문산~개성 철도 연결
2007년 12월~2008년 11월
편도 기준 222회 운행

개성

파주 GP
(철거)

제2통문

구 장단
면사무소

도라산역

도라산 평화공원

통일촌
(장단콩마을)

임진강

통일대교

차량 이동

캠프 그리브스

평화곤돌라

민통선

임진각(출발·도착)

독개다리
임진강철교)

자유의 다리

임진강역

문산읍

## 파주 DMZ 평화의 길 개방

- 1단계 : 21km / 2019년 8월 개방
- 2단계 : 28km / 2020년 11월 개방
- ❶ 관광 차량이 제2통문 앞에서 군부대 차량을 따라 이동하고 있다.
- ❷ 도라전망대에서 바라본 철거 GP 자리(황토색). 개성 송악산이 분단의 현장을 말없이 바라보고 있다.

2018년 '9·19 남북군사합의' 당시 남북은 DMZ 내 최전방 GP 11개를 시범 철거하기로 했다. 이 가운데 1개는 보존하고, 10개는 철거했다. 파주 GP도 이때 철거됐다.

❶ 장단면사무소 : 한국전쟁과 분단의 상처를 고스란히 간직하고 있다.

❷ 평화의 종 : 감시초소(GP) 자리에 설치한 종으로 남북을 갈라놓았던 철조망을 녹여 만들었다. 분단을 상징하는 총소리가 평화를 염원하는 종소리로 바뀌었다.

❸ GP 안내판 : 한국전쟁 이후 GP 역사를 담았다. 한반도 모양으로 만들어진 '소망나무'에는 평화 메시지를 적어 달 수 있다.

❶'DMZ 평화의 길'은 강화에서 파주를 거쳐 강원도 고성까지 연결하는 도보 여행길이다. 총 501㎞ 중 파주시 구간은 67km(동패동~문발동~성동리~임진각~두지리)이다. 필자는 개방식에서 "파주 DMZ 평화의 길 관광을 통해 전쟁과 평화가 우리에게 얼마나 가까이 있는지 느끼며, 통일과 평화에 대해 깊이 생각할 수 있는 뜻깊은 시간을 보내시길 바란다"고 말했다.

그러나 'DMZ 평화의 길'은 개방 한 달 만에 발생한 아프리카돼지열병과 코로나19 확산으로 개방과 중단을 반복, 지역경제가 큰 피해를 보았다.

❷필자는 2019년 4월, 관계부처 합동 브리핑을 열어 'DMZ 평화의 길' 재개방을 정부에 촉구했다. ❸2020년 5월에는 접경지역 지자체와 함께 정부에 방역수칙을 철저히 지키는 조건으로 관광 재개 허가를 촉구했다.

**파주 DMZ 평화의 길 개방**
2019. 8. 9.(금) 10:00~15:30, 파주

①

②

파주시·철원군·고성군
**평화관광 재개를 위한 협력회의**
2020. 5. 20.(수) 임진각 DMZ생태관광지원센터

③

### 역사 토막 상식
## 멀고 험하지만 한 발 한 발 내딛는 통일의 길

문재인 대통령과 김정은 국무위원장은 2018년 9월 평양 남북정상회담에서 긴장 완화를 위한 군사 분야에도 합의했다. 이에 따라 비무장지대 감시초소(GP) 철수 시범 조치로 군사분계선에서 1km 안에 있는 초소(서부 5개소, 중부 3개소, 동부 3개소)를 먼저 철수하기로 합의했다.

정전협정 이후 남북 감시초소 간 우발적 무력 충돌은 80여 차례 발생했다. 남북이 확성기로 '소음 전쟁'을 벌였던 대북방송은 2004년 노무현 정부 시절 중단됐으나, 2015년 박근혜 정부에서 다시 시작했다. 일부 극우단체와 탈북민들은 돈벌이 수단으로 대북 전단을 살포했다. 그때마다 민통선 파주시민들은 가슴 졸이는 나날을 보냈다.

파주 'DMZ 평화의 길'을 개방하는 날, 민통선 사람들은 지난날을 돌이키며 "마을 사람들이 지금은 두 다리 편하게 뻗고 잔다" "휴전되고 나서 지금까지 갈 수 없었는데 평화의 길이 열린 것이다"라며 그동안 평화에 목말랐던 심정을 감추지 않았다.

### "통일은 머리가 아니라, 가슴으로 해야"

경기도는 2020년 도라전망대에 평화부지사 집무실 설치를 추진했다. 그러나 비무장지대 출입 통제권을 가진 유엔군사령부가 거절했다.

이재강 경기도 평화부지사는 "도라전망대 집무실 설치는 경색된 남북관계 개선을 위한 경기도의 정당한 행정행위다. 군사 목적도 아닌데 유엔사 허락을 받아야 한다는 사실이 참담하다. 이는 유엔사의 부당한 주권침해 행위이다"라며 통일대교에서 1인 시위를 한 달 동안 했다.

파주시도 비무장지대 안 시설물의 유지·보수는 물론 공연·전시 등 문화행사까지 유엔사 승인을 받아왔다. 이에 파주시는 "대한민국 땅과 건물 출입 허가를 대한민국 공무원이 유엔사에 받는 사실이 침통하다"며 국방부에 "유엔사 비무장지대 출입 규정을 개정해달라"고 건의했다.

임진각에 천막 집무실을 설치했던 이재강 평화부지사는 새로 출범한 민관협력기구 '개성공단 재개선언을 위한 연대회의'와 함께 하기 위해 천막 집무실을 43일 만에 접었다.

# 06 평화를 향해 도약하는 국민 관광지, 임진각

　임진각은 파주시 문산읍 마정리에 있는 평화안보 관광지입니다. 공식
명칭은 '임진각 국민관광지'이나, 줄여서 '임진각'이라고 합니다.
　군사분계선에서 7km 남쪽에 있는 임진각은 한국전쟁과 남
북한의 숱한 대립으로 인한 민족의 슬픔이 아로새겨져 있
는 곳입니다. 따라서 전쟁의 아픈 흔적을 살펴보면서
평화의 소중함을 느끼고 배울 수 있는 곳입니다.
　또한, 소식이 끊겨 생사를 모르는 가족을
애타게 찾는 이산가족의 상처와 눈물
이 서려 있는 곳입니다.

휴전선 북쪽에 고향을 둔 실향민들은 명절 때나 가족이 보고 싶을 때 '망배단'을 찾았습니다. 고향과 조금이라도 가까운 망배단에서 북한에 계신 조상님께 배례하며 그리움을 달랬습니다.

전쟁의 참혹함을 간직한 임진각은 평화통일을 염원하는 관광지로 널리 알려져 매년 수백만 명의 내·외국인이 방문하고 있습니다.

## 민통선을 자유롭게 오가는 '파주 임진각 평화 곤돌라'

(왕복 1.7km / 총 26대 운행 / 2018년 12월 착공 / 2020년 1월 완공 / 4월 시범 운행 / 9월 정식 운행)

파주시 관광산업은 2019년 9월 발생한 아프리카돼지열병에 코로나19까지 겹쳐 큰 피해를 봤다. 임진각 평화 곤돌라도 개장이 여러 번 연기되거나 운행이 중단됐다. 파주시 관광 재개를 위해 동분서주하던 필자는 임진각 평화 곤돌라를 도라전망대까지 연장할 계획임을 다음과 같이 밝혔다.

"임진각 평화 곤돌라는 세계 어느 관광지에서도 볼 수 없는 분단의 아픔 위에 세워졌습니다. 통한의 역사가 곳곳에 남아 있어 인류에게 평화의 상징성이 큰 곳입니다. 아름다운 풍경과 함께 임진강 철교와 장단반도는 물론 멀리 북녘땅까지 볼 수 있어 가슴이 뭉클해집니다. 진짜는 이제부터입니다. 평화 곤돌라를 도라전망대까지 연장하면 북녘땅을 더 자세하게 볼 수 있어 평화통일의 간절함도 더욱 확산할 것입니다. 아울러 파주 경제에도 많은 도움이 될 것입니다 …"

❶ 임진각 평화 곤돌라 설치 공사 현장을 찾아 안전 점검을 하고 있는 필자 ❷ '한강하구 평화적 활용 방안' 포럼에 참여, 한강 하구와 임진강을 연계한 관광자원 및 지역경제 활성화에 대해 발표하는 필자

〈사진: 경기관광포털사이트 / ggtour.or.kr〉

❶ **망배단** : 실향민들이 고향을 향해 제사 지내는 제단으로 망향의 아픔을 달래는 장소이다.

❷ **평화의 종** : 인류평화와 민족통일을 염원하는 경기도민의 의지를 모아, 21세기를 상징하는 21톤으로 만들었다. 2000년 1월 1일 0시, 21세기를 알리는 21번의 타종이 이루어졌다.

❸ **국립 6·25전쟁 납북자기념관** : 한국전쟁 당시 납북자와 그 가족의 명예를 회복하고 추모하기 위해 기록을 보존하며 전시하고 있다.

❹ **철도 중단점** : '철마는 달리고 싶다' 표지석과 1930년대 경의선 열차를 복원해 놓았다.

❺ **경의선 장단역 증기기관차**(등록문화재 제78호) : 한국전쟁 때 지금의 도라산역 북쪽에 있던 장단역에서 파괴돼 반세기 넘게 방치된 열차였다. 2005년 임진각으로 옮겨 보존절차를 거친 다음 2009년부터 전시하고 있다.

당시 이 열차를 운전했던 한준기 기관사는 다음과 같이 증언했다. "1950년 12월 31일 군수물자 운반을 하려고 개성에서 평양으로 가던 도중 중국군의 개입으로 황해도 평산군 한포역에서 후진을 했다. 개성역을 떠나 밤 10시쯤 장단역에 도착하자 미군이 총을 쏘기 시작했다. 이어 북한군이 쓰지 못하게 모든 차량을 불태우라는 명령이 떨어졌다. 장단역에 기관차를 버리고 우리를 태우러 온 다른 기차를 타고 후퇴했다."

❻ **군사시설 지하벙커 전시관** : 군사시설로 사용 중인 지하벙커를 재구성한 예술체험공간이다. ❼ **평화랜드** : 어린이와 가족이 함께 즐기는 공원으로 바이킹과 미니 열차 등의 놀이시설이 있다.

## 임진강 전망대 '평화정' 현판식 열어

파주시는 2020년 9월 군내면 노상리 민통선 내에서 '평화정' 현판식을 열었다. 현판식에는 필자와 한양수 파주시의회 의장, 시의원을 비롯한 장단지역 단체장들이 참석했다.

평화정이 설치된 임진강 전망대는 임진각 평화 곤돌라 북쪽 탑승장에서 약 300m 올라가면 있다. 임진강 전망대는 비무장지대와 민통선 지역을 평화의 땅으로 만들고자 하는 염원을 담아 만들었다. 임진강과 장단반도를 한눈에 바라볼 수 있으며 여름에는 시원한 강바람을, 겨울에는 눈 덮인 임진강의 운치를 즐길 수 있다.

평화정 옆에는 임진강을 바라보는 '평화등대'와 판문점 남북정상회담 때 이용했던 '도보다리'를 설치, 관광객들에게 조용하고 편안한 휴식처를 제공하고 있다.

## 평화가 깃든 자연 휴식처 '평화누리공원'

임진각을 화해·평화·통일의 상징으로 바꾸기 위해 조성됐다.

● **바람의 언덕** : 3천여 개의 바람개비가 돌고 있어 가족과 연인, 드라마 촬영지로 인기가 높다. 포토존이 곳곳에 있다.

● **생명 촛불 파빌리온** : 지구상의 어린이들이 밝고 건강하게 자랄 수 있도록 도와주는 기부 프로그램이다. 기부금은 유니세프에서 세계 어린이들을 위해 쓴다.

● **통일기원 돌무지** : 세계 유일의 분단지역인 우리나라 통일을 기원하고, 북한 어린이들을 돕기 위한 프로그램이다. 기부자들의 통일 염원이 담긴 메시지가 돌무지에 쌓이고 있다.

● **글로벌 카페 '안녕'** : 세계 여러 민족의 다양한 문화적 요소로 꾸며진 글로벌공간이다. 관람객들이 다양한 문화를 즐기면서 편하게 쉴 수 있도록 구성돼 있다.

● **음악의 언덕** : 2만여 명의 관람객을 수용할 수 있는 대형 '잔디 언덕'과 '수상 야외공연장'으로 이루어진 자연 친화적 공간이다. 대륙과 장르를 넘어선 다양한 공연을 감상할 수 있다.

〈사진 : 경기관광포털사이트 / ggtour.or.kr〉

# 07 개성을 한눈에 볼 수 있는 도라전망대

　도라산(높이 167m) 이름은 신라 마지막 임금인 경순왕에게서 유래됐다고 알려져 있습니다. 서기 879년 신라 경순왕은 고려 태조 왕건이 있는 송도를 찾아와 나라를 바쳤습니다. 왕건은 경순왕에게 자신의 딸인 낙랑공주를 아내로 맞이하게 했습니다.

　낙랑공주는 나라를 잃은 경순왕의 슬픈 마음을 달래주기 위해 도라산 중턱에 암자를 짓고 머물게 했습니다. 경순왕은 아침, 저녁으로 이곳에 올라 신라의 도읍 서라벌을 그리워하며 눈물을 흘렸다고 합니다. 그래서 도읍을 뜻

덕물산　　　　　진봉산　　　　　　　　　　　　송신탑

개성공단

판문역

1번 국도 (문산~개성)　　　사천강 철교　　　　　　　　　　　북한 212 GP

**도라전망대에서 바라본 북녘땅** : 사천강 남쪽을 따라 군사분계선이 그어져 있다. 숨소리조차 들리지 않는 적막감이 평화롭기 그지없다. 개성공단이 운영될 때는 1번 국도에 차량이 분주하게 오갔으나 지금은 그림자도 안 보인다. 송악산 오른쪽으로는 바위산인 극락봉과 북한 기정동마을, 개성공단 숙소, 남한 대성동마을 등이 있다.

도라산·도라산역 : 남쪽에서 북쪽과 가장 가까이 있는 도라전망대에서는 망원경으로 북녘땅과 주민 생활을 자세하게 살펴볼 수 있다.

하는 '도(都)' 자와 신라의 나라 이름에서 따온 '라(羅)' 자를 합쳐 '도라산(都羅山)'이란 이름이 생겨났다고 합니다.

그러나 전국에는 도라산처럼 낮고 동그란 봉우리에 '도라산', '도래산', '도래미' 등의 이름이 붙은 산이 여러 곳에 있다고 합니다. 학자들은 '도라'는 돌아가는 '돌다'에서 나온 말로 보고 있습니다.

조선시대에는 도라산 마루에 봉수대를 설치하고 군사들을 주둔시켰습니다. 도라산 봉수대는 송도와 파주 봉수대를 이어주는 역할을 했습니다. 지금 도라산에는 봉수대 대신 '도라전망대'가 있습니다. 인근의 도라산평화공원·제3땅굴·판문점 등과 함께 대표적인 안보 관광지로 개발됐습니다.

개성시

송악산

사천강

**도라전망대 이전 신축 개관식**

❶ 도라전망대 신축공사 현장을 방문해 공사 진행 과정과 안전사항 등을 확인하고, 관계자들을 격려하는 필자

❷ 도라전망대 이전 신축 개관식에 참석한 필자는 "신축 도라전망대는 서부전선 최대 생태관광지로 자리매김할 것이며, 훗날 도래할 평화와 통일시대에 소통과 화합의 장이 될 것"이라고 소감을 밝혔다.

❸ 도라전망대에 설치된 망원경

❹ '분단의 끝, 통일의 시작' 현판이 걸려 있는 옛 도라전망대. 분단의 현장을 묵묵히 바라보며 평화를 지켜왔다.

## 한국·덴마크 수교 60주년 기념 평화 염원 그네 설치

파주시는 2019년 5월 '한·덴마크 수교 60주년'을 맞아 평화를 염원하는 덴마크 작가 조형물을 도라전망대에 설치했다. 행사에는 프레데릭 덴마크 왕세자가 참석했다.
필자는 "이번 작품설치로 대한민국과 덴마크의 우호가 더욱 깊어지고, 덴마크 국민의 소망대로 남과 북이 하나 되기를 노력하겠다"고 말했다.

## 안보와 평화의 소중함을 전해주는 도라전망대

도라산은 중국군의 4차례에 걸친 공격을 해병대가 지켜낸 곳이다. 이로 인해 판문점에서 문산에 이르는 지역을 지킬 수 있었다. 서부전선 최북단에 있는 '도라전망대'는 군사분계선에서 불과 1.5km 떨어진 도라산 정상에 있다. 1987년 1월 개방 전까지는 비무장지대여서 출입할 수 없었다.
파주시는 2018년 10월 옛 전망대보다 12m 높은 곳에 평화를 상징하는 둥근 외벽 디자인으로 지상 3층 규모의 새로운 도라전망대를 건립했다. 30여 년 동안 사용했던 옛 도라전망대는 시설이 낡고 공간이 좁아 군인들 안보교육장으로 사용하고 있다.

## DMZ 평화와 생태환경 소중함을 일깨우는 도라산 평화공원

도라산 평화공원(2006년 5월 착공, 2008년 6월 완공, 9월 개방)은 DMZ투어에서 빠질 수 없는 곳이다. '통일의 숲'은 평화를 사랑하는 경기도민의 헌금과 나무 기증으로 조성됐다. DMZ 자연상태를 체험할 수 있는 한반도 모형의 생태연못과 관찰데크도 마련돼 있다. 전시관에서는 도라산과 DMZ 역사, 자연생태 자료 등을 최신 입체영상으로 볼 수 있다.

## 1시간에 3만 병력 이동이 가능한 제3땅굴

제3땅굴은 1978년 10월 북한 귀순자의 땅굴 공사 제보로 발견됐다. 북한은 지하 평균 75m의 암석층을 뚫고 군사분계선 1.6km 남쪽까지 굴을 팠다. 폭과 높이는 약 2m이다. 이곳에서 서울까지는 52km밖에 되지 않아 다른 땅굴보다 위협적이었다. 땅굴 길이는 1,635m이나 관광객 안전 때문에 265m만 공개하고 있다. 북한 쪽에는 3개의 콘크리트 차단벽을 설치해 침입을 막고 있다.
제3땅굴에는 DMZ 영상관, 전시관 및 상징조형물, 기념품 판매장 등의 시설이 있다. 45명이 타는 모노레일을 이용하면 15분 만에 땅굴 안까지 들어갈 수 있다.

# ⑧ 파주시민과 영욕을 함께한 미군기지

1953년 7월 한국전쟁이 끝나고 체결된 '한미상호방위조약'에 따라 북한군의 주요 예상 남침로인 한강 이북 중서부 전선에 주한미군이 집중적으로 배치됐습니다. 이는 휴전선에서 전쟁이 다시 일어나면 미군의 자동 개입을 보장하는 개념으로 파주 등 서부전선에 배치된 주한미군 지역을 '인계철선(引繼鐵線)'이라 불렀습니다.

인계철선은 클레이모어·부비트랩 등의 폭발물과 연결돼있는 가느다란 철선으로 이 철선을 건드리면 폭탄은 자동으로 폭발하게 됩니다. 따라서 휴전선에서 전쟁이 일어나면 서부전선에 배치되었던 미군 제2사단 역시 공격을 받게 되므로 미국은 자동으로 개입할 수밖에 없는 군사 작전개념입니다.

국토 균형발전에 나선 노무현 정부는 미군이 주둔한 용산기지와 경기 북부에 주둔했던 미군 제2사단 등의 기지를 평택시에 이전하기로 합의했습니다. 도시에 자리 잡은 미군 기지들이 발전을 가로막고 있어 이전할 필요가 생

**캠프 그리브스**(군내면 백연리) : 2013년 안보체험관으로 개발됐다. DMZ체험관(유스호스텔), 다양한 전시·문화·체험공간, 역사공원 등이 들어섰다. 2016년 '태양의 후예' 촬영지로 알려지면서 국내외 관광객이 4년 만에 4배나 급증했다. '태양의 후예'는 송중기(유시진 대위)와 송혜교(강모연 팀장)가 열연한 드라마로 해외에서도 많은 인기를 누렸다.

긴 것입니다. 전략적 유연성이 필요했던 주한미군도 재배치에 합의했습니다. 이에 따라 인계철선 개념은 폐지됐습니다. 1953년 4만3천여 명이었던 주한미군은 1992년 2만8천여 명으로 줄어 현재에 이르고 있습니다.

원래 용산기지 이전사업은 1987년 말 노태우 대통령이 공약으로 내세웠습니다. 그 뒤 용산기지 이전은 흐지부지되다가 2003년 노무현 대통령 때 열린 한미 정상회담에서 합의가 이루어졌습니다. 다음 해에는 별도로 추진하던 미군 제2사단 재배치도 용산기지 이전과 함께 통합됐습니다. 2004년 국회에서 미군기지 평택 이전이 가결되고, 2007년부터 평택시 대추리에 평택기지(캠프 험프리스) 이전을 위한 공사가 시작돼 2021년 완료할 예정입니다.

파주에 주둔했던 미군 제2사단은 1971년 동두천으로 기지를 옮겼습니다. 주한미군 6개 기지도 평택시로 떠나 2004~2005년 폐쇄됐으며, 2007년 국방부에 반환됐습니다. 이때 반환된 미군 기지는 캠프 그리비스·캠프 에드워드·캠프 하우즈·캠프 스탠턴·캠프 게리오웬·캠프 자이언트입니다.

영욕의 세월을 남긴 채 미군이 떠난 반환 공여지(供與地, 미군에게 제공된 땅) 주변은 새로운 도전을 맞았습니다. 기회의 땅으로 떠오르기도 했던 기지촌은 쇠락해 갔으며 지역 경제도 침체됐습니다.

2006년 제정된 주한미군 공여지 특별법에는 반환 공여지를 공원이나 도로, 하천으로 조성할 때만 국가에서 지원하게 돼 있습니다. 그 밖의 사업을 하려면 지자체 예산으로는 엄두도 낼 수 없는 돈을 들여 땅을 사야 합니다.

반환 공여지의 기름과 중금속 오염 해결도 지자체 몫입니다. 경기도교육청은 국방부와 환경오염 정화 문제를 놓고 소송을 벌였습니다. 그 결과 '건물 철거는 경기도교육청이, 환경오염 정화는 국방부가 하라'는 판결을 받았습니다.

민통선 내 유일한 미군 반환 공여지인 캠프 그리브스는 경기도관광공사가 다시 고쳐 2013년부터 유스호스텔로 운영하고 있습니다.

가장 먼저 반환된 캠프 게리오웬은 2015년·2019년 두 차례 민간사업공모를 진행했으나, 참여업체가 없어 개발에 차질을 빚었습니다. 2021년 NH투자증권 컨소시엄과 협약을 맺어 사업을 추진하고 있습니다.

캠프 자이언트는 한국전쟁 전 문산제일고가 있던 곳으로, 서강대 캠퍼스 유치를 추진했으나 무산됐습니다. 2021년 우선협상대상자로 선정된 KB증권과 협약을 맺어 도시개발사업을 추진하고 있습니다.

캠프 스탠턴은 국민대 캠퍼스 유치를 추진했으나 무산됐습니다. 2020년 우선협상대상자로 선정된 GS건설 컨소시엄과 협약을 체결하고 제조·물류 시설, 방송제작 시설, 단독·공동주택, 산업단지 등을 추진하고 있습니다.

캠프 에드워드는 이화여자대학교 캠퍼스 유치를 추진했으나 이루어지지 않았습니다. 대신 한국 폴리텍대학을 유치해 경기 북부 산업인력 육성 허브로 발돋움하고 있습니다.

캠프 하우스는 2002년 미선이·효순이 사망 사건을 일으켜 국민을 분노하게 했던 장갑차 부대였습니다. 2021년 교보증권 컨소시엄과 협약을 맺어 체육·문화·예술 공원과 대규모 공동주택 건설 사업을 진행하고 있습니다.

파주시는 첨단기업과 산업유치 등으로 인구가 늘어남에 따라, 미군 공여지 개발사업에 적극적으로 나섰다. 아울러 침체한 미군기지 주변 건물과 거리를 역사·문화 공간으로 탈바꿈시켜, 평화의 소중함을 미래 세대에 전하는 한편 지역경제 활성화를 위해 노력하고 있다.

## 파주읍 연풍리 용주골 '창조문화밸리'로 변모

파주시는 용주골 창조문화밸리 사업인 '6070 창작문화거리' 조성에 이어, 마을공동체 회복을 위한 '새뜰마을사업'을 추진하고 있다. ❶ 연풍리6070거리 투시도 ❷ 창작문화거리 조성 ❸ 2019년 문을 연 용주골 창조문화밸리 커뮤니티센터 ❹ 현장 점검에 나선 필자

## 법원읍 대능리 '문화예술촌'으로 탈바꿈

❺ 파주시는 2018년 법원읍 '문화창조빌리지'에서 '평화·빛·비행'을 주제로 주민들이 만든 5백여 개의 '평화의 빛 전통등 특화거리' 점등식을 개최했다. 2018년 '오감 만족 희망 빛 만들기 사업'은 행정안전부로부터 접경지역 개발사업 우수 사례로 꼽혔다.
점등식에 참석한 필자는 "2019년 시작한 '파주형 마을 살리기 사업'과 앞으로 추진할 '도시재생사업'을 연계해 주민이 직접 참여하고 주도할 수 있도록 집중 지원하겠다"고 말했다.

# 주한미군 반환 공여지 개발 현황

## 캠프 케리오웬

● 문산읍 선유리 ● 31만1천㎡

파주시는 2015년·2019년 두 차례 민간사업공모를 진행했으나, 참여업체가 없어 개발에 차질을 빚었다.

2021년 5월 NH투자증권 컨소시엄을 우선협상대상자로 선정하고 기본협약을 체결했다. 2021년 행정절차를 거쳐 도시개발사업(반환 공여지 포함 69만㎡)을 추진할 계획이다.

## 캠프 자이언트

● 문산읍 선유리 ● 11만1천㎡

파주시는 케리오웬과 함께 민간사업공모를 두 차례 진행했으나, 참여업체가 없어 재공모에 들어갔다.

2021년 5월 우선협상대상자로 선정된 KB증권과 기본협약을 맺어 의료·관광을 융합한 도시개발사업(반환 공여지 포함 48만㎡)을 본격적으로 추진하고 있다.

## 캠프 스탠턴

● 광탄면 신산리 ● 23만6천㎡

파주시는 2020년 6월 우선협상대상자로 선정된 GS건설 컨소시엄과 협약을 체결하고, 경기도에 공업물류 배정을 신청하는 등 절차를 진행하고 있다.

캠프 스탠턴(반환 공여지 포함 87만㎡)에는 제조·물류 시설, 방송제작 시설, 970세대 단독·공동주택용지, 산업단지 등이 들어설 계획이다.

## 캠프 에드워드

● 월롱면 영태리 ● 21만9천㎡

파주시는 현대엔지니어링 컨소시엄과 약 6천 세대가 거주하는 단독·공동주택용지와 상업·업무시설, 학교·도로·공원 등의 기반시설을 조성하는 도시개발사업(반환 공여지 포함 66만6천㎡, 사업비 약 3천억 원)에 합의했다. 지역주민을 위한 공공시설용지 기부채납도 합의해 행정절차를 진행하고 있다.

## 캠프 하우즈

● 조리읍 봉일천리 ● 61만㎡

캠프 하우즈 반환 공여지에는 '평화공원'을 조성하며, 주변 48만㎡에는 공동주택·도로 등을 건설할 예정이다.

파주시는 2009년 공모를 통해 민간업체를 사업자로 선정했으나, 승인조건과 협약 미이행 등이 발생해 2018년 9월 취소했다. 파주시는 민간업체가 벌인 행정소송에서도 승소했다.

2021년 5월 교보증권 컨소시엄과 4천576가구의 도시개발사업(사업비 약 4천억 원) 기본협약을 체결해 순조롭게 진행될 예정이다.

## 파주시, 캠프 하우즈 '평화공원' 조성사업 진행

캠프 하우즈는 1953년 주한미군에 공여됐다가 2004년 미군이 철수한 다음 2007년 국방부에 반환됐다. 파주시는 캠프 하우즈와 낙후된 주변 지역 재생을 위해 역사·문화·체육·휴양 등 다양한 시설이 포함된 '평화공원'을 3개 테마공원으로 조성하고 있으며, 모두 2026년 완공할 예정이다.

● 1단계 '평평한 마을' 조성(약 20만㎡ / 기간 2021년 ~ 2022년) : 미군기지 건물을 문화기지로 재생해 화해·치유·평화의 공간 및 시민 쉼터를 조성하는 사업이다.

● 2단계(약 21만㎡)·3단계(약 20만㎡) : 사업명 미정 / 기간 2023년 ~ 2026년

❶ 캠프 하우즈에 10년 넘도록 방치된 시설들을 점검하고 있는 필자 ❷ 2018년 '경기도 정책공모사업' 본선에서 '평평한 마을' 사업을 직접 발표하고 있는 필자 ❸ '평평한 마을' 공모에서 대상을 차지한 파주시는 100억 원의 사업비를 경기도에서 받았다.

파주시는 이밖에도 ❹ 2019년 '임진강 거북선 프로젝트(일반규모)'로 20억 원 ❺ 2020년에는 사람과 자연이 예술로 이어지는 '경기 수변생태공원 재생사업(대규모)'으로 100억 원 ❻ 2021년에는 '경기 어울림터 공원조성사업'으로 최우수상을 차지해 특별교부금 50억 원을 확보하는 등 4년 연속 경기도 정책공모사업에 선정되는 성과를 냈다.

## '엄마 품 동산(Omma poom)' 준공

파주시는 2018년 캠프 하우즈 안에 해외 입양인에게 희망이 되는 '엄마 품 동산' 준공식을 열었다. '엄마 품 동산'은 엄마의 마음길·야외갤러리·모임광장·잔디마당 등으로 구성됐다.

❶ 소라를 소재로 설치한 '엄마 품 동산' 상징 조형물로 소라는 지구생명체의 시작이라고 한다. ❷ 파주시는 1950년 장진호 전투 참가 뒤, 한국 아이 4명을 입양한 허드슨 씨와 '엄마 품 동산' 조성 제안과 해외 입양인 한국방문을 지원한 현장사진연구소 이용남 소장, 파주문화원 전미애 자문위원 등에게 감사패를 전달했다.

준공식에 참석한 필자는 "전쟁의 아픈 역사로 인해 주민 희생이 컸던 미군기지가 화해·치유·평화가 있는 문화기지로 재탄생될 것이다. 평화로운 세상을 염원하는 마음이 간절하다"고 소감을 밝혔다.

❸ 2019년 해외 입양인들이 '엄마 품 동산'을 방문, 고국의 품에 안겼다.

캠프하우스 '평화공원'
조성사업

1단계 사업 : 평평한 마을
2단계 사업 : 사업명 미정
3단계 사업 : 사업명 미정

엄마품동산
기억의공간
평화뮤지엄
주차장
주차장
관리사무소
(매점 포함)
캠핑장
트라우마센터
캠핑장
화장실
물결전망대
글램핑장
주차장
리틀야구장
평화물결언덕
(유보지)
취사장
오토캠핑장
공원역사관
에코어드벤처
(숲속모험체험장)
평화야구장
청소년수련관
특화시설1
실내체육센터2
주차장
주차장
조리체육공원
청소년수련관
특화시설2
짚라인
스테이션1
청소년수련관
특화시설3
복합문화센터
실내체육센터1
장자천원(정원)
지형놀이터
주차장
숲속도서관
시민창작공방
중앙분수광장
모험숲놀이터
(유보지)
앉음벽
수변놀이터
짚라인
스테이션2
주차장
F&B
벙커전시관
주차장
시크릿가든
갤러리원
벙커미디어센터
커뮤니티센터
주차장
짚라인
스테이션3
볼링&펍
잔디광장
(그린컬처플라자)
반려견놀이터
관리사무소

# ⑨ 전쟁과 분단이 낳은 슬픔, 기지촌

　파주에 미군 부대가 들어서면서 미군 부대 용역을 맡아 생활비를 벌려는 사람들과 미군을 상대로 돈을 벌어 생계를 이어가려는 사람들이 몰려들었습니다. 이에 따라 미군 부대 주변에는 자연스럽게 기지촌이 만들어졌습니다.

　물자가 귀했던 시절에 PX 마을은 미군 물자가 넘쳐났고, 기지촌에는 미군 전용 클럽과 유흥업소들이 번창했으며, 젊은 여성 종업원들로 북적였습니다.

　수많은 젊은 여성이 "공장에서 힘든 일을 하지 않아도 돈을 잘 벌 수 있다"는 뚜쟁이들의 속임수에 넘어가 기지촌으로 흘러들었습니다. 이들은 미군에게 몸을 팔아 번 달러를 고향 집으로 보내 살림과 남동생을 가르치는데 보탰습니다. 미군 위안부로 불린 여성들은 미군에게 얻어맞거나 살해되기도 했으며, 불량배들에게 번 돈을 빼앗기는 등 눈물겨운 삶을 이어갔습니다.

　길거리극장도 귀했던 시절이었지만 연풍리에는 문화극장, 법원리에는 해동극장, 파평면 장파리에는 장마루극장, 문산에는 문산극장이 들어섰습니다. 이때는 지금처럼 영화 간판을 컴퓨터로 출력하는 시설이 없어 손으로 일일이 그렸습니다.

　호황을 맞았던 극장가도 1980년대 컬러TV가 보급되면서 모두 문을 닫고, 장마루극장 자리에는 방앗간이 생기는 등 흔적만 남아있습니다.

　파주시에서 발간한 『어머니의 품, 파주』에 수록된 '상처 위에 피는 꽃' 편을 보면 1960년대 미군클

미군 기지촌에는 인신매매로 끌려온 어린 여성들도 몸을 팔고 있었다. 한번 걸리면 거미줄에 걸린 나비처럼 벗어날 수 없었다.
이들을 지켜줘야 할 의무가 있는 국가는 비참한 상황을 해결하기는 커녕 눈을 감았다. 오히려 한국 경제의 밑거름이 되는 '달러벌이 산업역군'이라 치켜세우며 희생을 정당화했다.

고통의 기억 '거미의 땅' : 1965년 기지촌에는 정부 공식집계 4,589명의 여성이 개미같이 일하다, 거미처럼 사라져 갔다. 미성년자와 비등록 여성까지 합치면 7천여 명에 이를 것으로 추정하고 있다. 이들의 한 맺힌 삶을 다큐멘터리로 만든 영화가 '거미의 땅'이다. (김동령·박경태 감독, 2016년 개봉)
영화는 국가의 필요에 따라 나타났다가 사라져 간 세 여인 삶을 그렸다. 30년간 분식집을 운영한 박묘연(79) 씨, 폐지를 주워 그림을 그리는 박인순(71) 씨, 어머니를 그리워하는 흑인계 혼혈인 안성자(62) 씨의 기지촌 기억을 따라갔다.

럽이 즐비했던 파주읍 연풍리에 제일 먼저 전기가 들어왔다고 합니다.

파주읍 연풍리와 파평면 장파리 등에 있었던 미군클럽에서는 당시 무명가수였던 조용필, 김태화, 윤항기 등이 노래와 연주를 하며 한국 팝과 록 음악의 새로운 장을 열어나갔습니다.

파평면 율곡리에서 사는 김현국 선생이 언론에 연재한 '파주의 옛날이야기'에 따르면 1960년대 미군 부대 근처에는 먹을 것이나, 돈이 될 만한 물건을 얻으려는 사람들로 항상 북적거렸다고 합니다.

기지촌 사람들은 생존을 위해 미군 부대 기름과 장비부품은 물론 총알까지 빼내 팔기도 했습니다. 파평면 두포리에서는 훈련 중에 고장 나 세워둔 미군 탱크를 산소 절단기로 조각 내 훔쳐 가다 붙잡힌 사람도 있었다고 합니다.

술을 마신 미군들은 이유 없이 주민을 폭행하거나 행패 부리는 일이 잦았습니다. 미군이 총으로 주민을 쏴 죽이는 일도 있었습니다. 당시 파주시장과 경찰서장은 미군을 향해 "보초 수칙이나 발포 지시에는 사람을 쏘아 죽이라는 명령은 없다"며 분노했다고 합니다.

미군 기지는 가난했던 시절에 가족의 생계를 책임지는 일자리를 창출했으며 지역경제 활성화에도 이바지했던 반면, 민간인이 미군에 의해 희생되고 도시 발전을 가로막는 방해 요인이 되기도 했습니다.

## 파주시의회 '기지촌 여성' 지원조례 확정

이효숙·박은주·이용욱 의원이 공동 발의한 '파주시 기지촌 여성지원 등에 관한 조례안'이 2020년 6월 통과됐다. 4월 경기도의회 조례 제정 이후, 전국에서 두 번째이자 기초지방자치단체로는 최초였다.
현재 기지촌 여성들은 70~80대 고령으로 그동안 차별과 소외, 생활고로 어려운 삶을 살았다.
조례에는 기지촌 여성의 생활 안정을 위한 행정·재정 지원 및 명예회복을 담고, 이를 지원하는 '기지촌여성지원위원회' 구성을 규정했다. 파주시의회는 분단과 전쟁으로 피해를 본 분들의 명예회복·생계지원·역사 교육 등을 통해 아픈 과거사를 치유해 나갈 계획이다.

❶ 1930년 일제강점기 화석정에 소풍 나온 금촌 국장과 관리 ❷ 1958년 사진으로 왼쪽이 문산 창골 근처이다. ❸ 1965년 파주리 미군 부대에서 철조망을 사이에 두고 호객행위를 하는 여성 ❹ 1969년 금촌 시내 모습 ❺ 1970년 장파리를 달리는 문산~적성 버스. 달리는 버스 뒤로 흙먼지가 폴폴 날리고 있다. ❻ 1983년 문산 임월교 공비침투 사건 때 기자회견을 하는 군인

다음은 '이슈 파주 이야기'에 실린 송달용 전 파주시장 회고록 '나는 파주인이다' 중 제46화이다.

## 그래도 한때는 생활의 터전이었던 기지촌

❶ 1950년대 말 캠프 하우즈 풍경
❷ 1960년대 기지촌. 아이들이 눈싸움하고 있다. 간판에는 '도라지 위스키' 한글이 영어와 함께 씌어있다.
❸ 1960년대 기지촌 야채시장. 꿀꿀이죽을 만든 음식 찌꺼기에는 담배꽁초도 들어 있었으며, 곰팡이가 슬어 식중독을 일으키기도 했다.

… 6·25 전쟁으로 인해 한국 경제는 침체하고 민생고에 시달리고 있을 때였다. 그나마 파주 경제는 미군 부대로 인해 숨통이 좀 트인 상태였다. 전국에서 사람들이 먹고살기 위해 파주로 모여들었다.

미군 부대 담배와 술 등은 물론 식료품을 수거해 판매했다. 부대 종업원으로 취업하거나 경비를 비롯해 쓰레기처리까지 모든 일이 생계유지에 큰 도움이 되었다. 미군 부대로 인해서 다른 지역에 비해 경기가 살아 있었다.

먹을 것이 없던 가난한 시절, 사람들은 미군 부대 음식물 쓰레기통에서 찌꺼기를 모아 끓여 먹었다. 이를 '꿀꿀이죽'이라 했다. '꿀꿀거리는 돼지만 먹을 수 있다'고 붙여진 이름이다. 그러나 그마저도 없어서 못 먹던 시절이 그때였다.

미군 부대 종업원들은 음식물 쓰레기통에 소시지나 햄 등을 비닐봉지에 넣어 쓰레기 관리인에게 넘겼다. 관리인은 이를 음식점에 팔았는데, 판 돈은 부대 종사원들과 나눠 가졌다. 음식점에서는 미군 부대에서 나온 재료로 만든 음식이라는 뜻에서 '부대찌개'라 이름 붙였다.

부대찌개는 가난했던 시절, 미군 부대에서 얻어먹는 것을 상징하는 것 같아 이름을 '존슨탕' 등으로 바꾸려고 무척 노력했으나 끝내 바뀌지 않았다.

❶ 문산읍 '전국 주한미군 한국인 노동조합' 파주지부 건물 ❷ 파평면 '적성의원' 건물 ❸ '현장사진연구소' 이용남 사진집 '리비교 가는 길'. 모두 잊혀가는 파주 현대사를 생생하게 증언하고 있다.

이용남 소장은 '기지촌 여성 피해 공론화'에 앞장서왔다. 파주 기지촌 여성 122명은 국가를 상대로 '성병 관리를 위한 강제수용은 불법'이라는 소송을 냈다. 이 소장은 그동안 기록해 왔던 동영상과 녹취 등을 법원에 증거로 제출, 2017년 56명이 5백만 원씩 배상 판결을 받는 데 큰 도움을 줬다. 다음은 이용남 소장이 언론 인터뷰에서 한 내용을 줄인 글이다.

## 미우나 고우나, 발굴·보존해야 할 미래유산

"초등학교 때 '꿀꿀이죽'을 얻던 친구가 미군이 휘두른 총 개머리판에 맞아 죽었을 때도, 중학교 때 친구 여동생이 미군 여러 명에게 강간당했을 때도 심하게 비난하지 않았다. 하지만 파주의 생활상을 사진에 담으면서 달라졌다. 미군은 훈련을 이유로 밤낮없이 탱크를 몰고 와 농작물과 가축 등에 피해를 주고, 주민을 인간 이하로 대접했다."

"1988년 일곱 살 남자아이가 미군 차량에 치였다. 문제는 사고가 아니라 뒤처리였다. 사고를 낸 미군은 아이 위에 흰 천을 덮고, 미군 수사관이 올 때까지 1시간이나 내버려뒀다. 소식을 듣고 달려온 아버지는 아이를 살펴보고 경악했다. 숨이 붙어 있었다. 아버지는 애를 업고 1시간을 달려 병원에 도착했으나, 병원 문턱에서 숨졌다."

"효순이·미선이 사건이 일어나기 몇 달 전에도 사고가 나 주민들이 탱크가 다니지 못하도록 시위했다. 미군은 '그렇게 하겠다'고 약속했지만 지키지 않았다. 수없이 지적한 문제를 해결하지 않고 일으킨 사고라면 '미필적 고의에 의한 살인'이다."

"파주 미군 부대 노동자들은 1958년 노조를 만들었다. '전국 미군종업원노조연맹'이 결성(1959년)되기 전이었으며, '한국노총'보다 2년 앞서 조직한 것이다. 파주지부는 주한미군 2사단장을 상대로 퇴직금 확립, 100% 임금 인상 등 단체교섭을 벌였다. 노무자로 일하며 푸대접을 받았던 노동자들이 가족을 위해 이를 악물고 버티었던 쉼터였다."

"파주 기지촌 여성은 많을 때는 7천여 명에 달했다. 이 중 4천5백여 명 정도만 보건증을 발급받았다. 개인 의원이었던 '적성의원' 등은 의료시설이 취약했던 당시 국가의 지시를 받아 기지촌 여성들의 성병 관리를 했다. 당시 '성병 때문에 한국에서 철수한다'는 미군을 붙잡는데 일조한 역사적 의미가 있는 병원이다."

"조용필은 '파평면(당시 적성면) 장파리 미군 DMZ 홀에 노래하러 갔다가, 하루 만에 해고를 당하고 용주골로 옮겼다'고 했다. 지금 지자체마다 각종 페이를 만드는데, 장파리는 1950년 후반부터 '장파리페이(마켓머니·전표)'가 현금처럼 거래될 정도였다."

# ⑩ 고향을 잃은 이들의 무덤, 적군묘지

적성면 답곡리에는 1996년 6월 김영삼 정부에서 조성한 '북한군·중국군 묘지(적군묘지)'가 있습니다. 이명박 정부는 2012년 8월 나무 묘비를 대리석으로 바꾸고, 화장실과 진입로를 만드는 등 재단장을 했습니다. 2014년 박근혜 정부가 중국군 유해를 송환된 뒤 이름이 '북한군 묘지'로 바뀌었습니다.

세계에서 서로 총부리를 겨눴던 적군의 뼈를 묻은 묘지는 파주 적군묘지가 유일합니다. 제네바 협약 제120조에는 "자기 지역에서 발견된 적군 시체에 대해 인도·인수 조치를 한다"는 내용이 있습니다. 또 협정 추가 의정서 제34조에는 "교전 중 사망한 적군 유해를 존중하고 묘지도 관리해야 한다"고 돼 있습니다. 이런 인도주의 정신에 따라 전국에 흩어져 있던 북한군과 중국군의 유해를 모아 적군묘지를 만든 것입니다.

묘역은 북한군이 묻힌 제1묘역과 북한군·중국군이 함께 묻혀 있는 제2묘역으로 나뉘어 있습니다. 적군묘지 묘는 남향으로 묘를 조성하는 일반 묘와는 달리 모두 북녘땅을 바라보고 있습니다. 비록 사상과 이념이 달라 서로 목숨 걸고 방아쇠를 당긴 사이지만, 죽어서나마 고향 땅을 가까이서 바라보도록 북향으로 묻었다고 합니다.

적군묘지에는 모두 1,080구의 유해가 묻혀 있었습니다. 이 중에는 1968년 1·21사태 때 청와대를 습격하려고 김신조와 함께 내려왔다가 사살된 북한 민족보위성 정찰국 소속 124군 특수부대원 30명을 비롯해 1987년 김현희와 함께 대한항공 858편을 폭파하고 자살한 것으로 알려진 김승일, 1998년 여수 반잠수정 침투사건 때 사망한 북한 공작원 6명 등도 묻혀 있습니다.

이처럼 한국전쟁이 끝난 뒤에도 남북한 군인들은 전방에서, 또는 후방에서 서로를 향해 증오심에 불탄 총을 쏘았습니다. 그 과정에서 사살된 북한 군인들은 죽어서도 고향에 돌아가지 못하고 남한 땅에 뼈를 묻었습니다.

중국군 유해는 2013년 6월 중국을 방문한 박근혜 대통령이 "중국으로 유

적군묘지를 둘러보고 있는 필자. 묘지는 이름 없는 '무명인' 묘비가 대부분이다. 이름이 적혀 있는 묘비는 1·21사태 무장 게릴라 소위 김일태 묘비 등 20여 기밖에 되지 않는다. 2014년 송환된 중국군 묘비에는 중국으로 송환한 유해 수와 날짜가 적혀 있다. 작은 사진은 1996년 나무 묘비로 조성된 적군묘지이다. 2012년 대리석 묘비로 바뀌었다.

해를 송환하겠다"고 제안해서 2014년 3월 437구를 보냈습니다. 현재 적군묘지에는 중국군의 전사 장소와 본국송환 날짜를 새긴 묘비가 빈 무덤을 대신하고 있습니다. 빈 무덤에 묘비를 새겨 놓은 이유는 아마도 중국 관광객을 배려한 것으로 보입니다.

한국전쟁 총소리가 멎은 1956년, 구상 시인은 『자유문학』에 '초토(焦土)의 시8 - 적군묘지 앞에서'라는 시를 발표했습니다. 고향을 잃고 쓸쓸하게 묻혀 있는 어느 적군 병사의 무덤 앞에서 지은 시라고 합니다. 이 시의 제목인 '적군묘지'는 적성면 답곡리 묘지가 아니라, 다른 장소에 있던 묘지입니다.

전쟁의 참상이 사라져가듯, 시인이 시를 읊었던 적군묘지가 어디였는지 지금은 알 수 없습니다. 다만 "삼십 리면 가로막히고"라는 시 내용으로 보아 휴전선에서 약 10여km 떨어져 있지 않았나 추정하고 있습니다.

시인은 죽은 사람도 껴안지 못하는 이념과 정치 때문에 고향으로 돌아가지 못하는 그들의 넋을 증오에 가득 찬 저주보다는 사랑과 화해의 마음으로 위로하면서 평화통일의 염원을 담아냈습니다.

# 적군묘지 앞에서

〈구상〉

오호, 여기 줄지어 누워 있는 넋들은
눈도 감지 못하였겠구나.

어제까지 너희의 목숨을 겨눠
방아쇠를 당기던 우리의 그 손으로
썩어 문들어진 살덩이와 뼈를 추려
그래도 양지바른 두메를 골라
고이 파묻어 떼마저 입혔거니,
죽음은 이렇듯 미움보다도, 사랑보다도
더 너그러운 것이로다.

이곳에서 나와 너희의 넋들이
돌아가야 할 고향 땅은 삼십 리면
가로막히고, 무주공산(無主空山)의 적막만이
천만 근 나의 가슴을 억누르는데,

살아서는 너희가 나와
미움으로 맺혔건만,
이제는 오히려 너희의
풀지 못한 원한이
나의 바람 속에 깃들여 있도다.

손에 닿을 듯한 봄 하늘에
구름은 무심히도
북(北)으로 흘러가고,

어디서 울려오는 포성 몇 발,
나는 그만 이 은원(恩怨)의 무덤 앞에
목 놓아 버린다.

## 증오의 길에서 화해의 길로 '김신조 루트'

'1·21 사태'는 북한 정찰국 소속 124군 부대 31명이 저지른 청와대 습격 사건을 말한다. 국군 복장으로 위장한 이들은 1월 17일 새벽 개성을 출발, 밤 12시경 미2사단과 한국군 25사단 접경지역 철조망을 자르고 침투했다. 임진강 북쪽 연천군 석포리에서 첫날밤을 보낸 공비들은 18일 밤 10시 얼어붙은 임진강을 걸어서 건너 장파리로 진입했다.

19일 오후 2시 공비들은 법원리 초리골 삼봉산에서 나무하러 온 우씨 4형제와 마주쳤다. 남하하면서 만나는 사람은 죽이는 것이 원칙이었지만 공비들은 죽이자, 말자로 의견이 나뉘어 투표까지 했다. 결과는 '살려주자'는 의견이 많았다. 공비들은 "신고하면 가족을 몰살시키겠다"며 밤 8시쯤 풀어줬다. 우씨 형제들은 바로 경찰에 신고했다. 공비들의 청와대 습격을 꿈에도 생각하지 못한 군과 경찰은 느슨한 경계령을 내렸다.

사복으로 갈아입은 공비들은 21일 저녁 9시 30분 청와대 앞 2백m까지 들어왔다. 경찰의 불심검문으로 정체가 드러난 공비들은 수류탄을 던지고 기관총을 쏘면서 사방으로 흩어져 도주했다. 군경합동 작전으로 31명 중 29명이 사살됐고, 1명은 북으로 도주했으며 1명이 생포됐다. 생포된 김신조는 "박정희 모가지를 따러 왔다"고 했다.

북한은 자신들의 소행이 아니라고 발뺌한 뒤 시신 인수를 거부했다. 이를 받아들이면 무장공비를 남한에 침투시킨 사실을 인정하는 것이 되기 때문이다. 북한군 유해가 지금까지 남쪽 땅을 떠나 고향으로 돌아가지 못하는 이유이다.

## 멀고 먼 평화의 길, 이념 논란에 휩싸인 '북한군 묘지'

2019년 3월 국방부와 경기도는 북한군 묘지 소유권을 경기도에 이관하고, 그에 상응하는 토지를 국방부가 받기로 협약을 맺었다. 이재명 경기도지사는 "경기도의 역사적 사명은 한반도 평화를 실현하는 것이다. 북한군 묘역을 전쟁의 아픔에서 평화의 상징으로 재탄생시키겠다"고 소감을 밝혔었다.

그러나 양측의 법규 해석 이견으로 이관이 지연되고 있다. 이에 대한적십자사는 2021년 3월 "정치적 상황이나 이념에 구애받지 않는 대한적십자사가 인도주의 차원에서 묘지를 관리한다면 남북관계 개선에도 도움이 될 것이다. 관련 당국이 검토해달라"고 당부했지만, 결론을 맺지 못하고 있다.

2019년 3월 23일 북한의 서해 도발로 순국한 장병들을 추모하는 '제4회 서해 수호의 날' 기념식을 금촌역 광장에서 열었다. 25일에는 불교인권위원회·한중우호문화교류협회가 주최하고, 파주시·석불사가 후원한 순수 종교행사 '북한군 묘지 천도재'가 열렸다.

두 행사에 현직시장으로 처음 참석한 필자는 "정치와 사상·종교를 떠나 모든 죽음은 위로받아야 한다. 이제는 전쟁과 분단으로 인한 증오와 갈등을 치유하고, 이러한 비극이 일어나지 않도록 미래를 향해 달려갈 때도 되었다"며 안타까워했다.

그러자 극우 보수단체에서는 필자가 '북한군을 고무 찬양했다'며 국가보안법 위반혐의로 고발해 정치적 논란으로 확대됐다. 파주시의회 본회의장에 참석한 필자는 "북한

❶ 권철현 전 한나라당 의원이 2012년 추모제에 참석, 적군묘지 조성 과정을 설명하고 있다. ❷ 불교인권위원회가 2016년 '제1회 중국군 전사자 천도재'를 열고 있다. ❸ '제6회 서해수호의 날'을 맞아 임진각 망배단 분향소에서 장병들의 희생을 추모하는 필자. 〈사진 : 파주바른신문 이용남 기자 / 불교닷컴〉

군·중국군 묘지는 제네바 협약과 인도주의에 따라 1996년 김영삼 정부 시절에 조성했다. 묘지에는 휴전 이후 남파공작원들 유해도 매장됐다"라며 북한군 묘역이 보수 정권 때 조성된 것을 강조했다. 그 뒤 필자의 국가보안법 혐의는 무혐의로 종결되었지만, 아물지 않고 남아있는 분단의 상처와 이념적 갈등의 깊은 골을 확인할 수 있었다.

현직시장이 추모제에 참석한 것은 필자가 처음이지만, 그 전에 보수 정치인들도 추모한 바 있다. 따라서 이러한 이념 공세는 당리당략에 따른 소모적 논란에 불과했다.

### "죽은 적에게 정중한 경의를 표하는 게 진정한 용사"

한나라당 국회의원과 이명박 정부 때 주일 대사를 지낸 권철현 전 의원은 2012년 12월, 추모제에 참석해 다음과 같이 말했다. "내가 동아일보에 '적군묘지에 서서 통일을 생각한다'라는 시론을 썼다. 이 글을 보고 국회 국방위원회가 움직였고, 내가 국방부 담당 대령에게 사람들이 향을 피우고 위령할 수 있는 시설물을 만들면 좋겠다고 해 국방부가 비목을 석묘로 바꾸는 등 재단장을 하게 된 것이다"라고 밝혔다.

권 전 의원은 2012년 9월 동아일보 기고문에서 "적군묘지에 묻힌 고혼들을 위로하는 100일 천도재 회향식에 참석했다. 파주 적군묘지는 목숨을 뺏고 빼앗긴 영혼이 화해하는 문이고 상징이 돼야 한다. 영혼이 먼저 화해해 산 자들을 위한 화해의 길을 열어야 한다. 적군묘지를 양지로 끌어내 당당하게 재단장하자"는 주장을 한 바 있다.

이러한 계획이 알려지자 6·25참전전우회원 등의 반대도 격렬했다고 한다. 권 전 의원과 함께 적군묘지 재단장 활동을 했던 서상욱 선생은 그들의 항의에 "자신과 싸우다 죽은 적에게 정중한 경의를 표하는 게 진정한 용사"라며 함께 적군묘지를 방문하자고 설득했다. 이에 적군묘지를 방문한 참전 노병들은 비석을 어루만지며 "친구야, 미안하다. 좋은 데 가거라. 나도 곧 간다"며 눈물을 흘렸다고 한다.

서 선생은 "묘지 앞에서 분노와 적개심을 버린 그들이 벌초와 재단장을 돕는 모습을 보면서 평화를 위해 무엇을 해야 하는지 생생하게 와 닿았다"고 했다. 2013년 7월에 열린 평화제에는 권 전 의원, 서상욱 선생, 6·25 참전유공자회 등이 함께 참석했다.

한나라당 강원도지사 후보로 출마했던 엄기영 씨도 2012년 추모제에 참석해 "젊은 이들이 묻혀 있는 것을 보니 가슴이 먹먹하다. 동북아의 중심 남북한과 중국이 화해와 평화를 위해 이곳을 평화공원으로 조성해야 하지 않을까 하는 생각이 들었다"고 했다.

# ⑪ 누구보다 평화를 바라는 민통선 사람들

파주시 민통선 안에는 민간인이 사는 세 마을이 있습니다. 첫 번째는 평화의 땅 DMZ에 자리한 '대성동 마을'이고, 두 번째는 장단콩으로 유명한 '통일촌 마을'이며, 세 번째는 동파리(東坡里)를 우리말로 풀어쓴 '해마루촌'입니다.

그러나 같은 민통선 안에 있는 마을이라도 대성동 마을은 우리나라에서 유일하게 비무장지대 안에 있는 마을입니다. 마을 앞동산 팔각정에서는 농사를 짓는 북한 주민과 북한군 모습을 직접 눈으로 볼 수 있습니다.

1953년 정전회담 당시 남북은 비무장지대에 마을을 하나씩 두기로 했습니다. 남한 대성동 마을(자유의 마을)과 북한 기정동 마을(평화촌 마을)은 전투지역에서 제외됐습니다. 판문점은 대성동 마을 북동쪽 1km 지점에 있고, 군사분계선은 마을에서 약 4백m 떨어진 곳에 있습니다. 군사분계선 너머에는 인공기가 펄럭이는 '기정동 마을'이 눈에 보일 정도로 가깝습니다.

행정구역은 파주시(옛 장단군) 군내면 조산리이나, 정전협정에 따라 유엔군사령관의 관할 아래 있습니다. 따라서 대한민국 국민의 4대 의무(국방·납세·근로·교육) 가운데 납세와 국방 의무를 면제받고 있습니다.

대성동 자유의 마을은 분단의 비극을 가장 가까이에서 실감할 수 있는 곳이다. 남쪽의 태극기와 건너편 북쪽의 인공기 거리는 불과 8백m이다. 왼쪽 사진 인공기 아래 마을은 개성특급시 평화리 기정동 '평화촌 마을'이다. 오른쪽 사진 마을은 파주시 군내면 조산리 대성동 '자유의 마을'이다.

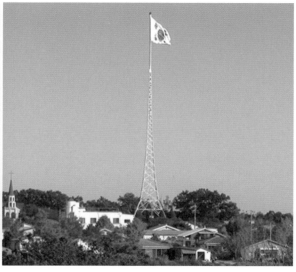

**대성동 마을** : 원래 강릉 김씨 집성촌이었다고 한다. 마을 주민들이 파주로 나들이하려면 일주일에 한 번 봉일천에서 들어오는 미군 트럭을 타고 나왔다 한다. ❶ 바람개비를 이용해 낟알을 고르는 주민 ❷ 농부가 갓 태어난 듯한 송아지 몸을 닦아 주고 있다. 가마니 옷을 입은 어미 소가 물끄러미 바라보고 있다. ❸ 명절을 맞은 듯 아이들이 색동옷을 입고 널뛰기를 하고 있다. ❹ 분단의 긴장보다 평화가 느껴진다. ❺ 대성동초등학교 ❻ 대성동초등학교 졸업식은 해마다 방송에서 다룰 만큼 주목받았다. 2019년 제50회 졸업식에 참석해 졸업생들을 격려하고, 유엔군 등 관계자들과 기념사진을 찍은 필자

대성동 마을 출입은 대성동 주민이 아니면, 유엔사의 허가를 받아야 합니다. 차량 오른쪽 창문에 UN 표시가 있는 손수건을 눈에 잘 띄게 걸어 놓고 운행해야 합니다. 방문을 마치고 돌아갈 때는 손수건을 반납해야 합니다.

대성동 마을로 가는 길목에는 JSA 보니파스 경비대가 있습니다. 1976년 8월 18일 북한의 판문점 도끼 살인 사건 당시 살해된 미국 육군 보니파스 대위를 기리기 위해 그의 이름을 따서 붙였습니다.

마을에 들어서면 첫눈에 하늘 높이 솟아오른 국기 게양대의 위용을 보고 놀라게 됩니다. 남한 대성동 마을과 북한 기정동 마을은 양측의 우월성을 홍보하는 최전선이었습니다. 송달용 전 파주시장의 회고록에 따르면, 남북한은 태극기와 인공기를 더 높게 휘날리기 위한 경쟁을 벌였다고 합니다.

북한은 기정동 마을에 높이 80m 게양대를 세웠습니다. 남한은 북한보다 높은 85m 국기 게양대를 세운 다음 가로 12m, 세로 8m(경축일에는 가로 18m, 세로 12m)의 태극기를 달도록 했습니다. 그러나 바람이 불지 않는 날에 국기를 게양하려면 축 늘어진 태극기가 철탑 사이에 끼어 올라가지도 내려오지도 않아 무척 애를 먹었다고 합니다.

그래서 1982년 게양대를 100m(99.8m)로 더 높게 만들었습니다. 바람이 불지 않는 날에도 태극기가 철탑에 끼지 않도록 깃봉 대도 더 길게 제작했습니다. 남한의 국기 게양대가 높아진 것을 본 북한은 남한에 질 수 없다고 생

각했는지 무려 165m 높이의 게양대를 새로 세웠습니다.

　대성동초등학교 건물은 일반 학교와 다르게 세워졌습니다. 혹시 모를 비상 사태에 대비하려고 북한 쪽 벽면은 두꺼운 방호벽으로 지었습니다. 대성동초등학교는 거주지와 학군에 상관없이 입학할 수 있으며, 졸업하면 학군에 상관없이 본인의 희망에 따라 자유로이 진학할 수 있는 전국구 학교입니다.

　대성동초등학교는 1968년 정식 인가됐으며, 한 학년이 5명 안팎으로 전교생이 30여 명에 불과한 작은 학교입니다. 하지만 현대식 건물과 첨단 교육재료를 갖추고 있으며 유엔 군사정전위의 지원을 받고 있습니다.

　대성동 마을은 '자유의 마을'로 불리지만, 군사시설이 많아 방문객은 국군의 안내에 따라 이동해야 합니다. 사진 촬영도 자유롭지 못합니다. 전쟁과 분단으로 얼룩진 민통선 안을 관광하다 보면 남쪽 마을 이름인 '자유'와 북쪽 마을 이름인 '평화'가 말뿐 아니라, 실제로 이 땅에 뿌리내리기를 간절히 바라고 또 바라는 마음이 저절로 생기게 됩니다.

　한편 대성동 마을 김동구 이장 가족과 주민들은 2019년 9월 이동통신사 KT 5G 광고모델로 출연했습니다. 5G 기술을 이용한 원격 영농을 다루며 평화로운 대성동 마을의 모습을 공중파를 통해 소개해 큰 화제를 모았습니다.


　파주시 군내면 백연리 '통일촌'은 영농 출입증이 있는 주민들만 드나들 수 있습니다. 그밖에 방문·관광·견학 등의 목적으로 출입하려면 군부대에 미리 알려주어야 출입(예통)이 가능합니다.

**통일촌** : 깨끗한 자연에서 무공해 농산물이 무럭무럭 자라는 마을이다. 통일촌 명품 인삼은 홍삼으로 가공해 수출하고 있으며, 장단콩은 전통장류 등으로 만들어 팔고 있다. ❶ 통일촌 입구 마을 안내판 ❷ 마을 박물관. 전통 농기구와 생활용품 등이 전시돼 있다. ❸ 장단콩으로 장을 담아 놓은 항아리들

통일촌은 1973년 제대 군인과 예비군 자격을 가진 원주민 40세대 등 모두 80세대가 입주해 정착했습니다. 이때 약 330만㎡(100만 평)에 이르는 장단콩단지를 조성했다고 송달용 전 파주시장은 회고록에 기록했습니다.

통일촌 이완배 이장은 마을 조성 당시 입주조건이 매우 까다로웠다고 합니다. "5인 이상 가족이면서 군대를 다녀오고, 사상이 건전하고, 빚도 없고, 도벽이 없는 등 철저한 검증을 통과해야 했다"고 회고했습니다.

통일촌 조성 초창기에는 사방에 지뢰가 깔려있어 매우 위험했다고 합니다. 논밭을 개간하다 목숨을 잃거나, 다리가 잘리는 일도 있었다고 합니다. 주민들은 밤마다 실탄을 받아 경계근무를 섰고, 여자들도 사격훈련과 제식훈련을 받았다고 합니다.

통일촌에는 민통선 지역 4개면(장단면·군내면·진동면·진서면) 3개 마을과 판문점, 군 장병과 출입 영농인들의 행정을 담당하는 파주시 장단면사무소가 있습니다. 파주시는 2021년 7월 2일 그동안 '장단출장소'로 운영하던 행정기구를 '장단면사무소'로 승격시켰습니다. 장단출장소는 1979년 5월 군내출장소로 시작해 2011년 장단출장소로 명칭이 변경되었다가, 42년 만에 면사무소로 승격된 것입니다.

통일촌에는 학생들을 위한 군내초등학교가 있습니다. 1911년 문을 연 군내초등학교는 110년의 역사를 자랑하고 있습니다. 전교생이 약 45명 정도로 대성동초등학교보다 조금 큰 학교입니다.


'해마루촌'은 진동면 동파리에 있습니다. 한국전쟁 뒤 민간인이 살 수 없는 지역이었으나, 1973년부터 출입 영농을 허가하기 시작했습니다. 그러나 실향민들은 출입 영농이 아니라 "고향에 가서 살게 해달라"는 탄원서를 국방부에 넣었습니다. 2001년부터 2004년까지 국방부의 엄격한 심사를 거친 60가구 주민이 정착했습니다.

『파주시지(坡州市誌)』에 따르면 원래 실향민들의 입주 예정지 가운데 하나였던 진동면 용산리 일대는 미군에게 공여돼 한국 정부 권한 밖에 있었다고 합니다. 따라서 정부 당국과 몇 차례 우여곡절을 거친 끝에 지금의 동파리로 정착촌이 결정되었습니다.

해마루촌 마을 안길은 하늘에서 보면 높은 음자리표 모양으로 조성돼 아름답고 평화로운 느낌을 줍니다. 파주 재야 생태학자 노영대 선생은 마을 이름이 처음에는 '동파리 수복마을'이었는데 '동파리'라는 어감이 좋지 않다는 여론에 따라, 동파리를 한글로 풀어쓴 '해마루촌'으로 바꿨다고 합니다.

한편 해마루촌에 사는 김경숙 이장 가족은 2017년 10월 SBS방송국의 '백년손님'에 출연했습니다. 이 프로그램에서 김 이장은 해마루촌으로 이사 온 지 얼마 안 됐을 때, 산책하다가 지뢰를 밟았던 아찔한 이야기를 들려주었습니다. 다행히 지뢰가 50년 이상된 불발탄이어서 몸쪽으로 터지지 않고 옆쪽으로 폭발해 큰 봉변을 피했지만, 일주일간 트라우마에 시달렸다고 합니다.

**해마루촌** : 천혜의 자연환경을 간직한 청정마을로 주변에서 쉽게 볼 수 없는 희귀 동식물이 살고 있다. 이를 바탕으로 해마루촌에서는 'DMZ 생태체험 프로그램'을 운영하고 있다. ❶ 임진강에서 그물로 물고기를 잡는 어부들 ❷ 한국전쟁의 상흔을 말해주고 있는 폭발물 잔해 〈사진 : 한국관광공사〉

🔍 파주 돋보기
## 안전문제로 축소된 세계 해비타트 대회

경기도는 2001년에 열린 세계 해비타트(Habitat, 무주택 서민에게 집을 지어 주는 국제 주거복지 비영리 단체) 대회 유치를 위해 1999년 해마루촌 일대를 매입했다고 한다.

그러나 지미 카터 전 미국 대통령까지 참석한 해비타트 대회는 동파리에서 열지 못하고, 통일촌과 가까운 곳에 8세대만 지었다. 대회를 간단하게 치른 이유는 7천여 명에 달하는 참가자를 수용해야 하는 숙소 문제와 함께 동파리가 지뢰를 묻어놓았던 지역이어서 안전문제가 발생했기 때문이었다.

파주개성인삼축제 : 6년근 '파주개성인삼'은 고려인삼의 맥을 잇는 대한민국 대표 인삼이다. 민통선과 감악산 청정지역에서 생산하고 있다.
축제에 참여한 시민과 외국인들이 인삼 캐기 체험을 하고 있다. 인삼의 효능은 외국에도 알려져 있다.
파주개성인삼축제에 참석해 '파주개성인삼'의 우수성과 효능을 소비자들에게 홍보하고 있는 필자

## 파주 돋보기
## 파주 명품 '파주인삼·장단콩·임진강쌀'

임진강 건너 장단 지역은 임금에게 올리던 '장단삼백(長湍三白)'으로 유명했다. 장단삼백은 장단에서 생산되는 질 좋은 세 가지 농산물인 '인삼·콩·쌀'을 말한다. 장단은 일교차가 크고 토질이 좋아 농산물 품질이 뛰어나다.

장단 인삼은 다른 지역 인삼과 견주어 맛과 향은 물론 항암 효과가 뛰어나 명품으로 꼽혔다. 예로부터 우리나라와 중국은 최고의 인삼으로 '개성 인삼'을 쳐줬다. 개성상인들이 수집해 판매하던 개성 인삼의 주산지가 파주 장단이어서 파주시는 '파주 인삼이 개성 인삼이다'라는 주제로 매년 10월 임진각 광장에서 홍보 축제를 열고 있다.

장단콩은 '장단태(太 클 태)'라고도 한다. '태(太)'자는 서리태·서목태·청태와 같이 콩을 이를 때 사용하는 말이다. 장단태는 옛날 장단군에서 생산되던 콩으로, 지금은 파주시 장단반도에서 생산되는 콩을 말한다.

콩의 원산지는 한반도와 만주로 알려졌다. 이곳에서 생산되는 콩 가운데 장단콩이 가장 품질이 좋아 이름을 떨쳤다. 장단 지역은 '마사토(화강암이 풍화돼 생긴 모래)'로 되어 있어 물이 잘 빠지고, 기후도 알맞아 콩이 잘 자랄 수 있는 조건을 모두 갖추고 있다고 한다. 장단콩은 한국전쟁 이후 장단지역이 민간인 출입금지 지역이 되면서 명맥이 끊겼다. 그러다 1973년 통일촌이 만들어지면서 100만 평 규모의 장단콩 단지가 조성돼 다시 명성을 되찾게 되었다.

파주장단콩축제 : '웰빙명품 파주 장단콩'을 주제로 매년 11월 말경 임진각 광장에서 길놀이와 함께 다채로운 행사가 펼쳐진다.
'파주 장단콩축제'는 2019년 2년 연속 '문화관광육성축제'에, 3년 연속 '대한민국축제콘텐츠대상'에, 첫 번째 '경기관광대표축제'에 선정되며 3관왕을 달성했다.

장단콩웰빙마루 : 2천여 개의 장독대, 전통장류 생산가공동, 판매관리동, 전시관·전문음식점·카페가 있는 전시외식동, 먹거리·문화 체험공간인 체험동, 세미나실·강당의 문화동 등으로 조성됐다.

파주 장단콩요리 경연대회 : 매년 임진각 평화누리공원에서 열린다. 파주장단삼백 중 한 가지 이상을 주재료로 한 창작요리 대회이다. 향토적·관광 자원화·외식산업 요건을 충족해야 한다.

## '장단콩웰빙마루' 조성

파주시는 2020년 5월 탄현면 성동리에서 착공식을 열었다. 2021년 7월 준공식에 참석한 필자는 "장단콩웰빙마루 조성으로 생산·가공·유통·판매와 체험·관광·문화까지 어우러진 6차 산업을 육성하게 됐다. 농가소득 증대, 지역경제 활성화, 일자리 창출을 기대한다"고 말했다.

## 콩나물콩 재배단지 100ha 조성

파주시는 파평면 일원에 대한민국 대표 웰빙 농산물인 장단콩(콩나물콩용) 전문 생산 재배단지를 조성하고 있다.

장단콩 판매 증대를 위해 품질향상과 생산 이력제 실시 및 지정점을 확대하고 있으며, 소비자 욕구를 반영한 다양한 콩을 생산할 방침이다.

파주시에서 펴낸 『파주시 생태도감』에는 장단콩의 품질에 대해 다음과 같은 기록이 있다. "장단콩은 우리나라에서 가장 품질이 좋은 콩으로 눈이 희며, 윤기가 자르르 흘러 '장단백목'으로 불린다. 현재 국내에서 재배되고 있는 약 50여 종의 콩 품종들은 장단백목의 혈통을 가지고 있으며, 중요한 국가 곡물 유전 자원으로 보존되고 있다."

파주시에서 2016년 펴낸 『어머니의 품, 파주』 '망향 우체통' 편에는 '장단콩' 이름에 대한 기록이 나온다. "장단콩 이름은 통일촌 마을 이장을 거쳐, 파주시의원과 파주문화원장을 지내고, 통일촌 마을 박물관장을 하는 민태승 선생이 지었다."

'한수위 파주쌀(임진강 쌀)'은 임진강과 한강이 만나는 비옥하고 너른 들판에서 맑은 물로 생산하는 쌀이다. 최고 품질의 경기미 주산지가 파주라서 붙여진 이름이다. 한수위 파주쌀은 영양이 풍부하고 밥맛이 좋아 예로부터 임금님 수라상에 올랐던 대표적인 진상품이었다.

파주시는 2019년 어린이집 335곳(1만443명, 약 103톤)에 농산물 우수관리인증을 받은 '한수위 파주쌀'을 무상 지원했다.

# 현대사의 인물

파주에는 일제의 가혹한 수탈에 맞서 저항한 독립투사들이 많습니다. 1919년 3월 10일 파주에서 처음으로 독립 만세 항쟁을 이끈 분은 임명애 열사였습니다. 상해 대한민국임시정부 수립에 참여해 '골고루 잘 사는 나라'를 위한 '삼균주의 (三均主義)' 길을 닦은 조소앙 선생은 '무오독립선언서'를 기초했습니다.

일제는 우리 말과 글을 배우지 못하게 했습니다. 정태진 선생은 이에 맞서 민족의 말과 글 지키기에 나섰다가 일제 경찰에 끌려가 모진 고문을 당했습니다.

광복군 장준하 선생은 "후손에게 부끄러운 조상이 되지 말자"고 다짐하며 학병으로 끌려간 중국에서 탈출, 중경 임시정부를 찾아 6천 리 대장정을 마다하지 않았습니다.

이밖에도 독재에 저항한 박형규 목사는 탄현면 축현리 기독교 공원묘지에 모셔져 있고, 역사학계 '녹두장군'으로 불리는 이이화 선생과 노태우 제13대 대통령은 우여곡절 끝에 파주 동화경모공원에 잠들어 있습니다.

일제 강점기 나라를 잃은 설움을 떨쳐내고
피와 땀을 다 바쳐 독립항쟁을 이끈 독립투사들의 헌신이 있었기에
오늘날의 대한민국을 이룩할 수 있었습니다.

파주시는 3·1운동 및 임시정부 수립 100주년 기념행사로
2019년 임명애 열사의 뜻을 기리는 창작 뮤지컬 '명예'를 공연했습니다.
2020년에는 뮤지컬 '8호 감방 임명애' 공연을 펼쳤습니다.

# ① 대한민국 독립을 위해 평생을 바친 조소앙

**소앙 조용인**(1887년~1958년)
일제 강점기 때 대한독립의군부 부주
석·임시정부 국무위원·한국독립당
부위원장 등을 역임한 독립운동가이
며 정치사상가이다.

파주 월롱면 능산리에서 태어난 조소앙(趙素昂)의
본명은 '용은'이며, 지금 널리 불리고 있는 '소앙'은 그
의 호(號)입니다. 어려서 재주가 남달랐던 조소앙은
통정대부(정3품 상계)였던 할아버지에게 한학을 배우
다 1902년 성균관에 가장 어린 나이로 입학했습니
다. 같은 해 성균관에서 신채호 등과 매국노 이하영
등이 꾸민 '황무지 개척권 양도'를 반대하는 '성토문
(聲 소리 성, 討 칠 토, 文 글월 문)'을 지었습니다.

1904년 성균관을 수료하고, 황실 유학생에 선발돼
일본 동경부립제일중학교에 들어갔습니다. 학교에서
일본인 교장이 "한국 학생들은 열등하다"며 민족 차
별 발언을 하자 동맹파업을 주도했습니다.

1908년 메이지대학 법학부에 입학한 조소앙은
1909년 매국 집단인 '일진회' 성토문 기초위원으로
선정되었으며, 다음 해에는 '한일합방 반대 운동'을 펼쳤습니다. 이 일로 일제
경찰에 체포됐던 그는 '요시찰 인물'이 돼 끊임없는 감시를 받았습니다.

1912년 대학을 졸업한 조소앙은 귀국한 뒤 교편을 잡다가 1913년 중국으
로 망명해 중국 혁명가들과 항일단체 '대동당(大同黨)'을 조직했습니다. 아울
러 세계 민족의 대동단결을 위해 '단군·공자·예수·석가모니·무함마드·소
크라테스' 여섯 성자의 가르침을 따르자는 '육성교(六聖敎)'를 주창했습니다.

조소앙은 1919년 초 만주 길림에서 '대한독립선언서(무오독립선언서)'를 기초
한 뒤 독립운동가 39명의 공동서명으로 발표했습니다. 이 선언문은 '2·8독
립선언'과 3·1 '기미독립선언서'의 뿌리가 됐습니다. 4월에는 상해에서 '대한
민국임시정부' 수립에 참여했습니다. 임시정부의 밑바탕이 되는 민주 공화제

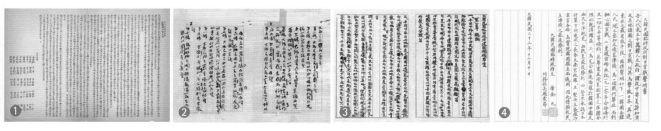

❶ 조소앙이 기초한 '무오독립선언서' ❷ '대한민국 임시헌장' 조소앙 친필 원고 ❸ '대한민국 건국 강령' 조소앙 친필 초안 ❹ 김구 주석과 조소앙 외무부장이 1941년 12월 발표한 '대일선전성명서'
〈사진 : 독립기념관·조인래 삼균학회이사장·국사편찬위원회〉

헌법 기초를 비롯한 이론을 정립하고, 초대 국무원 비서장을 역임한 뒤 국무위원에 선임됐습니다. 6월에는 프랑스 '파리강화회의'에 참석하는 김규식을 지원하기 위해 유럽으로 건너갔습니다. 이어 스위스, 네덜란드, 영국 등을 방문해 한국의 자주독립을 역설했습니다.

조소앙은 1922년 상해로 돌아와 임시정부 외무총장·의정원 의장이 됐습니다. 1930년에는 이시영·김구·안창호 등과 '한국독립당'을 창당했습니다. 1934년 임시정부 국무회의에서는 조소앙의 '삼균주의(三均主義, 정치·경제·교육 균등)'를 받아들여 '대한민국임시정부' 건국강령으로 채택했습니다.

1943년에는 김구·김규식과 함께 '카이로 회담'에 참석하는 중국 장개석을 만나 대한민국 독립 보장을 당부했습니다. 11월 회담에 참석한 장개석은 '가장 빠른 시기에 한국의 독립'을 주장했지만, 미국과 영국의 이해가 얽혀 '적절한 절차를 거쳐 한국을 독립시킨다'는 애매한 문구로 선언됐습니다.

1945년 중경의 임시정부 외무부장으로 활약하던 조소앙은 광복을 맞아 그리던 고국에 돌아왔지만, 나라는 분단의 위기에 몰렸습니다. 1948년 4월 분단을 극복하고 통일국가를 수립하기 위해 김구·김규식 등과 함께 평양에서 열린 남북협상에 참여했지만, 미국과 소련이 이익을 놓고 다툰 국제 관계를 넘어서지 못하고 돌아왔습니다.

1950년 조소앙은 5·30 총선 당시 서울 성북구에서 출마했습니다. 조소앙은 경찰을 동원해 자신을 공산당으로 몰며 불법 선거를 하던 조병옥을 전국 최다 득표(3만4천여 표)로 누르고, 제2대 국회의원에 당선됐습니다.

그러나 선거 뒤 한 달도 안 돼 일어난 한국전쟁으로 서울에서 납북되고 말았습니다. 파주가 낳은 독립운동가 조소앙은 갈라진 분단 조국의 한을 품은 채 1958년 9월 10일 72살로 세상을 떠났습니다.

다음은 김삼웅 전 독립기념관장이 『파주소식』 2021년 8월호에 기고한 글이다. (줄임)

## 고루 잘 사는 나라를 위한 '삼균주의(三均主義)'

"아이마다 대학을 졸업하게 하오리다! 어른마다 투표하여 정치성 권리를 가지게 하오리다! 사람마다 우유 한 병씩 먹고, 집 한 채씩 가지고 살게 하오리다!" 1946년 3·1절 기념식에서 조소앙은 이렇게 말한 뒤 "대한독립 만세!"를 외쳤다.

1941년 중경 임시정부에서 3·1절 22주년 기념식을 마친 후 찍은 사진으로 왼쪽부터 김구·조소앙·신익희·김원봉이다. 〈사진 : 국가보훈처〉

'정치·교육·분배 평등'을 추구했던 조소앙의 외침은 지금도 우리 사회에 깊은 울림을 주고 있다. 조소앙은 임시정부가 수립될 때 국민주권의 '임시헌장'을 마련했으며, 삼균주의를 접목한 '건국강령'을 준비했다. 건국강령은 나라가 나가야 할 방향을 정한 것이다.

조소앙은 자본주의와 사회주의 결점을 보완하는 이념으로 삼균주의를 완성했다. 삼균주의는 정치·경제·교육 평등 실현으로 개인과 개인, 민족과 민족, 국가와 국가 사이의 평등을 말한다. 삼균주의 실천방안은 당시 파격적이었던 고등교육 무료, 여성 투표권 보장, 토지 국유화 등과 같은 진보적 사상이었다.

물론 삼균주의는 정의·질서·평화 등에 대해 소홀한 점이나, 토지 및 생산수단의 국유화라는 점은 비판이 따를 수 있다. 하지만 당시 시대적 상황을 함께 살펴야 한다.

오늘과 같은 때 삼균주의 가치는 더욱 높다. 빈부격차·양극화가 갈수록 심해지고 있기 때문이다. '기울어진 운동장'으로 나타난 '신자유주의' 정책은 헌법 정신을 어긴 것이다. 지금 한국 사회는 상위소득 1%가 국부의 40%를 차지하는 소득불균형이 심각하다. 위가 지나치게 무겁고, 아래가 가벼운 배는 침몰하기 마련이다.

조소앙의 삼균주의는 민족주의 터전 위에 세워졌지만, '고루 잘사는' 민주공화국가를 세우려는 철학이었다. 여기에는 원효의 원융무애, 중국 노장사상, 공화주의까지 수용한 용광로였다. 그 용광로에서 단련된 것이 삼균주의이다. 이에 따른 실천 논리는 자주독립, 좌우합작, 남북협상, 통일정부 수립이었다. 이런 의미에서 조소앙 선생의 철학과 비전은 우리의 '지나간 미래상'이자 '되살려야 할 미래상'이라 할 수 있겠다.

조소앙의 '삼균주의'가 새겨진 어록비로 독립기념관에 세워져 있다. 후손들에게 대한민국이 나가야 할 방향에 대한 질문을 던지고 있다.
〈사진 : 독립기념관〉

## 파주가 기억해야 할 독립운동가 조소앙

1919년 영국 방문 당시 찍은 사진
〈사진 : 조인래 삼균학회 이사장〉

이윤희 파주지역문화연구소장이『파주소식』2021년 8월호에 기고한 글에 따르면 조소앙 가족은 조소앙이 파주에서 태어난 뒤 양주로 주거지를 옮겼다고 한다. 현재 양주시 남면에 조소앙 선생 생가와 가묘(假墓)를 비롯해 기념관이 들어서 있는 이유이다.

그런데 1913년 발행된 조선총독부『토지조사부』에는 '오리면 당산리 153번지' 토지소유자가 조용은(趙鏞殷, 조소앙 본명)으로 기록돼 있다고 한다.

일제는 1917년 파주군 일대 행정구역을 변경하면서 '파주군 오리면 당산리'를 '파주군 월롱면 능산리'로 조정했다. 이러한 내용을 간추려 보면 그 당시 조소앙이 지금의 월롱면 능산리 토지를 소유하고 있었던 것을 확인할 수 있다고 한다.

아울러 1950년 작성된『분배농지부용지』에는 토지 소유뿐 아니라, 주소지가 월롱면 능산리로 기록돼 있어 1950년 한국전쟁으로 납북되기 전까지 능산리에 주소지를 두고 있었던 것으로 확인된다고 밝혔다.

조소앙은 일본에서 유학을 마치고, 1913년 상해로 건너간 이후 임시정부 수립을 비롯한 다양한 독립운동과 정치 활동 등으로 분주했음을 볼 때 본인 소유의 토지와 주소지가 있던 파주에서의 행적은 찾기 어렵다. 월롱면 능산리는 조선시대 문신인 조감(趙堪, 1530~1586)부터 함안 조씨들의 오랜 주거지로 내려오고 있어, 조소앙 일가도 능산리에 터전을 두고 있었던 것으로 보인다고 한다.

이윤희 소장은 "이러한 사실에 비추어 볼 때, 대한민국의 자주독립과 모두가 평등한 세상을 꿈꾼 조소앙 선생은 파주시 월롱면 능산리 출생이며, 파주가 기억해야 할 독립운동가가 분명하다"며 글을 맺었다.

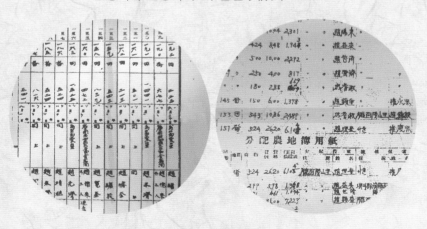

왼쪽 : 1913년『토지조사부』에 오리면 당산리 153번지 토지소유자가 조소앙의 본명인 조용은으로 기록돼 있다.

오른쪽 : 1950년『분배농지부용지』. 월롱면 능산리 153번지 토지소유자와 주소지가 역시 조용은으로 기록돼 있다.

〈사진 : 이윤희 소장 / 국가기록원〉

# 02 한글학자이자, 독립 운동가 정태진

**석인 정태진**(1903년 ~ 1952년)
일제는 우리 민족의 뿌리인 말과 글을 없애려고 혹독하게 탄압했다. 정태진은 이에 굴하지 않고, 평생을 한글 다듬기에 온 힘을 쏟았다.

파주가 낳은 한글학자이자, 독립 운동가인 석인(石人) 정태진(丁泰鎭)은 1903년 파주시 금릉동에서 태어났습니다. 지금의 금촌동 중앙도서관 옆 옛 생가터에는 '정태진 기념관'이 세워져 있습니다.

묘소(파주시 향토유적 제15호)는 광탄면 영장리 소령원 건너편 산 중턱에 자리하고 있습니다. 원래 정태진의 묘는 금촌 금능동에 있었으나, 금촌 택지조성공사가 시작되면서 영장리로 이장했다고 합니다.

정태진은 1925년 연희전문학교를 졸업한 뒤 함경남도 함흥에 있는 영생여자고등보통학교에서 영어와 조선어를 가르쳤습니다. 그는 틈날 때마다 학생들에게 한국의 이름난 문학작품을 소개하면서 우리의 우수한 문화 수준을 깨우치도록 했습니다.

1927년 미국으로 유학을 떠난 정태진은 우스터대학교 철학과와 컬럼비아대학교 대학원에서 교육학을 전공했습니다. 1931년 귀국한 그는 친일파들이 득실거리는 경성을 미련 없이 뒤로 하고, 함흥 영생여고보로 돌아가 11년 동안 조선어와 영어를 가르쳤습니다.

정태진은 학생들에게 "너희들끼리는 조선말을 써야 한다. 너희들이 아름다운 조선말을 안 쓰면, 얼마 안 가서 조선말과 민족은 영영 사라지게 된다"며 민족의식을 일깨웠습니다.

정태진은 사투리(방언)를 모으면서 우리 말의 뿌리를 찾아가기 시작했습니다. 그는 사투리에 우리말의 본질이 있다고 여겼습니다. 따라서 이를 보전하는 것이야말로 우리 말 발전에 큰 도움이 된다고 생각했습니다.

일제는 1937년 관공서에서 일본말 쓰기를 강요했습니다. 1939년에는 학교에서 조선어 과목을 없애고 일본어만 사용하도록 했습니다. 조선어 교육을 하지 못하게 된 정태진은 심한 민족적 모멸감과 함께 좌절감을 느꼈습니다.

1940년에는 성과 이름을 모두 일본식으로 바꾸게 하는 '창씨개명'을 강제했습니다. 이는 우리의 역사와 문화가 이어지지 못하도록 민족정신을 말살하는 흉계였습니다. 이에 정태진은 영생여고보를 사직한 다음 1941년 '조선어학회'『큰사전』편찬위원으로 임명돼 민족의 말과 글 지키기에 나섰습니다.

그러나 정태진은 1942년 9월 '조선어학회사건'으로 함경남도 홍원경찰서에 잡혀가 모진 고문을 받았습니다. 그는 다음과 같은 옥중 시를 남겼습니다.

망국의 한도 서럽다 하거늘 아버지 또한 돌아가시니
망망한 하늘 아래 어디로 가자는 말인고
한 조각 외로운 혼이 죽지 않고 남아있어
밤마다 꿈에 들어 남쪽으로 날아가네

함흥지방법원에서 징역 2년을 선고받은 정태진은 상고를 포기하고, 함흥형무소에서 옥고를 치른 뒤 1945년 7월 출옥했습니다. 한 달 뒤 해방을 맞이한 그는 미군정청과 대한민국 정부에서 고위 관료직을 제의받았으나 거절하고, 조선어학회를 일으켜『조선말 큰사전』편찬에 심혈을 기울였습니다.

1948년 3월 일본 오사카 학무국은 재일한인학교에서 우리말 교육을 하지 못하도록 강요했습니다. 정태진은 신문에 글을 실어 이를 비판했습니다.

"말과 글은 한 민족의 피요, 생명이요, 혼이다. 우리는 지나간 마흔 해 동안 저 잔인 무도한 왜적이 우리의 귀중한 말과 글을 이 땅덩이 위에서 흔적까지 없애기 위해 온갖

정태진 기념관 : 파주 중앙도서관 옆 옛 생가터(파주시 쇠재로 33)에 조성돼 있다. 오른쪽 사진은 정태진이 잠들어 있는 묘소(파주시 향토유적 제15호)로 광탄면 영장리에 있다.

독살을 부려 온 것을 생각하면 치가 떨리고 몸서리쳐진다 …

동포여! 우리가 뭉치어 우리의 아름다운 말과 글을 피로써 지킬 때가 온 것이다. 우리의 생명, 우리의 혼을 영원히 지키어 우리의 만대 자손에게 깨끗하게 전하여 줄 우리의 보물을 저 강도 왜적에게 다시금 대낮에 빼앗기고 짓밟히게 하지 말자!"

정태진은 1949년 9월 한글학회 이사가 됐습니다. 『조선말 큰사전』 셋째 권이 출간될 즈음인 1950년 한국전쟁이 일어났습니다. 고향 파주에서 겨우 목숨을 이어가던 정태진은 1·4후퇴 때 부산으로 피난을 떠나 궁핍한 생활을 이어갔습니다.

서울을 되찾으면서 정태진은 사전을 마저 내야겠다는 생각에 1952년 5월 포성이 들리는 서울로 올라와 편찬을 계속했습니다. 넉 달 반 만에 『조선말 큰사전』 넷째 권의 원고를 모두 넘기고 인쇄만 남겨놓았습니다.

정태진은 11월 2일 고향인 파주로 식량을 구하러 떠났습니다. 그러나 타고 가던 군용트럭이 전복되는 바람에 50살의 아까운 나이로 삶을 마쳤습니다. 1962년 대한민국 정부는 정태진에게 건국훈장 독립장을 추서했습니다.

**조선어학회** : 1908년 김정진과 주시경 등이 창립한 '국어연구학회'를 뿌리로 1921년 창립했다. 1926년 '가갸날'을 만들고, 1932년 기관지 『한글』을 창간했다. 1933년 '한글맞춤법통일안'을 제정했으며, 1949년 '한글학회'로 이름을 바꿔 오늘에 이르고 있다.

❶ 1941년 무렵 '조선어학회'에서 사전편찬위원들이 사전 편찬을 토의하고 있다. ❷ 정태진이 혼자 또는 다른 학자와 함께 펴낸 한글 관련 책들 ❸ 한글학자 최현배 붓글씨. 당시 한글학자들에게는 한글이 곧 목숨이었다. 〈사진 : 국가기록원 / 한글학회 / 역사박물관 등〉

## 토막 상식
역사

# 일제의 탄압에도 우리 말과 글을 목숨 걸고 지킨 학자들

1894년 대한제국 고종황제는 한글을 국가공식문자로 선포했다. 이에 따라 '조선어사전' 필요성이 절실해졌다.

"말과 글을 잃어버리면 민족은 멸망한다"고 했던 한글학자 주시경 후학들은 1929년 '조선어학회' 주도로 108명이 '조선어사전편찬회'를 조직해 본격적인 사전편찬에 들어갔다.

1942년 조선인 형사 야스다(본명 안정묵)는 일제의 '국어(일본어)상용정책'을 반대하는 교사를 검거하기 위해 정태진이 교사로 있었던 함흥 영생고등여학교 학생 박영옥의 일기장을 압수했다.

일제 강점기 '조선어학회' 사건에 연관된 학자들이 1949년 영도사에서 찍은 사진이다. 당시 징역형을 선고받았던 다섯 명의 학자들이 맨 앞줄에 앉아 있다. 왼쪽부터 정태진(2년 징역), 정인승(2년), 이희승(2년 반), 이극로(6년), 최현배(4년)

일제 경찰은 박영옥과 친구들을 연행해 고문했다. 며칠을 버티던 그들은 김학준과 정태진을 지목했다. 김학준은 영생고등여학교 교사였고, 정태진은 1941년 5월 정인승의 권유로 '조선어학회'에서 조선어사전을 편찬하고 있었다. 엎친 데 덮친 격으로 함흥 일출여고(또는 영생여고) 학생도 한국말을 하다 일제 경찰에 잡혀 취조받았다.

9월 정태진을 시작으로 최현배·이희승·정인승·장지영·이극로 등 11명이 1차로 구속돼 서울에서 홍원으로 압송됐다. 1943년 3월까지 29명이 검거돼 1년간 홍원경찰서에서 혹독한 고문을 받았고, 48명이 취조받았다. 이 과정에서 이윤재와 한징은 심한 고문과 굶주림을 견디지 못하고 옥사했다. 나머지 11명은 함흥지방재판소에서 각각 징역 2년에서 6년까지 판결받았다. 이 사건으로 '조선어학회'는 해산됐다.

1945년 해방과 함께 풀려난 학자들은 원고를 찾아 헤맸다. 그러던 중 9월 8일 경성역(지금의 서울역) 조선통운 창고에서 『조선말 큰사전』 초고가 발견됐다. 1차 판결 후 정태진을 제외한 이들은 상고했었다. 이에 따라 일제 경찰은 압수했던 원고를 경성고등법원으로 이송하던 중 창고에 보관했었다. 무려 2만6500여 장에 이르는 원고를 3년 만에 손에 든 '조선어학회' 인사들은 감격의 눈물을 흘렸다.

1947년 『조선말 큰사전』 1권이 드디어 발간됐다. 그러나 한국전쟁이 터지면서 회원들은 원고를 보관하기 위해 땅에 묻어야 했다. 회원들은 전쟁의 참화 속에서도 꾸준하게 편찬을 이어가 1957년 『조선말 큰사전』 6권을 완간했다. 1권이 나온 지 10년 만의 결실이었으며, 세종대왕이 훈민정음을 반포한 지 511년 만에 이룬 성과였다.

# 03 파주 독립항쟁의 횃불을 올린 임명애

**임명애**(1886년~1938년) : 1919년 3월 10일 교하공립보통학교에서 첫 만세시위를 일으켰다.

**염규호**(1880년~1941년) : 임명애 남편으로 3월 27일 와석면 2차 시위를 주도했다.

위 카드는 일제가 검거한 독립투사들을 감시하기 위해 만든 것으로 등록 인물은 4,858명이고 카드 수는 6,264장에 달한다. 뒷면에는 본적·출생지·주소·신분·수형 사항 등을 적었다.

〈사진 : 서대문형무소역사관 / 구세군역사박물관〉

임명애(林明愛)는 파주군 와석면(지금의 교하동) 교하리에서 태어났습니다. 파주 3·1 독립항쟁은 구세군 신자였던 임명애의 주도로 3월 10일 와석면 교하공립보통학교에서 처음 시작됐습니다.

임명애의 선창으로 학교에 모인 100여 명의 학생은 "대한독립 만세!"를 힘차게 외쳤습니다. 이들이 외치는 함성은 학교 너머로 울려 퍼졌습니다. 이날의 평화시위는 파주지역 항쟁을 이끄는 도화선이 됐습니다.

3월 25일 임명애는 같은 구세군 신자였던 남편 염규호(廉圭浩)와 함께 자신의 집에서 학생 김수덕, 농민 김선명·김창실 등과 만세시위를 논의했습니다.

염규호는 "오는 28일 리와 동 주민은 윤환산으로 모여라. 불응하면 방화할 것이다"는 격문을 썼습니다. 김수덕은 등사판을 빌려와 60여 매를 인쇄했고, 김창실 등은 격문을 와석면 당하리와 와동리에 뿌렸습니다.

임명애 부부와 김선명·김창실 등은 계획보다 하루 앞당긴 27일, 7백여 명의 주민을 모아 만세를 부르며 교하면사무소로 달려갔습니다. 당시 면사무소는 농민이 농사짓는 땅을 강제로 빼앗는 등 일제 수탈을 뒷받침해 원성이 자자했습니다. 시위대는 면서기들에게 "업무를 중단하라"고 강력하게 요구하며 유리창을 깨트렸습니다. 이를 바라보던 주민들도 가담해 시위대는 순식간에 1,500여 명으로 늘었습니다.

파주시는 2019년 3·1운동 및 임시정부 수립 100주년 기념 행사로 임명애 열사를 기리는 창작 뮤지컬 '명예'를 공연했다. 2020년에는 뮤지컬 '8호 감방 임명애' 공연을 펼쳤다.
필자는 "파주가 낳은 독립운동가 임명애 열사의 애국정신을 본받아 민족 공동체에 대한 올바른 이해와 문화 자긍심을 높이는 계기가 되기를 바란다"고 소감을 밝혔다.

이어 시위대는 일제의 무단통치 첨병으로 악명이 높았던 교하헌병주재소로 행진했습니다. 천지를 진동하는 만세 소리에 겁먹은 헌병들은 파주헌병분소에 지원을 요청했습니다. 이날 헌병들의 발포로 당하리에 사는 최홍주가 현장에서 사망했습니다.

임명애와 남편 염규호·김수덕·김창실 등은 일제가 우리 민족을 탄압하기 위해 만든 '보안법'과 '출판법' 위반 혐의로 잡혀갔습니다. 재판에서 임명애는 징역 1년 6개월을, 염규호와 다른 사람들은 징역 1년을 선고받았습니다.

임명애는 서대문형무소 여자 8호 감방에 갇혔습니다. 임명애는 이곳에서 천안 아우내장터 만세운동을 주도한 유관순, 수원 기생 김향화, 개성에서 3·1항쟁을 이끈 어윤희·권애라·심명철, 임시정부 각료를 역임한 노백린 장군의 딸 노순경, 신여학교 학생 이아수 등과 수형생활을 했습니다.

항일 여성 투사들이 갇힌 8호 감방은 옥중투쟁의 본부였습니다. 감방 비밀통신 수단인 '통방'을 통해 17개 여자감방과 연락을 주고받았습니다. 3·1항쟁 1주년인 1920년 3월 1일 오후 2시, 8호 감방에서 "대한독립 만세!"를 외치는 소리를 신호로 다른 여자감방에

파주시는 2019년 3·1운동 100주년을 맞아 임명애·염규호 지사 등 독립유공자의 정신을 기리고, 후세에 항일투쟁의 역사적 가치를 전하기 위해 교하초등학교에서 3·1운동 100주년 기념 '파주 교하 3·1독립운동 기념비' 준공 기념식을 열었다.
기념식에는 필자와 행사 관계자, 교하초등학교 학생 2백여 명이 참석했다. 이어 시민과 함께 3·1운동 재현 행사를 펼쳤다.

서도 목이 터져라 "대한독립 만세!"를 외쳤습니다. 만세 함성은 남자 옥사까지 번져 서대문형무소가 들썩였습니다. 당황한 일제는 애국 투사들에게 가혹한 고문을 했습니다.

임명애는 수감 당시 만삭의 몸이었습니다. 임명애는 임시 출소로 아이를 낳은 다음 갓난아이를 품에 안고 재수감됐습니다. 혹독한 겨울철, 차디찬 감방에서 산후조리는 엄두도 내지 못했습니다. 8호 감방에 함께 갇혀 있던 독립투사들은 산모와 아이의 건강을 보살펴주었습니다.

1921년 4월 만기 출소한 임명애는 고향 파주 교하리로 돌아와 먼저 출소했던 남편과 재회했습니다. 임명애는 간절하게 원했던 대한독립을 보지 못하고, 1938년 53살의 나이로 세상을 떠났습니다. 대한민국 정부에서는 1982년 대통령 표창을, 1990년에는 건국훈장 애족장을 추서했습니다.

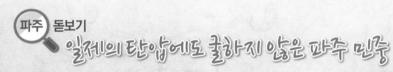

**파주 돋보기**
## 일제의 탄압에도 굴하지 않은 파주 민중

파주시 항일독립항쟁 애국선열 합동추모제

1919년 3월 10일 임명애와 교하공립보통학교 학생들이 일으킨 첫 번째 항쟁에 이어, 26일에는 임진면 문산리 주민 5백여 명이 대한독립 만세시위를 벌였다. 이날 시위에 참여했던 이기남은 일제 헌병이 쏜 총을 맞고 사망했다.

파주리 장날이었던 주내면에서는 주민 5백여 명이 곤봉으로 무장하고 만세를 부르며 행진했다. 일제 헌병이 주도자를 체포하려고 나서자, 시위대는 이들을 보호하면서 일제 헌병과 맞섰다. 이날 밤 청석면 봉우리에서는 만세 항쟁을 알리는 횃불과 함께 "대한독립 만세!" 함성이 밤하늘에 울려 퍼졌다.

청석면 심학산에서는 3백여 명의 민중이 흰옷을 입고 만세를 외쳤다. 점심이 지나 산에서 내려온 이들은 면사무소로 갔

파주시는 2021년 3월 조리읍 봉일천리 3·1운동 기념비 앞에서 기념식을 열었다. 필자는 "우리 가슴엔 언제나 항일애국 선열들의 독립항쟁 함성이 메아리치고 있다. 그분들의 나라 사랑 정신과 희생정신을 영원히 기억해야 한다"라며 추모의 마음을 전했다.
이어 광탄면 발랑리에서 애국선열 9인을 기리는 '3·1독립만세운동 기념비' 건립 준공식을 열고, 애국 투사들의 나라 사랑하는 마음을 추모했다.

심상각 : 1919년 3월 28일 권중환·김웅권 등 19명과 함께 봉일천 공릉 장날 시위를 주도했다.
심상각 생가터 앞에는 국가에서 받은 표창장과 훈장 표지석 등이 놓여 있다.

다. 보통학교 학생들도 손에 태극기를 쥐고 앞장서 만세를 외쳤다. 면사무소에 도착한 이들은 "면장은 나와 만세를 부르라!"고 외치며 면사무소 문과 기와를 부쉈다. 이어 시위대는 교하주재소로 행진했으나 출동한 헌병들이 발포하자 해산했다.

광탄면에서는 발랑리 주민들을 중심으로 수백 명이 모여 신산리 면사무소로 행진했다. 이날 밤에도 봉우리에서는 횃불이 타올랐고, 만세 소리도 밤새 그치지 않았다.

28일 광탄면 신산리에서는 심상각 주도로 2천여 명이 모여 시위를 벌였다. 광탄면사무소 앞에서 집결한 이들은 조리면 봉일천 공릉장터로 행진했다. 장터에 모여 있던 1천여 명이 합세해 시위대는 3천여 명으로 불어났다. 시위대는 조리면사무소 건물과 집기를 파손하고, 면장과 면서기를 붙잡아 봉일천 장터까지 행진했다.

시위대가 봉일천 헌병주재소를 습격하자 일제 헌병은 시위대를 향해 발포했다. 광탄면에 사는 박원선 등 6명이 사망하고, 수십 명이 부상했으며 수많은 사람이 체포됐다. 이날 시위는 파주에서 일어난 항쟁 가운데 가장 큰 규모로 격렬하게 전개됐다.

30일 봉일천 장터에서는 일제 헌병이 저지른 만행을 규탄하는 시위가 일어났다. 이에 수많은 주민이 합세해 시위대는 3천여 명에 이르렀다. 시위대는 헌병주재소를 습격해 한때 구금됐던 인사를 구출하기도 했다.

천현면 법원리에서는 주민들이 모여 시위에서 희생된 김남산의 장례를 치렀다. 이어 일제 만행을 규탄하는 추모 만세시위를 열고 행진했다. 일제 헌병은 법원리에서 문산으로 가는 시위대를 향해 총을 쐈다. 이곳에서 강산복 등 2명이 목숨을 잃었다.

3월 28일 봉일천 장터 시위를 주도했던 우산(又山) 심상각(沈相恪)은 1888년 파주군 광탄면 신산리에서 현감을 지낸 부친 심정택의 아들로 태어났다. 3·1만세 항쟁이 끝난 뒤 일제 형사들의 추적을 피해 상해로 망명했다. 상해농업전문학교를 마친 심상각은 같은 파주 출신이자, 대한민국 임시정부 내무부 장관이던 박찬익의 소개로 임시정부에 몸담았다. 임시정부에서 10여 년 동안 활약하다 귀국한 심상각은 사회주의와 민족주의 세력이 결집해서 만든 '신간회'에 가입, 국내 활동을 이어갔다.

광복 후 파주시 광탄면에 광탄보통학교를 설립하고 교장에 취임, 교육에 전념했다. 만세시위에서 희생된 동지들을 위한 위령제도 지냈다. 1954년 파주에서 66살 나이로 병사했다. 정부는 1977년 대통령 표창을, 1991년에는 건국훈장 애국장을 추서했다.

# 04 민주주의 제단에 온몸을 바친 장준하

장준하(1918년~1975년)
독립항쟁에서 사상가로, 민주화 선구자이자 정치가로 암울한 시기 민중의 자유와 민주주의를 위해 헌신했다. 사진은 1962년 8월 『사상계』 발행인으로 필리핀에서 아시아 노벨상이라 불린 '막사이사이상' 민주주의 부문을 수상하고 귀국하는 모습이다.

장준하(張俊河)는 1918년 평북 의주군에서 태어났습니다. 일제 강점기 일본 동양대학 예과를 거쳐 신학교에서 수학하던 중 1944년 1월 일본군 학도병으로 끌려갔습니다. 결혼한 지 열흘 만이었습니다.

중국 서주 쓰카다 부대에 배치됐던 장준하는 7월, 세 명의 동료와 일본군 병영을 탈출했습니다. 이어 같은 부대에서 3개월 먼저 홀로 탈출했던 김준엽(전 고려대 총장)을 장개석 군 유격부대에서 만났습니다.

이들은 유격대가 팔로군 공격으로 후퇴하자, 원래 계획했던 중경 임시정부를 찾아 6천 리 항일대장정을 떠났습니다. 장준하는 힘들 때마다 "후손에게 부끄러운 조상이 되지 말자"고 다짐하며 용기를 냈습니다. 그 과정을 풀어낸 책이 유명한 『돌베개』입니다.

중경에 도착한 장준하 일행은 1945년 5월 초부터 서안 광복군 제2지대에서 국내침투를 목적으로 조직된 'OSS(미국 전략첩보국) 훈련'을 받았습니다. 그러나 일제 항복으로 목적은 이루지 못했습니다. 그해 11월 장준하는 임시정부 김구 주석 수행원으로 조국의 품에 안겼지만, 조국의 앞날은 어두웠습니다.

장준하는 1953년 피난지 부산에서 잡지 『사상계(思想界)』를 창간했습니다. 『사상계』는 자유와 인권, 평화통일, 경제발전, 문화창조, 정의로운 복지사회를 추구하며 우리나라 사상과 지성사에 큰 획을 그었습니다.

장준하는 박정희 군사독재에 항거해 10여 차례나 투옥되었습니다. '다카키 마사오'로 이름을 바꿨던 박정희는 일왕에게 충성을 맹세하는 혈서를 쓴 다음 만주군관학교와 일본 육사를 졸업했습니다. 이런 박정희와 일본군을

❶ 김구 주석이 장준하에게 물려준 태극기로 윤봉길 의사가 상해에서 의거를 치르던 날 아침, 김구 주석과 뒤에 놓고 찍은 태극기이다.
❷ 사상계 창간호 ❸ 1967년 4월 국가원수 모독죄로 구속된 장준하
〈사진 : 장준하기념사업회〉

탈출해 광복군으로 활약했던 장준하는 말 그대로 물과 기름이었습니다.

장준하는 신민당 의원이던 1969년 '3선개헌반대투쟁위원회' 선전부장을 맡아 박정희가 추진하던 3선개헌 반대 운동을 주도했습니다. 박정희는 1972년 국회를 해산하고 유신헌법을 통과시켰습니다. 행정·입법·사법 3권을 손에 쥔 박정희는 민주인사들을 잡아다 사법살인을 저지르며 고문했습니다.

군부독재에 맞선 장준하는 '민주수호국민협의회' 운영위원으로 시국 선언문을 발표하고, '개헌 청원 100만인 서명운동'을 펼쳤습니다. 이에 박정희는 개헌 논의를 아예 금지하는 '대통령 긴급조치 제1호'를 공포했습니다.

장준하는 1974년 긴급조치 1호 위반 첫 구속자가 됐습니다. 당시 '비상군법회의'에서 징역 15년 형을 선고받고 수감하던 장준하는 지병인 협심증이 악화돼 형집행정지로 가석방됐습니다. 이때 받은 형은 2013년 서울중앙지법 형사합의에서 39년 만에 무죄를 선고받았습니다.

1975년 1월 장준하는 박정희 대통령에게 '공개서한'을 보냈습니다. "국헌을 준수한다고 서약했던 선서를 헌신짝처럼 버리고 헌법기관을 정지시켰다. 헌법제정의 주체인 국민을 강압적인 계엄하에 묶어놓고 '국민투표'라는 요식행위를 통해 '유신헌법'으로 귀하의 1인 독재체제를 확립했다"며 저항했습니다.

장준하는 1975년 8월 17일 등산에 나섰다가 경기도 포천군 약사봉에서 의문을 알 수 없는 죽임을 당했습니다. 그의 죽음은 타살 의혹이 짙었으나, 당시 중앙정보부 등 국가 권력의 은폐로 오늘날까지 사망 원인을 밝혀내지 못하고 있습니다. 묘소는 광탄면 나사렛 천주교 공동묘지에 있었으나, 서거 37주기인 2012년 8월 탄현면 '통일공원'에 '장준하공원'을 조성하고 이장했습니다.

장준하 선생이 1973년 서울 YMCA에서 '개헌 청원 백만인 서명운동'을 발표하고 있다. 『뜻으로 본 한국 역사』 등을 지어 민족의 독립 의지를 고취 시키고, 독재 저항에 앞장섰던 함석헌 선생이 함께 자리했다.

# 국민의 피를 먹고 자란 민주주의, 그 진실을 밝히기 위한 여정

김대중 정부 시절인 2000년 박정희·전두환 군부독재가 저지른 수많은 의문사 진실을 밝히기 위해 대통령 직속 '의문사진상규명위원회'가 출범했다. 여기에는 장준하 의문사도 포함됐다. 그러나 2002년과 2004년 1·2기 '의문사진상규명위원회'는 진상규명 불능, 2010년 1기 '진실화해위'는 조사 중지 결론을 내렸다. 이유는 당시 사건을 조사했던 경찰 관계자들의 사망과 의문사 배후로 의심되는 국정원(중앙정보부)과 기무사(보안사) 등에서 참고인 출석 및 자료 제출을 거부했기 때문이다.

인권 운동가 고상만 씨는 당시 '의문사진상규명위원회'에서 조사관으로 장준하 의문사를 추적했었다. 사망 당시 장준하 시신을 직접 검안한 조철구 의사는 검안 소견에 "장준하 두개골에 직경 5~6cm가량의 함몰 자국이 보인다"는 기록을 남겼었다. 고상만은 조철구의 검안 소견이 사실인지 직접 확인할 필요가 있다고 생각했다. 그래서 2004년 '의문사진상조사위원회'는 유족에게 "장준하 묘를 열어 법의학적 감정을 해보자"고 제안했지만, 이뤄지지 못했다.

2012년 8월 장준하 묘소를 이장하는 과정에서 두개골 함몰 흔적이 발견돼 의문사 의혹은 다시 증폭됐다. 이와 관련 고상만은 장준하 선생 40주기 추모 평전 『중정이 기록한 장준하』에서 두개골 함몰 흔적에 대해 다음과 같이 밝혔다. (줄임)

❶ 1975년 8월 장준하 사망 현장에서 추모객들이 애도하고 있다. ❷ 2011년 광탄면 나자렛 묘지에 안장돼 있던 장준하 묘지 위 석축이 무너져 내렸다. ❸ 2012년 탄현면 '통일공원'에 조성된 '장준하공원'. 조형물에 생애와 어록 등을 기록해 놓았다.

"2011년 8월 어느 날 장준하가 묻힌 광탄면 천주교 나자렛 묘지에 엄청난 폭우가 쏟아졌다. 그런데 다른 석축은 멀쩡했으나, 장준하가 안장된 바로 위 석축만 무너졌다. 유족들은 석축을 다시 쌓기 위해 공사비용을 알아보니 2천만 원이 넘게 든다는 말에 공사를 포기했다. 대신 '광복군 출신으로 평생의 벗이었던 김준엽 전 고려대 총장이 2011년 6월 대전 국립묘지에 안장되었으니, 장준하 역시 대전 국립묘지로 이장하자'는 의견이 있었다.

이때 파주시장이 '파주시가 장준하 공원을 조성해 계속 모시겠다'고 제안했다. 유족이 이를 수용하면서 이장을 위해 2011년 8월 관 뚜껑을 연 순간, 37년 만에 나타난 장준하 두개골은 마치 동그란 해머에 맞아 구멍이 뚫린 것 같았다. 결국, 죽은 장준하

2019년 8월 필자와 김원웅 광복회 회장 등 관계자들이 '장준하공원'에서 '고 장준하 선생 서거 44주기 추모식'을 열고 있다.
필자는 추모사에서 "민족을 위해 생애를 바친 장준하 선생을 본받아 파주가 분단 도시에서 통일 중심지 한반도 평화수도로 도약하도록 책임을 다할 것"이라고 다짐했다.

장준하선생 44주기 추모식

가 37년 만에 온몸으로 진실을 알려낸 것이다. 나는 장준하가 스스로 자신의 묘 위 석축을 무너뜨려 사람들이 묘를 열어보지 않을 수 없도록 한 것이라고 해석했다."

2013년 3월 '장준하 선생 사인 진상조사 공동위원회'는 유골 정밀감식에 나섰다. 결과를 발표한 서울대 법의학자 이정빈 교수는 "두개골 함몰이 추락에 의한 골절이 아니라 외부 가격에 의한 손상이며, 장 선생이 가격을 당해 즉사한 뒤 추락했을 것으로 추정된다"는 새로운 법의학 결과를 내놓았다. 하지만 이에 대한 국가기관의 공식 확인 절차는 이루어지지 않았다.

2017년 국회는 장준하 선생의 의문사 사건에 대한 진상규명 등을 내용으로 하는 '과거사청산특별법'을 발의했다. 2021년에는 진실·화해를 위한 '과거사정리위원회(진실화해위)'가 네 번째로 장준하 의문사 사건에 대한 진실 규명에 나섰다. 유족들은 "국가 공권력에 살해됐다는 사실만 밝혀지면 더 바랄 게 없다. 가해 당사자 처벌은 어렵겠지만, 역사적 심판이 중요하다"며 애타게 진실이 밝혀지기를 소망하고 있다.

## 장준하 추모제를 국가 추모제로 격상시킨 문재인 대통령

그동안 장준하 선생 추모는 '장준하 선생 기념사업회'와 선생의 숭고한 정신을 계승하고자 하는 파주지역의 뜻있는 사람들이 매년 현충일과 기일에 두 차례 진행했다. 특히 파주시 문산읍에 사는 안명남 씨는 '사상계'를 본인의 호로 사용할 정도로 장준하 선생을 존경하는 민주화운동 동지였다.

문재인 대통령은 2017년 현충일을 맞아 현직 대통령으로는 처음으로 근조화를 보내 장준하 선생의 뜻을 기렸다. 2017년 8월 17일 42주기 추모식은 정부 의전으로 격상됐다. 이낙연 국무총리가 조화를 바쳤고, 현직 대통령 추모사가 처음으로 영전에 바쳐져 피우진 국가보훈처 장관이 대독했다.

장준하 묘지석 : 장준하가 직접 쓴 글씨로 "진정한 민주주의 사회를 이룩하기 위하여, 자손만대에 누를 끼치는 못난 조상이 되지 않기 위하여 우리는 지성(至誠)일관 용왕매진하자"는 각오가 새겨져 있다.
김수환 추기경이 장준하를 추모하며 다짐한 글도 조형물에 새겨져 있다. "그의 죽음은 별이 떨어진 것이 아니라, 보다 새로운 빛이 되어 우리의 앞길을 밝혀주기 위해 잠시 숨은 것일 뿐입니다."

# 05 독립투사 김준엽과 평생 동지였던 민영주

**민영주**(1923년~2021년)
1923년 8월 15일 중국 상해에서 임시정부 비서실장을 지낸 독립운동가 민필호와 임시정부 국무총리를 지낸 신규식의 딸 신창희 사이에서 2남 4녀 가운데 장녀로 태어났다.
자라서는 광복군에 입대해 독립항쟁을 했던 민영주 선생은 말년을 파주시 탄현면에서 요양하다가 2021년 파란만장한 삶을 마쳤다.

민영주는 1940년 9월 17일 '한국광복군총사령부'가 창설되었을 때 두 살 위 오빠 민영수와 함께 광복군에 자원입대했습니다. 그녀의 나이 17살 때였습니다. 민영주는 다른 여자 광복군과 함께 사령부의 비서 업무와 선전사업을 담당했습니다.

1942년에는 대한민국 임시정부 내무부에서 근무했으며, 중경방송국에서 심리전을 담당하는 전사(戰士)로 활약했습니다. 1944년에는 이동녕·안창호·김구·조소앙 등이 1930년 결성했던 '한국독립당'에 가입해 조국의 독립에 이바지했습니다.

1945년 4월 29일 광복군 제2지대 이범석 장군의 비서가 된 민영주는 2지대가 있는 중국 서안으로 가기 위해 이범석과 미군 수송기에 몸을 실었습니다. 이 수송기에는 이범석의 권유로 국내침투 훈련을 자원한 김준엽·장준하 등 30여 명이 타고 있었습니다.

서안에 도착한 김준엽은 이범석의 부관으로 발탁됐습니다. 이범석의 비서와 부관으로 함께 근무한 민영주와 김준엽은 광복군 동지에서 사랑하는 사이가 됐습니다. 민족의식이 남달랐던 김준엽은 처가의 독립운동 이력을 깊이 존경했습니다. 민영주와 김준엽은 동지들의 축하를 받으며 결혼식을 올렸습니다.

해방 뒤 김준엽은 장준하가 창간한 『사상계』 주간을 맡기도 했습니다. 민영주는 김준엽과 사선을 넘나들었던 장준하를 동지 이상으로 대했습니다.

민영주는 1990년 건국훈장 애국장을 받았습니다. 김준엽이 2011년 세상을 뜬 뒤 모든 활동을 접고 지내다 2021년 4월 30일 광복군의 삶을 마쳤습니다. 이어 남편이 묻혀있는 국립대전현충원 애국지사 묘역에 안장됐습니다.

임시정부 김구 주석은 일제 패망 뒤 한국의 완전 독립을 보장받기 위해 미군과 연합작전을 펼쳤다. OSS(미국 전략첩보국)와 1945년 4월 국내침투 '독수리 작전' 협정을 체결했다. 중국 서안의 광복군 제2지대 1기생 50여 명(사진 왼쪽부터 노능서·김준엽·장준하)은 8월 4일 훈련이 끝나 국내침투를 기다리고 있었다. 이어 2기생도 훈련에 들어갔으며 제3지대 훈련도 진행할 예정이었다. 그러나 일본의 항복으로 작전이 전격 취소됐다. 김구는 우리나라 발언권이 약화할 것을 우려해 땅을 치고 한탄했다. 한국의 운명은 김구의 예상대로 남북이 분단되면서 전쟁을 향해 치달았다.

## 역사 토막 상식
# "현실에 살지 말고, 역사에 살아라!"

김준엽은 신의주고보를 졸업하고, 1944년 일본 게이오대학 동양사학과 2학년 때 일제의 총알받이였던 학도병으로 끌려가 강소성 서주시 쓰카다 부대에 배치됐다. 쓰카다 부대는 한국인 탈출병이 없을 만큼 감시와 차별이 혹독한 부대였다.

김준엽은 3월 징집 전부터 계획했던 탈출을 실행에 옮겼다. 부대를 홀로 탈출한 김준엽(쓰카다 부대 첫 번째 학도병 탈출)은 서주에서 활약하던 장개석 군 유격대를 만나 그들과 함께했다. 김준엽은 3개월 뒤 같은 부대를 탈출한 장준하·김영록·윤경빈·홍석훈과 함께 중경의 임시정부를 찾아 7개월에 걸친 6천 리 대장정에 올랐다. 김준엽은 자신이 겪었던 파란만장한 독립항쟁을 기록한 책 『장정(長征)』을 펴냈다.

쿠데타로 집권해 정통성이 약했던 박정희·전두환 군부독재 정권은 고려대에서 교수로 있던 김준엽에게 공화당 사무총장·국토통일원(현 통일부) 장관 등을 제안했으나 모두 거절했다. 1982년 고려대 총장이 된 김준엽은 전두환 정권의 압력에 굴하지 않고 맞섰다. 결국, 전두환 정권은 대학을 압박해 1985년 강제로 사임시켰다. 노태우 정부 때는 국무총리직을 제안받았으나 "민주주의를 외치다 투옥된 제자들이 많은데, 스승이라는 자가 어찌 그 정부의 총리가 될 수 있느냐"며 거절했다.

1987년 제9차 개헌 때는 대한민국 임시정부 법통을 헌법 전문에 넣도록 해 일제에 저항했던 대한민국 역사와 정통성을 확립했다. 1993년에는 고국으로 돌아오지 못한 노백린(임시정부 국무총리) 등 다섯 분의 유해 송환을 마쳤다. 민영주는 불의와 타협하지 않으며 마지막까지 광복군 역할을 다한 김준엽의 삶에 자부심을 느꼈을 것이다.

필자는 2018년 추석을 맞아 파주 자유로요양병원에서 요양 중이던 민영주 애국지사를 찾아 위문품을 전달했다. 2019년 1월에는 '국가유공자' 명패와 위문품을 전달하면서 자유와 독립을 위해 헌신하신 애국지사에 대한 명예를 높이고, 예우에 소홀함이 없도록 최선을 다하겠다"며 건강을 기원했다. 파주시는 정부와 경기북부보훈지청이 새롭게 시행한 '국가유공자 명패 달아 드리기' 사업을 진행하고 있다.

# 06 평창 메밀꽃밭으로 돌아간 이효석

**가산 이효석**(1907년~1942년)
경성제국대학 시절 이효석. 한국의 대표적인 단편소설 작가로 1928년 『조선지광(朝鮮之光)』에 단편 '도시와 유령'으로 등단했다. 구인회에 참여 '돈(豚)'과 수탉' 등 향토색 짙은 작품을 발표했다.

필자는 졸저 『파주 인문학 산책』에서 '메밀꽃 필 무렵'의 작가 이효석의 묘지는 파주시 탄현면 헤이리 마을 부근 동화경모공원에 있다고 했습니다.

그런데 2021년 11월 21일 유족의 뜻에 따라 다시 고향인 강원도 평창군 봉평 이효석 문학관 옆으로 이장됐습니다. 봉평은 '메밀꽃 필 무렵'에서 봉평장이 열린 곳으로 조선달과 장돌뱅이 생활을 하던 주인공 허생원이 동이를 만나는 곳입니다.

생을 마친 이효석은 평창군 진부면에 묻혔습니다. 그러다 1973년 영동고속도로가 건설되면서 묘지가 도로 부지로 수용돼 용평면 장평리로 이장됐습니다. 1998년에는 영동고속도로가 확장되면서 15년 만에 다시 이장해야 하는 처지가 됐습니다.

이효석 유족은 근대문학의 상징인 작가의 묘소를 고향 평창에서 보호하지 않고, 두 번씩이나 이장하도록 하는 처사가 서운했던지 아예 파주시 동화경모공원에 안장을 결정했습니다. 평창군은 유족이 이장 신고를 한 뒤에야 뒤늦게 알고, 파주로 이장하는 것을 막기 위해 부랴부랴 협의에 나섰지만, 유족의 뜻을 꺾지 못했습니다. 유족들은 한밤중에 야반도주하는 식으로 이효석 유해를 동화경모공원으로 모셔와 부인과 함께 합장했습니다.

평창군은 이효석 묘소도 없이 매년 9월 '평창효석문화제(봉평 메밀꽃축제)'를 열었습니다. 지역이 자랑하는 인물이자, 문화적 자산을 소홀히 관리한 지방자치단체의 업보였습니다. 한편 평창군은 유족을 상대로 이효석 묘소를 다시 봉평으로 이장해 주길 끈질기게 설득했습니다. 결국, 이효석 묘지는 파주 동화경모공원에 온 지 23년 만에 다시 이효석 문학관 옆으로 이장됐습니다.

# 작가 이효석의 삶과 문학
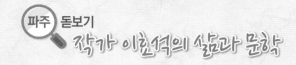

이효석은 1907년 강원도 평창 봉평에서 태어났다. 1920년 경성제일고등보통학교를 다녔으며, 경성제국대학 영문과를 나왔다. 1928년 등단 소설인 '도시와 유령'은 도시유랑민의 비참한 생활을 고발한 작품이다. 대학을 졸업한 이효석은 1931년 이경원과 결혼했으나 직장을 얻지 못해 스스로 '가난뱅이 작가'라며 자조했다.

이효석은 중학 시절 일본인 선생의 주선으로 조선총독부 경무국 검열계에 취직했다. 검열계는 작가가 쓴 작품을 사전 검열하는 곳이었다. 당연히 동료들에게 지탄받았다. 이효석은 열흘 만에 직장을 그만두고, 처가가 있는 함경북도 경성으로 내려가 경성농업학교 영어교사로 근무했다.

1934년에는 평양 숭실전문학교로 옮겨 국문학과 영문학을 가르쳤다. 이때 '산'과 '들' 등 자연을 그린 작품들을 발표했다. 1936년에는 그의 대표작이자 1930년대 시골 사회를 묘사한 '메밀꽃 필 무렵'을 발표했다.

하지만 이효석의 삶은 그가 묘사했던 향토적 이미지와 거리가 멀었다고 한다. 서양 영화와 갓 볶아낸 커피, 제대로 된 버터, 야채스프를 즐기며 거실에서 피아노로 쇼팽과 모차르트를 연주하는 서구적 삶을 즐겼다고 한다.

문단에서는 이효석 작품을 향수 문학으로 정의하고 있다. 안으로는 어렸을 때 자란 고향에 대한 그리움이, 밖으로는 유럽문화를 동경하는 그리움이 배어있기 때문이다.

이효석은 1940년 부인과 둘째 딸을 잃은 다음부터 실의에 빠져 만주 등을 떠돌아다녔다. 건강을 해친 그는 작품을 쓰지 못하다가, 뇌막염으로 병석에 눕고 말았다. 20여 일 뒤인 1942년 5월 25일, 36살의 아까운 나이로 삶을 마쳤다.

❶ 이효석 가족사진 ❷ 1939년 평양 대동공업전문학교에서 영어를 가르치던 이효석 ❸ 파주 동화경모공원에 안장됐던 이효석 묘. 2021년 11월 고향인 강원도 평창군 봉평으로 이장됐다.

## 망향과 통일 염원의 안식처 '동화경모공원'

노태우 전 대통령 재임 시절, 통일을 갈망하는 이북 도민의 '망향의 한'을 위로하기 위해 이북도민회 중앙연합회 주축으로 추진해 1995년 9월 완공됐다. 묘역과 납골당과 추모관 등이 있다. 이북 5도 별로 구역이 지정돼 있으며, 제2봉안당에는 파주시민 묘역이 조성돼 있다. 한강과 임진강이 합류해 서해로 흘러가는 조강과 삼도품이 한눈에 보이고, 강 건너 북녘땅도 보여 통일 염원의 안식처가 됐다.

# 07 빈민과 함께한 '길 위의 목사' 박형규

**박형규**(1923년~2016년)
서울 제일교회 담임목사, 한국기독교
교회협의회(KNCC) 인권위원장, 한국
기독교장로회 총회장, 민주화운동기념
사업회 초대 이사장 등을 지냈다.
의지할 곳 없는 빈민선교와 인권운동,
민주화운동에 평생을 헌신해 '길 위의
목사'로 불렸다.

수주(水洲) 박형규(朴炯圭) 목사는 1923년 경남 마산에서 태어나, 2016년 8월 93세를 일기로 타계해 탄현면 축현리 기독교 공원묘지에 안장됐습니다.

박형규 목사는 독실한 크리스천이었던 어머니의 영향으로 일곱 살 때부터 기독교 학교에 다녔습니다. 1959년 서울 공덕교회 부목사로 목회 활동을 시작한 그는 평범한 목회자의 길을 걸었습니다.

그러던 1960년 4·19 혁명이 일어나면서 인생 항로가 바뀌었습니다. 당시 경무대(지금의 청와대) 근처에서 결혼식 주례를 마치고 나오던 박형규 목사는 총에 맞고 쓰러진 학생들을 목격하고 충격에 빠졌습니다. 박 목사는 회고록『나의 믿음은 길 위에 있다』에서 "십자가에서 피를 흘린 예수나, 저 학생들이나 뭐가 다르단 말인가"라고 당시를 회고했습니다.

박형규 목사는 박정희 독재에 저항의 불길이 타올랐던 1974년 민청학련 사건 배후자로 구속돼 15년형을 선고받았습니다. 어용 언론을 동원해 국민의 눈과 귀를 속이며 강압 통치를 펼쳤던 전두환 군부독재 시절인 1987년에는 '박종철 고문살인 은폐조작 규탄 및 호헌 철폐 범국민대회'를 주관한 혐의로 구속되는 등 반독재 민주화 운동으로 수차례 투옥되었습니다. 아울러 전두환 정권의 집요한 방해로 교회 안에서 예배를 볼 수 없게 되자, 6년을 거리에서 예배를 올려 국제사회에 널리 알려졌습니다.

민청학련 사건은 38여 년만인 2012년 9월 6일 재심 공판에서 검찰이 무죄를 구형하는 세기의 재판이 됐습니다. 당시 무죄 구형을 한 검사는 도가니

❶ 1975년 4월 박형규 목사가 재판에 출석한 뒤 서대문구치소로 돌아오고 있다. ❷ 민청학련 사건 배후로 구속되었다가 풀려난 박형규 목사. 지지자들이 환호하고 있다. ❸ 박형규 남북평화재단 이사장이 2008년 서울 한국기독교회관에서 '남북한 사회통합 실천의 길' 토론회 인사말을 하고 있다.

검사로 유명한 임은정 검사로 법조계에 신선한 충격을 주었습니다. 당시 임은정 검사 직속 상관은 박형규 목사가 무죄임을 알았음에도 선배 검찰들의 잘못과 허물을 인정하기 싫어서 판사에게 형량을 일임하는 '백지구형'을 지시한 것으로 알려졌습니다.

임은정 검사는 상명하복이 철저한 검찰 조직에서 이례적으로 상관의 지시를 어기면서까지 무죄를 구형했다가 징계 처분을 받았습니다. 임은정 검사는 재판 이후 "그분의 가슴에 날인됐던 주홍글씨를 뒤늦게나마 법의 이름으로 지울 수 있게 됐다"며 사과한 것으로 알려졌습니다.

소천 1주기인 2017년 8월 18일 유족과 교인 그리고 이미경 전 국회의원을 비롯한 민주화 운동 동지들, 박형규 목사 기념사업회 등 많은 추모객이 탄현면 축현리 기독교 공원묘지에 모여 추모 예배를 열었습니다. 민청학련 사건 당시 사형을 구형받았던 유인태 전 국회의원과 이철 전 국회의원도 나란히 참석해 고인의 뜻을 기리며 추모했습니다.

여섯 번의 옥고를 치르면서도 우리나라 민주주의를 위해 모든 삶을 바치며 아낌없이 헌신했던 고(故) 박형규 목사의 삶은 촛불혁명 이후, 정의로운 사회를 꿈꾸는 모든 이들에게 걸어가야 할 길이 어디인가를 분명하게 알려주는 등불이 되고 있습니다.

박형규 목사는 저서 '해방의 길목'에서 다음과 같이 교회의 사명을 밝혔다. "교회가 항상 깨어있지 않으면 세속의 권세는 하나님의 법도를 벗어나 인간을 노예화하는 폭력으로 변하고, 마침내 교회까지도 그 시녀로 삼게 된다."
유인태 전 국회의원·이철 전 국회의원과 함께 박형규 목사 1주기 추모식에 참석한 필자

# 08 역사학계의 '녹두장군' 이이화

이이화(1937년~2020년)
한국의 '역사 대중화'를 이끈 역사 운동가이다. 비록 대학에서 역사학을 공부하지 않았지만, 대학 중심 '강단 사학'의 높은 장벽을 허물어 '재야 사학계의 별'로 불렸다.
그가 일군 학문은 역사학계를 비롯해 사회문화적으로 큰 영향을 미쳤다.
〈사진 : 경향신문사〉

역사학계 녹두장군으로 불리는 행동하는 역사학자 이이화(李離和)선생은 파주시 탄현면 헤이리마을에서 노년생활을 하다가, 2020년 지병으로 별세한 뒤 인근 동화경모공원에 안장됐습니다.

이이화는 1937년 주역 대가인 야산 이달의 넷째 아들로 대구에서 태어났습니다. 어린 시절 아버지를 따라 전북 익산으로 이사했습니다.

아버지가 한학자였기에 어린 시절 한문 교육을 받고 자랐습니다. 한국전쟁이 일어난 1950년 학교에 다니고 싶었던 그는 집을 나왔습니다. 부산과 여수의 고아원을 전전하다 1955년 광주고등학교에 입학했습니다. 이어 서라벌예술대학 문예창작과에 입학했으나 생활이 어려워 도중에 학교를 그만뒀습니다.

그는 아이스케키 장사, 빈대약 장수, 술집 웨이터, 가정교사 등 20여 가지 일을 닥치는 대로 했으나 가난을 벗어날 수 없었습니다.

1967년 동아일보 출판부에 임시직으로 입사, 원고를 다듬고 고치며 기사를 정리하는 작업을 하다 근현대사에 눈을 떴습니다. 그는 이 시절을 두고 '학사과정을 마쳤다'고 말했습니다.

이이화는 '창작과 비평' 등의 잡지와 신문에 한국사를 새로운 시각으로 바라보는 글을 기고하면서 이름을 드러내기 시작했습니다. 한문 실력이 탁월했던 그는 '민족문화추진회(한국고전번역원)'에서 고전을 번역했고, 서울대 규장각에서는 고전 해제를 쓰면서 '박사과정'을 거친 셈이 됐습니다.

이이화는 역사를 케케묵은 이야기가 아닌 오늘의 역사로 인식했습니다. 우

**동학농민혁명 113주년 기념대회**
'동학농민혁명기념재단'(이사장 이이화) 주최로 2007년 11월 경복궁 흥례문 앞 광장에서 열렸다.
동학혁명 당시 동학군과 진압군 후손들이 113년 만에 화해한 다음 만세삼창을 외치고 있다. 〈사진 : 연합뉴스〉

리나라 고대부터 현대까지 자유롭게 오가며 연구했습니다. 오랜 연구를 통해 한국사에서 '아웃사이더' 대접을 받던 의적과 동학농민전쟁 인물들, 평민의 병장이나 민중의 활약을 재평가해 역사의 주체로 끌어냈습니다.

"일본과 중국의 역사 왜곡에 단호히 대응해야 한다"고 했던 이이화는 민족 우월성만을 내세우는 민족주의 사관은 배격했습니다. 박근혜 정권 당시 국정교과서 도입 등 역사 왜곡에 맞서 민중과 함께 '촛불집회'에 참여했습니다.

비판적 지식인이자 행동하는 역사학자였던 이이화는 2020년 3월 파주 동화경모공원에 새로운 보금자리를 마련했습니다. 문재인 대통령은 역사 대중화와 정의 실현에 기여한 공적을 기려 국민훈장 무궁화장을 추서했습니다.

이이화는 '올바른 역사 인식이란 무엇인가'를 자서전과 인터뷰를 통해 다음과 같이 밝혔다.

"21세기 들어 우리 사회가 여전히 해묵은 이데올로기 문제로 사회적 갈등을 빚고 있다고 지적하는 사람들이 있다. 과연 그럴까? 나는 동의하지 않는다. 또 근래 들어 과거사 청산 문제로 사회분열을 조장한다고 주장하는 사람들도 있다. 나는 여기에도 동의하지 않는다. 오히려 그 반대로 올바른 역사의식을 제고하고, 민주 가치를 존중하며 인권사회로 가는 도정이라고 보기 때문이다." 〈자서전 『역사를 쓰다』에서 / 2011년 펴냄〉

"역사는 세상과 소통하는 실천 학문이에요. 머리가 아니라 가슴으로 느껴야 해요. 역사를 모르면 미래를 열어갈 수 없어요." 〈경향신문 인터뷰 / 2015년 4월〉

"내가 『한국사 이야기』를 쓰면서 표방한 것이 세 가지예요. 침략적 우월적 민족주의 말고 외세 침탈에 맞서 자신을 방어하는 생존적 민족주의, 대다수 상놈과 종들이 어떻게 살았는지의 민중사, 그리고 뭘 먹고 뭘 입고 어디서 살았는지, 어떤 놀이를 했는지의 생활사예요. 역사는 '태정태세문단세'나 연도를 외우는 게 아니에요." 〈한겨레 인터뷰 / 2015년 11월〉

역사학자 이이화 선생이 파주시 헤이리 집에서 '독수리 타법'으로 책을 쓰고 있다. 〈사진 : 시사저널〉

# ⑨ '보통사람'으로 묻힌 노태우 전 대통령

**노태우** (1932년 ~ 2021년)
대한민국 제13대 대통령이다. 본관은 파주 교하 노씨이며, 경북 달성이 고향이다. 2021년 10월 26일 별세, 파주시 탄현면 검단사에 임치 안치됐다가 12월 9일 동화경모공원에 안장됐다.

노태우 전 대통령은 육군사관학교 11기 출신으로 육사 생도 시절부터 박정희 전 대통령이 키운 전두환과 친분을 맺고, 군부 내 사조직인 '하나회' 핵심으로 활동했습니다.

1979년 보안사령관 전두환과 그 일당들이 저지른 12·12 군사반란 가담 때는 파주와 고양의 국가안보를 책임지던 보병 제9사단장이었습니다. 군부를 장악하는 데 일조한 노태우는 수도경비사령관과 보안사령관을 거친 다음 육군 대장으로 전역했습니다.

전두환 정권에서 정치에 입문한 노태우는 체육부장관과 내무부장관을 지내는 등 제5공화국의 실세가 됐습니다. 1987년 6월 민주항쟁 때는 6·29 선언으로 대통령 직선제 개헌을 받아들인 다음, 그해 12월 대한민국 제13대 대통령에 당선됐습니다.

재임 기간 북방정책을 펼쳐 중국, 러시아와 수교를 했습니다. 88서울올림픽 개최, 7·7선언과 남북한 유엔 동시 가입, 남북 기본합의서 채택, 파주시 통일동산 조성, 파주시 동화경모공원 조성, 자유로 건설 등을 추진했습니다. 그러나 1989년 황석영 작가의 방북과 문익환 목사, 전국대학생대표자협의회 임수경 대표의 이어진 방북을 계기로 공안정국을 조성해 민주진영의 격렬한 반발을 불러일으켰습니다.

퇴임 뒤에는 김영삼 정권 당시 파헤친 비자금 사건과 형법상 내란죄로 1995년 11월 전두환과 함께 구속됐습니다. 1997년 4월 징역형 22년과 추징금 2,839억 원을 선고받았다가 12월 김영삼 대통령의 특별사면으로 석방됐습니다. 추징금은 2013년 완납했습니다.

오랫동안 지병으로 병석에 있다가 2021년 10월 26일 타계했습니다. 정부

❶ 노태우 대통령이 1990년 10월, 당시 경기도 고양군에서 열린 자유로 건설 기공식에서 발파 스위치를 누르고 있다. ❷ 1988년 9월 17일 서울 올림픽 개막식 참석 ❸ 노태우 대통령은 1991년 4월 한·소 정상회담에서 한국의 유엔 가입에 대한 소련의 입장을 물었고, 고르바초프 소련 대통령은 "거부권을 행사하지 않겠다"고 했다. 이후 남북한 유엔 가입은 급물살을 탔다. 〈사진 : 중앙포토·동아일보·연합뉴스〉

는 10월 27일 국무회의를 열고 장례식을 '국가장'으로 결정했습니다. 국가장 장례위원회는 10월 30일 영결식을 열었습니다. 유해는 화장 뒤 유족에 의해 파주시 탄현면 성동리 검단사(黔丹寺)에 임시 안치됐습니다. 12월 9일 통일동산에 있는 동화경모공원에 그가 대통령 출마 당시 공약으로 내걸었던 '보통사람'으로 안장됐습니다.

파주 돋보기
## 파주 검단사에서 이뤄진 역사적 해후

　독립운동가이자, 반독재 민주화운동의 선구자 장준하 선생의 장손녀 장원경 씨는 미국에서 2021년 10월 28일 타계했다. 그의 유해는 11월 5일 장준하공원에서 노제를 지낸 뒤, 노태우 전 대통령의 유해가 안치된 검단사에 함께 안치됐다. 굴곡진 현대사의 명암이 교차하는 운명적 만남이 이루어진 것이다.

　장준하 선생의 장남이자, 고(故) 장원경 씨의 부친인 장호권 선생(장준하기념사업회 회장)은 검단사에 안치된 딸의 영혼을 달래는 참례를 매일 하면서, 노태우 전 대통령 참례도 똑같이 했다. 역사적 화해가 이루어지기 시작한 순간이었다.

　이를 계기로 검단사 주지 정오 스님은 장준하 선생 유족인 장호권 회장과 노태우 전 대통령 유족인 노재헌 변호사와 함께 2021년 12월 9일 파주시청을 찾아 불우이웃돕기에 써달라며 '화해의 쌀' 300포대를 전달했다.

　정오 스님은 "노태우 전 대통령의 유족과 장준하 선생의 유족이 해후한 뒤, 검단사에 있는 수령 300년 된 느티나무 아래에 그동안 말라 있던 약수가 다시 나오기 시작했다"며 화해의 의미를 부여했다.

　장호권 회장은 12월 9일 동화경모공원에서 열린 노태우 전 대통령 안장식에 참석, 헌화와 분향을 했다.

'화해의 쌀' 10kg짜리 300포대를 전달하기 위해 파주시청을 찾은 장준하기념사업회 장호권 회장(왼쪽 두 번째), 필자, 노태우 전 대통령 유족 노재헌 변호사, 검단사 주지 정오 스님

검단사(黔丹寺) : 파주시 탄현면 성동리 오두산에 있다. 847년(신라 문성왕 9) 혜소(慧昭)가 창건했다. 사찰 이름은 혜소가 얼굴색이 검어 '검단'이라 했다는 설과 오두산이 검은 편이어서 검단사라 했다는 설이 있다. 조선시대 인조와 인열왕후 능인 장릉(長陵)의 원찰이었다. 원래 장릉이 있던 문산읍 운천리에 있었지만, 1731년 영조가 장릉을 탄현면 갈현리로 옮길 때 지금의 자리로 옮겼다. 검단사는 장릉에 제향을 지낼 때 두부를 만들어 한때 '두구사(豆拘寺)'라고도 했다.

## 노태우 전 대통령 통일동산 장지를 둘러싼 찬반여론

노태우 전 대통령의 장남 노재헌 변호사는 수년 전부터 여러 차례 광주 5·18 민주화 묘역을 찾아 아버지를 대신해 참배하고 사죄의 뜻을 밝힌 바 있었다.

또한, 노 전 대통령 측 관계자는 고인이 타계하기 수개월 전부터 파주시 탄현면 통일동산 인근에 장지를 조성할 수 있는가에 대한 문의를 했다. 파주시는 '해당 부지는 장사법과 지구단위계획 등으로 장묘시설을 조성하기 어렵다'는 뜻을 밝혔다.

10월 26일 노 전 대통령이 별세하자, 유족 측은 유언을 공개하며 "장지를 파주시 '통일동산'으로 하고 싶다"는 의견을 밝혔다. 유족 측이 밝힌 입장문 요지는 다음과 같다.

"아버지께서는 '나름 최선의 노력을 했지만, 부족하고 잘못된 점은 깊은 용서를 바란다'고 하셨습니다. '생애에 이루지 못한 남북한 평화통일이 다음 세대에는 꼭 이루어지기를 바란다'고 당부하셨습니다. 장례 절차는 정부와 협의 중이며, 장지는 이런 뜻을 받들어 재임 시에 조성한 통일동산이 있는 파주로 모시는 것을 협의 중입니다."

정부는 국무회의를 열어 국가장 여부의 장례 절차를 논의하는 등 상황이 다급하게 흘러갔다. 필자는 "정부와 국무회의 의견을 듣고, 국민과 파주시민 정서를 경청해 결정하겠다"는 입장을 밝혔다.

이어 곧바로 파주시의회를 찾아가 여·야 시의원들과 '유족 측 입장과 정부의 국가장 결정 여부에 따른 대응방안'에 대한 회의를 열었다. 아울러 정치권과 시민단체, 종교계, 주민대표 등 각계각층의 의견을 폭넓게 수렴했다.

광주 5·18 민주화 묘역을 찾아 희생자들에게 참배하며 사죄하는 노재헌 변호사
〈사진 : 국립5·18민주묘지관리소〉

## 국무회의, 노태우 전 대통령 장례 '국가장' 결정

10월 27일 국무회의에서는 노태우 전 대통령의 장례를 국가장으로 결정했다. 유족 측이 장지를 통일동산으로 원한다는 의사도 공개됐다. 그러자 파주지역 노동당·녹색당·정의당·진보당과 민주노총 고양 파주지부 등 시민사회단체는 10월 29일 파주시청

1996년 12월 서울고법에서 열린 12·12 군사반란 및 5·18 광주 학살 항소심 선고 공판에서 전두환(오른쪽), 노태우 전 대통령과 함께 당시 반란과 학살에 가담했던 피고인들이 나란히 서 있다. 〈사진 : 연합뉴스〉

정문 앞에서 기자회견을 열고 반대에 나섰다.

"노 전 대통령은 12·12 군사반란과 5·18 당시 광주 시민 학살의 공범이다. 내란죄 등 혐의로 징역 17년 형, 추징금 2천6백억여 원을 선고받은 죄인이다. 장지로 거론되는 '통일동산'은 남북 화해의 상징이며, 고 장준하 선생이 묻혀있는 역사의 현장이다. 그곳에 학살의 죄인 노태우가 묻히고, 추념 되는 것은 국민 정서에 벗어난다"며 반대했다.

반면 '파주시민회'는 10월 27일 성명서를 내 "고인은 통일동산을 조성해 파주를 널리 알리고, 지역경제에 많은 도움을 주었다"며 통일동산 안장에 찬성의 뜻을 밝혔다. 탄현면 이장단과 단체들도 통일동산 안장 환영 현수막을 걸었다.

필자는 각계각층의 폭넓은 여론 수렴과 정부의 국가장 결정을 바탕으로 고심 끝에 10월 29일 유족 측의 요청을 수용하는 입장을 밝혔다.

### "파주 시민 여러분의 화해와 용서의 손길을 부탁드립니다"

〈故 노태우 전 대통령 파주 통일동산 내 묘역 조성 관련 파주시장 입장문〉

존경하는 파주 시민 여러분!

파주시장 최종환입니다.

故 노태우 전 대통령의 영전에 삼가 애도를 표하며 유족께 심심한 위로의 마음을 전합니다. 정부는 27일 국무회의를 통해 장례를 국가장으로 치르기로 했으며, '故 노태우 前 대통령 국가장 장례위원회'에서는 유족과 협의해 파주 통일동산 내에 묘역을 조성하기로 결정하고, 파주시에 협조를 요청했습니다.

파주시는 국가장 장례위원회의 통일동산 내 고인의 묘역 조성 관련 협조 요청에 대해 파주시 의회, 지역 주민, 시민단체, 종교단체를 비롯한 관내 각계각층의 찬반 의견을 폭넓게 수렴하고, 관련 법령과 절차를 면밀히 검토한 끝에 평화와 화해를 위한 대승적 차원에서 고인의 묘역 조성 요청을 수용하고, 최종 장지 선정을 위한 관련 절차 등 후속 조치를 국가장 장례위원회 및 유족과 협의 중에 있습니다.

노 전 대통령은 전두환 씨와 함께 12·12 쿠데타, 5·18 민주화운동 무력진압, 내란 목적 살인 등 중대 범죄행위로 징역 17년형을 선고받았고, 5·18 희생자와 국민 앞에 책임자 규명과 직접적인 사죄와 참회도 하지 않아 역사적 책임을 면하지 못했습니다.

그러나 노 전 대통령의 장남 노재헌 씨는 여러 차례 광주를 찾아 아버지의 뜻이라며 무릎 꿇고 용서를 구했으며, 노 전 대통령도 자신의 과오를 용서해달라고 유언을 남기는 등 전두환 씨와는 다른 부분을 고려했습니다.

노 전 대통령은 남북한 유엔 동시 가입, 남북 화해와 불가침을 선언한 남북기본합의서 채택으로 남북관계 개선의 기틀을 다졌으며, 북방외교를 통해 다자외교의 지평을 넓혔습니다. 또한, 1989년 민간인 통제구역이었던 파주시 탄현면 일대에 규제를 풀어 통일동산 지구로 조성했고, 1990년 자유로를 착공하는 등 파주와의 인연도 고려했습니다. 그리고 고인이 통일동산 언덕 위에서 남북평화와 화해, 협력을 기원하며 잠들고자 하는 인간으로서 생전 희망도 반영했습니다.

비록 고인은 역사에 씻지 못할 잘못이 있지만, 과오에 대해 용서를 구하는 유언을 남긴 만큼 사상과 이념, 보수와 진보, 진영을 뛰어넘어 평화의 땅 파주에 묻혀 영면할 수 있도록 파주 시민 여러분의 화해와 용서의 손길을 부탁드립니다. 이를 통해 우리 사회의 진정한 평화와 화합의 밑거름이 되는 '한반도 평화수도 파주'가 되기를 바랍니다.

감사합니다.

2021. 10. 29.  파주시장 최종환

## "파주시의 수치입니다!" "충분히 이해하고 지지합니다!"

필자의 통일동산 묘지 조성 입장이 발표되자 찬반여론은 더 뜨겁게 달아올랐다.

"군사반란의 주역한테 '노 전 대통령'이라고 호칭하니 좋냐? 너도 다음 지방선거에선 낙방해야겠다. 그들이 얼마나 많은 사람을 죽이고 고문했는데… 미친 시장 X아."

"최 시장, 노태우 묘지 파주시에 유치해서 좋겠네… 한심한 인간아."

"그가 아무리 통일동산특구 조성에 기여했다 해도 통일동산 특구 내 묘역 조성은 반대합니다. 80년 12·12 쿠데타를 일으킨 걸 압니다. 그 후 5·18 학살을 자행했습니다. 그런 자를 통일동산에 안치한다? 이해하기 어렵습니다. 파주시의 수치입니다."

"5·18 광주 피해 시민들도 평화와 화해를 위한 대승적 차원에서 이해할 것으로 생각하시나요? 국가권력을 총칼로 진압하고, 무고한 시민들에게 총부리를 겨누고 사살을 해도 나중에 본인이 아닌 그 자식이 사과하면 용서된다는 그런 교훈을 줄 예정이신가요? 국가 예산으로 묘지를 조성하고, 후대 사람들에게 그곳에서 그를 추모하거나 기념하게 해서는 안 된다고 생각합니다." 등등의 반대의견이 빗발쳤다.

❶ 5·18 당시 계엄군이 시신을 질질 끌고 가는 모습을 외신기자들이 촬영하고 있다. ❷ 광주 상무관에 안치된 시민군 시신 ❸ 12·12 군사반란과 5·18 광주학살 주범 전두환은 조비오 신부 사자 명예훼손으로 광주지법에서 재판을 받다가, 2021년 11월 23일 90살로 사망했다. 끝내 사죄나 반성 없이 죽었다. 추징금도 2205억 원 가운데 956억 원을 내지 않았으며, 지방세도 9억8천여만 원을 미납해 서대문구 세금 고액체납자에 올랐다. 이는 추징금 완납과 유족이 사죄한 노태우 전 대통령과 비교돼 국민의 분노를 자아냈다. 〈사진 : 한국일보〉 ❹ 고 노태우 전 대통령 국가장 영결식

　　이와 반대로 필자의 고심을 이해하고, 차분하게 받아들이자는 의견도 이어졌다.

　　"역사를 제대로 기억하고 새기는 것과 미흡하나마 잘못을 뉘우친 자, 그 사이에서 균형을 맞추는 것이 쉬운 일은 아닙니다. 그래도 반성하는 자에게 마지막 쉴 자리마저 거절할 수 없다는 최 시장의 고뇌를 이해합니다."

　　"저는 5·18항쟁 당시 광주에서 대학생이었고, 파주 시민으로서 민족의 평화적인 통일을 기도하고 있습니다. 고인과 동조 집단들의 역사적 만행은 용서하기 어렵지만, 가족을 통한 개인적인 사죄의 시도는 파렴치한 거짓된 무리와는 구분되어야 하고, 조금은 역사적인 진실을 밝혔다는 점에서 통일동산 매장을 환영합니다."

　　"시장님의 진정성과 고뇌가 느껴집니다. 국가장으로 결정되었고, 어딘가에는 묻혀야 하는 고인을 받아들여야 하는 지자체는 어딘가 있을 수밖에요. 반대하는 시민들도 많겠지만, 떠넘기기 수순은 또 다른 복잡성을 만드는 것에 다름 아니겠지요."

　　"오랫동안 파주 시민으로서 평화통일을 위해 실천하는 정치를 항상 염원해왔습니다. 고인인 노태우 전 대통령은 본인의 과오를 인정하고 여러 차례 사죄한 점. 형제간 소송까지 하면서 배상을 완수한 점. 통일동산과 자유로를 조성한 점. 그리고 평화통일을 위한 남북기본서 등 기초를 닦은 점. 더 나아가 통일을 염원하여 묻히고자 하는 점은 우리가 평가해주어야 다른 분과 비교도 되고, 더 나아가 국가와 민족 우리 후대들이 배울 수 있다고 생각합니다."

　　"과오를 반성하고 미래를 위해 현충원이 아닌 최전방 오지에 오겠다는 그 마음도 평가해 줄 수 있습니다. 이를 위한 파주시와 시장님 마음 충분히 이해하고 지지합니다."

## 난항 끝에 통일공원 내 '동화경모공원'으로 장지 결정

　　찬반여론 속에 10월 30일 국가장으로 고인의 영결식이 엄수되고, 유해가 파주 검단사로 임시 안치된 뒤에도 고인이 영면할 장지는 확정되지 않고 난항을 겪었다. 유족 측은 통일동산 인근에 장지매입이 여의치 않을 경우, 오두산 통일전망대 부근 자유로와 한강과 북녘땅이 보이는 국유림 부지 매입을 원했다.

그러나 국유림을 관리하는 산림청은 "해당 부지가 '보전산지'에 해당돼 국방·군사시설, 사방시설 등 국토보전시설의 설치, 도로 등 공용·공공용 시설 설치 등 특별한 경우를 제외하고는 매각이 어렵다"는 입장이어서, 장지 문제가 쉽게 해결되지 않았다.

때마침 11월 23일 12·12쿠데타와 5·18 광주학살의 주범 전두환이 사망한 가운데, 노태우 전 대통령 유족 측에서 11월 29일 "장지를 통일동산 내 동화경모공원으로 하고 싶다"는 입장을 발표했다.

유족은 입장문에서 "파주시와 파주 시민의 뜻에 따라 아버지를 동화경모공원에 모시려고 합니다… 이곳에서 보통사람을 표방하던 고인께서 실향민과 함께 분단된 남북이 하나가 되고, 화합하는 날을 기원하시리라 믿습니다"고 장지 결정 배경을 밝혔다.

필자는 "노태우 전 대통령의 생전 유언을 따르고, 고인이 평소 말씀하셨던 '보통사람의 시대'에 맞는 묘역을 조성하고자 결정을 내려주신 유족분들의 뜻을 진심으로 존중합니다… 동화경모공원은 통일동산 지구 내에 위치해 자유로와 임진강을 마주하고 있으며, 북녘땅이 한눈에 보이는 장소입니다. 이북5도민과 파주 시민이 함께 잠들어 있는 곳으로 그 의미가 한층 더 깊다고 할 것입니다"며 수용 의사를 밝혔다.

이에 따라 난항을 겪던 장지 문제는 해결되었다.

## "파주 시민 여러분께 감사를 드립니다"

〈노태우 유족 '동화경모공원' 장지 결정 입장문〉

지난달 26일 아버지께서 작고하신 지 한 달, 그리고 나흘의 시간이 흘렀습니다. 그동안 어디에 모시는 게 좋을지 많은 고민을 했습니다. 남북의 평화와 통일을 염원하신 아버지의 유지를 받들면서 평소의 아버지답게 국가와 사회에 부담을 주지 않고, 순리에 따르는 길을 택하려고 많은 분의 조언을 들었습니다. 저희는 파주시와 파주 시민의 뜻에 따라 아버지를 동화경모공원으로 모시려고 합니다.

안장일은 최대한 준비가 되는 대로 곧 정해질 것입니다. 이곳에서 보통사람을 표방하던 고인께서 실향민들과 함께 분단된 남북이 하나가 되고 화합하는 날을 기원하시리라 믿습니다.

조언과 협조를 아끼지 않으신 파주시장님과 파주시 관계자, 시민단체, 시민 여러분께 감사드립니다. 국가장을 엄수해 주신 정부와 장례위원회에도 다시 한번 감사드립니다. 관심과 격려를 보내주신 모든 분께 진심으로 감사드립니다.

2021.11.29. 고 노태우 전대통령 유족 일동

❶ 노재헌 씨가 안장식에 참석한 조객에게 감사 마음을 전하고 있다. 〈사진 : 동아일보〉 ❷ 고 노태우 국가장 안장식에 참석한 전해철 행정안전부 장관 ❸ 5·18민주화운동 당시 시민군 상황실장 박남선 씨와 인재창 광복청년 아카데미 총재 ❹ 장호권 장준하기념사업회 회장이 헌화했다. 〈사진 : 오마이뉴스〉

## "남북평화와 화해·협력을 기원하며 영면하시길"

〈노태우 유족 장지 결정 입장문에 대한 파주시 입장문〉

존경하는 파주시민 여러분!

故 노태우 전 대통령의 생전 유언을 지키고, 고인이 평소 말씀하셨던 '보통사람의 시대'에 맞는 묘역을 조성하고자 결정을 해주신 유족분들의 뜻을 진심으로 존중합니다.

지난달 27일 국무회의를 통해 故 노태우 전 대통령 장례가 국가장으로 엄수되고, 고인이 파주에 임시 안장된 지 한 달이 넘는 기간 동안 파주시는 국가장례위원회 및 유족분들과 고인의 묘역 조성에 대해 지속적으로 협의했습니다.

고인이 영면하실 동화경모공원은 통일동산 지구 내에 위치해, 자유로와 임진강을 마주하고 있으며, 북녘땅이 한눈에 보이는 장소로, 이북5도민과 파주시민들이 함께 잠들어 있는 곳으로서 그 의미가 한층 더 깊다고 할 것입니다.

파주시는 고인이 평화의 땅 파주에서 남북평화와 화해·협력을 기원하며 영면하실 수 있도록 국가장례위원회 및 유족분들과 함께 안장 절차에 최대한 협조하여 나갈 것이며, 이를 계기로 한반도 평화 수도 파주를 만들어가기 위해 더욱 노력하겠습니다.

故 노태우 전 대통령의 명복을 기원합니다.

2021. 11. 29.  파주시장 최종환

## 안장식에서 내민 화해와 평화의 손길

고 노태우 씨의 국가장 안장식이 12월 9일 파주 통일동산 내 동화경모공원에서 엄수됐다. 국가장 위원장인 전해철 행안부 장관과 최종환 파주시장, 박정 국회의원, 한양수 파주시의회 의장, 노태우 정부 인사 등이 참석했고, 김대중 대통령 시절 통일부 장관을 지낸 임동원 장관이 추모사를 낭독했다.

고인의 아들 노재헌 씨는 "장례 동안 많은 분이 도움과 격려와 용기를 주셨다. 민주화와 경제발전을 함께 이룩해낸 대한민국의 역사와 이 과정에 희생되신 분들의 희생이 헛되지 않았다는 것을 느꼈다. 박남선 5·18상황실장님과 장호권 장준하 선생님 기념사업회 회장님 등 많은 분이 보여주신 화해와 화합의 정신을 마음속 깊이 새기면서 여러분의 은혜에 보답하기 위해 열심히 노력하겠다"고 말했다.

여섯 번째 둘레길

# 파주의 생태

파주는 땅이 기름지고 생명의 젖줄인 임진강이 흐르고 있어 오랜 옛날부터 사람들이 살기 좋은 고장이었습니다. 사람들은 풍요로운 땅 파주에서 흥겨운 노동요를 부르며 자연과 더불어 살아왔습니다. 임진강 물길을 따라 거둔 수확물을 황포돛배에 싣고 다른 지역 생산품과 교류하는 상업 활동도 활발하게 펼쳤습니다.

임진강은 경치도 뛰어나 강을 따라 펼쳐진 신비로운 적벽을 보려고 수많은 문인과 화가들이 찾았습니다. 이들은 임진강의 아름다운 8경을 '임진팔경'이라 이름 짓고, 시인은 시를 읊었으며 화가는 그림을 남겼습니다.

파주에는 멸종위기종인 금개구리·수원청개구리·층층둥굴레 등과 천연기념물인 물푸레나무·재두루미·저어새·수리부엉이·독수리 등이 살고 있습니다. 특히 임진강 건너 민통선 안은 가장 많은 독수리가 월동하는 지역으로 알려져 있습니다.

임진강을 대표하는 황복과 참게와 장어 등 다양한 어족도 살고 있습니다. 파주시는 사라져 가는 어류를 보존하고, 어민 소득 증대와 지역 관광 활성화를 위해 해마다 여러 종류의 치어 방류사업을 벌이고 있습니다.

# 01 자연이 빚어낸 절경, 임진팔경

**임진적벽** : 임진팔경 가운데 으뜸으로 꼽힌다. 10만 년에서 60만 년 전 사이에 여러 번 분출한 용암이 식으면서 길쭉하게 수축한 암석들이 4각형, 6각형 등의 다양한 생김새로 굳어졌다.

파주의 생태 보고(寶 보배 보, 庫 곳 집), 생명의 젖줄 임진강은 길이 272km의 강물입니다. 이 가운데 파주 구간은 약 75km 정도입니다.

함경남도 마식령에서 시작된 임진강은 북한 지역을 굽이굽이 흘러, 강원도 철원군과 경기도 연천군을 지나 파주시 경내로 들어옵니다. 이어 파주시 적성면·파평면·문산읍을 차례로 흘러 교하에서 한강과 만나 김포와 강화를 거쳐 서해로 흘러갑니다.

임진강은 삼국시대에는 칠중하(七重河)·표하(瓢 표주박 표, 河 물 하)·호로하(瓠 박 호, 蘆 갈대 로, 河 물 하) 등 여러 이름으로 불렸습니다.

지금의 임진강으로 불리게 된 유래는 고구려 때 문산읍과 파평면 경계에 '진임성(津臨城)'이 있었는데, 진임성이 신라 경덕왕 때 '임진(臨 임할 임, 津 나루 진)'으로 뒤바뀌면서 임진강으로 불리게 됐다고 합니다.

임진강의 아름다운 8경을 '임진팔경'이라 부릅니다. 그 유래를 살펴보면 다음과 같습니다. 조선시대 영의정을 지낸 신승선(연산군 장인)이 문산읍 장산리 임진강 변에 '내소정(來 올 래, 蘇 되살아날 소, 亭 정자 정)'을 지었습니다.

조선 숙종 때 내소정에 오른 문신 남용익은 임진강의 아름다운 풍경에 반해 '내소정어(來蘇亭於)'란 시를 지었습니다. '내소정어'는 '내소정에서'라는 뜻입니다. 이 시가 '임진팔경'의 유래가 된 '내소정 팔경시'입니다.

'임진팔경' 연구는 파주 사학자 이윤희 선생 글에 잘 나타나 있습니다. 이윤희 선생은 '흔적을 찾는 사람'이라는 뜻의 '적심재(跡尋齋)'를 아호로 쓸 만큼 파주 역사·문화 연구에 열정이 남다른 분입니다. 이윤희 선생이 '임진팔경'을 조사한 바로는 안타깝게도 대부분 사라지고, 흔적만 남아 있다고 합니다.

『파주읍지』 등의 문헌에는 임진강 변에 28개의 정자가 있었다고 합니다. 그러나 지금은 화석정과 반구정만 있고, 나머지 26개는 없어졌습니다. 남용익이 '임진팔경'의 비경을 읊은 내소정도 빈터만 쓸쓸하게 남아 있습니다.

## 파주시, 임진강 일대 문화자원 조사 나서

파주시는 2018년 6월과 10월, 남북을 연결하는 중요 길목이 될 임진강 문화자원 탐사를 진행했다. 1차 조사에서는 임진강 제1석벽에 석각된 조선 후기 문신 우의정 조상우(1640~1718년)의 4언시 '九疊廬屛 半面徐粧(구첩여병 반면서장)' 8자를 처음 발견하는 성과를 얻었다.

2차 탐사에서는 필자와 우관제 파주문화원장, 차문성 향토문화연구소장, 연구원 등 30여 명이 나섰다. 탐사단은 먼저 파평면 두포리에 머물렀던 생육신 성담수의 유적 '몽구정' 터를 방문했다. 이어 조선 후기 문신으로 인현왕후 폐위를 반대하다 숙종의 형벌로 목숨을 잃은 파주목사 박태보 석각 시를 찾아 임진나루 제5석벽을 탐사했다. 박태보의 적벽 한시는 파주 향토사학자 김현국 씨가 1892년 박태보 6대손이 간행한 '정재집'에 수록된 내용을 근거로 처음 석각 존재를 제기했었다.

임진강 적벽은 문산읍 장산리와 임진나루 초평도 사이에 모두 9개의 석벽이 펼쳐져 있다. 파주시는 그 동안 접근이 어려웠던 문화자원 실태를 파악해 남북협력시대의 마중물이 되도록 노력하고 있다.

## 제1경 화석정춘 (花石亭春 / 화석정의 봄)

화석정은 파평면 율곡리 임진강 변에 자리한 정자로 율곡이 제자들과 학문을 논하며 여생을 보낸 곳이다.

아래 시들은 남용익이 지은 한시(漢詩)를 한글 번역한 시이다.

〈시·그림 : 파주시청 홈페이지〉

화석정에 새로 핀 꽃을
홀로 감상하는 나그네
유방(幽旁)을 온 세상이 알지 못하니
탄식한들 선생(율곡)이 가신 뒤 봄이라네

## 제2경 장암수조 (場岩垂釣 / 장암의 낚시)

백척난간에서 봄 강에 낚시 드리고
고기를 낚는다면 크게 술 한번 사려 했는데
곁에 있는 사람 내 마음 몰라주고
도(道)를 떠난 동강(桐江)에 물색만 오네

'장암(場 마당 장, 岩 바위 암)'은 문산읍 장산리 임진강 절벽 위 평평한 바위인데, 사람들이 '마당바위'라 불렀다고 한다. 마당바위를 한자로 쓰면 장암이 된다.
일제 강점기 때 경의선 철로를 놓으면서 장암을 파괴해 지금은 흔적조차 찾아볼 수 없게 되었다고 이윤희 선생은 밝혔다.

### 제3경 송암청운 (松巖靑雲 / 송암의 맑은 구름)

정처 없는 뭉게구름 점점 떠오르듯
그림 같은 먼 산이 숱 없는 머리 같네
비스듬히 바라보니 생각도 많은 듯
옛 시름에 이르는 것을 소란하게 할까 두렵네

'송암(松 소나무 송, 巖 바위 암)'은 특정 지명이 아니라,
당시 내소정 부근의 소나무와 바위를 일컫은 것으로 추
정된다고 한다.

### 제4경 장포세우 (長浦細雨 / 장포의 가랑비)

'장포(長 길 장, 浦 개 포)'는
'긴 포구'라는 뜻으로 지금
의 파평면 두포리 일대로
추정했다.

장주(長洲)의 더운 비 맑았다 흐렸다
백로가 가로 날으니 풀빛이 나는 듯
어부는 가을 풍랑을 근심치 않고
배에 기대어 녹사의(綠蓑衣)를 부르네

## 제5경 동파완월 (東坡玩月 / 동파역의 달)

동파 옛 역루에 달이 비치니
집 집마다 처마 위 낚싯대로다
한 점 규성(奎星)은 멀리 뵈지 않거늘
오늘 밤엔 들러 광한유(廣漢遊)하리

'동파역(東 동녘 동, 坡 언덕 파, 驛 역 역)'은 임진강 건
너 북쪽 진동면 동파리(지금 해마루 촌)에 있던 역원(驛
院)을 말한다.
중국과 조선을 오가는 사신들과 북쪽 지방에 파견이나
시찰을 나가던 관리들이 머물렀던 동파역은 역사적 의
미가 큰데도 위치가 정확하게 알려지지 않았다.
파평면 율곡리에 사는 김현국 씨는 동파역이 초평도 바
로 옆 동자원과 잔골 사이 주막거리에 있었던 곳으로
추정했다.

## 제6경 적벽범주 (赤壁泛舟 / 적벽의 뱃놀이)

적벽 머리에 다시 배 띄웠나니
소선(蘇仙) 가신 후 풍류는 남았도다
부서지는 파도 밝은 달 모두 좋은 밤
황강(黃岡)이 필요 없는 임술년 가을일세

'적벽(赤 붉을 적, 壁 벽 벽)'은 '붉은 절벽'이란 뜻으로
임진강 전역에 펼쳐져 있는 현무암 절벽을 말한다.
'내소정어'에서 말하는 적벽은 화석정 아래에 있는 적
벽을 일컫는 것으로 추정된다고 한다.

## 제7경 동원모설 (桐園暮雪 / 동원의 저녁눈)

동원(桐園)의 저물녘 눈이 희디흰데
언덕 위 바라보니 날씨 개어 가네
밤이 되어도 강가 사립문 열렸나니
섬계(剡溪)에서 자유(子猷) 오기를 기다리는 것이리

'동원(桐 오동나무 동, 院 집 원)'은 '오동나무 정원'이란
뜻이다. 동파리 주막거리 주변에 오동나무가 많았던 것
으로 전해져 이곳을 일컫는 것으로 추정된다고 한다.

## 제8경 진사효종 (津寺曉鐘 / 진사의 새벽종)

'진사(津 나루 진, 寺 절 사)'
는 임진나루 근처에 있던 사
찰로 추정되는데, 문헌에 의
하면 임진나루 인근에 절터
가 있었다고 한다.

나루 머리에 절이 서니 흰 구름이 층(層)이 되고
밤중에 종 울리매 노승이 있음이
내 고소성(姑蘇城) 밖에 머문 것 아닌데
한천(寒天)에 지는 달과 어등(漁燈)을 보누나

# 02 자연과 더불어 살아온 임진강 어부

생명의 젖줄 임진강에는 예로부터 풍성한 고기를 잡으며 생업을 유지하는 사람이 많았습니다. 파주시에서 현대식 어업권이 허가된 것은 1965년부터였고, 모터 배가 허가된 것은 2005년부터였다고 합니다. 모터 배 허가를 하지 않은 이유는 배를 이용한 월북 방지 등 군사상 목적 때문이었다고 합니다.

파주시 민통선 이북 지역 해마루촌에 사는 파주 출신 농부작가 이재석 씨가 쓴 『임진강 기행』을 보면 이곳 어부들의 애환이 잘 그려져 있습니다. 내포리와 반구정 어민들은 해가 떨어지면 돛단배만 강가에 두고, 어깨에 메고 간 노는 강변보관소에 두고 가는 시절이 있었다고 합니다.

2015년부터는 3월 1일에서 6월 30일까지 15마력 이하 모터 배 운용 허가만 내주고 있다고 합니다. 모터 배 허가를 받기 위해 어민들은 군부대에 CCTV 설치비용을 내는 등 각종 지원을 했다고 합니다. 어업에 종사하는 사람은 약 2백여 명, 낚시나 양식을 포함하면 350여 명이라고 합니다.

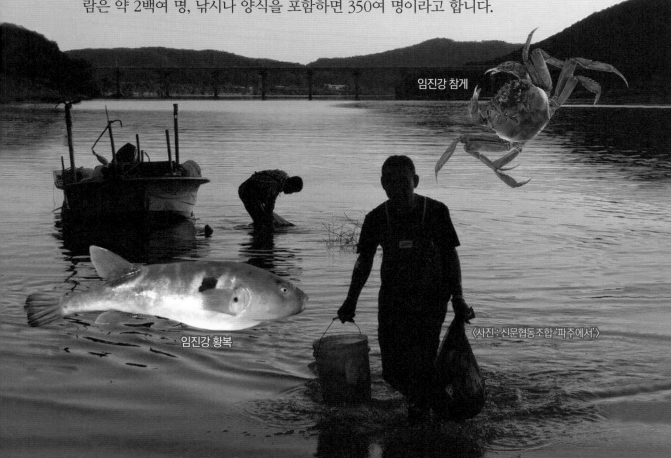

임진강 참게

임진강 황복

《사진 : 신문협동조합 '파주에서'》

한강 하구와 합류하는 공릉천에서 물고기를 잡는 배를 제외한 대부분 배는 문산읍 내포리에서 적성면 자장리에 이르는 허가 구역 안에서 어로 활동을 하고 있습니다.

임진강에는 귀한 대접을 받아 '금복'으로 불린 황복을 비롯해 참게·쏘가리·어름치·은어·장어·메기·모래무지·참마자·동자개 등이 살고 있습니다.

태어난 곳으로 돌아와 알을 낳는 회유성 어종 황복은 먼바다에서 강물과 바닷물이 만나는 곳에 알을 낳기 위해 임진강을 거슬러 올라옵니다. 산란장은 파평면 장파리와 적성면 장좌리에 걸쳐 있는 임진강 모래밭이었습니다.

황복은 4월 말부터 6월 중순까지 많이 잡았는데 점점 줄어 1996년에는 멸종위기 보호종으로 지정돼 허가받은 어부만 잡을 수 있습니다. 2003년 황복 치어 바닷물 양식에 성공해 파주시에서는 해마다 치어를 방류하고 있습니다.

역시 회유성 어종인 뱀장어는 산란을 위해 먼바다로 내려갔고, 그 새끼들은 3월부터 모천회귀(母川回歸, 어미가 낳은 강으로 되돌아옴)를 해 임진강에서 자랍니다. 뱀장어는 적성면 두지리에서 많이 잡혔습니다. 황희 정승 유적지가 있는 반구정 주변에는 장어집들이 성황 속에 영업하고 있습니다.

임금님께 진상하던 별미 임진강 참게는 추분 즈음에 임진강 하구에서 산란을 위해 바다로 내려갑니다. 8월 말경부터 파평면 장파리와 적성면 두지리에서 많이 잡는다고 합니다.

임진강 매운탕은 또 하나의 파주 명물입니다. 임진리·두포리·두지리에는 매운탕 집이 많이 들어서 있습니다. 파주만의 독특한 매운탕으로는 '털레기 매운탕'이 있습니다. 미꾸라지와 온갖 채소, 국수 등을 다 털어 넣고 끓이는 매운탕이라서 붙여진 이름이라고 합니다. 먹을 게 드물고 고기가 귀했던 시절, 배불리 먹을 수 있는 서민들의 별미이자 보양식이었습니다.

### 파주시, 어민소득 증대를 위한 치어 방류

파주시는 임진강 자연생태계 복원과 어민 소득증대를 위해 1997년부터 24년 동안 57억9천만 원을 투입, 참게·황복·메기·동자개·대농갱이·뱀장어 등의 치어 약 2,765만 마리를 방류했다.
2021년에는 2억2천만 원을 투입해 모두 42만 마리의 치어를 방류했다. 5월 뱀장어 3만 마리의 방류를 시작으로 참게 치어 11만 마리를 방류했으며, 7월에는 황복 치어 18만 마리를 방류했다.

# ⑬ 절경에 반하는 임진강 황포돛배 유람

임진강 황포돛배 유람은 조선시대 뱃길을 이용한 운송수단 황포돛배를 원형대로 되살려 운행하고 있습니다. 적성면 두지리 황포돛배 나루터에서 출발한 유람선은 3km를 내려가다 수심이 발목 정도 깊이로 낮아지는 고랑포 여울목 호로탄에서 배를 돌려 다시 두지리로 올라옵니다. 거리는 왕복 6km 정도이며 운행 시간은 40여 분입니다.

이 구간은 약 60만 년 전부터 철원지역에서 폭발한 화산의 용암이 흘러내리면서 생긴 '적벽(赤壁, 붉은 바위)'을 가장 가까이에서 바라볼 수 있는 곳입니다. 높이 약 20여m의 붉은 수직 절벽이 장관을 이루는 '자장리 적벽'은 임진강에 있는 11개의 적벽 가운데 가장 뛰어나다는 평가를 받고 있습니다. 오른쪽 연천군에는 원당리 적벽이 병풍처럼 펼쳐져 있습니다.

예로부터 이 지역 양반들과 임진나루를 오가는 선비들은 임진강 적벽을 구경하며 뱃놀이를 즐겼습니다. 당시 모습은 겸재 정선의 '연강임술첩'과 '임진적벽도'에 그려져 있어 파주 지역 적벽의 진가를 알 수 있습니다.

괘암(卦 걸 괘, 巖 바위 암)은 임진강 적벽을 찾은 고려 말 학자 목은 이색과 이숭인이 바위에 '괘암'이란 이름을 짓고 글자를 새겼다고 합니다. 이를 들은 미수 허목이 1668년(현종 9) 배를 타고 찾은 바위입니다. 그러나 3백여 년이 지나 글씨가 지워져 알아볼 수 없었습니다. 허목은 아쉬움에 원래 새긴 글씨 밑에다 '괘암(卦巖)'과 '미수서(眉叟書, 미수가 씀)'라 쓰고 돌에 새겼는데, 2001년 이곳에 사는 주민이 발견했다고 합니다.

고랑포는 예로부터 '고호팔경'의 하나로 손꼽혔던 곳입니다. 강물이 잔잔해 한국전쟁 전까지 수륙물산의 집합지였습니다. 지금은 흔적조차 사라졌지만, 이곳에 화신백화점이 있을 정도로 사람들이 붐볐다고 합니다.

황포돛배 유람은 쇠기러기 등의 철새들이 하늘을 오르내리면서 먹이를 잡는 모습도 볼만하지만, 한국전쟁 이후 민간인 출입이 통제됐던 임진강을 유람할 수 있어 많은 관광객이 찾고 있습니다.

**이잔미성** : 고구려 호로고루성을 견제하기 위해 백제가 쌓은 성으로 추정하고 있다. 해발 53m의 낮은 야산에 동서로 이어져 있다. 군사시설이 있어 곳곳에 성벽 흔적만 남아 있다.

① **고랑포** : 여울목 지난 곳이 고랑포이다. ② **자장리 적벽** : 황포돛배를 타고 가면서 감상할 수 있다. ③ **임진강 황포돛배** : 예로부터 남북을 오가는 사람들과 물자 운송을 하던 배다. ④ **빨래터 바위** : 마을 사람들이 빨래하던 바위로 주변 동굴은 한국전쟁 때 낮에 사람들이 숨어있다가 밤이 되면 집에 가던 피난처였다고 한다. ⑤ **거북바위** : 세 개의 바위들이 마치 거북이가 목을 빼고 앉아 있는 듯한 모습이라는데, 착한 사람들 눈에만 보인다고 한다. ⑥ **괘암** : 송시열과 예송논쟁을 치열하게 벌였던 청남(淸南) 영수 미수 허목이 '괘암(卦巖)'과 '미수서(眉叟書)'라 쓴 글자를 새긴 바위이다.

임진적벽 : 겸재 정선(1676년~1759년)이 동파에서 임진나루 적벽을 보고 그린 진경산수화이다.
뱃사공이 나룻배에 양반과 하인, 나귀를 싣고 물살을 헤치며 임진강을 건너고 있다. 임진나루 쪽 사람들은 배를 타려 하고, 동파 쪽 사람들은 건너오는 나룻배를 기다리고 있다.

🔍 **파주** **돋보기**

다음은 파주시 홈페이지에 실린 임진강 이야기이다. (줄임)

## 손님의 정체를 속속들이 알아본 임진강 뱃사공

임진나루 뱃사공 김씨는 손님 생김새만 보고도 어떤 사람인지 알아맞히기로 유명했다. 양반 의관을 갖춘 사람이 김씨에게 "여보게, 나를 좀 건너 주게" 하고 말을 건넸다.

그러자 김씨는 "아무것도 아닌 것이 누구보고 반말이냐"며 화를 냈다. 김씨를 놀리려고 양반 옷을 입은 사람은 "어느 안전에다 대고 감히 행패냐?"며 호통쳤다. 김씨는 "네가 아무리 양반 흉내를 내도 너는 뱃놈이다"고 했다. 가짜 양반은 "그래, 네가 어찌 그리 잘 아느냐?"고 반문했다.

김씨는 "네 고개는 노를 젓느라 돌아간 것이다. 수염도 강바람에 돌아간 것을 보면 너는 나와 같은 뱃사공이다"라고 했다. 가짜 양반은 "참으로 귀신같이 맞힌다"며 감탄했다. 두 사람은 서로 껄껄대며 웃었다.

## 신지강(神智江)으로 불린 임진강

이성계에게 폐위당한 고려 공양왕(고려 34대 마지막 왕)은 송도에서 역대 왕의 신주를 모시고 몰래 빠져나왔다. 임진강 고랑포에서 돛배를 탄 공양왕은 상류로 도망쳤다. 그러나 구미연(龜尾淵)에 이르러 배가 부서지고 말았다. 신주와 배는 그만 강물에 가라앉았고, 왕은 간신히 언덕으로 기어 나왔다.

왕은 강원도 원주로 도망치다 간성에서 죽임을 당했다. 이에 공양왕이 신주를 빠뜨린 강이라 해서 신지강(神智江) 또는 구미연(龜尾淵), 구연(仇淵)이라 부르게 되었다는 이야기가 내려오고 있다. (실제는 원주로 유배되었다가 공양군으로 강등돼 간성으로 쫓겨났다고 한다. 그 뒤 삼척으로 유배지가 바뀌어 삼척에서 시해됐다고 한다.)

## 고려 우왕을 낳은 반야가 죽임을 당한 신지강

고려 공민왕은 신돈의 첩 반야를 가까이해 모니노를 낳았다. 사람들은 모니노를 신돈의 아들이라 했다. 공민왕은 모니노를 빼앗아 태후 한비(韓妃)의 아들로 삼으려 했다. 이에 반야는 밤에 몰래 태후궁으로 들어가 울부짖으며 "내가 낳은 자식을 어찌 태후 아들로 하냐"며 항의했다. 태후는 반야를 옥에 가두고 감시했다.

반야는 새로 지은 중문을 가리키며 "하늘이 이 원통한 것을 안다면 문이 무너질 것이다"며 원망했다. 잠시 뒤 과연 문이 무너지니 사람들이 이상하게 여겼다. 결국, 반야는 이인임에 의해 신지강으로 끌려가 강물에 던져져 죽임을 당했다.

다음은 유성룡이 『징비록』에 쓴 임진강 방어 전투 상황이다. (줄임) 〈김홍식 옮김, 서해문집(2003)〉

## "바로 이곳이 내 무덤이구나!"

임진강 방어에 나선 도원수 김명원은 배를 거둬 북쪽 기슭에 매어 두었다. 남쪽에 진을 친 왜적은 강을 건널 수 없었다. 10일이 지나자 왜군은 막사를 불태우고 군기를 거둬 후퇴했다. 방어사 신할은 경기 감사 권징과 강을 건너 도망가는 적을 쫓으려 했다.

이때 선조에게 임진강 방어 지휘권을 받고 도착한 도순찰사 한응인(문신)도 적을 쫓으려 했다. 한응인과 함께 온 북방 군사들은 "먼 곳에서 오느라 피로하고 밥도 먹지 못했습니다. 지원군도 도착하지 않았고, 적이 후퇴하는지 확인할 수 없습니다. 내일 상황을 봐 싸웁시다"고 했다. 한응인은 병사들이 머뭇거린다며 몇 명의 목을 베었다.

전투에 익숙했던 별장 유극량이 나서 "지금은 군사를 움직이지 않는 편이 낫겠다"고 말렸다. 신할은 유극량도 베려고 했다. 화가 난 유극량이 소리쳤다. "내 어려서부터 병사로 싸움터를 다녔소. 어찌 죽음을 두려워하겠소? 내가 말린 것은 나랏일을 그르칠까 두려워서였소." 유극량은 군사를 이끌고 앞장서 임진강을 건넜다.

강을 건넌 군사들이 적을 뒤쫓다 험한 곳에 이르렀다. 양쪽에 숨어있던 적병들이 기습했다. 말에서 내린 유극량은 탄식했다. "바로 이곳이 내 무덤이구나." 활을 빼 든 유극량은 달려오는 적군을 쏘다가 목숨을 잃었다. 신할 또한 죽고 말았다.

강 언덕까지 쫓겨온 군사들은 강을 건널 배가 없어 강물에 몸을 던졌다. 그 모습이 마치 바람에 날리는 나뭇잎 같았다. 미처 강물에 뛰어들지 못한 병사들은 적의 칼에 쓰러졌다. 강 건너에서 이를 바라보던 김명원과 한응인은 도망치기 시작했다. 이들은 임금이 머무는 평양으로 돌아왔다. 그러나 임금과 조정은 이들을 문책하지도 않았다.

## 임진강으로 불리게 된 신지강

1593년 의주에서 한양으로 돌아오던 선조는 임진강을 지키려다 목숨을 잃은 군사들의 넋을 달래기 위해 모래사장에 제물을 차려 놓고 위령제를 지냈다. 선조는 "하늘의 도움을 받아 이 나루에 다시 임했구나" 하며 통곡했다. 이에 신지강(神智江)이 임진(臨 임할 임, 津 나루 진)강으로 이름을 바꾸게 되었다는 이야기가 전해온다.

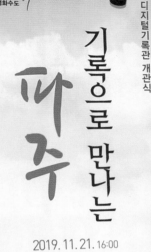

# 파주지명과 마을 살리기

기록하지 않는 역사와 전통은 그 일을 직접 경험했던 세대가 지나고 나면 사라져 버립니다. 우리는 오랜 전통이라 알고 있지만 실은 백 년이 채 안 된 것도 수두룩하게 많습니다. 우리가 현재 기록해 가는 파주 역사는 언젠가 미래 세대에게 훌륭한 문화산업의 밑거름이 될 수 있습니다.

파주시는 문화자원과 마을 공동체들이 남긴 소중한 기록을 체계적으로 관리하고, 시민의 창의적인 활동을 지원하기 위해 2020년 11월 파주중앙도서관에 '파주디지털기록관'을 개관했습니다.

또한 '기억에서 기록으로 - 숨겨진 파주를 만나다'란 주제로 2020년부터 '파주 기록물 공모전'을 열고 있습니다. 2021년 5월 제2회를 열었으며, 하반기에는 제3회를 열 계획입니다. '파주 기록물 공모전'은 개인이 간직하고 있는 소중한 유물을 발굴하고, 문화사적 가치가 높은 생활사나 일상의 기록물을 공모하는 행사입니다. 당선된 유물은 시상과 함께 파주중앙도서관에서 전시합니다.

파주 기록화 사업의
방향과 과제

디지털기록관 개관기념 심포지움

한반도 평화수도

2019. 11. 21. 19:30~21:00

'파주 기록물 공모전' 당선작을 둘러보고 있는 필자와 응모 기록물을 심사하는 위원들

# ⓿ 파주시 법정동·행정동

파주시에는 4개 읍·9개 면·22개 법정동이 있습니다. '법정동'은 자연마을을 바탕으로 하거나, 오랜 전통을 지닌 동으로 공식 문서에 표기되는 주소를 말합니다. 그런데 행정 편의를 위해 인구가 많은 법정동을 나누거나, 인구가 적은 여러 법정동을 합쳐 사용하기도 하는데 이를 '행정동'이라 합니다.

행정동은 동사무소(행정복지센터)를 단위로 하는 행정구역이라 할 수 있는데 '파주시 행정기구 및 정원 조례'로 정합니다. 파주시는 22개 법정동을 7개 행정동으로 줄여 조례로 정했습니다.

## 파주시 법정동 : 22곳
- ●금촌동 ●금릉동 ●아동동 ●야동동 ●검산동 ●맥금동 ●교하동 ●당하동
- ●와동동 ●목동동 ●하지석동 ●동패동 ●서패동 ●상지석동 ●신촌동 ●야당동
- ●오도동 ●문발동 ●다율동 ●연다산동 ●산남동 ●송촌동

## 파주시 행정동 : 7곳
- ●금촌1동 : 아동동 일부·금촌동 일부·금릉동 일부
- ●금촌2동 : 금촌동 일부·금릉동 일부
- ●금촌3동 : 아동동 일부·금촌동 일부·야동동·검산동·맥금동
- ●운정1동 : 당하동 일부·상지석동·와동동
- ●운정2동 : 목동동 일부
- ●운정3동 : 동패동 일부·야당동
- ●교하동 : 교하동·당하동 일부·다율동·목동동 일부·동패동 일부·산남동·
  서패동·문발동·신촌동·송촌동·연다산동·오도동·하지석동

## 파주시청 행정동 : 금촌1동
- ●파주시청 도로명 주소 : 파주시 시청로 50(아동동)
  주소에는 법정동인 '아동동'을 표기한다.

군사분계선

연천군

진서면

진동면

적성면

객현리

식현리

마지리

설마리

설마치

동두천시

DMZ

군내면

마정리

초평도

파평면

장단면

마은동

민통선

법원읍

오현리

수레넘이고개

양주시

문산읍

천현

마산 마을

파주읍

탄현면

축현리

월롱면

창만리
도마뫼 마을

마장리

임진강

갈현리

금촌동

마무리길

파주시청

광탄면

뒷박고개

혜음령

의정부시

한강

교하동

운정동

하우고개

조리읍

고양시

파주에서 가장 오래된 지명
● 파평·교하·장단(757년, 통일신라 경덕왕) ● 적성(1018년, 고려 현종)

말 '마(馬)'자가 들어가는 재미있는 지명

'고개'가 들어가는 재미있는 지명

## "마을이 살아야 파주의 미래가 있다!"

2019년부터 추진한 '파주형 마을 살리기' 사업은 이웃이 서로 돕고 나누는 협의체를 구성, 일자리 창출·소득 증대·복지 개선·공동체 회복 등을 위한 사업이다. 이를 위해 2020년 전국 최초로 '마을 살리기 자치법규'를 제정하고, 읍·면에는 '마을살리기팀'을, 동에는 '마을공동체팀'을 신설했다.

2020년 '파주형 마을 살리기' 공모에는 읍·면에서 '파주5리 마을살리기협의체'가, 동지역은 '교하동 우리동네 친정엄마'가 1등을 해 새바람을 일으켰다. 파주시 16개 지역에서는 학습공간 만들기, 공동창업, 계절 축제, 공동육아 돌봄, 도서관 운영 등 19건의 사업을 진행했다.

## 파주시 '파주형 마을 살리기' 힘찬 시동

2021년 4월에는 마을협의체 공모를 받아 총 12개 사업을 선정했다. 파주시는 선정된 마을협의체에 총 2억8500만 원의 사업비를 지원했다. 읍·면은 최고 8천만 원, 동은 3천만 원을 각각 지원했다.

- 정주환경 개선(2곳) : 담장 벽화사업 및 주민 커뮤니티 공간 조성 등
- 농촌소득 창출(2곳) : 로컬푸드 직판장, 마을카페식당 운영, 반려동물 놀이카페 등
- 지역공동체 복지(5곳) : 아동 돌봄 및 공동체 프로그램 운영 등
- 생태자원 관광(2곳) : 환경생태 보존·개발, 마을 관광개발 등
- 문화자원 보존(1곳) : 문화재 재조명, 전통사업 복원 등

〈읍·면 부문〉
- 1등 : 조리읍 '봉일천 숨길 활성화'
- 2등 : 파주읍 '술이홀 행복발전소'
- 3등 : '대동리 주민협의체'

〈동 부문〉
- 1등 : 금촌3동 '반려견과 함께 걷는 명품 벚꽃길 암헌로 조성사업'
- 2등 : 운정3동 '숲세권 야당마을 도뢰미 숲길 조성사업'
- 3등 : 운정1동 '구름우물 쓰리 GO 사업'

❶ 농촌은 도시를 담고, 도시는 농촌을 품는 '파주형 마을 살리기' 토론회
❷ '내 삶을 바꾸는 도시 혁명'에 대해 강의하는 필자
❸ 도시재생과 공동체 활성화를 위해 마련한 도시재생대학 2기 수료식
❹ 관광 사업을 위한 '파주 관광두레 주민사업체 성과 공유회' 및 출범식
❺ '파주형 마을 살리기 온라인 성과 공유회'에 참여, 정보를 나누는 주민들

'파주형 마을 살리기' 공모사업(동 부분) 시상 및 발표회에 참석, 수상자들을 격려하고 있는 필자

# '파주형 마을 살리기' 읍·면·동 사업 현황

2019~2021년 총 31건 진행(계속사업 포함)

광탄면 ● 이등병 마을 편지길 조성 / 교하동 ● 우리 동네 친정엄마

금촌1·2·3동 ● 반려견과 함께 걷는 명품 벚꽃길 ● 도심속에 피어난 꽃

문산읍 ● 행복마을 관리소 운영 ● 평화를 빚는 마을 조성

법원읍 ● 돌다리 문화마을 ● 눈 내리는 초리골 축제

월롱면 ● 마을정원 및 명품 월롱산 ● 꽃부리 큰마을

운정1·2·3동 ● 우리마을 보물찾기 ● 도뢰미 숲길 ● 구름우물 쓰리 GO

적성면 ● 농장의 신선함 배달 ● DMZ Army Cafe

조리읍 ● 역사·문화 봉일천 숨길 / 탄현면 ● 대동리 마을자치사업 ● 주말농장

파주읍 ● 술이홀 행복발전소 ● 마을 방송국 ● 마을 카페

파평면 ● 밤 고지 마을 정원 만들기 ● 엔딩벚꽃축제·평화계단 ● 정원축제

파주 메디컬클러스터

## '파주 메디컬클러스터' 조성, 아주대 종합병원 파주 유치 확정

'파주 메디컬클러스터'는 1조5천억 원이 투입되는 대규모 지자체 및 민자사업으로 혁신의료연구센터,
의료·바이오기업, 대형 종합병원, 항암신약 연구개발센터, 정밀의
료 데이터센터 등을 파주에 유치하는 사업이다. 운정신도시 서패
동 일원에 2021년부터 2024년까지 단계별로 조성하고 있다.

❶ 필자는 국립암센터 국제암대학원대학교 이은숙 총장과 2020
년 6월 메디컬클러스트 내에 미래 신성장 동력인 '혁신의료연구센
터' 조성 협약을 체결했다.

❷ 아주대학교 박형주 총장과 2020년 8월 '파주 메디컬클러스
터'에 들어서는 '아주대학교병원 건립' 업무 협약을 체결했다. 아주
대병원은 파주 시민에게 최고의 의료진과 최첨단 시설로 의료 서
비스를 제공하게 된다. 500병상 규모로 시작해 확장할 계획이며,
2026년 착공에 들어가 2029년 완공 예정이다.

## 파주시, 경기도 공공기관 '경제과학진흥원' 유치 성공

파주시는 경기도 6개 시·군과 치열한 경쟁 끝에 2021년 5월 경기도 경제과학진흥원(경
과원) 유치를 성사시켰다. 경과원은 지역 중소기업 경쟁력을 강화하고, 친환경 스마트농업 등 4차산업의 기술연구

와 개발 촉진을 선도하는 전문기관이다.

❶ 파주시는 지역 국회의원, 파주시의회,
여러 시민단체와 협력해 공공기관 유치
에 적극 나섰다.

❷ 경과원 2차 심사 발표에 직접 나선 필
자가 심사위원들에게 경과원 파주시 유
치 당위성을 설명하고 있다.

❸ 경제과학진흥원 이전 추진협의회(경
기도·파주시·경과원)는 2021년 9월 이
전 부지를 운정 야당동으로 결정했다. 입
주까지는 3~4년이 걸릴 것으로 예상하
고 있다.

경기도 공공기관 유치에 나선 파주 시민들, 이재명 경기도지사가 경과원 파주시 유치를 축하하고 있다.

## 파주시 '평화경제특구' 추진 (장단면·군내면 일대)

파주시는 2018년부터 평화경제특구(면적 3,421천㎡ / 406만 평)를 추진하고 있다. 평화경제특구 추진은 접경지역에 평화벨트를 만들어 남북이 함께 번영할 수 있는 경제협력지대를 조성하고, 외국 기업 유치 등으로 신성장 동력 확보는 물론 평화 안전판을 만드는 사업이다.

이를 위해 2021년 3월 '평화경제특구법' 제정 촉구 파주 시민 서명운동을 벌였으며, 평화경제특구 관련법 제정 촉구 건의문을 국회에 전달했다.

● 첨단산업 클러스트 ❶ 첨단산업단지 ❷ 연구개발교육단지 ❸ 개성공단연계단지 ● 국제평화 클러스트 ❶ 행정공공단지 ❷ 관광문화단지 ❸ 평화의료단지 ● 친환경생태클러스트 ❶ 친환경산업단지 ❷ 주거숙박단지 ❸ 원형보존단지

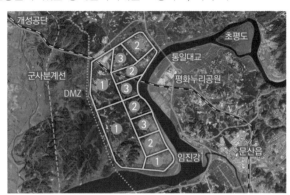

## 지역발전 거점이 될 '파주 희망프로젝트' 본격 추진

'파주희망프로젝트'는 파주읍 봉암리·백석리·파주리 등 374만9천㎡ 부지에 경기 북부권 창조산업 조성, 파주역세권 활성화 등을 위해 모두 5단계의 산업단지 및 도시개발을 추진하는 사업이다. 파주 북부지역 균형발전의 기틀을 마련하는 사업으로 일자리 7천여 개, 생산유발 효과 약 3조 원이 발생해 북부권 지역경제에 큰 도움이 될 것으로 기대하고 있다.

❶ 1단계 파주 센트럴밸리 산업단지 : 조성 중 (2020년 5월 착공)
❷ 2단계 일반산업단지 : 2019년 2월 현대산업개발 컨소시엄 민간사업자 선정 (행정절차 진행 중) /

사업비 1,886억 원 / R&D 기반 첨단산업단지 조성 / 입주기업 61개사 확보
❸ 3단계 일반산업단지 : 2019년 2월 파주센트럴밸리사업협동조합 컨소시엄 민간사업자 선정(행정 절차 진행 중) / 사업비 3,240억 원 / 혁신성장동력 첨단산업단지 조성 / 입주기업 105개사 확보
❹ 4단계 친환경 주거단지
❺ 5단계 시니어복합 휴양단지 : 2021년 7월 민간사업자 공개 모집

## 파주 북부 성장동력 '파평 일반산업단지' 착공

2021년 7월 '파평 일반산업단지' 조성 착공식을 열었다. 장파리 일대 59만㎡ 부지에 사업비 908억 원이 투입되며, 제조·물류산업으로 지역 균형발전의 한 축을 담당하게 된다. 2023년 12월 준공 예정이다.

파평산단은 파주 북부권 경제발전의 새로운 성장동력을 확보하고, 지역균형발전에도 크게 기여할 것으로 전망된다. 약 100여 개 기업이 들어서게 되며, 7천억 원의 생산 유발 효과와 3천여 명의 고용 창출 효과를 예상하고 있다. 또한, 남북교류의 관문에 자리하고 있어 통일시대 전초 기지 역할도 기대하고 있다.

## 파주시, 아시아 최대 규모 '콘텐츠 월드' 국내 최초로 조성

CJ ENM과 2019년 6월 탄현면 통일동산 특별계획구역 내에 'CJ ENM 콘텐츠 월드' 조성을 위한 상생협약을 체결했다. 콘텐츠 제작·체험·관광이 결합한 복합문화시설 콘텐츠 월드 사업 규모는 21만3천㎡(약 6.4만 평)이며, 2023년 준공을 목표로 추진하고 있다.

콘텐츠 월드에는 10여 개의 대단위 스튜디오, 체험이 가능한 특수촬영 스튜디오(VFX·SFX·수중촬영), 제작과 관람이 가능한 스튜디오, AR·VR 등 체험 관광시설, 야외 세트가 들어선다.
사업 공사비와 10년간 제작비 등을 고려하면, 2만1천여 명의 일자리와 2조2천억 원의 생산 효과를 기대할 수 있다. 또한, 연간 25만 명의 유동인구와 120만 명 이상의 관광객 방문이 예상돼 관광 수입에도 큰 도움이 될 전망이다.

## '통일동산' 경기도 관광특구 지정

통일동산(탄현면 성동리·법흥리)이 2019년 4월 파주시가 추진한 경기도 접경지역 최초의 관광특구로 지정됐다. 오두산 평화·생태 철책 탐방로 조성, 반석나루터 옛 포구 및 뱃길 복원, 한강 하구와 공릉천 변 생태습지 체험장 개발 등도 하고 있어 관광 연계 효과가 클 것으로 기대하고 있다.

❶ 헤이리마을 ❷ CJ ENM 콘텐츠 월드 ❸ 맛고을 ❹ 문화시설 ❺ 상업시설 ❻ 통일동산 ❼ 장단콩 웰빙마루 ❽ 축구국가대표팀 트레이닝센터 ❾ 오두산 통일전망대 ❿ 프리미엄 아울렛

## 첨단 4차산업 '운정테크노밸리' 산업단지 조성

공영개발로 추진되는 운정테크노밸리는 첨단산업 핵심 거점으로 2020년 6월 경기도 산업입지심의회에서 47만2천600㎡의 공업 물량을 배정받았다. 연다산동 GTX-A 차량기지 옆에 2021년부터 2026년까지 조성된다. 이곳에는 전자부품, 컴퓨터, 통신장비, 자동차 및 트레일러 제조업, 컴퓨터 프로그래밍, 정보서비스업, 연구개발업 등이 들어선다.

약 91개 업체 입주와 약 4,686명의 직간접고용과 연간 9,108억 원의 경제파급 효과로 운정 신도시의 자족 기능을 확보하는 계기가 될 것으로 예상하고 있다.

### 파주산업단지 현황

❶ 조성 완료 산업단지
❶ 진행 중인 산업단지
❶ 미군 반환 공여지 등

적성 ❶
금파 ❷
당동 ❸
선유 ❹
탄현국가 ❺
축현 1 ❻
LCD ❼
탄현일반 ❽
오산 ❾
문발 1·2 ❿
신촌 ⓫
출판 2 ⓬
출판 1 ⓭

❶ 파평
❷ 법원 1·2
❸ 월롱 1·2
❹ 축현 2
❺ 운정테크노밸리

❶ 캠프 개리오언
❷ 캠프 자이언트
❸ 파주 희망프로젝트
❹ 캠프 스탠턴
❺ 캠프 에드워즈
❻ 캠프 하우즈

## 수변생태공원 재생사업(자연 숨터·주민 쉼터·문화 삶터) 추진

수변생태공원 재생사업은 운정호수~소리천~공릉천으로 이어지는 물길에 시민이 휴식과 여가를 즐길 수 있는 공간을 제공하는 사업이다. '새로운 경기 정책공모 2020, 경기 First'에서 대상을 수상, 경기도 특별교부금 100억 원을 확보하면서 탄력을 받았다.

친환경 수질개선, 보행데크, 선상카페, 수질정화습지, 구름팡팡놀이터, 발물놀이장, 쿨링포그, 그늘쉼터, 보행로 개선 등 20여 개 사업을 2022년 6월 완공할 계획이다. 현장을 방문해 사업 진행을 점검하는 필자

## 파주시·EBS 운정호수공원에 어린이 체험형 문화공간 조성

❶ 김명중 한국교육방송공사(EBS) 사장과 2019년 11월 파주시 문화체험공간 조성을 위한 협약을 맺었다. EBS 인기 캐릭터를 활용해 운정호수공원 유비파크에 어린이 문화체험공간인 가칭 '운정 EBS 파크'를 조성하고, 용주골 창조문화 밸리 도시재생사업에 가칭 '연풍 EBS길' 조성을 협력하기로 했다.
❷ EBS 캐릭터 활용 어린이 문화체험공간 '파주놀이구름' 준공식(2021년 5월). 파주시 이미지와 설화를 시작으로, EBS 캐릭터 번개맨·뿡뿡이·뚝딱이·뚜앙 등이 사는 숲과 마을 등 다양한 체험공간을 조성했다. 준공식에는 이재명 경기도지사, 윤후덕·박정 국회의원, EBS 사장 등이 참석했다.

## 미래 꿈을 키우는 파주 공공도서관

파주시는 2018년 파평도서관과 운정한울도서관, 2019년 월롱도서관과 법원도서관 리모델링, 2020년 파주읍 술이홀도서관을 각각 개관했다. 2021년 5월에는 광탄도서관 착공식을 열었다.

광탄도서관은 파주시 최초로 도서관과 주민문화센터를 결합한 복합문화공간으로 건립된다. 광탄면 학생과 주민들이 독서와 문화, 창작활동을 다채롭게 펼치며 소통하는 공간이 될 것으로 기대하고 있다. 2023년에는 파주시 20번째 공공도서관인 문산중앙도서관(가칭)을 개관할 예정이다.

## "우리가 원하는 공간을 만들어줘 정말 행복해요!"

파주시는 2020년 최초로 청소년들을 위한 청소년 휴카페 '쉼표' 1호점을 파주읍에 개관했다. 2호점은 2021년 8월 적성면에 개관했다. 아울러 2021년 4월 설립된 '파주시 청소년재단'을 중심으로 기존 청소년 수련시설을 재정비해 체계적인 운영을 추진하고 있다.

2021년 5월에는 청소년을 위한 행사를 열었으며, 10월에는 '파주시 청년 정책 공모전'을 개최해 선정된 8개 사업에 대한 시상식을 열었다.

❶'교하 청소년문화의 집 리모델링 조감도. 파주시 '청소년 참여위원회'가 정책토론회를 통해 파주시에 건의한 정책을 수용, 2022년 재탄생한다.

❷ 파주에 처음으로 들어서는 '파주문산청소년수련관' 조감도. 2022년 개관 예정이다. 수영장·체육관·북카페·강의실·방과 후 아카데미·댄스 음악 연습실·1인 미디어실·대강당 등이 들어선다.

## "아이 키우기 편한 도시 파주, 믿고 맡기세요!"

❶ 파주시는 민선 7기(2018년 7월~2021년 6월) 동안 국공립 어린이집을 기존 17개소에서 33개소로 대폭 늘렸다. 앞으로도 계속해서 어린이집을 늘려가 공보육 기반을 구축하고, 부모가 신뢰하는 질 높은 보육환경을 조성해 나갈 계획이다.

❷ 파주시는 2020년 7월 시민참여단을 구성, 여성친화도시 조성을 위해 노력해 왔다. 이에 여성가족부는 파주시를 '여성친화도시'로 지정했으며, 2021년 1월에는 '여성친화도시' 현판식을 가졌다.

❸ 최고의 복지는 일자리 마련이다. 2020년 11월에는 어르신들의 일자리 확충을 위해 노인 일자리 전문기관 '파주시니어클럽' 개소식을 금촌역 광장에서 열었다. 어르신들의 사회 참여와 소득 창출을 돕는 계기가 될 것으로 기대하고 있다.

# 읍면동 유래와 '파주형 마을 살리기'

## 01) 행정의 중심지, 금촌동

금촌동(金村洞)은 '새로 만든 마을'이라는 뜻의 '새말·신촌'이라 했는데, 발음이 변해 '세말·쇠말·쇠마을(金村)'로 되었다고 합니다. 이와 관련해 전해지는 이야기는 두 가지가 있습니다.

하나는 일제 강점기 때 경의선을 놓던 일본인이 역명을 지으려고 조선 주민에게 마을 이름을 물었습니다. 주민이 '새마을'이라고 대답하자 '쇠마을'로 잘못 알아듣고 '쇠마을(金村)'로 정했다는 설입니다. 다른 하나는 인근의 냇물 이름인 금천(金川)의 '쇠 금(金)'과 '마을 촌(村)'을 따서 정했다는 이야기입니다.

❶ 1957년 금촌버스터미널 거리로 버스가 들어오고 있다. ❷ 1957년 금촌사거리 모습. 금촌양화점·십자약방·금촌미장원 등의 간판이 보인다. 〈사진 : 파평면 김현국〉 ❸ 금촌시장. '금촌국민학교' 안내판과 '바로 보자 거짓 평화, 막아내자 적화야욕' 현수막이 걸려있다. 〈사진 : 『파주시지』〉

**금촌동** : 한국전쟁 1·4후퇴 때 군청이 문산리에서 아동면 금촌리로 옮겨지면서 산업·교통·행정의 중심지가 됐다. 1973년 금촌읍으로 승격했으며, 1996년 파주군이 도농복합도시 파주시로 승격되면서 금촌동이 됐다.

**검산동** : 조선 세종 때 집현전 학자 출신이자, 성종 때 영의정에 오른 신숙주가 그의 아버지 신장의 묘지를 찾기 위해 산속을 검색했다고 해 '검산(檢 조사할 검, 山 뫼 산)'으로 불렸다. 이와 관련된 이야기는 파주시가 2009년 발간한 『파주시지(坡州市誌)』 설화와 민요편에 있는데 그 내용은 다음과 같다.

"신숙주 아버지 신장은 전라도 나주로 낙향해 서당에서 유생들을 지도하던 중 세종의 부름을 받았다. 신장은 부인과 다섯 아들(신숙주는 셋째 아들)을 나주에 두고 홀로 상경해 참판(지금의 차관)까지 올랐다. 그러나 술을 너무 좋아해, 세종이 "술을 줄이라"

❶ 금촌 ❷ 파주시 도시재생사업 참여를 위해 2020년 '금촌1동 일대 주민협의체 창립총회'를 열었다. ❸ '파주형 마을 살리기' 사업으로 2021년 조성한 금촌3동 암현로 벚꽃길 ❹ 금촌2동은 2020년 공릉천을 따라 아홉 가지 색의 14만 송이 튤립꽃밭과 구절초 언덕길, 어린이 물놀이장 계단벽화, 벚꽃길, 시민이 만드는 '한 평 정원' 등을 조성했다.

❺ 공릉천 '한 평 정원' 사업에 동참한 필자 ❻ 파주시가 금촌역 앞에 설치한 '2021 나눔 캠페인 사랑의 열매 온도탑'이 100℃(목표액 8억 4천만 원)를 뛰어넘어 123℃까지 올라갔다. 모금액도 역대 최고(10억3천4백만 원)였다. ❼ 2020년 '파발빵'을 파주 특산품으로 육성하기 위해 금촌시장 문화로에 1호점을 열었다. ❽ 필자는 2021년 6월 '금촌1동 경기행복마을관리소' 개소식에 참석한 뒤, 1일 행복마을 지킴이를 했다. 홀몸 어르신 댁을 방문해 안부를 묻고 생필품을 전달하는 등의 임무를 수행했다.

당부했음에도 많이 마셔 1433년 52살로 세상을 떴다. 이에 신숙주 어머니와 첫째 형과 둘째 형만 상경해 장례를 치르고, 지금의 파주 검산리 조음발이에 묘지를 만들었다.

그런데 두 형은 시묘(侍 모실 시, 墓 무덤 묘)를 마칠 즈음, 나랏일이 어수선해지자 아버지 묘지가 훼손당할 것을 우려했다. 이들은 묘지를 숨긴 다음 암표를 남겨두고 고향 나주로 돌아갔다. 그러나 두 형마저 일찍 죽어 신숙주는 아버지 묘소를 알 수 없었다.

그 뒤 성종 때 영의정이 된 신숙주는 말로만 듣던 아버지 묘소를 동생들에게 일러주고 찾도록 했다. 이에 두 동생은 월롱산을 돌아다녔다. 그러던 중 한 승려가 집마다 꽹매기(시주 밥그릇)를 치며 시주받는 것을 보고는 승려에게 무덤 위치를 물었다.

승려는 "이 산 위 골짜기에 모셨다는 말만 들었다" 하고는 사라졌다. 동생들은 승려가 말한 곳을 샅샅이 뒤져 아버지 신장의 묘비를 찾았다. 이렇게 묘를 찾기 위해 산 전체를 검색했다고 해 '검산(檢山)'이라 불렀으며, 승려의 꽹매기 소리 도움을 받았다고 해 '조음발이(助 도울 조, 音 소리 음, 鉢 중의 밥그릇 발)'라 부른 것으로 전해진다."

금릉동 : 옛날 상선이 오르내리던 전성기 시절에는 금화로 둘러싸였다고 해 '금성리'로 불렸다고 한다. 그 뒤 숙종이 고령산(광탄면)에 올라 파주를 내려 보니 금계포란

## '금촌 민·군 복합커뮤니티센터' 건립

2021년 행정안전부 신규사업에 지원, 선정됐다. 2022년 착공해 2023년 개관할 예정이다. 그동안 복지·문화에서 소외됐던 주민과 군인들의 커뮤니티 공간을 조성, 공공기관 이전에 따른 금촌 구도심의 공동화를 방지할 계획이다.

형(金鷄抱卵形, 금빛 닭이 알을 품은 듯한 형세) 명당이라 능자리를 잡은 후 '금능리'라 불리게 되었다는 설과 영조가 인조의 왕릉인 장릉을 운천리에서 갈현리로 옮긴 뒤 금성리 '금(金)'과 '능(陵)'을 따서 '금릉'으로 바꿨다는 두 가지 설이 있다.

금릉은 쇠 또는 금이 묻혔다고 해 '쇠자·쇠재'로 불리기도 했다. 금릉동 뒤편에는 '뒷골'로 불리던 '후곡(後 뒤 후, 谷 골짜기 골)'마을이 있다. 금촌 택지 조성 때 후곡마을 아파트 단지 이름도 이 마을에서 유래됐다.

금촌에는 '새꽃·새꾸지·신화리'로 불리는 마을이 있다. 역시 고령산에 오른 숙종이 금촌을 보니, 신화만발형(新花滿發形, 새 꽃이 만발한 형세) 명당으로 보여 '새꽃'으로 불렸다고 한다. 금촌 택지 조성 때 새꽃마을 아파트 단지 이름도 이 마을에서 유래됐다.

**맥금동** : 매흙이 많은 후미 지역 또는 보리밭이 많아, 보리가 익을 무렵 황금 물결이 일어 '맥그미·맥금'으로 불렸다는 설이 있다. 그러나 한자 '맥금(陌 두렁 백, 今 이제 금)'은 이들 설화와 무관한 가차(假借) 문자로 풀이된다. 가차문자는 한자 본래 뜻과 상관없이 불란서(佛蘭西, 프랑스)처럼 발음이 비슷한 문자를 빌려 쓰는 것을 말한다.

매흙은 집을 지을 때 벽에 바르는 곱고 보드라운 잿빛 흙을 말한다. 매흙을 한자로 쓰면 '근(墐 매흙질할 근)'이 된다. 따라서 '맥금'은 매흙과 관련이 없는 한자이다. 아울러 보리가 황금 물결을 일궜다는 설을 뒷받침하려면 '보리 맥(麥)'과 '쇠 금(金)'자를 써야 설득력이 있다. 앞으로 더 연구가 필요한 지명이라 생각한다.

**아동동** : 옛날 교하군 관아(官衙)가 있던 자리여서 '관앗골'로 불렸다. 한자로는 '아동동(衙洞洞)'이다. 그런데 같은 소리를 피하고, 발음을 쉽게 하기 위한 음운론으로 볼 때 동(洞) 이름을 굳이 두 번 쓸 필요가 있었을까 하는 생각이 든다. 서울 중구 명동(明洞)·정동(貞洞)처럼 '아동(衙洞)'으로 짓는 게 간결했다고 본다. 아동이라 하면 '아동(兒童, 어린아이)'으로 잘못 알 것 같아 아동동으로 했는지는 모르겠다.

**야동동** : 원래 풀무간(冶 대장간 야)이 있던 마을이어서 '야동동(冶洞洞)'으로 불렸다. 지금도 야동동에는 '풀무골' 이름을 사용하는 마을이 있다. 야동동은 아동동과 마찬가지로 '야동'으로 줄여 부르는 게 간편한 방법이라고 생각한다.

한편 충북 충주시 소태면에도 '야동리'가 있다. 이 마을에서는 '야동(야한 동영상)'이란 말이 생긴 뒤 이름을 바꾸자는 의견도 있었지만, 야동리를 유지한다고 한다. 오랜 세월 불러온 마을 이름에 주민들의 애환이 서려 있기 때문이 아닐까 한다.

## 02) 임진면이었던 문산읍

문산읍(文山邑)은 원래 임진면 문산리였습니다. 1973년 임진면을 읍으로 승격시키면서 문산읍으로 바뀌었습니다. '문산(汶 물 이름 문, 山 뫼 산)'의 유래는 홍수가 날때마다 서해로 내려가던 임진강 흙탕물이 조수에 밀려 '더러운 흙탕물이 산더미처럼 밀려왔다'고 해 생겨났습니다.

그런데 '물 이름 문(汶)'자는 '더럽다'와 '불결하다'는 뜻도 있습니다. '대동여지도'에는 '문산(文 글월 문, 山 뫼 산)'으로 표기돼 있습니다. 이에 파주시는 2014년 문산의 한자를 '대동여지도'에 기록된 '글월 문(文)'자로 바꿨습니다.

❶ 1971년 화석정 부근. 군인이 나룻배를 탄 농부들을 통제하고 있다.〈사진 : 경향신문〉 ❷ 1970년대 선유리에서 문산 가는 길 ❸ 선유리 모내기 장면. 나무 사이로 지나가는 버스가 보인다.〈사진 : 「파주시지」〉

**문산리** : 예로부터 문산(汶山)으로 불렸다. 문산개·문산포라고도 한다.

**내포리** : 조선시대 오리면 지역으로 1914년 내동리(內洞里)의 '내'와 조수가 드나드는 긴 포구를 뜻하는 장포리(長浦里)의 '포'를 따 '내포'가 되었다. 파주군 월롱면에 속해 있다가 1973년 문산읍으로 편입됐다.

**당동리** : 문산리에 있는 도당에서 굿을 하기 위해 먼저 사목리의 고목에서 마을 수호신을 맞이해 와 이곳에서 제사를 지내고 갔다고 해 '당동(堂 집 당, 洞 마을 동)'이 되었다고 한다. 당골·당굴이라고도 한다.

**마정리** : 옛날 안개가 자욱한 새벽에 햇살 기둥이 우물에 꽂히자, 그 안에서 용마(龍馬)가 뛰어나와 '마정(馬 말 마, 井 우물 정)'이 되었다고 한다. '말우물'이라고도 한다.

**사목리** : 모래벌판에 철새와 오리가 멋진 풍경을 이루었다고 해 '사목(沙 모래 사, 鶩 오리 목)'으로 불렸다고 한다. 황희 정승이 반구정을 지어 갈매기를 벗 삼아 여생을 보내고자 했던 아름다운 풍광이 그려진다. '사모기·사무기·새모기·새무기'라고도 한다.

**선유리** : 경치가 아름다워 8선녀가 산봉에서 놀고 올라갔다는 전설이 있어 '선유(仙 신선 선, 遊 놀 유)'라 했다. '선유동·선율·선울·선유울'이라고도 한다.

**운천리** : 구름이 돌아가며 많은 샘이 솟아난다고 해 '운천(雲 구름 운, 泉 샘 천)'으로

❶ 문산읍 ❷ 2019년 '파주형 마을 살리기'로 완공된 '선유4리 행복마을관리소' 개소식 ❸ 2021년 '파주시 도시재생사업'으로 선유6리 동문천에서 마을주민·자원봉사자와 함께 DMZ 야생화·동물을 주제로 한 채색 작업을 했다. ❹ 2021년 문산 노을길 코스모스 파종 행사에 참여한 필자
❺ 내포리 문산 뚝방길 이름은 주민들의 투표로 '문산 노을길'이 되었다. 노을길 꽃밭은 '문산읍 희망일자리 사업'과 연계해 조성됐다. 코스모스 꽃밭·국화 화단·포토존·흔들 그네 등 다양한 볼거리를 조성했다. ❻ 마정2리 '마정 꿈틀 프로젝트' 계획도. 파주쌀·장단콩·두레패 등의 관광자원을 살려 체험장(떡 만들기·목공예·풍물놀이 등), 특산물 판매장, 식당·카페 등을 조성해 소득 창출에 나섰다.

불렸다. '구루물'이라고도 한다. 인조 장릉은 원래 운천리에 있었는데, 뱀과 전갈이 많이 나와 영조 때 탄현면 갈현리로 옮겼다.

**이천리** : 예로부터 배나무가 많던 곳으로 어느 해 큰 홍수가 나 많은 배가 물에 떠내려가자 '배가 내를 이루었다'고 해 '이천(梨 배나무 리, 川 내 천)'이 되었다고 한다.

**임진리** : 임진나루가 있는 고을이어서 '임진(臨 임할 임(림), 津 나루 진)'으로 불렸다.

**장산리** : 조선시대 파주군 신속면으로, 높이가 비슷한 산이 장산에서 임진나루까지 2km 가량 임진강 강가를 따라 길게 뻗어 있어 '장산(長 길 장, 山 뫼산)'이라 했다.

## 03) 파주목 관청이 있던 파주읍

파주읍(坡州邑)은 세조의 왕비인 파평 윤씨 정희왕후(貞熹王后)를 예우하기 위해 파주목(坡州牧)으로 승격하면서 붙여진 이름입니다. 파주목 읍치(邑治, 고

❶ 파주읍. 왼쪽 봉서산 아래에 파주목 관아가 있었다. ❷ '파주형 마을 살리기' 사업에 선정된 '술이홀 행복발전소'가 조성한 행복마을 파주리 텃밭 정원 ❸ '술이홀 작은 도서관'은 파주읍을 인형으로 흥미롭게 소개하고 있다. ❹ 2019년 군부대 벽에 '파주 목사 행차' 벽화를 그리는 주민자치위원회
❺ 2020년 파주5리 마을 살리기 현장을 찾아 주민을 격려한 필자 ❻ 2021년 5월 '파주리 경기행복마을관리소' 개소식. '파주형 마을 살리기' 공모로 아동 돌봄 공간, 주민교육장 겸 카페, 방송국 등을 만들었다. 사무원 5명이 근무하며 간단한 집수리, 아동 등·하교, 취약계층 불편해소 등의 공공서비스를 제공한다. ❼ 연풍리는 국토교통부 주관 '새뜰마을사업'에 2년 연속(2019~2020년) 선정됐다.

을 관청)가 있던 곳이어서 '파주 읍내'라는 뜻의 '주내(州內)'로 불렸습니다.

1899년(광무 3) 주내면에는 향교리·학당리 등 8개 리가 있었으며 1914년 7개 리로 개편됐습니다. 1980년 주내읍으로 승격됐으며, 1983년 파주읍으로 이름을 바꿨습니다. 하지만 지금도 많은 사람은 '주내'라 부르고 있습니다.

❶ 연풍리 옛 모습 ❷ 1967년 연풍리 ❸ 1974년 주내 삼거리 입구. 당시 짐을 실어나르던 삼륜차와 봉서산이 보인다. '이율곡, 신사임당 유적정화 준공식' 경축 현수막이 걸려있다. 〈사진 : 『파주시지』〉

**파주리** : 조선시대 파주목이 있던 지역으로 행정·교통·산업의 중심지였다. 파주의

진산(鎭山, 고을을 보호하는 주산(主山)으로 제사를 지내던 산)인 봉서산을 끼고 있다.

　　**백석리** : 조선시대 파주군 백석면 지역으로, 가마봉 자락인 무쇠봉이 흰 돌로 이루어져 있어 '백석(白 흰 백, 石 돌 석)'이란 이름이 붙었다.

　　**봉서리** : 봉서리 경계가 시작되는 봉서산에서 유래했다. '봉서(鳳 봉황 봉, 棲 살 서)'는 소나무 숲이 울창하고, 경치가 뛰어나 봉황이 깃들어 살던 곳이라는 의미이다.

　　**봉암리** : 봉암리 경계가 시작되는 봉서산에 봉화대가 있어 '봉암(烽 봉화 봉, 岩 바위 암)'이 되었다. 봉서리와 봉암리 '봉'자는 서로 다른 한자로 그 유래가 전혀 다르다.

　　**부곡리** : 이 지역을 둘러싼 다섯 개의 산봉우리가 마치 가마솥처럼 생겼다고 해 '가마울·가말'로 불리다가 한자로 '부곡(釜 가마 부, 谷 골짜기 곡)'이 되었다.

　　**연풍리** : 갈곡천이 흐르고, 삼방리에서 내려오는 물로 농사가 해마다 대풍을 이뤄 '연풍(延 이끌 연, 豊 풍성할 풍)'이 되었다. 영화 '연풍연가(軟風戀歌, 보드라운 바람결의 사랑 노래)'는 제주도 배경의 영화로 파주 연풍리와 아무 연관이 없다.

　　**향양리** : 성혼을 흠모하는 사람들이 사당을 세워 햇볕을 바라보듯 추앙해 '향양(向 향할 향, 陽 볕 양)'이 되었다고 한다. 또는 '양지바른 마을'이라 향양이 되었다고도 한다.

## 04) 천현면으로 불렸던 법원읍

　　법원읍(法院邑)은 조선 말기 '샘재(샘 고개)'인 '천현면(泉 샘 천, 峴 고개 현)'으로 불렸습니다. 1895년 천현내패와 천현외패로 갈렸다가, 일제 강점기인 1914년 행정구역 개편 때 다시 천현면이 되었습니다.

　　1989년 읍으로 승격하면서 1914년 천현면 법의리(法 법 법, 儀 거동 의)의 '법(法)'과 원기리(院 담 원, 基 터 기)의 '원(院)'을 따서 지은 법원리 이름을 이어받아 법원읍이 되었습니다. 법원읍 한자는 재판을 다루는 사법부 법원(法院)과 똑같은 글자지만, 법정이나 재판소와는 아무 관련이 없습니다.

　　**법원리** : 조선시대 천현외패면 지역으로 1914년 법원리가 되었다. 읍사무소가 있다.

　　**가야리** : 1914년 가좌동의 '가(加 더할 가)'와 양야리 '야(野 들 야)'를 합쳤다.

　　**갈곡리** : 칡넝쿨로 뒤덮일 만큼 칡이 많은 지역이어서 '갈곡(葛 칡 갈, 谷 골짜기 곡)'이 되었다. 탄현면 갈현리와 함께 칡으로 유명한 지역이다. '칡울·갈동'이라고도 한다.

　　**금곡리** : 조선시대에 쇠를 캐던 지역이라서 '금곡(金 쇠 금, 谷 골짜기 골)'이 되었다. 일제 강점기까지만 해도 금을 캐던 굴이 7~8군데 있었다고 한다. '쇳골'이라고도 한다.

❶ 법원읍 ❷ '파주형 마을 살리기'로 2019년 진행된 '돌다리 문화마을' 사업이다. 가야4리 정원마을 ~ 대능5리 문화창조빌리지 ~ 대능4리 벽화마을 ~ 법원6리 문화장터마을로 이어진다. 주민공동체 정원, 빈집 활용 예술가 레지던스, 청년창업 장터 마당, 놀이마당 문화장터, 돌다리마을 체험코스 등이 있다. ❸ 2021년 4월 '대능4리 주민복합 커뮤니티센터' 개소식 ❹ 대능리 '평화의 빛 전통등' 특화거리 ❺ 법원리 '눈 내리는 초리골' 행사에 참석, '파주형 마을 살리기' 사업 성과를 치하하는 필자 ❻ 주민 소득을 위한 법원6리 마을식당 '원터골' 현판식 참석 ❼ 대능6리와 법원3리는 파주시 응모로 2019년 국토부 '새뜰마을사업'에 선정됐다. ❽ 2020년 11월 법원읍 행정복지센터 개청식 기념 식수

❶ 1958년 법원리. 올망졸망 들어선 초가집과 황톳길, 동생을 등에 업고 뛰어노는 아이, 이를 물끄러미 바라보는 강아지까지 옛 정취가 고스란히 묻어있다. 〈사진 : 파주바른신문 이용남 기자〉 ❷ 1967년 법원리. 택시 시동이 꺼졌는지 뒤에서 밀고 있다. ❸ 법원 사거리 새마을 대청소 모습 〈사진 : 『파주시지』〉

대능리 : 1914년 대위리 '대(大 큰 대)'와 오릉리 '릉(陵 무덤 릉)'을 따 이름 지었다.

동문리 : 1914년 동막리의 '동(東)'과 문평리의 '문(文)'을 따서 '동문'이 되었다. 율곡 선생 비문에는 두문리(斗文里)로 되어 있다.

삼방리 : 1914년 삼현리의 '삼(三)'과 둔방리의 '방(防)'을 따서 '삼방'이라 했다.

**오현리** : 1914년 오리동의 '오(梧 오동나무 오)'와 차현동의 '현(峴 고개 현)'을 합쳤다.

**웅담리** : 고려 때 윤관 장군의 애첩 웅단이 윤관이 죽자 연못에 빠져 따라 죽었다고 해 '곰소'로 불리다가 '웅담(雄 곰 웅, 潭 못 담)'이 되었다.

**직천리** : 오현리 수레너미 고개에서 늘노천으로 곧게 흐르는 내가 있어 조선시대에는 '고드내'와 '직천동(直 곧을 직, 川 내 천)'으로 불렸다. 1914년 직천리가 되었다.

## 05) 임진강과 한강이 합치는 교하동

교하(交 사귈 교, 河 강 하)는 임진강과 한강의 '물이 합친다'는 뜻을 지닌 고구려 말 '어을매'를 한자로 적은 이름이라 합니다. 여기서 '어을'은 '아우른다'는 뜻이고 '매'는 '물'을 뜻합니다.

교하는 파주에서 파평·장단과 함께 가장 오래된 지명입니다. 교하동(交河洞)은 백제 때 '천정구(泉井口)'로 불리다가, 고구려 때 '천정구현'이 되었습니다. 그 뒤 통일신라 경덕왕 때(757년) '교하군'으로 변경됐습니다.

1934년 일제 강점기 때 지역 통폐합으로 교하면이 되었습니다. 2002년 인구 증가에 따라 교하읍으로 승격했으며, 2011년 교하동으로 바뀌었습니다.

❶1957년 지은 옛 교하면사무소. 외벽은 돌로, 현관 위는 동물과 무궁화 문양으로 장식했다. 2014년 파주시 향토문화유산 제30호로 지정됐다. 파주시 노력으로 2018년 국가등록문화재 제729호로 승격됐다. ❷다율리 물푸레마을 옛 모습 ❸옛 교하읍 운정리 철도건널목 〈사진 : 『파주시지』〉

**교하동** : 조선시대 교하군은 지금의 금촌·탄현·조리지역을 포함했으며, 광해군 때는 "수도를 교하로 옮기자"는 '교하 천도론'이 일만큼 길지로 알려졌다.

**다율동** : 밤이 많이 나서 '한바미·한밤'으로 불리다가, 한자로 '다율(多 많을 다, 栗 밤나무 율)'이 됐다. 대부분 지역이 신도시로 편입됐다.

**당하동** : 마을의 수호신인 산신을 모셔 놓은 산신당(山神堂) 아래에 있는 마을이어서 '당아래'로 불리다가, 한자로 '당하(堂下)'가 됐다.

고인돌
허리둘레 재기
사진 _ 김광만

햇볕에 소들소들 말라가는
무말랭이
사진 _ 김유희

마당 한가득 널어놓은
시래기두름
사진 _ 윤은숙

우리 엄마의 엄마가 바라본
느티나무를 나도 바라본다
사진 _ 탁덕현

한 돌 한 돌
정성 들여
사진 _ 정희선

빙고재길에서 만난
할머니
사진 _ 윤은숙

❶ 교하 신도시 ❷ 2020년 '파주형 마을 살리기' 공모에서 동지역 1위로 선정된 교하동 '우리 동네 친정엄마' 사업은 맞벌이 육아 부담을 덜어주고, 마을 공동체 신뢰를 이뤄가는 돌봄공동체 사업이다. ❸ 교하동 돌봄공동체는 2021년 '우리 동네 공동육아 함께 키움 최종 보고회'를 개최했다. ❹ 교하동은 12개 기관·단체와 '찾아가는 부모 마음 알아주기' 사업의 업무 협약을 체결했다. ❺ 파주시 도시재생지원센터는 2020년 '마음을 담아, 마을을 담다' 교하동 거리 사진전을 개최했다.

**동패동** : 심학산 동쪽 고양과의 경계에 말뚝을 설치하면서 동쪽 경계에 팻말이 있는 지역이라 해 '동패(東 동녘 동, 牌 패 패)'가 되었다. 동패동 '두일 마을'은 부자 마을로 사람들 인심이 좋았다고 한다. 곡식을 줄 때 말(곡식을 재는 도구)이 넘칠 정도로 줘 '두일(斗 말 두, 溢 넘칠 일)'이 되었다고 한다.

**목동동** : 옛날에는 산에 나무가 울창한 두메산골이었다. 주민들이 겨울에 쓸 나무를 이 산에서 구해 '나무골·남월·나몰'로 불리다가 한자로 '목동(木洞)'이 되었다.

**문발동** : 문종은 탄현면에 있는 황희 정승 장례식에 왔다가 궁으로 돌아가면서 황희의 학문을 발전시키기 위해 '글월 문(文)'자 들어가는 마을 이름 두 개를 지어 줬다. 그중 하나가 '문발(文 글월 문, 發 필 발)'이다. 다른 하나는 탄현면 '문지리'이다. 문발동은 1997년부터 조성한 국가산업단지 '파주출판도시'가 들어서 지명과 어울리는 도시로 발전해 가고 있다.

**산남동** : 심학산 남쪽에 있는 마을이어서 '산남(山 뫼 산, 南 남녘 남)'이 되었다. 산남동에 있는 제2자유로 지하차도는 '탑골지하차도'로 불리는데, 이 마을에 고려 때 탑이 있어 '탑골'이라 한데서 유래됐다.

**서패동** : 동패동과 반대로 심학산 서쪽에 있는 경계라서 '서패(西牌)'가 됐다. 서패동

### 파주출판단지에 '복합문화센터' 건립

파주시는 2020년 산업통상자원부 공모사업에 '파주출판도시 복합문화센터 건립'을 신청해 선정됐다. 행정과 편의시설 확충, 근로자 복지환경 개선을 위한 복합문화센터는 2021년 착공해 2022년 완공 예정이다.

### '교하 다목적 실내체육관' 건립

'교하 다목적 실내체육관' 건립사업이 '문화체육관광부 2022년 체육진흥시설 지원사업'에 선정됐다. 운정3지구 체육공원에 1200석 관람석을 갖춘 다목적 실내체육관으로 2023년 시공해 2024년 완공 예정이다.

파주출판단지

심학산 북쪽 한강 변에 있는 '돌곶이 마을'에는 다음과 같은 전설이 내려온다.

심학산 장사와 장명산 장사가 누가 돌을 멀리 던지나 돌싸움을 했다. 장명산 장사는 기운이 없어 심학산 아래에 돌이 떨어졌다. 반면 심학산 장사는 장명산까지 던져 심학산 장사가 승리했다. 이때 장명산 장사가 던진 돌이 이 마을에 많이 쌓여 '돌곶이' 또는 '돌산동'이라 불렀다고 한다.

**송촌동** : 소나무가 많은 마을이어서 '송촌(松 소나무 송, 村 마을 촌)'이 됐다.

**신촌동** : 새로운 마을이 생겨 '신촌(新 새 신, 村 마을 촌)'이라 했다.

**연다산동** : 안개가 자욱한 작은 산이 연달아 많은 지역이어서 '연다산(煙 연기 연, 多 많을 다, 山 뫼 사)'이 됐다고 한다.

**오도동** : 이 마을 선비들이 널리 이름을 떨치고자 학문에 전념해 '오도(吾 나 오, 道 길 도)'라 불렀다고 한다. '오두말·오도촌'이라고도 했다.

**하지석동** : 고인돌 아래에 있는 마을이라서 '아래괸돌'인 '하지석(下支石)'이 됐다.

## 06) 파주의 신도시, 운정동

1956년 경의선 역사를 세우며 이곳 마을 이름 '운정(雲 구름 운, 井 우물 정)'을 따 '운정역'이라 이름 지었습니다. 그러나 행정구역은 교하읍 야당리여서 '교하'나 '야당'으로도 불렸습니다.

2003년 운정 지역은 제2기 신도시 개발지역으로 지정됐습니다. 이미 교하에는 행정구역인 '교하지구' 택지개발이 진행되고 있어 정부는 파주의 신도시 명칭을 '파주 운정'이라 발표했습니다. 이에 대해 지역주민들은 1200년의 오랜 역사성과 정체성을 담고 있는 지명 '교하'로 바꿔야 한다는 주장을 펼쳤습니다. 그러나 '운정신도시'에 입주한 주민들의 거센 반발이 있었습니다.

운정신도시 입주민이 많아지면서 2011년 파주시는 교하읍을 교하동으로,

❶ 운정역은 1956년 역무원이 없는 '무배치 간이역'으로 개통했다. 1960년 역무원이 배치되고, 화물을 처리하는 '운정 간이역'으로 승격했으나, 1973년 다시 '무배치 간이역'이 됐다. 2009년 옛 운정역사가 철거되고, 수도권 전철 경의선 개통과 함께 전철역이 됐다. ❷ 2011년 새로 개통한 운정역사

교하읍에 속해 있던 이 지역을 운정1동·2동·3동으로 나눠 '운정동' 이름을 공식화했습니다. 교하동에 있는 당하동·동패동·목동동은 교하동과 운정동으로 나뉘어 있습니다.

**운정동** : 운정은 샘이 잘 나는 우물 아홉 개가 있어 '구우물'이라 했는데, 지나가는 사람이 '구름 우물'로 잘못 들어 '운정(雲 구름 운, 井 우물 정)'이 됐다고 한다.

그런데 야당동 '구우물이' 마을은 산비둘기들이 우물에 내려와 물을 먹었다고 해 한자로 '구정동(鳩 비둘기 구, 井 우물 정, 洞 마을 동)'이 된 것을 보면, 운정동 지명 유래는 확실하지가 않다.

그러나 마을 이름은 마을에 대대로 살던 주민들의 입에 오르내리면서 지어지는 것이 상식이다. 지나가는 사람이 잘못 들은 발음으로 마을 이름이 됐다는 이야기는 이치에 맞지 않아 보인다. 오히려 이 지역에 수렁논과 우물이 많아 안개가 자욱하게 끼어 '운정'이 됐다는 이야기가 더 설득력 있어 보인다.

**상지석동** : 고인돌(支石 지석) 위쪽에 있는 마을이어서 '윗괸돌'인 '상지석(上支石)'이 됐다. 상지석동에 있는 '새터말'은 새로 터를 잡은 동네라고 해 붙여진 이름이다.

**설미·솔뫼·송산·솔미** : 산에 소나무가 많아 '송뫼'라 부르다가, 세월이 흘러 '설미'로 변했다고 한다.

**소치·쇠치** : 꿩이 골짜기 마을로 많이 내려와 보금자리를 마련한 곳이어서 '소치(巢 새집 소, 稚 어릴 치)'가 됐다고 한다.

**야당동** : 들판 가운데 못이 있어 '들모시·틀모시'로 불리다가, 한자로 '야당(野 들 야, 塘 못 당)'이 됐다. 야당동에 있는 '하우고개'는 수백 마리 학의 모습이 마치 고개와 같아 '학현(鶴 두루미 학, 峴 고개 현)'으로 불리게 됐다.

**와동동** : 파평 윤씨가 많이 살던 곳으로, 부자들의 기와집이 즐비해 '와동(瓦 기와와, 洞 마을 동)'이 됐다. 이 역시 '와동'으로 줄여 부르는 게 편할 듯하다. 조선 세종 이후 파평 윤씨 집안에서는 임금의 빙부인 부원군 세 명과 공신 부원군 세 명이 나왔다. 자손들도 높은 벼슬에 올라 기가 하늘에 닿을 정도로 세 '기세울'로도 불렸다.

❶ 운정 신도시 ❷ 2020년 파주시 주관·문화체육관광부 주최 '공공미술 프로젝트 우리동네미술' 발대식. 시민에게는 쉼터를, 예술인들에게는 삶터를 제공하는 사업이다. ❸ 운정1동은 2020년 '나눔으로 함께 하는 곳, 가람마을상가 착한가게 단체 가입식'을 열었다. ❹ 운정2동 행복센터가 주관한 '행복나눔 일촌맺기'는 지역 중심의 촘촘한 사회안전망을 구축하기 위한 사업이다.

❺ 운정2동 '우리동네 온돌방' 개소식. 돌봄과 나눔, 소통과 휴식을 위한 공간이다. ❻ 운정3동 주민공동체협의회는 2년 연속 '파주형 마을 살리기' 공모에 선정되는 등 활발한 활동을 하고 있다. ❼ 운정3동 '하우고개 향나무숲길' 조성 사업은 2021년 '파주형 마을 살리기' 공모에 2등으로 선정됐다. 야자매트·벤치 설치, 자산홍 등을 심었다. ❽ 파주시가 운정 가람마을 주차환경 개선을 위해 2021년 12월 완공한 '운정가람마을 공원 지하주차장' 조감도. 주차 규모는 지하 2층 ~ 지상 1층에 235면이다.

## 07) 가지 모양의 산줄기, 조리읍

조리읍에는 조선시대 삼릉(공릉·순릉·영릉)이 자리하고 있으며, 능 뒤에는 공릉산(恭陵山)이 있습니다. 1899년(광무 3) 행정구역 개편에 따라 파주군 조리동면(條里洞面·助里洞面)이 됐다가, 조리면으로 줄여 부르게 됐습니다.

공릉산은 정상에서 사방으로 뻗은 가지 모양의 산줄기를 이루고 있습니다. 이 가지 모양의 산줄기 골짜기마다 마을이 이루어져 '조리(條 가지 조, 里 마을 리)'란 이름이 생겨났습니다. 인구가 늘면서 2002년 읍으로 승격됐습니다.

뇌조리 : 정확한 지명의 유래는 전해지지 않고 있다. 필자가 한자(쬘 쇠뇌 노, 造 지을 조) 뜻풀이를 해 보면, '쇠뇌를 만드는 마을'에서 유래된 것이 아닌가 한다. 쇠뇌(쬘)는

여러 개의 화살을 이어서 쏘는 방아쇠가 달린 큰 활이다. 뇌조리에는 화살과 창을 만드는 군납창고 '고창말'과 '우렁굴'이 있었는데, 이로 미루어 보면 뇌조리가 쇠뇌를 만든 곳으로 추정할 수 있다. 그런데 뇌조의 한자 소리는 '노조(弩 쇠뇌 노, 造 지을 조)'이다. 뇌조로 불리게 된 정확한 이유는 알 수가 없지만 '쇠뇌 노'자를 '뇌'자로 잘못 소리 내 비롯되었을 가능성도 있다. 뇌조리에는 '뇌곡동'과 '소뇌울' 등 '뇌'자를 쓰는 마을도 있는 것을 보면 일종의 음운 동화 현상이 아닌가 한다. 한편 일부에는 뇌조의 한자를 '牢(우리 뇌), 曹(무리 조)'로 사용하기도 한다.

**능안리** : 조리읍에 있는 삼릉(공릉·순릉·영릉) 가운데 순릉(성종의 왕비 릉)이 마주 보이는 곳이라서 '능안(陵案)말' 또는 '안능안'이라 불리게 됐다고 한다.

**대원리** : 원래 '대원' 또는 '대원리'라고 했다. 그러다 대원이 흥선대원군의 군호(君號, 임금이 내린 칭호) '대원(大院)'과 같다고 해 '대(大)'자를 대나무 '죽(竹)'으로 고쳐 2000년까지 '죽원리'로 불렸다. 그러나 발음이 '죽었니'로 읽혀 어감이 좋지 않아 다시 '대원리(大院里)'로 바꿨다.

**등원리** : 지명의 정확한 유래는 내려오지 않고 있다. 필자가 한자 '등원(登 오를 등, 院 담 원)'의 뜻을 풀이해 보면 '원(院)'의 이름이 붙은 관청에 출석하거나, 출두하는 것임을 알 수 있다. 인근에 원(院)이 들어가는 관청은 광탄면에서 고양시로 넘어가는 혜음령에 '혜음원(惠蔭院)'이 있었다. 혜음원은 혜음령을 넘는 행인을 보호하고 편의를 제공하기 위해 고려 때 설립, 조선시대까지 운영한 국립 숙박 시설이다. 또 다른 관청은 광탄면 분수리에 있는 조선시대 역원 '분수원(焚水院)'이다.

**봉일천리** : 마을 앞을 지나는 '공릉천'을 조선시대에는 '봉일천'이라 불렀다. 이 지역은 공릉천 바닥보다 지대가 낮아 물난리를 자주 겪었다고 한다. 따라서 '비를 그치고, 해가 뜨게 해달라'는 희망으로 '봉일천(奉 받들 봉, 日 날 일, 川 내 천)'이 됐다고 한다.

봉일천에는 '팔학골' 마을이 있다. 조선 중종 때 8명의 학식 있는 선비들이 이곳에서 수학해 '팔학곡(八學谷)'으로 불리게 됐다는 이야기가 전해져 온다.

다른 하나는 한명회가 공릉과 순릉에 묻힌 두 딸을 가엽게 여겨 이곳에 암자를 짓고 '파라승(깨달음의 경지에 다다른 보살)'에게 영혼을 달래는 축원을 했다고 해 '파라골'로 불렸는데, 파라골이 변해 '파락골' 또는 '팔학골'이 됐다고 전해진다. 이곳에는 '팔학사'라는 절이 있었으며, 지금도 주춧돌이 남아 있다고 한다.

또 다른 이야기는 이곳에 학 여덟 쌍이 둥지를 틀고 살아 '팔학(八鶴)골'로 불렸다는 이야기이다. 팔학골 앞 공릉천과 농로에는 먹이를 찾는 두루미(학)가 날아온다.

**오산리** : 오동나무가 많았던 오리골 '오(梧 오동나무 오)'와 전지산의 '산(山 뫼 산)'을 따서 '오산'이 됐다고 한다. 오산리에는 '사근절이·속은절이·씨근자리·사근자리'로 불리는 마을이 있는데, 여승이 세속을 숨기는 절이라는 뜻의 '속은사(俗 풍속 속, 隱 숨

❶ 조리읍 ❷ 공릉천을 보금자리 삼아 날아오는 철새 ❸ 장곡1리 마을 정원과 공릉천 일대 꽃밭 조성 현장을 방문한 필자 ❹ '봉일천 숨길' 안내판. 조리읍 마을공동체협의회가 8개 주제로 조성한 '봉일천 숨길'사업은 2021년 '파주형 마을 살리기' 읍·면 부문 1등에 선정됐다.
❺ **봉일천 주재소** : 공릉장터에서 펼쳐진 3·1만세 항쟁 때 일본 순사의 발포로 6명이 순국한 장소다.
❻ **민영달 불망비** : 조선 말기 문신으로 1986년 독립유공자가 됐다. ❼ **3·1운동 기념비** : 파주지역 최대 규모인 3천여 명이 격렬한 시위를 벌였던 장소이다. ❽ **송암농장** : 1930년 초 조병학 씨가 봉일천 4리에 조성한 농장(약 13만 평)이다. ❾ **봉일천 주막** : 청록파 시인 조지훈 작품에 등장하는 주막이다. 지금은 터만 남아있어 복원할 계획이다. ❿ **1사단 CP(봉일천초등학교)** : 1950년 6월 28일, 38선에서 후퇴하던 1사단이 CP를 차려 저항한 곳이다. ⓫ **대원교회** : 1901년 설립한 파주시 첫 교회로 알려졌다. ⓬ **봉일천시장(공릉시장)** : 영조가 설치한 중부지역 3대 시장으로 지금도 5일 장이 열리고 있다.
⓭ 조리읍 마을 공동체가 조성한 '봉일천 숨길 캠프' 개장식

을 은, 寺 절 사)'를 지으면서 비롯됐다고 한다. 이 '속은사'가 '속은절이'와 '사근절이' 등으로 바뀐 것이라 한다.

다른 이야기는 이 마을에 4대 독자였던 아들이 결혼했는데 3년이 지나도 아이가 없었다. 이에 부인이 절에서 100일 불공을 드리다 지쳐 부처님 앞에서 잠에 빠졌는데, 못된 중이 부인을 겁탈하려 했다. 이를 본 남편은 도끼로 중을 내려쳐 죽였다. 그 뒤 절은 폐허가 되어 '삭은절'이 됐고, 부인은 절 앞 연못에 몸을 던져 죽었다고 한다.

**장곡리** : 마을 뒷산에 노루 바위가 있던 장산리의 '장'과 기곡리의 '곡'을 합쳐 '장곡(獐 노루 장, 谷 골짜기 곡)'이 됐다.

## 08) 월롱산을 품은 월롱면

월롱면은 월롱산 이름에서 유래했는데, 월롱산은 '다랑산'으로도 불렸습니다. '월(月)'은 달을 한자로 만든 것이고, '롱'은 락-랑이 발음 변화된 것으로 월롱의 의미는 높은 지대를 뜻하는 '다락'으로 보는 해석이 유력합니다.

또 다른 이야기로는 산의 생김새가 마치 '바구니(籠 바구니 롱)'에 담긴 '달(月 달 월)'처럼 생겨서 시처럼 아름다운 '월롱'이 되었다고 합니다.

❶ 능산리 능골마을. 할아버지는 장작을 나르고, 할머니는 아궁이에 불을 때고 있다. 솥에서 김이 무럭무럭 나고 있다. ❷ 덕은리 대동제 ❸ 1959년 월롱면 사무소. 납세보국 현판이 걸려 있다. 〈사진 : 『파주시지』〉

**능산리** : 산봉우리가 아름다워 능 자리를 잡았다고 해 붙여진 능골·능동(陵洞)과 당산(堂山)을 따서 '능산(陵山)'이 됐다.

**덕은리** : 덕옥리와 용은동을 합쳐 '덕은(德 덕 덕, 隱 숨길 은)'이 됐다고 한다. 인근에는 '덕고개'가 있는데, 선비들이 이 고개를 넘나들며 주경야독한 끝에 벼슬길에 오르는 은덕을 입었다고 한다. 따라서 덕은리는 덕고개에서 유래된 것으로 알려졌다.

**도내리** : 도감(都監) 벼슬을 한 사람이 살아 '도감골'로 불리다 '도내(都內)'가 됐다.

**영태리** : 정확한 유래가 전해지지 않고 있다. 필자가 추정해 보면, 인근 마을 함영동과 한태동에서 '영(英)'과 '태(太)'를 따온 것이 아닌가 한다. '함영굴·함영동(含 머금을 함, 英 꽃부리 영, 洞 마을 동)'은 봄에는 진달래, 가을에는 해바라기·코스모스·국화 등이 피고 져서 꽃향기가 좋듯, 부귀영화를 머금고 살자는 뜻의 이름이다.

'한태말·한태동(寒 추울 한, 太 클 태, 콩 태, 洞 마을 동)'은 찬바람이 날 때, 기른 콩나물을 시장에 내다 팔았다고 해 붙여진 이름으로, '태(太)'자는 서리태·서목태·청태와 같이 콩을 나타내는 말이다.

영태리에는 '공수물·공신말·공수천(供 이바지할 공, 水 물 수, 泉 샘 천)'으로 불리는 마을이 있었다. 인조반정 때 장단부사 이서가 옥돌 내를 지나 이 마을 우물에서 물을 마시고 한양으로 쳐들어갔다고 해 붙여진 이름이다. 세 집이 사는 마을이었으나 지금은 없어졌으며, 우물도 경지 정리로 논 가운데 묻히고 말았다고 한다.

**위전리** : 옛날 마을 주변에 갈대가 무성하고 배가 지나다녔는데, 그 뒤 갈대를 베고 마을을 이뤄 '위전(葦 갈대 위, 田 밭 전)'이 됐다.

❶ 월롱면 ❷ 2020년 덕은1리 마을정원 조성 현장을 방문한 필자 ❸ 덕은1리(용상골) 군부대 담장벽화. 월롱산 명품 마을 만들기에 나선 용상골 마을은 2019년 주민참여형 정원 만들기 사업에 참여, 유휴지와 삽교천 등에 꽃길을 조성했다. ❹ 2020년 9월 '파주 연료전지 준공식 및 도시가스 개통식'. 파주에코에너지에서는 파주시 6만3천여 가구가 사용하는 전력을 생산한다.
❺ 도내1리 내도감 마을은 주민회의 등을 거쳐 전국 최초로 신재생에너지 유치를 결정해 도시가스 설치 부담금 없이 가스를 공급받고 있다. 2018년에는 파주시 치매 안심마을 '기억 품은 마을' 1호로 선정됐다. ❻ 영태5리 꽃부리 큰마을은 파주시 2기 도시재생대학을 수료하고 공동체를 결성했다. 2020년 '파주형 마을 살리기' 공모 사업에 선정돼 노후 건물과 골목길 개선, 정원 만들기 등 사업을 펼쳤다.
❼ 2021년 5월 꽃부리 큰마을 방문 ❽ 2019년 4월 월롱면 숙원사업이었던 새 청사 개청식 참석

## 09) 경기도관광특구, 탄현면

1914년 일제 강점기에 탄포면·현내면·신오리면을 통합, 탄포면의 '탄(炭 숯 탄)'과 현내면의 '현(縣 고을 현)'을 따서 탄현면이 됐습니다.

1990년대 법흥리와 성동리 일대가 통일동산사업지구에 수용되면서 농촌 마을들은 사라졌습니다. 이 지역에는 오두산통일전망대를 비롯, 헤이리예술마을·경기미래교육캠퍼스(구 경기영어마을)·축구국가대표 트레이닝센터·동화경모공원·장단콩 웰빙마루 등이 조성됐습니다.

헤이리예술마을과 성동리~대동리로 이어지는 맛고을·프로방스·대형 쇼핑센터 등에는 주말마다 수많은 여행객이 찾아오고 있습니다. 통일동산지구는 파주시 신청으로 2019년 6월 '경기도관광특구'로 지정됐습니다.

**갈현리** : 칡넝쿨이 많아 '가루고개·가루개'로 불렸다. 가루고개 밑에 있어 붙은 이름으로, 가루고개를 한자로 옮기면 '갈현(葛 칡 갈, 峴 고개 현)'이 된다.

**금산리** : 보현봉·선무·문필봉 등의 기암절벽과 임진강 절경이 비단처럼 아름다워 '금산(錦 비단 금, 山 뫼 산)'이 되었다. '그미·금의'라고도 한다.

**금승리** : 월롱산 자락에 있는 리로 금맥이 있다고 해 여기저기 파 보았으나 금이 파리똥만큼 적게 나왔다고 한다. 이에 따라 '쇠파리·쇠파니'로 불리다가, 한자로 '금승(金 쇠 금, 蠅 파리 승)'이 됐다고 한다.

**낙하리** : 조선시대 교하군 탄포면 지역으로, 임진강 하류에 강을 건너는 낙하도(洛河渡) 언덕에 역원인 '낙하원(洛河院)'이 있어 붙은 이름이다. 낙하리는 장단을 거쳐 개성으로 가는 길목이었다.

**대동리** : 임진강 강가에서 가장 큰 마을이라 '큰골'이 됐다. 이를 한자로 옮겨 '대동(大 클 대, 洞 마을 동)'이 됐다.

**만우리** : 임진강 강가의 큰 모퉁이에 붙어 있어 '만우(萬 클 만, 隅 모퉁이 우)'가 됐다. '만모퉁이'라고도 한다.

**문지리** : 문종이 황희 정승 장례식에 왔다가 황희의 학문과 지혜를 넓히자는 뜻에서 '글월 문(文)'자가 들어가는 마을 이름 두 개를 내렸다. 그중 하나가 '문지(文 글월 문, 智 지혜 지)'이다. 다른 하나는 교하동 '문발동'이다. 임진강 변 산줄기에 있어 '문줄'이라고도 했다.

**법흥리** : 큰 절이 있어 법회를 자주 열고 불법을 흥하게 해 '법흥(法興)'이 됐다고 한다. 다른 하나는 황희의 장례 때 문종이 문(文)·덕(德)·지(智)를 넓히도록 교시한 것에 따라 '먼저 법을 잘 지키는 데 앞장서자'고 붙인 이름이라 한다.

**성동리** : 오두산성 아래에 있어 '성동(城洞)'이 됐다. 임진강과 한강이 만나 조강으로 흘러가는 삼도(三 석 삼, 濤 물결 도)를 품은 지역으로, 김포·강화·개풍을 한눈에 바라볼 수 있는 요충지이다. '잣골·작골'로도 불렸다.

❶ 탄현면 법흥리 옛 모습 ❷ 만우리 옛 모습. 정겨운 초가집들이 올망졸망 모여있다. 〈사진 : 『파주시지』〉
❸ 탄현면 예술작가 12명은 '2017년 평화의 들녘, 화합을 품다'를 주제로 열린 제4회 '삼도품 축제'에서 농민의 땀과 노력이 서려 있는 400여 개의 볏 짚단을 모아 갈현리 벌판에 평화를 상징하는 비둘기와 'PEACE(평화)' 글자를 만들어 평화를 바라는 주민들의 간절한 마음을 전했다.

❶탄현면 ❷2020년 1월 탄현면 '대동리 마을 주민협의회 발대식'. 대동리는 '걷기 좋은 마을 길'과 '대동리 역사박물관' 등을 추진했다. 오금2리는 마을과 도로변에 국화를 심어 '국화마을'로 태어났다. 축현2리는 '문화가 있는 척사대회'와 '마을 살리기 생각 발전소' 등을 열었다. 갈현3리는 장릉과 공릉천 따라 걷는 길, 자전거 도로 등의 '주민 참여형 정원'을 조성했다.

❸2019년 8월 법흥리 '헤이리 노을숲길' 준공식. 노약자·어린이·임산부·휠체어 이용자가 산을 편하게 오르도록 장애물 없는 목재 데크로 연결한 숲길이다. ❹2020년 7월 오금1리 생태체험 정자 '질오목 쉼터' 현판식. 오금1리는 습지복원·생태투어·논습지 탐방 프로그램 등을 운영하고 있다.

❺2019년 5월 농민들의 민통선 군부대 초소 출입통제 개방을 위해 현장을 방문한 필자 ❻2021년 4월 남북산림협력센터에서 개최한 '탄소중립 평화의 나무심기' 행사에 참여, 평화의 숲 조성 나무를 심었다. ❼못자리 설치 현장을 방문해 농업인들의 일손을 도왔다. ❽오금리에서 한수위 파주 쌀 벼 베기를 체험하며 농업인들과 농촌정책에 반영할 의견을 나눴다.

오금리 : 조선시대 좌찬성(지금의 부총리 급)을 지낸 박중손이 사망하자, 문중에서는 유명한 지관(地官, 집터와 묘터를 보는 사람)을 시켜 명당(明堂, 좋은 터)을 찾도록 했다. 명당을 찾던 지관은 까마귀 우는 소리를 듣고서야 길지(吉地, 후손에게 앞으로 좋은 일이 많이 생기게 된다는 묏자리나 집터)를 찾았다.

지관은 까마귀가 울기 전까지 명당을 찾지 못한 자신의 눈을 탓했다. 이에 따라 마을 이름이 '내 눈을 원망한다'는 뜻의 '질오목(叱 꾸짖을 질, 吾 나 오, 目 눈 목)'이 됐다. 까마귀가 울었던 자리는 '오고미(烏 까마귀 오, 告 알릴 고, 美 아름다울 미)' 마을이 됐다. 그러다 두 마을이 합쳐지면서 '오금리(吾 나 오, 今 이제 금)'가 됐다.

한편, 오금리에는 옛날 탄포면 소재지인 '탄포(炭 숯 탄, 浦 물가 포)'가 있는데 토탄(土炭)이 많이 나는 포구라고 해서 생긴 이름이다.

**축현리** : 예로부터 싸리나무가 많이 나서 '싸리고개'라 불렸다. 싸리고개를 한자로 옮기면 '유현(杻 싸리나무 유, 峴 고개 현)'이 된다. 그러나 '유(杻 싸리나무 유)'가 '축(丑 소 축)'으로 잘못 불려 축현리가 됐다고 한다. 실제로 축현 2리에는 싸리골이 있다.

## 10) 넓은 여울, 광탄면

광탄면은 양주군 백석면과 광적면 양쪽에서 흘러내린 물이 문산천에서 만나는데, 이 물이 넓은 여울을 만들어 '광탄(廣 넓을 광, 灘 여울 탄)'이 됐습니다.

1899년에는 모두 16개 리였으나, 1914년 양주군 백석면 마장리 일부가 광탄면이 되면서 7개 리로 개편됐습니다. 1983년 백석면 기산리와 영장리를 편입해 지금은 9개 리가 됐으며, 면 소재지는 신산리에 있습니다.

❶ 발랑리 주민이 소가 끄는 쟁기로 밭갈이를 하고 있다. ❷ 신산리 '파주대장간' 풍경 ❸ 활발한 소통과 정보 나눔의 장소였던 창만리 빨래터. 이제는 모두 볼 수 없는 풍경이 됐다. 〈사진 : 『파주시지』〉

**기산리** : 양주군 백석면 지역으로 1914년 기곡리와 내고령리에 중산리 일부를 편입, 기곡리의 '기(基 터 기)'와 중산리의 '산(山 뫼 산)'을 따 '기산'으로 했다.

**마장리** : 연산군 때 군마 사육장과 기마 훈련장으로 사용해 '마장(馬場)'이 됐다.

**발랑리** : 뒷골짜기의 절에 있는 중들이 바랑을 맸다고 해 '바랑골·바랑동·발랑동'으로 불리다가, 한자로 '발랑(發 쏠(갈) 발, 郞 사내 랑)'이 됐다고 한다. 발랑은 한자 뜻과 상관없이 소리를 빌려온 가차문자로 해석된다.

**방축리** : 홍수 피해를 막기 위해 쌓은 방축이 있어 '방축(防 막을 방, 築 쌓을 축)'이 됐다고 한다. 우두산(牛頭山, 소머리산) 밑에 자리한 마을이다.

**분수리** : 역원인 '분수원'이 있어 붙은 이름으로 '분수(汾 클 분, 水 물 수)'는 임진강과 한강으로 흘러가는 물이 기원한다는 의미이다. 고려 말 공민왕과 노국공주가 홍건적의 난을 피해 남쪽으로 도망가면서 분수원에 이르렀다고 한다.

**신산리** : 신점리와 화산리를 합쳐 '신산(新山)'이 됐다. '신탄막(新炭幕)·새숯막' 마을

❶ 광탄면 ❷ '이등병 마을, 편지길 조성' 종합 계획도. 광탄면은 '이등병의 편지' 원작자인 김현성 씨 고향이다. 파주시는 2019년 행정안전부 지원사업으로 선정된 신산2리 일대에 이등병 우체국, 이등병 이발소, 김현성 스토리 하우스, 라이브 카페, 입영열차 소공원, 야외 공연장 등을 조성하고 있다.
❸ 용미1리 양지마을은 2019년 '신규마을기업'으로 선정돼 3천만 원을 지원받았고, 2020년에는 '지역특화작물 육성사업'에 선정돼 6천만 원(자부담 400만 원)을 지원받아 시설 및 환경을 개선했다.
❹ 마장3리 두레마을은 2020년 '파주형 마을 살리기' 공모에서 '마을생태하천 체험관 운영'이 선정됐다. 주말 텃밭 가꾸기 등의 체험장과 여름에는 수영장·캠핑장, 겨울에는 송어축제 등을 진행한다.
❺ 2019년 지역경제 활성화에 노력하는 (주)중원내열을 방문한 필자 ❻ 2020년 5월 지방도 360호선 확포장 구간과 방축리 마을정원 등을 방문해 사업 전반을 살폈다. ❼ 2021년 3월 분수천 주변의 오래된 건물에 채색 작업을 펼쳤다. ❽ 파주시 채색 자원봉사자 제1기 발대식(2021년 6월)

은 임진왜란 때 피난가던 선조 일행이 비를 피해 불을 지폈는데, 장작이 젖어 타지 않았다고 한다. 그러자 마을 사람들이 참나무 숯을 지펴줘 옷을 말렸다. 이를 본 선조가 '이 숯은 처음 보는 새로운 숯'이라고 해 '신탄(新 새 신, 炭 숯 탄)'이 됐다고 한다.

영장리 : 고령리와 웅장리를 합쳐 '영장(靈 신령 령, 場 마당 장)'이 됐다. 영장리에는 대고령이라는 마을이 있다. 임진왜란 때 많은 승병이 죽어 '영산(靈 신령 령, 山 뫼 산)'으로 불리다가, 소령원이 생긴 뒤 '고령산(古靈山)'으로 바뀌었다. 이후 수많은 영혼이 묻혔다고 해 '대고령(大古靈)'으로 부르게 됐다는 이야기가 전해져 온다.

용미리 : 아홉 마리 용이 꿈틀거리는 것 같다고 해 이름 지은 구룡리와 호랑이 꼬리를 닮았다고 해 이름 지은 호미골을 합쳐 '용미(龍 용 룡, 尾 꼬리 미)'가 됐다.

창만리 : 창고가 있어 붙은 사창리와 두만리를 합쳐 '창만(倉滿)'이 됐다고 한다. 이곳의 '도마뫼' 마을은 전쟁 때 전군을 통솔하는 도원수(都元帥, 정2품)가 천군만마(千軍萬馬)를 거느린 모습과 같아서 '도(都)'와 '마(馬)'를 따 붙인 이름이라고 한다.

## 마장호수(馬場湖水)공원, 2018년 개장

파주시 광탄면 기산리에 있다. 이름은 연산군 시절 군마 훈련장이 있던 인근의 '마장(馬場, 광탄면 마장리)'에서 유래됐다. 흔들다리(길이 220m, 폭 1.5m), 전망대(높이 15m), 수상 레포츠 카누·카약 캠핑장, 힐링 수변 산책로(3.6km), 차량 460여 대를 수용하는 주차장 등을 갖추고 2018년 3월 개장했다. 봄에는 벚꽃, 여름에는 야생화, 가을에는 단풍, 겨울에는 설경이 아름다워 사시사철 많은 관광객이 찾고 있다. '마장호수 휴(休) 프로젝트' 현장을 방문해 시설 안전을 점검하는 필자

## 11) 평평한 언덕, 파평면

파평면은 475년(고구려 장수왕 63) 즈음 '파해평사현(坡害平史縣)'이 됐습니다. 이어 757년(신라 경덕왕 16) '파평현(坡 언덕 파, 平 평평할 평, 縣 고을 현)'으로 바뀌었습니다. 파평은 글자 그대로 '평평한 언덕'이라는 뜻입니다.

파주본산(坡州本山)이라 불리는 파평산(坡平山)과 영평산(鈴平山)에서 '파(坡 언덕 파)'와 '영(鈴 방울 령(영))'을 따 '파평'이 됐습니다. 1973년 적성면 장파리를 편입해 8개 리가 되었고, 1983년 이천리를 문산읍에 넘겨줘 현재는 7개 리로 되어있습니다. 면사무소는 금파리에 있습니다.

❶1967년 장파리 라스트찬스 클럽 앞. 트럭과 주한 미군 M48 패튼전차가 보인다. ❷ 마산리 용산골 사람들. 흥겨운 농악이 한바탕 펼쳐질 것 같다. ❸ 화석정으로 소풍 가는 길 〈사진 : 『파주시지』〉

**금파리** : 철광석이 나와 '쇠말'로 불리는 금곡리(金谷里)와 긴등마루골로 불리는 장파리(長波里)를 합쳐 '금파(金坡)'가 됐다.

❶ 파평면은 '파평이 최고다, 소통이 길이다, 문화가 힘이다, 경제가 답이다'의 네 가지 주제로 '파주형 마을 살리기' 사업을 하고 있다. ❷ '파평마을교육공동체' 창립총회 ❸ '슬기로운 파평 사용설명서' ❹ 두포2리 밤고지 마을은 2020년 행정안전부 주관 지역개발사업에 선정돼 5억 원의 사업비를 지원받았다. 파주시 주관 마을공동체 정원만들기 공모사업에서도 1위를 차지, 사업비 6천만 원을 받았다. ❺ 산림청이 주최한 2021년 '아름다운 정원 콘테스트'에서는 '아름다운 정원상'을 수상했다. ❻ 주민 사랑방인 커피잔 모양의 '고목나무 찻집' ❼ 벽화 그리기 사업으로 조성한 골목길 ❽ 매년 4월에 열리는 한반도 '엔딩 벚꽃축제' ❾ 율곡습지공원 '코스모스축제' ❿ 2021년 6월에는 한반도와 유라시아를 잇는 '한반도 평화계단'을 율곡습지공원에 설치했다. 이 같은 노력으로 파평면은 1970년 통계청 인구조사 이후 처음으로 인구가 늘었다. ⓫ 2018년 12월, 새롭게 문을 연 파평면행정복지센터

**눌노리** : '늠노리·늠느리'라고도 하는데, 늪이 있어 붙여진 이름이라고 한다. 하지만 우리말인 '너르다'는 뜻의 '놀'이 중첩된 이름이라는 설도 있다. 한자로는 '눌로리(訥 말 더듬을 눌, 老 늙은이 로(노)'라 하는데 '늘'이란 한자가 없어 '눌'자를 쓴 것이라고 한다.

**덕천리** : 해마다 풍년이 들어 인심이 후하고, 사람들이 덕망 있다고 해 이름 붙은 풍덕리(豊 풍년 풍, 德 덕 덕)와 가물어도 샘이 솟아 냇가에 물이 흐른다고 해 이름 붙인 천천리(泉 샘 천, 川 내 천)를 합쳐 '덕천(德泉)'이 됐다.

**두포리** : 생육신의 한 사람인 문두(文斗) 성담수(사육신 성삼문의 6촌 동생)가 살아 이름 붙은 두문리(斗文里)와 임진강 강가에 포구가 줄지어 있어 이름 지은 장포리(長浦里)를 합쳐 '두포(斗浦)'가 됐다.

**마산리** : 마을 앞 모래밭에 삼밭이 있어 이름 붙은 마사리(麻 삼 마, 沙 모래 사)와 마을 앞산이 용처럼 생겨 이름 붙은 용산리를 합쳐 '마산(麻山)'이 된 것으로 전해 온다.

율곡리 : 밤나무가 많아 '밤나무골·밤골'로 불리던 이름이 한자로 '율곡(栗 밤 율, 谷 골짜기 곡)'이 됐다. 율곡 이이의 호가 유래된 마을이다.

장파리 : 긴등마루에 마을이 있어 '긴등마루골·장마루'로 불렸는데, 이를 한자로 옮겨 '장파(長波)'가 됐다. 1리는 '아랫장마루'이고, 2리는 '웃장마루'라고 한다.


## 12) 1천 년을 이어온 이름, 적성면

원래 적성(積城)은 '성(城)을 쌓는다(積 쌓을 적)'는 뜻으로, 고구려 때 칠중현(七重縣)으로 불렸습니다. 이어 신라 경덕왕 때 중성현(重城縣)으로 바뀌었다가, 고려 현종(1018년) 때 적성현(積城縣)으로 불렸습니다. 적성은 오늘날까지 1천 년을 넘게 이어오고 있는 역사 깊은 고을 이름입니다.

1895년(고종 32) 부군제 실시와 함께 적성군으로 승격됐다가, 1914년 연천군에 편입되면서 적성면이 됐습니다. 1945년 파주군 관할이 되었으며, 1973년에는 장파리를 파평면에 넘겨주었습니다. 현재 파주시에서 가장 많은 16개의 법정리가 속해 있으며 면사무소는 마지리에 있습니다.

❶ 1959년 적성면사무소 ❷ 자장리 아이들이 오르막길에서 눈썰매 타기를 즐기고 있다. 흰둥이도 신이 났다. ❸ 적암리 주민이 지게에 땔감을 잔뜩 지고 산길을 걷고 있다. 〈사진: 『파주시지』〉

가월리 : 칠중성 돈대(墩臺, 성곽에 봉수대를 갖춘 방위시설)에서 군졸들이 망을 볼 때 강물에 비친 달이 아름다워 '가월(佳 아름다울 가, 月 달 월)'로 불렸다고 한다.

객현리 : 예로부터 선비가 지나가는 고개라 해서 '선비고개·선고개·손님고개'로 불렸다고 한다. 이를 한자로 옮겨 '객현(客 손님 객, 峴 고개 현)'이 됐다.

구읍리 : 조선시대 적성군 동면 지역으로, 옛 적성현 읍내라서 '구읍(舊 옛 구, 邑 고을 읍)'이 됐다. '읍내'라고도 부른다.

답곡리 : 논이 많은 골짜기라 '논골'로 이름이 붙여져 한자로 '답곡(畓 논 답, 谷 골짜기 곡)'이 됐다. 한국전쟁 뒤 사람이 살지 않고 있으며 대부분 식현리에 거주한다. 답곡

❶ 적성면은 객현리 치즈마을, 적암리 블루베리농장 등을 묶어 '파주형 마을 살리기'를 추진하고 있다. 객현1리는 아이 돌봄 공동체 '함께 신나는 키우미'를 추진했다. 적암리는 28사단 입·퇴소 군인과 가족에게 먹거리를 판매하는 마을 기업을 추진하고 있다. ❷ 주월리 한배미 마을은 2019년 농협중앙회가 주최한 대회에서 '아름다운 마을 가꾸기' 분야 동상을 수상했다. ❸ 머루체험에 참가한 아이들 ❹ 마지1리는 인근 한우마을과 연계한 벽화 사업을 추진했다. ❺ 문체부 '관광두레사업'에 선정된 디엠지 아미 카페는 2018년 소득 증대 및 일자리 창출 사업체로 결성됐다. ❻ 베이커리 창업교육 ❼ 가월리 인삼 수확 현장을 찾은 필자 ❽ 국토교통부가 주관한 '2020 공공건축물 그린 리모델링' 사업에 선정된 '시립적성어린이집(파주시 그린 리모델링 1호 어린이집)' 방문 ❾ 2021년 2월 국회가 주최한 '2050 탄소 중립 지방정부 사례발표' 화상회의에 참석한 필자. 파주시 모범사례로 2020년 객현리에 준공한 영농형 태양광 사업과 작물생육시험을 발표하면서 파주시가 2020년 '친환경 도시대상'을 수상해 대한민국 에코시티로 선정된 과정을 설명했다. ❿ 적성면 문화센터 개관식(2021년 7월)

리 흰돌 마을에는 말 무덤 또는 마씨 일가 무덤이라 불리는 '마총(馬塚)'이 있다.

**두지리** : 지형이 '두지(뒤주의 사투리)'처럼 생겨 '두지(斗 말 두, 只 다만 지)'가 됐다. 마을 형태가 '두(斗)'자처럼 생겨 '두기(頭 머리 두, 耆 늙은이 기)'라 불렀다고도 한다.

**마지리** : 마을 지형이 마디처럼 생겨 '마디리'라 했는데, 발음이 '마지리'로 바뀌었다는 이야기와 당나라 장수 설인귀가 말발굽을 휘날릴 정도로 다녀 '마제(馬 말 마, 蹄 발굽 제)'로 불리다 발음이 변했다는 이야기가 있다. 임꺽정 전설이 내려오는 고을이다.

**무건리** : 설인귀가 무예를 익힌 곳이라 해 '무건(武 무예 무, 建 세울 건)'이 됐다고 한다. 감나무가 많은 감골과 천연기념물 제286호 물푸레나무(수령 5백년)가 유명하다.

**설마리** : 설인귀가 말을 타고 훈련해 '설마(薛馬)'가 됐다는 설과, 설마설마했는데 사기(砂器)그릇 굽는 마을에 갔다가 사기(詐欺)당하고 왔다는 이야기가 전해 온다.

**식현리** : 예로부터 넓은 바위에 앉아 밥을 먹는 고개가 있어 '밥재·밥고개'로 불렸다고 한다. 이를 한자로 옮기면서 '식현(食 밥 식, 峴 고개 현)'이 됐다.

**어유지리** : 임진강 근처 용못에 살았던 이무기를 물고기로 비유해 물고기가 놀던 연못이라는 뜻의 '어유지(魚 물고기 어, 遊 놀 유, 池 못 지)'가 됐다고 전해 온다. 그러나 지금은 못이 보이지 않는다.

**율포리** : 밤나무가 많은 포구여서 '밤개'로 불리다가, 한자로 '율포(栗浦)'가 됐다.

**자장리** : 임진강 변에 자줏빛 찰흙이 많아 '자장(紫 자줏빛 자, 長 길 장)'으로 불린다.

**장좌리** : '장좌(長 길 장, 佐 도울 좌)'는 장단군 지역으로 '장자못'이 있어 붙은 이름인데, 휴전 이후 군사 지역이라 사람이 살지 않고 농사만 짓는다.

**장현리** : 장평리(墻坪)와 송현리(松峴)를 합쳐 '장현(墻 담 장, 峴 재 현)'이 됐다.

**적암리** : 마을 뒷산에 붉은 바위가 있어 '적암(赤 붉을 적, 岩 바위 암)'이 됐다.

**주월리** : 고려 공민왕이 궁녀를 거느리고 배를 타면서 달구경을 했다고 해 '주월(舟 배 주, 月 달 월)'이 됐다고 전해진다. 주월리는 '한배미(큰 논)'라고도 하며, 영어 발음이 jewelry(보석)와 비슷해 여러모로 인상 깊은 지명이다.

## 13) 민간인 출입 통제, 장단면

한국전쟁 이전에 장단군의 중심이었던 장단면은 고구려 때 '장천현'으로 불리다가, 신라 경덕왕 때 '장단'이 됐습니다. 지명의 유래는 없지만 '장천(長 길 장, 淺 얕을 천)'과 '장단(長 길 장, 湍 여울 단)'의 공통점은 강바닥이 얕거나, 폭이 좁아 물살이 세게 흐르는 여울이 기다랗게 있다는 의미로 해석됩니다.

장단군은 1945년 분단과 함께 5개면은 북한으로, 5개면은 남한으로 편입됐습니다. 1972년 5개면 가운데 장단면·군내면·진동면·진서면 일부(판문점 일대)는 파주시로 편입됐고, 가장 동쪽의 장남면은 연천군에 편입됐습니다.

1953년 정전협정 이후 민간인 출입이 통제돼 행정기관이 설치되지 않다가 1979년 4개 면을 하나로 관리하는 '군내출장소'가 처음 설치됐습니다. 1개 면에 1개 면사무소가 있어야 한다는 법적 기준과 주민이 거주하지 않는 지역에는 면사무소를 설치할 수 없어 출장소를 설치한 것입니다. 2011년 군내출장소는 '장단출장소'로 명칭이 바뀌었습니다.

2009년 지방자치법 개정으로 2개 이상의 면을 하나의 면사무소로 관리할

❶ 1924년 장단군청 ❷ 옛 장단역. 2000년 경의선 복원 당시 신설된 도라산역에서 북쪽으로 1km 지점에 있다. 장단역은 한국전쟁 전만 해도 남북의 많은 물산이 들고 나던 역으로 규모가 컸다. 역 주변에 금융조합을 비롯한 상권이 모여있었다. ❸ 죽음의 다리. 옛 장단역 남쪽 300여 미터 지점에 있다. 이 다리는 장단에서 연천의 고랑포로 가는 유일한 국도 교량이었다. 한국전쟁 때 중국군의 재공격으로 이곳을 방어하던 국군이 다리 밑에서 몰살을 당했다는 처참한 이야기가 전해온다.

수 있게 됐습니다. 이에 따라 파주시는 2021년 7월 1일 '장단출장소'를 '장단면 행정복지센터(면사무소)'로 승격시켰습니다. 4개 면을 1개 면사무소가 관리하는 일은 전국에서 파주시 장단면 행정복지센터가 처음입니다.

강정리 : 조선시대 상도면 지역으로 강연리(江 강 강, 連 잇다을 연)와 굴정리(堀 굴 굴, 井 우물 정)를 합쳐 '강정(江井)'이 됐다.

거곡리 : 거로(巨路)리와 금곡(金谷)리를 합쳐 '거곡(巨 클 거, 谷 골 곡)'이 됐다.

노상리 : 갈대(가루개) 위쪽에 있는 마을이라 '윗가루개'로 불렸는데, 이를 한자로 바꿔 '노상(蘆 갈대 로, 上 윗 상)'이라 했다.

노하리 : '아랫가루개'를 한자로 바꿔 '노하(蘆下)'가 됐다.

덕산리 : '덕산(德山)리'는 2020년 12월 진서면 선적리와 함께 공식 법정리가 됐다.

도라산리 : 고려에 항복한 경순왕이 산에 올라 신라 도읍을 그리워하며 눈물을 흘렸다고 해 '도라(都羅)'라는 이름이 붙었다고 전해온다. '도리미·도라미'라고도 한다.

동장리 : 장터 동쪽에 있는 마을이어서 '동장(東 동녘 동, 場 마당 장)'이 됐다. '동장말·동장촌'이라고도 한다.

석곶리 : 이 지역에 '곶(串, 바다로 튀어나온 육지 끝부분)'이 있어 생긴 이름이다. '돌고지·돌곶이'라고도 한다.

정동리 : 큰 우물이 있어 '우물골'이라 했는데, 한자로 '정동(井洞)'이 됐다.

### '장단배수지' 준공으로 수돗물 안정 공급 가능

파주시는 2012년 통일촌을 시작으로 대성동·해마루촌 3개 마을과 2개 군부대에 수돗물을 공급하고 있었다. 그러나 급수체계 한계로 물이 원활하게 공급되지 못했다. 이에 파주시는 진동면 하포리에 2016년부터 설계 및 시공을 거쳐 2021년 9월 장단배수지를 준공해 안정적인 수돗물 공급이 가능해졌다.

❶ 임진강 건너 장단면 거곡리 ❷ 2018년 남북공동 현지 철도조사단을 태운 열차가 비무장지대 경의선 철도 통문을 통과해 북으로 가고 있다. ❸ 한국전쟁 때 옛 장단역에서 폭격 맞은 증기기관차. 2005년 임진각으로 옮겨 전시하고 있다. ❹ 동장리에 있는 옛 장단면사무소. 곳곳에 총탄 흔적이 있다. ❺ 2021년 거곡리에서 키운 튤립 10품종 양성시험장. 현재 튤립 구근은 거의 네덜란드에서 수입하고 있다. 파주시는 일부라도 생산해 화훼농가를 도울 계획이다. ❻ 파주시 농업기술센터는 5월 거곡리 평화농장에서 처음 수확한 초본약용식물 '일당귀'를 농업인단체 등에 기증했다. 10월에는 농업인대학 한방약초봉사단이 '천년초'를 수확했다. ❼ 2021년 7월 장단면 행정복지센터 현판식에 참석한 필자. 장단면사무소는 295세대, 725명이 사는 군내면·진동면·장단면·진서면 4개 지역을 관리한다.

## 14) 통일촌과 대성동 마을이 있는 군내면

군내면은 1895년(고종 32) 장단군에 속해 있었습니다. 장단 읍내에 있어 '진현내면'으로 불리다가, 1914년 행정구역 개편으로 '군내(郡內)'가 됐습니다. 군내면은 1963년 파주군 임진면(지금의 문산읍)으로 편입됐다가, 1972년 파주군에 편입됐습니다.

1972년 육군 제1사단 제대 군인 14명이 농사를 짓기 시작하면서 민간인이 거주하게 됐고, 1973년 80여 세대가 입주하면서 통일촌을 이뤘습니다. 백연리 통일촌과 조산리 대성동 마을에만 사람들이 마을을 이뤄 살고 있습니다.

**방목리** : 전해 오는 이야기는 없지만, 한자 '방목(芳 꽃다울 방, 木 나무 목)'은 '아름다

❶ 백연리 통일촌 마을 안내판 ❷ 정자리 덕진산성. 산성 정비와 함께 산책길 등이 아름답게 가꾸어져 있다. ❸ 백연리 들판에 수십 마리씩 무리 지어 날아든 재두루미가 먹이 활동을 하고 있다.

운 나무들이 많은 마을'로 해석된다. '방모기·방무기'라고도 한다.

　백연리 : 한자를 글자대로 해석하면 '흰 백(白)'과 '연꽃 연(蓮)'으로 흰 연꽃이 있어 생긴 이름으로 추정된다. 임진강 독개다리 유래가 되는 '독개방축골'이 있는 마을이다.

　송산리 : 조선시대 장단군 진북면 지역으로 '송산(松 소나무 송, 山 뫼 산)'은 소나무가 울창했던 산 밑에 자리하고 있어 생긴 이름이다.

　읍내리 : 장단 고을이 있던 곳으로 '읍내(邑 고을 읍, 內 안 내)'에 있어 생긴 이름이다.

　점원리 : 조선시대 장단군 진현내면 지역으로 점희릉리(點希陵里)의 '점(點)'과 원당리(元堂里)의 '원(元)'을 따서 붙인 이름이다.

　정자리 : 정자포에 자리하고 있어 '정자(亭 정자 정, 子 아들 자)'란 이름이 붙었다.

　조산리 : 조산 인근에 있어 '조산(造 지을 조, 山 뫼 산)'이란 이름이 붙여졌다. 민통선 이북 지역 중 비무장지대(DMZ)에 있는 유일한 동네 '대성동 자유의 마을'이 있다.

❶ 군내면. 판문점으로 가는 통일대교 건너 왼쪽 마을이 통일촌이다. 멀리 보이는 산은 개성 송악산 줄기이다. ❷ 통일촌은 파주시에서 실시한 2020년 '주민참여형 마을 공동체 정원 만들기'에서 1위를 차지했다. ❸ 파주시 대표 특산물인 장단콩을 평화와 희망 이야기에 담아 그린 벽화
❹ 2021년 5월 백연리에서 '71년 만의 귀향 장단백목(長端白目) 장단에 돌아오다' 주제로 장단콩 파종 행사를 열었다. 1913년 우리나라 최초의 콩 장려품종으로 선정된 장단백목은 한국전쟁과 민통선으로 재배가 중단됐고, 1973년 통일촌이 들어서면서 광교 품종이 보급돼 자취를 감췄다.
❺ 2021년 5월 통일촌에서 민·관 합동으로 콩 품종 생산성 향상을 위해 장단백목 등 40품종을 재배했다. 9월에는 '새올콩' 두 품종을 처음 수확했다. 농업인 소득 증대와 함께 시민에게 자연 체험공간을 제공, 장단콩의 우수성을 널리 홍보할 계획이다. ❻ 2021년 7월 조산리 비무장지대에서 재배한 청정 '경기밀'을 수확했다. 앞으로 재배면적을 늘려 농가 소득에 도움을 줄 예정이다. ❼ 2019년 6월 점원리에서 유색 벼를 이용한 '평화를 심는 DMZ 모내기' 행사를 열었다.
❽ 2020년 11월 군내면 '판문점 견학센터' 개소식. 이인영 통일부 장관과 송영길 국회 외통위원장 등이 필자와 함께 참석했다.

## 15) 해마루촌이 있는 진동면

진동면은 읍내 동쪽, 나루터 동쪽에 있는 고을이라서 '진동(津 나루 진, 東 동녘 동)'이 됐습니다. 1914년 진동면과 장서면 일부 지역을 합쳤습니다. 한국전쟁 이후 사람이 살지 못했으나, 1973년부터 출입 영농을 허가했습니다.

한국전쟁 때 "일주일만 나가 있으면 돌아와 살게 해주겠다"던 정부의 약속은 2001년에야 일부 지켜졌습니다. "고향에 돌아가 살게 해달라"는 1세대 소

자연 생태계의 보고 해마루촌. 마을 길을 높은 음자리표로 만들었다. 길 이름도 '높은음자리길'이다.

❶ 미군이 1951년 6월경 임진나루와 동파나루를 잇는 홍커(Honker, 기러기)부교를 설치하고 있다. 정전 협상대표단은 7월부터 문산 선유리 사과밭에 있던 유엔군 임시사령부를 출발, 부교를 건너 개성 내봉장에서 회담했다. 8월 임진강 홍수로 부교가 유실되자 나룻배와 헬기를 이용해 회담장을 오갔다.
❷ 해마루촌은 그동안 예술인들이 평화를 바라는 마을 꾸미기를 해왔다. ❸ 갤러리로 꾸민 해마루촌 창고. 해마루촌은 고구마 심기, 손 모내기, 옥수수 따기, 썰매 타기 등 사계절 체험 관광을 하고 있다.
❹ 파주소방서는 2020년 해마루촌을 주택화재 피해 최소를 위한 '화재 없는 안전마을'로 지정했다.
❺ 2021년 6월 '파주와 허준! 한방의료관광 심포지엄'을 열었다. 허준 묘는 하포리에 있다. 파주시는 한방 의료산업 관광 자원화와 약초산업 발전을 위해 2020년 경희대학교 산학협력단과 연구용역을 체결하고 '허준 한방의료산업 관광 자원화 클러스터 구축'을 하고 있다.
❻ 허준 묘역을 방문한 필자. 허준의 역사적 이야기와 파주시 약초의 우수성을 개발해 한방의료산업을 일궈 파주 농업과 경제와 관광을 더욱 활성화할 계획이다.

개민들의 탄원으로 1998년 국방부는 심사를 거쳐 60가구만 입주를 허가했습니다. 정착촌을 조성해 2001년 입주하면서 '해마루촌'이 탄생했습니다.

　동파리 : 동쪽 언덕이라는 뜻의 '동파골(東 동녘 동, 坡 언덕 파)'로 불렸다. 이곳에 들어선 '해마루촌'은 '해 뜨는 동쪽 마루'라는 뜻이다.

　서곡리 : 전해져 오는 이야기가 없지만, 한자를 글자대로 해석하면 '서곡(瑞 상서로울 서, 谷 골짜기 곡)'으로 복된 일이 일어날 기운이 있는 마을이라 할 수 있다.

　용산리 : 주위의 산이 용처럼 생겨 '용산(龍山)'이 됐다.

　초리 : 지형이 초리(꼬리) 같아 붙은 이름으로 한자로 '초리(哨 망볼 초, 里 마을 리)'다.

　하포리 : 임진강 강가 아래쪽에 있어 '아랫개'라 불리다 '하포(下浦)'가 됐다.


## 16) 판문점이 있는 진서면

　진서면은 읍내 서쪽, 나루터 서쪽에 있어 '진서(津 나루 진, 西 서녘 서)'라 이름 붙여졌습니다. 원래 송림현(松林縣)으로 불리다가, 1418년(태종 18) 임강현(臨江

縣)에 편입됐고, 1458년(세조 4) 장단군에 편입됐습니다. 1914년 여러 지역을 합쳐 장단군 진서면이 됐습니다. 한국전쟁 이후 사람이 살지 못해, 동식물에게는 천국 같은 지역이 됐습니다.

　그동안 진서면은 미확인 지뢰 지역과 군사분계선 탓에 사람 진입이 어려워 미등록 토지로 남았었습니다. 파주시는 1953년 정전협정이 체결된 지 67년 만인 2020년 12월, 비무장지대(DMZ) 일대 미등록 토지를 파주시 토지로 회복했습니다. 판문점이 있는 진서면 선적리와 장단면 덕산리가 파주시로 편입되면서 '자유의 집'과 '평화의 집'에도 도로명 주소가 부여됐습니다.

　**금능리** : '금능골'이라 불렸으며, 한자로는 '금릉(金 쇠 금, 陵 큰 언덕 릉)'이다.
　**어룡리** : '어룡개'와 '어룡포'로 불렸다. 한자로는 '어룡(魚 물고기 어, 龍 용 룡)'이다.
　**선적리** : 선적(善 착할 선, 積 쌓을 적)리는 한국전쟁 이전에 '장단군 진서면 선적리'였다가 1972년 파주시로 편입됐다. 2020년 12월 파주시 공식 법정리로 등록됐다. 북한에서는 판문점 북쪽을 '황해북도 개성특급시 판문점리'로 부르고 있다.

❶ 1952년 9월 널문리 정전회담장 ❷ 1953년 8월 판문점 포로교환. 문 위에 '환영, 자유의 문으로' 글자가 있다. ❸ 군사분계선 확정 뒤인 1953년 10월 지금의 판문점 ❹ 1985년 9월 남북 이산가족 고향 방문단 및 예술공연단. '우리는 한민족, 단군의 자손' 현수막이 걸려 있다. ❺ 1975년 판문점
❻ 정주영 현대그룹 명예회장은 1998년 6월 1차와 10월 2차에 걸쳐 모두 1,001마리 소 떼를 이끌고 판문점을 넘어 북한을 방문했다. 정 회장은 임진각에서 "이번 방문이 남북 화해와 평화를 이루는 초석이 되기를 진심으로 바란다"고 밝혔다. 소 떼 방북은 이후 10여 년간 남북 민간교류의 물꼬를 열었다.
❼ 2009년 판문점 ❽ 북쪽에서 바라본 남쪽 자유의 집 ❾ 남쪽에서 바라본 북쪽 판문각 〈사진 : 통일부〉

# ③ 아름다운 신도시 마을 이름

파주시는 신도시 조성으로 주거환경·도로망·대중교통·철도 등 도시기반 시설이 눈에 띄게 변하고 있습니다. 말 그대로 '상전벽해(桑田碧海, 뽕나무밭이 푸른 바다로 변함)'의 눈부신 변화를 경험하고 있습니다.

## 01) 운정동 마을 이름

**가람마을** : 마을이 있는 지산중학교 부근은 신도시 조성 이전에 대부분 산이었다. 산을 파내고 그 자리에 대규모 아파트와 학교·공원·행복센터가 들어섰다.

**한빛마을** : 개발 전에는 각종 공장 단지와 창고가 많았다. 지금은 신도시 건설 이전부터 있던 지학사 물류창고와 예수마음배움터 성심수련원 외에는 모두 아파트·학교·도로·공원으로 탈바꿈했다.

**한울마을** : 개발 전에는 경기인력개발원 뒤쪽 전체가 하나의 언덕과 산자락이었다.

그렇다면 신도시 마을 이름은 어떻게 지어졌을까? 마을과 공원 등의 공공시설 이름은 '파주시 지명 등의 명명에 관한 조례' 제18조에 따라 '파주시 지명위원회'에서 결정합니다.

운정신도시 5개 마을 이름은 한국토지주택공사(LH)에서 지역의 상징성과 역사성, 신도시와의 조화, 간편한 목적지 찾기, 마을의 동질성 등을 고려해 외부 전문기관에 용역을 의뢰했습니다. 전문기관은 '파주시지명위원회'에 우리말로 된 1안과 한자로 된 2안을 제시했습니다. 위원회는 이를 바탕으로 주민 공모와 의견 수렴을 거쳐 2009년 3월 5일 마을 이름을 결정했습니다.

### 〈제1안 : 우리말 마을 이름〉

**산내마을** : 과거에 '나무가 울창했던 산골'이라서 지은 이름이다.

**누리마을** : '세상'을 뜻하는 우리말로, 이 지역이 예로부터 '기세울'로 불렸기 때문에 '세상에 기세를 떨치라'는 의미로 지었다.

**가람마을** : '강' 또는 '호수'를 뜻하는 우리말 이름이다.

한울마을 : '바르고 진실하다'는 뜻이 있는 '한'과 '울타리와 터전'을 의미하는 '울'을 합쳤다. 예로부터 이 지역이 고양시와 경계를 이룬 '동패리'라 불린 점도 참고했다.

해솔마을 : '해가 걸린 소나무'란 뜻으로 '영원히 푸르게 빛나라'는 의미로 지었다.

### 〈제2안 : 한자어 마을 이름〉

수림마을 : 예전에 '푸르도록 무성한 숲'을 이루고 있어 지은 이름이다.

연지마을 : 연못을 뜻하는 말로 '야당'이라는 옛 지명을 응용한 이름이다.

천정마을 : 교하의 옛 이름인 '천정구현(泉井口縣)'에서 따온 말로 '샘터에 세운 우물'이라는 뜻이다.

담향마을 : '은은한 향이 난다'는 뜻으로 '문화의 향기를 퍼뜨리라'는 의미이다.

석정마을 : 돌로 만든 우물이 있어 '돌정골'이라 불린 옛 이름을 한자로 바꿨다.

운정신도시 지명 심의를 거친 지명위원회는 대체로 우리말 이름을 선호했습니다. 제1안 가운데 '누리마을'이 탈락하고, 대신 '한빛마을'이 선정됐습니다. 그리고 처음에 '해솔마을'로 제안된 곳은 '한빛마을'이 됐고, '누리마을'로 제안된 곳은 '해솔마을'이 됐습니다.

이와 더불어 지명위원회는 공원 이름도 결정했는데, 마을 이름처럼 대부분 우리말 이름이 선정됐습니다.

### 〈호수 및 공원 이름〉

가온호수 : '가운데'를 뜻하는 우리말로, 신도시 내 '중앙공원'임을 나타낸다.

소치호수 : 이 지역 마을 이름인 '꿩들이 둥지를 마련한 곳'이라는 뜻의 '소치(巢 새집 소, 稚 어릴 치)'에서 따온 이름이다.

가온건강공원 : '가운데' 뜻의 '가온'과 '체육공원'임을 돋보이게 만든 이름이다.

새암공원 : '샘'이라는 의미의 우리말 이름이다.

라온공원 : '즐거운'이라는 뜻의 우리말 이름이다.

두레공원 : 농촌에서 서로 협력하며 공동 작업을 하는 '두레' 풍습에서 따왔다.

혜움공원 : '생각'이라는 뜻의 우리말 이름이다.

도래공원 : '돌다·둥글다'라는 우리말로 사물의 둘레를 의미하며, 파평 윤씨 선산의 둘레와 연계해서 지은 이름이다.

오름공원 : 떠오른 해가 생물의 에너지를 절정에 오르게 하는 정열을 의미한다.

세모뜰공원 : '삼각형 모양의 둔덕'이라는 것에서 따온 이름이다.

**여울공원** : '얕고 좁은 개울'을 뜻하는 우리말이다. 공원 안 물길에서 딴 이름이다.

**해마루공원** : '해 뜨는 언덕'이라는 뜻의 우리말 이름이다.

**미리내공원** : '은하수'를 뜻하는 우리말 이름이다.

**가재울공원** : 이 지역 와동3리와 목동리 방향 골짜기 이름인 '가재울'에서 따왔다.

**금잔디어린이공원** : 이 지역 마을 '지산'은 '잔디가 많다'는 뜻인데 이를 따왔다.

**마루어린이공원** : 지역 이름이 '마루골'로 불린 데서 따온 이름이다.

**금바위어린이공원** : '검은색의 아름다운 바위'를 뜻하는 마을 이름에서 따왔다.

한편 운정신도시 주민들이 입주한 다음 몇몇 공공시설은 한 차례 이름을 바꿨습니다. 입주민들의 개정요구에 따라 '파주시지명위원회'는 명칭 변경 안건을 2012년 12월 12일 의결했습니다. (12월 21일 확정 고시)

가온호수와 소치호수는 '운정호수'로 통합했으며, 가온호수공원은 '운정호수공원'으로, 가온건강공원은 '운정건강공원'으로, 교하가람행복센터는 '운정행복센터'로 각각 바꿨습니다.

### 〈교량(다리) 이름〉

**소리교** : 야당역과 운정역을 거쳐 남북으로 흐르는 개천 '소리천'에서 따온 것이다.

**두가람교** : '교하(交河, 두 개의 강물이 만나는 곳)'를 우리말로 바꾼 것으로 '두 개의 강(가람)'이라는 의미이다.

**가온교** : 신도시 중심에 있는 경관 교량으로 상징성을 부여했다.

**책향기교** : 책향기로와 소리천을 합쳐 붙인 이름이다.

### 〈보행육교 이름〉

**한밤육교** : 이 지역에 밤나무가 많아 '율리'라 불리던 마을 이름에서 따온 것이다.

**한매육교** : 이 지역에 예전부터 '매화나무가 많았다'는 데서 착안한 것이다.

**오솔육교** : 좁고 한적한 산길을 뜻하는 '오솔길'에서 따왔다.

**한길육교** : 상업지역의 중심대로인 '큰길'을 뜻하는 의미에서 붙였다.

### 〈지하차도 이름〉

가온·동패·쇠재지·와동·탑골·한빛·한길·후곡 지하차도 등 대부분 신도시 마을 이름과 연계해 지었습니다. '기왓돌 지하차도'는 기와를 굽던 지역이란 뜻의 '와석(瓦石)'에서 따왔습니다.

## 운정신도시 3지구 마을 이름 부여

2020년 6월 파주시지명위원회에서 운정3지구를 모두 4개 구역으로 나눠 주민 의견 수렴 절차를 거친 뒤, 마을 이름을 다음과 같이 결정했습니다.

**❶ 별하람 마을** : 별과 하늘과 사람을 뜻한다.
**❷ 해오름 마을** : 해가 솟아오르는 현상에서 착안했다.
**❸ 물향기 마을** : 이 지역을 흐르는 청룡두천(靑龍頭川)의 물 이미지에서 착안했다.
**❹ 초롱꽃 마을** : 초롱꽃 이미지에서 착안했다.

● 운정1·2지구 : 사업 기간 2003년~2014년 / 첫 입주 2009년 9월
● 운정3지구 : 사업 기간 2008년~2023년 예정 / 첫 입주 2020년 8월
● 교하지구 : 사업 기간 2000년~2006년 / 첫 입주 2009년 6월

## 02) 금촌동 마을 이름

대부분 옛 마을 이름을 따서 '후곡마을·흰돌마을·새꽃마을·쇠재마을·서원마을' 등으로 지어졌습니다.

❶ 금촌 새꽃마을 옛 모습 ❷ 금촌 뒷골(후곡)마을 옛 모습. 지금은 모두 아파트 숲으로 변해 옛 모습을 잃고, 사진으로만 남아 지난날의 자취를 말해 주고 있다.

## 03) 교하동 마을 이름

대부분 새 이름인 '책향기마을·숲속길마을·노을빛마을·청석마을' 등으로 지어졌습니다.

그런데 전통마을이 택지 등으로 개발되면서 역사적 명칭이나 지역 특색을 띤 고유 이름이 사라지는 현실을 안타깝게 생각하는 분들이 있습니다. 대대로 그 지역에서 뿌리를 내리고 살아온 주민들을 비롯해 향토사학과 지역 전통문화를 연구하는 분들은 하나둘씩 사라져 가는 고유문화에 대한 애착과 허전함을 감추지 않고 있습니다.

파주 출신 사학자 이윤희 선생은 "바뀐 마을 이름들이 모두 부르기 좋고 예쁜 이름이지만, 바둑판식으로 구획된 큰 마을 이름이 옛날부터 전해온 수백 개의 크고 작은 자연마을 이름들을 모두 삼켜 버려 허탈하다"고 합니다.

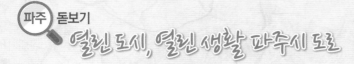

# 열린 도시, 열린 생활 파주시 도로

파주시에는 모두 1,065개의 도로 이름이 있다. 8차선 이상인 '대로'는 유일하게 동서대로 1개가 있다. 2차선에서 7차선까지의 '로'는 133개가 있다. '로'보다 좁은 '길'은 932개이다. 길에는 'O번 길' 같은 작은 길도 포함된다.

파주시 도로명은 도로가 위치한 곳의 지명과 지역적 특성·역사성·상징성과 지역 주민의 의견 수렴 등을 종합적으로 고려해 파주시 '도로명주소심의위원회' 심의를 거쳐 파주시장이 결정한다.

파주시 도로명에는 술이홀로·천정구로·감악산로(감악산)·해솔로(해솔마을) 등과 같이 유래 깊은 고유지명 또는 지형지물에서 따온 이름을 비롯해, 방촌로(황희)·휴암로(백인걸)·청송로(성수침)·혜음로(혜음원)·충의로·충현로·용상골길·장승배기길·학당말길·팔학골길 등과 같이 역사적 인물이나 배경에서 따온 이름이 많다.

아울러 주민들이 부르기 쉬운 예쁜 이름으로, 지역 상징성과 함께 환경 친화성을 중시한 여울길·함박꽃길·마음밭길·앞골길·널다리길·둔방이길·하늘채길·패랭이길·솔아래길·잔모래길·솔바위골길·새뜰길·달빛길·서녘놀길 등의 도로명도 많다.

그러나 누에를 상징하는 번뛰기길 등 몇몇 도로명은 우리말이긴 한데 일부 지역에만 알려진 독특한 사연 때문에 내용을 알지 못하는 사람에게는 낯선 이름일 수 있다.

파주시에는 조선시대 '의주대로'가 있다. 지금은 기능을 잃었지만, 그 당시에는 교통의 중심지였으며 물류 이동의 핵심으로 파주의 번영을 이끌었다.

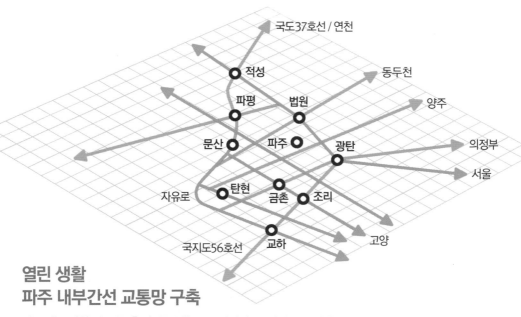

## 열린 생활
## 파주 내부간선 교통망 구축

파주시는 지역 간 교류 촉진·균등한 교통 편리성·도시개발 효과 확산을 위해 남북 간, 동서 간 각각 4개 축의 도로망을 그물형으로 구축해 관리하고 있다.

동서 4축 ● 군내~파평 ● 문산~법원 ● 월롱~파주 ● 통일동산~광탄
남북 4축 ● 탄현~교하·운정 ● 문산~금촌~운정 ● 진동~문산~파주~조리 ● 적성~법원~광탄

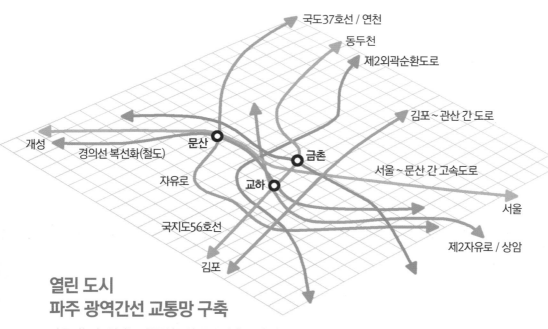

## 열린 도시
## 파주 광역간선 교통망 구축

파주시는 늘어나는 유동인구와 물동량을 수용하고, 인근 도시와 접근성을 최대한 확보할 수 있도록 서울~문산간 고속도로·통일로 우회도로·수도권 제2외곽순환도로·김포~관산 간 도로 등을 완공 또는 건설하거나 추진하고 있다. 대중교통의 편리성을 높일 수 있도록 경의선 복선전철화 공사를 진행 중이며, 간선 급행버스 차로시스템(BRT)제도 도입 등을 추진하고 있다.

## '더 빠르게·더 편하게·더 안전하게!' 탄력받는 파주 광역철도망

❶ 2021년 8월 GTX-A(수도권 광역급행철도) 공사현장을 방문해 현황을 점검하는 필자. 2019년 착공해 본선 터널과 운정 정거장, 차량기지 공사가 한창 진행되고 있다. GTX-A노선(46km)은 파주 운정역에서 서울 강남 삼성역까지 운행하며 2023년 12월 준공 예정이다.

문산~도라산(9.7km) 전철화 사업은 1단계로 문산역~임진강역을 2020년 3월 개통했으며, 2단계인 임진강역~도라산역은 2021년 11월 개통했다.

❷ 지하철 3호선 파주 연장 구간인 대화역~금릉역(10.9km)과 ❸ 통일로선(조리 금촌선)인 삼송역~금촌역(17.8km) 구간은 국토교통부가 확정·고시한 2021년 7월 '제4차 국가철도망 구축계획(2021~2030)'에 이어 '제4차 대도시권 광역교통시행계획(2021~2025)'에도 포함됐다.

❹ 파주시는 수서고속철도(SRT) 파주 연장과 서해선인 대곡~소사선의 운정역 연장에 힘을 쏟고 있다. 운정역이 서해선의 출발역이 되면 도라산역까지 서해안 축 철도 노선이 연결된다.

## 사통팔달 이어줄 파주 교통망

❶ 2020년 11월 서울~문산 고속도로 개통식. 서울~문산 고속도로(길이 35.2km, 왕복 4~6차로)는 고양과 문산읍 내포리를 연결하는 도로이다. 향후 남북 경제교류 협력 핵심 도로가 될 것으로 기대하고 있다.

❷ 운정과 서울~문산 고속도로를 연결하는 '운정신도시~설문도로(길이 1.6km, 폭 24m)'가 2021년 6월 개통했다. 사통팔달 시발점이 돼 지역발전과 교통환경 개선에 큰 도움이 될 것으로 기대된다.

❸ 2021년 6월 개통한 적성 '마지~구읍 우회도로(길이 4km, 왕복 2차선)'는 2018년 준공한 '적성 전통시장 우회도로'와 이어지는 도로로 마지리 한우마을에서 구읍리 적성우체국을 연결한다.

❹ 운정신도시와 LG디스플레이 산업단지를 연결하는 '갈현~금산도로 확·포장 공사(길이 4.5km, 4차선 확장)' 현장 방문. 이 도로는 필자가 경기도 도의원일 때 예산을 확보한 파주시 숙원사업이

다. 2022년 완공을 목표로 공사가 한창 진행 중이다. 파주시는 2018년 국지도 56호선(조리~법원) 13.7km 확·포장과 국도 37호선(적성~전곡) 7.89km 확·포장, 2019년 시도 24호선(운정~능안리) 준공, 2020년 자유로 탄현면 진출입로를 완공했다.

## 빠르고 쾌적한 출·퇴근길

파주시는 민선 7기 이후 확 달라진 대중교통 정책을 시행하고 있다.

❶ 운정에서 홍대입구역을 운행하는 광역버스 3100번은 7년 만인 2020년 3월 개통했으며, 11월에는 운정신도시에서 공덕역을 오가는 3400번 버스를 개통했다. 두 노선 모두 광역버스 최초로 우등버스 모델을 적용했다.

그동안 광역버스는 출·퇴근 시간 외에는 손님이 없어 운송업체에서 운행을 피해 노선 신설이 어려웠다. 3100번은 파주시에서 직접 사업 계획을 수립하고 '경기도 새 경기 준공영제 시범사업'에 참여, 선정된 노선이다.

❷ 광역급행버스 M7154번(교하~광화문) 개통식에 참석한 필자. 2021년 6월부터 운행하고 있다.

## 전국 최초 마을버스 준공영제 도입, 도시형 마을버스 운행

❶ 파주시는 2020년 10월 마을버스 준공영제를 도입했다. 준공영제는 버스 기사 친절도 향상, 무정차 예방, 교통사고 감소, 효율적인 노선 조정 등 시민 교통편의를 위해 마련한 제도이다.

❷ 도심 교통 사각지대 주민들을 위해 '도시형 교통모델' 마을버스를 2019년 11월부터 운영하고 있다. 이 제도는 국토부와 파주시가 운송원가를 전액 지원하고, 운송업체는 운행에만 전념하는 방식이다. 2020년 말 43개 노선에서 130대가 운행 중이며, 시민의 반응이 좋아 추가 노선을 신설하고 있다.

❸ 신설된 마을버스 운행을 점검하기 위해 버스에 타고 있는 필자 ❹ 마을버스 시민평가단 발대식. 마을버스 준공영제 안정화를 위해 5년마다 운송업체와 협약을 갱신할 수 있도록 했다.

❺ 촘촘한 교통망 구축을 위해 수요 응답형 버스(DRT) '부르미'를 2021년 12월부터 운행하고 있다.

### 교통복지 서비스 '천원택시' 운행

❶ 파주시는 2019년 4월부터 대중교통 불편 지역 주민들을 위한 '천원택시'를 14개 마을에서 시범 운영했다. 주민들의 만족도가 높아 2020년 30개 마을로 확대했으며, 46개 마을로 확대 시행을 추진하고 있다.

### 찾아가는 이동 빨래방 운영

❷ 2015년부터 삼성전자가 지원한 어르신과 장애인을 위한 '행복나눔 빨래터(이동 빨래차, 드럼세탁기 4대 탑재)'를 운행하고 있다. 2020년에는 2개소에서 577가구가 이용했으며 앞으로 1,400가구까지 확대할 예정이다.

### '교통약자 맞춤형 셔틀버스' 경기도 최초 운행

❸ 2019년 8월부터 맞춤형 셔틀버스를 운행하고 있다. 휠체어 이용자 3명과 가족 및 보호자 등 6명이 함께 타도록 특별 제작됐다. 맞춤형 셔틀버스는 1대이며, 임산부 전용 차량은 2대를 운영하고 있다. 바우처 택시는 19대에서 40대로 늘릴 예정이다.

판문점 가는 길 1번 국도 끝. 대한민국 평화와 파주시의 번영을 위해 파주에서 개성을 거쳐 평양과 신의주까지 마음껏 오갈 수 있는 날이 하루빨리 오기를 간절하게 바라고, 또 바라본다.

〈참고 문헌〉
● 『파주시지(坡州市誌)』 : 전 9권 , 파주시지편찬위원회, 파주시 (2009, 2015)
● 『파주문화연구』 : 파주문화원 (2011) ● 『지명유래』 : 파주시 (2013)
● '제1회 파주학 포럼 자료집' (2020.12) ● '파주학 연구방향 및 기본계획 학술연구용역' (2021.01)
● '2021 임원경제지 학술대회 자료집' : 파주시 (2021.07)
● '허준 한방의료산업 관광자원화 클러스터 구축 연구용역' (2021.10)
● '파주 육계토성의 역사적 가치와 보존 및 활용방안' (2021.10)
● '파주 임진나루와 임진진터 유적 역사적 가치와 활용 학술 세미나' (2021.11)
● '파주 덕진산성 종합정비계획 연구용역 최종보고회 자료집' (2021.12)
● '조선 최초 임진강 거북선 복원 실시설계용역 연구발표회' (2021.12)
● 『징비록』 : 유성룡 지음, 김흥식 옮김, 서해문집 (2003)
● 『조선의 숨은 왕』 : 이한우 지음, 해냄출판사 (2010) ● 『임진강 기행』 : 이재석, 정보와사람 (2010)
● 『삼현수간(율곡 · 우계 · 구봉의 산촌편지)』 : 장주식, 한국고전번역원 (2013)
● 『우계 성혼과 坡山의 학자들』 : 역사만들기 편, 파주문화원 (2013)
● 『경기도 DMZ 자유의 마을 대성동』 : 경기도문화재연구원, 경기도 (2014)
● 『파주시, 생태도감』 : DMZ생태연구소 편저, 웬즈데이 (2014)
● 『적성팔경』, 『적성따라 옛이야기 따라』 : 삼광글샘, 삼광중등학교 (2015)
● 『중정이 기록한 장준하, 민주주의자 장준하 40주기 추모 평전』 : 고상만, 오마이북 (2015)
● 『나는 파주인이다』 : 송달용, 헵시바 (2015)
● 『삼현수간, 이이 · 성혼 · 송익필 세 벗의 편지』 : 임재완 원문번역, 파주시 (2016)
● 『율곡 이이 평전』 : 한영우 지음, 민음사 (2016) ● 『우계 성혼 평전』 : 한영우 지음, 민음사 (2016)
● 『파주이야기』 : 이윤희, 파주이야기가게 (2016) ● '파주의 옛날이야기' : 김현국 칼럼, 파주에서 (2016)
● 『어머니의 품, 파주 / 망향우체통』 : 현장사진연구소, 파주시 (2016)
● 『어머니의 품, 파주 / 상처 위에 피는 꽃』 : 현장사진연구소, 파주시 (2016)
● 『소앙집』 : 조소앙 지음, 한국고전번역원 (2019)

〈주요 사진〉
● 파주시청 홈페이지 : www.paju.go.kr ● 『파주시지(坡州市誌)』 : 전 9권 (2015)
● 경기관광포털사이트 : www.ggtour.or.kr ● 미국 국립문서기록청

〈참고 웹사이트〉
● 파주시청 : www.paju.go.kr ● 파주문화원 : www.pajucc.or.kr ● 문화재청 : www.cha.go.kr
● 국사편찬위원회 : '조선왕조실록' / '고려사' / '삼국사기' http://sillok.history.go.kr
● 이윤희 블로그 : '파주이야기 가게' blog.daum.net/yhlee628
● 이기상 블로그 : '파주이야기' www.pajuiyagi.com
● 민주화운동기념사업회 : www.kdemo.or.kr ● 민주화운동기념공원 : www.eminju.kr
● 행정안전부 도로명주소 안내시스템 : www.juso.go.kr

'파주학'에 대한 얕고 넓은 지식
## 파주 인문학 둘레길

● 지은이 : 최종환
● 펴낸곳 : 북 에이스 / (주)에이스인터렉티브
● 주소 : 서울 중구 충무로5길11, 506 (초동, 기영빌딩) ● 전화 : 02)2278-8900(대) ● 팩스 : 02)2263-0901
● 초판 발행 : 2022년 2월 10일 ● ISBN : 979-11-968477-3-9
＊ 본 책에는 저작권자를 확인할 수 없어 임의로 사용한 사진이 있습니다.
　저작권 요청을 하시면 사후 승인을 받고, 저작권료를 지급하겠습니다.
＊ 잘못된 책은 바꿔드립니다.